2000 千禧
十年篇
芜野
尘缘

1990 九十
年代篇
筑巢
记忆

1980 八十
年代篇
军旅
抒怀

1970 七十
年代篇
乡关
乡愁

2010 新世纪
第二个十年篇
读书
行走

阿米吉玛

剑胆琴心 家国情怀

徐剑·著

中国青年出版社

自序

关于散文创作的感悟与断想

我一直将散文写作誉为自己的童子功，其原由是 16 岁那年，第一篇散文《红山茶》便写于潇湘之地的基层连队。少年不知为卿狂，洋洋洒洒地写了 6000 多字，经基地一位新闻干事改了改，投老家的文学杂志《边疆文艺》，竟然收到了刊用通知。这对于一个从小就做着战地记者梦的文学少年，是莫大的鼓舞和鞭策啊。

然而，梦里不知身是客。夜夜潇湘雨，雨雾沅水，放眼眺望，满眼尽是原始的少数民族的风俗、风情，我无意中竟置身于一片文学的沃土。不过，由于驻地过于闭塞，那几年间，我仅在文学刊物上发表的几篇作品如《云南贵妃墓》和《故乡的石板路》，却得以用一双文学眼睛，观察这个不同于尘世喧嚣的天地，天籁般的寂静，那无边的风情和寂寞，恰好与文学结伴，挟着异域风光风情，刻录于心。今天看来，在未成为一位文学青年乃至作家之前，确实是上苍一片眷顾，大自然的垂青，慷慨地恩赐于我，给我上了一堂最富有原始风情的人间美学和文学课。虽然当年的作品多是幼稚之作，然而对于一个作家的历练，却是不可或缺的。

入京之时，年方24岁，年纪轻轻便到二炮高级机关任职，多少有点少年得志。两年之后，又成了二炮党委秘书。身处中枢之地，仍然做着遥远的文学之梦。是时，投稿瞄准了天津百花文艺出版社的《散文》杂志，果然出手不凡，第一篇名为《剑光在古烽火台闪烁》的散文，居然出现在《散文》杂志头题上，从此一发而不可收。《创造荒原的神话》《月亮城》《蹉跎河岁月之河》《沉默的远山》《芙蓉楼》等相继出现在《散文》头题和广州花城出版社的《随笔》《美文》之上。仅仅发了这七八篇头题，便有了自己未入文学之道的第一个"徐剑散文作品讨论会"，由二炮宣传部和百花文艺出版社《散文》杂志联袂举行。一代散文大家刘白羽部长亲自出席，对于一个初出茅庐的文学青年，恍如梦中，受到的鼓舞和激励可想而知。

以后，我一直脚踩仕途和文学的两条船，驶入生命和文学的河流。终于有一天，官宦之途的轻舟沉没了。幸有一技之长，溺水之后，虽然呛了几口水，但一跃跳上了文学之舟。在最艰难的日子里，写出第一部长篇纪实文学《绿色婚床——走下婚姻的祭坛》，居然一下卖了150多万册，车站码头，地摊书亭皆是。我当专业作家已20载，至今也未有一部书突破这个数字，饮憾不已。随后，我又出版了第一部散文集《岁月之河》，由刘白羽先生作序、大书法家李铎题签。

仅仅凭着两部拿不出手的作品，我调入二炮文艺创作室当专业创作员。茫然四顾，何能何才，竟可以攫取此位，颇多忐忑，不知该写什么好，当时真不知道该写什么。忽然一天，见到我认识的第一位散文编辑魏久环先生，他说他已经调入百花文艺出版社一家大型文学刊物，以后可多给他写点有情节故事的纪实作品。我欣然点头，送走他之后，便开始当专业作家的第一部见面礼《大国长剑》的创作。一年半后，29万字的书稿杀青，交付人民文学出版社的《当代》杂志，一下子竟然刊出近12万字，被全国三十多家报纸杂志连载，影响甚大。全书由作家出版社出版，骤然亮剑，一剑挑下三奖，先后捧走中国人民解放军文艺奖、首届鲁迅文学奖和第五届中宣部五个一工程奖。

欣慰之余，我蓦地觉得，这一切皆得益于自己当文学青年时散文童子功的磨砺。

整个90年代，我的创作目标都瞄准了长篇报告文学创作，涉及散文题材甚少。

跨入新世纪，我在散文创作上突然发力，与渐入佳境的报告文学并驾齐驱，并迎来了散文创作的又一次井喷。《城郭之轻》《灵山》《灵地》和《清婉之地》等一系列颇有点影响的散文，皆出于这一时期。

失之散文，得益于散文。在散文与报告文学兼而耕耘的年代，我完成了创作生涯中最重要的两部著作《麦克马洪线》和《东方哈达》。因各种原因，前者已经写好了10载，却至今未能出版。而全景式反映青藏铁路的《东方哈达》一经问世，便不同凡响，许多专家和读者称其为一部结构大气宏阔、叙述上婉约与豪放兼具的大散文之作。2007年上半年，我突然萌发了散文瘾，整整一个春天，蛰伏于室，淡定从容，气沉丹田地写出了长卷散文神山系列《灵山》《灵地》《灵湖》等三部。《灵山》一经出版，便被不少读者当作枕边书，临睡之前，总要读上几页。

记得是 2012 年春天的一次闲聊，老战友王缓平总不时提及他当年读过我发表于《散文》杂志的《城郭之轻》，说印象颇深，至今难忘。建议我能否将从 70 年代就开始写的散文结集出版，作为 20 载创作生涯的一个文学总结和句号，以飨那些文学欣赏之梦不泯的人们。于是，便有了这部书。收入集子时，我对自己写于上世纪 70、80、90 年代的散文作品，几乎未改一句一字，保留当初原汁原味，以便让人们看到一位军旅作家的成长痕迹、从做少年文学梦开始写散文的童子功。更能从作品中凸显和展现一下多年来接天心地气，融南北地域的灵性，渐次形成追求军人豪迈与北方的大气宏阔，气韵沉雄，以及糅入南国的温婉灵动的叙事，集北地的豪放雄奇为一体的文学品格和风格的轨迹。

至此，关于我散文创作的经历，该暂时落下一个句号了。接着，略谈谈我对散文的感悟和断想——

中国是一个散文大国。遥想当年，春秋战国时代，百家争鸣，诸子百家以散文为载体，将中国智慧之学，也就是后来西方所说的思想史、哲学史、美学史，发挥到了一个登峰造极的高度。那个时代，一部庄周的《逍遥游》，便是春秋战国文学的顶峰之作，遑论半部屠龙之术的《论语》，仅仅是一部治天下之说。毋庸说，从文学角度和高度而言，当时应先有庄周，其次才有孔子和老子，然后才是周游列国的诸子。正是这群诸子百家，将中国人的思想和智慧深井几乎淘洗光了，一直光辉世界，影响至今。以至到了第二个散文的巅峰时代，唐宋八大家横空出世，就其思想的光芒而言，亦只能望春秋战国诸子百家的项背，叹其思想贫瘠，感其文学资质之浅薄了。

然，这种泱泱大国的散文格局和气象，到了上个世纪头十年的"五四运动"，以胡适、陈独秀为代表的新文化运动旗手，以西学为体，拾西方之牙慧，痴迷到了数典忘祖的地步。为了迎合所谓"白话文运动"，从某种意义上说，是将中国古散文国度的品格摈弃了，如同泼脏水把婴儿也一块泼去一样，将古汉语的高贵、简洁、韵律和词格变化之美，统统抛弃了。留下的却是一种畸形的翻译体，数不尽的形容词，连缀成大河上下，泥沙俱下的铜汁之色。失却了刘白羽先生当年对我耳提面授的散文像小湖清澈之美的忠告，即俯首之间，或观鱼翔浅底之清，或嗅兰芷水草之香，或听小石潭流水的淙淙之声，却多了大河奔流的汹涌与混浊。

故我对于散文的感悟与断想，除其应具有真实、真情、真言、真人、真性情、真故事等非虚构的要素之外，余以为，散文一定是心灵的告白，唯有性情中人才能写好。对于一个作家来说，写散文一定唯人在上，写人的真性情和真情实感。若无人，则不是好散文也。对好散文的要求和追求，如同经营古方块字的世界，将每个古汉字、古汉语，当作一兵一卒一将军一车炮来使用，注重布兵排阵。转瞬间，旌旗猎猎，虎帐辕门，沙场秋点兵，讲究谋篇布局的结构之美，词格、句式变化的铿锵之音，抑扬顿挫的韵律之美。应恪守简洁、高贵之美，追寻多一分则长，少一分则短的贵族之美。文字要老到、老辣，还要有浓浓的文化。最好的散文，应该是在知天命之年，看透世事，淡泊人生，淡雅有禅机。这样的散文写出来一定舒坦，一定会撒欢，一定有幽默感，这才是中国气派的散文。而这些要求，唯有到了晚明一代随笔绝代宗子张岱可以达到，他的《陶庵梦忆》《琅嬛文集》《夜航船》和《西湖梦寻》就是中国明、清时代的又一个散文绝响。此后，中国散文再无上上品之好文章也。

到了中国近当代，能够继承张宗子风格、风度之美的，是鲁迅之兄弟周作人。然，他文采清丽有余，却灵魂无骨，身上背了一个汉奸的名号。他虽与张宗子同出山阴之地，却未能将王羲之留下《兰亭序》的贵族高洁之美无限放大。令人哀其奴颜媚骨之不幸，叹其文而有文之美。所谓得也山阴，失也山阴，实则乃师爷故乡。

古代士大夫多坚守精神的高洁，这恰恰不是周氏兄弟所能直抵灵魂天国的，毕竟他们是绍兴师爷之后啊。而明亡之时，同样是山阴之子的张岱，却是世家子弟，生于乌衣巷中，门弟高贵，以缵缨之族的阅历与高傲，俯看大清王朝。宁肯不吃清粟，也要远避深山，只忠明皇；宁愿以野菜充饥，醉卧于蒿草残垣之中，也不愿到清朝做官。在朝无粟米，晚断炊烟的屈辱和饥肠辘辘之中，坚守了精神的高傲，完成了他最后一部重要的史书《石匮书》，印出几个石刻版本后，才回到尘世，再一次领略世态炎凉，人情恶薄，于八十多岁高龄气绝而亡，追随他的明朝最后一个帝王崇祯去了。

时隔400年之后，一个叫史景迁的美国人、著名汉学家，读了张岱《陶庵梦忆》《夜航船》和《琅嬛文集》《西湖梦寻》后惊讶不已，艳羡不已，写了一部之乎者也的、妙笔生花的历史著作《前朝梦忆》，让我辈生于中国散文国度的后裔读了之后，惭愧万分。

所以，千禧之年后十余年间，无论是在京畿大地，还是西去青藏高原，我的行囊里只会背着一部书，不是《陶庵梦忆》，便是《夜航船》，或是《琅嬛文集》《西湖梦寻》，不论在那缺氧之地夜读，还是在北京城里醉氧的时候晨读，都会看到一座堪比珠穆朗玛一样的散文高峰，渐次隐现。

也许今生今世，我辈皆无法达到庄子之《逍遥游》、老子之《道德经》、屈原之《离骚》、太史公之《史记》、柳宗元之《小石潭记》、苏轼之《赤壁赋》，甚至张宗子之《湖心亭看雪》的境界，但是我们却因为有了一个散文的坐标，而追寻不已，而踽踽独行。

姑妄言之，姑为谵语，乃微醺之作，权当酒话。是为序。

(2013年2月8日凌晨1点18分，写于云南昆明官渡区大板桥街祖屋，改定于除夕之夜年饭过后19点51分)

目录

**千禧
十年篇
2000**

艽野尘缘

01 城郭之轻/17

02 绝地孤旅/29

03 黑衣之邦/69

04 清婉之地/91

05 灵山/125

06 灵地/161

07 灵湖/189

08 哈达/203

09 布达拉宫的暮鼓/213

10 玛吉阿米/223

**八十
年代篇
1980**

军旅抒怀

15 剑光，在古烽火台上闪烁/285

16 沉默的远山/291

17 茫茫荒原藏精灵/297

18 月亮城/305

19 战地女神/313

**九十
年代篇
1990**

筑巢记忆

11 少年幸自入潇湘/251

12 将军石雕/263

13 共和国不会忘记/269

14 芙蓉楼/275

七十
年代篇
1970

乡关乡愁

20 大板桥驿 /321

21 故乡的石板路/371

22 故乡　不沉的石舫船/379

23 母校　1974年的记忆/385

24 云南贵妃墓/405

25 邓小平的小康之梦/409

新世纪
第二个十年篇
2010

读书行走

26 在精神高原上梳洗文学翅膀/423

27 仰望那片英雄的天空/429

28 先生之风山高水长/435

29 死亡谷里的一条狗/441

30 在灾难中行走/449

一场兵燹，皆成灰烬。
每段残垣，每棵野草，每只蚂蚁，
静静地守望着西沉的落日，
着迷地冥想着自己杳然的日子。

2000

2000　千禧十年篇　芜野尘缘

01 城郭之轻

子夜已至。却无法入眠，倚在枕上，夜空的繁星犹如镶嵌在忽必烈战马金鞍上的宝石，眨着冰冷的鬼眼，将天堂与人间连成一片。马可·波罗端坐在雕花的茶几前，挺直腰板，虔敬地向忽必烈叙述神游世界 50 座城池的感受。可汗的眼睛半睁半闭，听到开心处，僵硬的咬肌倏忽松弛了，但稍纵即逝。俯视众生的王者英气，从马可·波罗蓝瞳飞掣而入，穿透骨髓，让他倒吸一口凉气，脊背上也寒风凛凛。随后，大汗如炬的慧眼从他的脸上移开，穿过云层，投向蛰伏在夏夜躁动中的元上都，炯炯之目，像刺破苍穹的青锷光带，凌空而下让整个城邦为之胆颤心惊。

远行锡林郭勒大草原的背囊放在床前，室内一片寂静，可闻时钟之舞的匆忙脚步，已经是清晨 2 时了，仍无睡意。顺手摸了卡尔维诺的六卷本文集，却无意中挑了他的举重若轻之作《看不见的城市》，当年马可·波罗游历忽必烈可汗麾下的大都会，极目之处，支撑帝国江山的擎天之柱爬满了白蚁，晚风拂过，冷灰纷纷落下，残阳里尽是千疮百孔的衰败。盛极一时的元上都已沉落在血色苍凉之中，气数将尽。

卡尔维诺老头的神来之笔，真让人叹服、倾倒。小说可以这样写，童话可以这么写，散文可以这般写，一支毫笔撬动和颠覆了整个世界，居然没有被压得呲牙咧嘴，步履蹒跚。相反，一副悠然自得的从容，一缕游刃有余的灵动，一种变幻莫测的奇崛，颇得中国老庄的神韵。作文和治国如小烹，意大利老头把老庄的仙风道骨参悟透了，健笔行走，如天马行空，纵横捭阖，出入无人之境。沉重的城邦在他的笔下或如飞扬的羽毛，或如漫天飞舞的蒲公英，孰轻孰重不言而喻。

轻羽如鸿，透明的双翼驮我上青云。迷失在忽必烈可汗的元上都里，凭栏远眺，南接燕岭与阴山接壤的余脉，北向广袤无边的大草原，内城为宫殿，外城为众生之所。流连在阡陌闾巷里，沉醉在灯火阑珊处，一队头戴战盔的武士疾风驰过，蹄声踏得石板路一片清脆。千家万户的门窗上高悬着红灯笼，蒙古王公的小姐阔少戴着面具匆匆从大衢

小巷穿行而过，残留一片青草的清香和羊膻的混浊。我走失了，前瞻后顾有点找不着北，不停地昂首叩问明月星辰，这是刘汉的咸阳，还是李唐的长安，抑或赵宋的东京，还是朱明的金陵……天地无语，上帝诡谲一笑，更令我晕头转向……

尖啸的铃声将我从半睡半醒之中惊起，一看时针恰好指向凌晨 4 点 30 分，赴内蒙古考察出发的时辰到了。匆匆洗漱，夺门而出，发现一群才子佳丽早已伫立在曙色初露的院落里，玉树临风。天色灰蒙，小雨初歇的天空有几分黯淡。清晨 5 时 30 分，车队出发了，日产"巡洋舰"成了开道先锋，一如可汗当年身着牛皮铠甲的卫士，骑着高头大马，战盔上的红缨在晨风中飘扬，旋转出一道道光怪陆离的虹，令一双双浓睡未醒的眼睛一阵眩晕，被漠视已久的身份、身段、身价的认同感，突然在晓风残月中有一种奢侈的爆裂，一种威风凛凛的挥发，神思随着身体飘了起来，悬在空中。而北京城似乎早已经不是 700 年前的元大都，开道车开出 15 分钟，刚驶过元大都旧址的蓟门桥时，便迷了路，找不到出城的门。

今夕何夕？北门何在？仅仅 700 多年的光景，回故都的可汗骑士后裔们居然找不到出城的通道。在京畿一隅四处乱窜，差点撞到燕岭之上。忽必烈可汗坐在天庭之上龙颜大怒，王杖从天庭之上划下，砸在了不肖子孙的战盔上，一个找不到城池方位的骑士何以言勇？何以为战？俯视着在城中转来转去的开道铁骑，可汗闭上了王者之眸。回家的英雄之路荒芜了。

成吉思汗的蒙古大帐正对着浑善达克沙地。

秋阳西斜地照了下来，犹如上帝温湿的舌尖，舔舐着蒙古包顶上那颗红润的樱桃，一抹泅红从辕门潜入虎帐之中。大汗放下手中的马奶酒杯，轻轻地捋了一把胡须，犀利的目光投向浑善达克沙地的尽头。天上悬着这样燃烧的帐幕，沙地却铺陈着仰天疯长的红柳和野茅，天与地接壤处的界线如此混沌，一片火烧云像刚从地壳里奔突而出的岩浆，漫漶无际，渐渐地冷却为黑炭。显然这是黑夜垂死挣扎的前驱，也是燕岭之下的金国和远在钱塘湾边上南宋最后的一抹亮色。大汗目光凝望之处，浑善达克沙地沉默着，已经沉寂了一个又一个世纪，蓦然之间醒来，悄然地等待，静静地谛听，等待一场血染沙原的大战，谛听金戈铁马武士躯体倒地时的轰然声响，等待一个万劫不复的末日。

晚风呼哨般掠过沙地，一览无余地凸现靠近暮色时的死寂。这是一场大战将至前的寂静。野狐岭上金国 40 万大军虎视眈眈地逼来，而大汗麾下只有 10 万蒙古骑兵，兵力 4∶1，成败在此一役。踏碎燕岭，鼎定江南也在此一役。这是一阵比一阵凄迷的血色黄昏。大汗的目光由远及近收回帐内，定睛在虎帐前挂着的羊皮军事地图上，朝身后的近侍武士挥了挥手，传四王子！传——四王子！蒙古武士的呼唤撕裂天幕，没有一点后来草原牧歌的忧伤。一阵马蹄声掠过，枣红色汗血宝马的响鼻让大汗的军帐一阵颤动。伟岸威武的拖雷（忽必烈的父亲）滚鞍下马，铿锵脚步踏起一片响沙，追逐搅动着朝大汗的虎帐奔去。

大汗坐在王座上，急切地等着最心爱的小儿子。他对 60 多个蒙古郡主生的儿子们明争暗斗觊觎大汗王座的内讧早已厌倦了。

谁也别奢望坐大汗的万里江山，都是一些杀戮暴戾、嗜血成性的家伙，没有一点安邦治国的城府和政治眼光。他们不配，充其量只配做一个角斗士，与兽决斗，捐躯疆场。不像他最宠爱的小儿子，处处彰显着不同，武功盖世，却像匹良驹淹没在千万匹奔涌的骏马中，不事张扬；深谋远虑，却似一只猎隼蛰居青草丛中，乘青萍而起，听号角而动。按照蒙古人的习俗，所有的家业都属于小儿子，拖雷若有一天握住蒙古大汗权杖，将会成为东方伟大的恺撒。大汗静静观察四王子许多年了，他什么也不缺，唯独缺浑善达克沙地一战，以剑与血的全胜来奠定在蒙古部落三军的拥戴和深孚众望。未见爱子身影，已先嗅到随他的脚步搅动的黄沙的呛味。身着牛皮铠甲，头戴金属战盔的拖雷踏在红地毯上，朝大汗行了一个蒙古骑士的下跪军礼，气宇轩昂地问大汗，此时召见他是否意味着战争的大幕天亮时就要开始。

成吉思汗遽然一惊，微微点头，能感应他的神思的莫过于这个儿子。

随后询问，明晨之战中军谁做主帅？拖雷！小儿子当仁不让地欲夺帅印。拖雷湛蓝的眼睛折射着天空的辽阔和淡然。蒙古骑兵人数虽少，却是眼下最威猛的雄师，铁骑洪水般的一拥而下，踏破燕岭宫阙，将金国40万大军踏个人仰马翻，灰飞烟灭。步骑之争，金国之旅与蒙古铁骑无疑隔着一个时代。大汗的蒙古勇士已赢定了这场战争。大汗心头略略一振。自己老谋深算经营了几十年经国大事，却被这个年轻王子一语点破了。你若当主帅，如何破敌阵？大汗瞳瞳之目直逼小儿子。拖雷自信地一笑，伸出三个指头，说出思忖已久的三个字：闪电战。金国军队分成中左右三翼，承袭了长城内军队的传统战法，中军为帅，兵力最少，左右两翼雄兵各15万，却远离中军，无法接应，这是一种昨天的战法。

擒贼先擒王，蒙古铁骑越过谁也无法逾越的浑善达克沙地，以迅雷不及掩耳之势，闪电般撕破中军，捣毁中枢，金国军队便会不战自乱。那时40万金兵的头颅都会滚落在蒙古武士的战刀之下。大汗击掌，拍案叫绝。与金国交战，中军统帅非拖雷王子莫属。口谕宣过，坐在虎帐左右两排的三个王子术赤、察合台、窝阔台愣怔了。兄弟几个内斗数载，却虎符旁落，落在了四王子这个乳臭未干的毛孩子手上，这意味着大汗之位已有了归宿。失落，无奈，喟叹，乃至幸灾乐祸突兀地写到脸上。不过，他们暗暗诅咒，希望拖雷落败，好看他掉脑袋。四王子起身告辞时，大汗突然说，且慢，有一件事身为统帅是不该忘却的，兵马未动，粮秣先行，把东、西乌旗献来的十万头牛羊连夜宰杀，年轻女人们也分掉吧！升起篝火，烤成牛羊肉干，这场浑善达克沙原上的血战，少则三天三夜，多则一月半载，武士们吃饱了，女人也睡过了，生命中不再有什么遗憾才会拼死一战。

拖雷跪安时，大汗将令牌扔了过来，口气凛然：军中无戏言，此役如果战败，就不要来见我了，让贴身武士将你的头颅挂到军帐前的旗杆上，血祭旌旗吧！儿子决不会让大汗失望！拖雷起身行了一个大礼，从容离去。浑善达克沙地黯然了。一轮杏黄圆月挂在蒙古包上，策马千秋月，踏破燕京阙，这是匈奴的圆月，抑或鞑靼的月华，年复一年，月复一月，日复一日，沧海横流，桑田变迁，今夜的浑善达克沙地仍是旧时模样，不同的是羊咩牛哞马啸狼嚎，十万只牛羊血流成河，浸润着芳草稀疏的高原沙地，一簇簇篝火点燃，月亮的倩影在火中独舞，空旷的沙地随之狂欢。大仗过后，在蒙古包和金国行辕兵营的灰烬中，将会生出一片片如火如荼的金莲花。

驶过一个叫沽源的收费站，燕赵之地从此随风转身离去。太仆寺旗、正蓝旗广袤的草原扑入视野。沙地之上的荒丘芜阜极力铺陈着，仿佛是40万大军倒下时留下的一座座古冢，无言地叩问着飘逝的孤烟。只有一棵独树在旁默默相伴，尘埃落定，万里黄沙的掩埋是一种恐怖的冷漠和遗忘，历史早就淡忘了浑善达克沙地边缘的最后一仗，黄沙早就掩埋了为江山版图流尽最后一滴血的无名武士。

不曾回忆，但闪电河三个字却像一束电光闪动的银针扎在记忆的痛穴上，激活万千往事。拂晓时分，王子和3万蒙古勇士畅饮了一杯大汗亲赐的出征酒，横穿400公里的浑善达克沙地，欲在沙地尽头滦河源与金国大军决一死战。碧血黄沙，一将功成万骨枯，三天三夜强行军，狂飙、沙暴、烈日、蜃气、干涸，没有吞没这支铁血劲旅。野狐岭上，金国完颜承裕主帅夜听悠长的箫声，不见群狐轻灵地跳跃，却搂着媚狐样的女人在帐中寻欢作乐。他断定蒙古大军会从水草肥美的锡林郭勒草原东进，而他左右两翼 30 万大军正张着饕餮大口，等着合围这支虎狼之师，三对一，决胜的天平在想象中已经偏向了金国。一只嗜血的战争怪兽蛰伏月下，雄睨着野狐岭，末日之门悄然打开。完颜氏飞扬想象的翅膀，怎么也想不到成吉思汗的四王子会从浑善达克沙地长驱直入，而他的三个王子哥哥兵分两路从两翼包抄。高原沙地是死亡之旅，更是金国中军帅府的天然屏障，蒙古大军纵使天马行空，插翅也难以逾越。可是大汗的铁骑突然神兵天降，10 万大军嚼着烘干的牛肉，马踏黄沙，竟然没有一点动静和声响。

酒酣夜阑。完颜主帅迷离的睡眼猛然看到远处草原夜空中划过一道道蓝色的弧光，金蛇狂舞往草地钻去，将厚厚的铁幕劈开，惊雷响起，蓝光之中，一群徘徊在军帐边上寻食的野狐四散，完颜承裕吓出一身冷汗。他连忙问身边的国师天象凶吉？国师哈哈一笑，这是草原雨前的自然之象，主帅无忧，可抱着女人，听着雨打帐篷的大珠小珠落玉盘之声，睡个好觉。完颜主帅朝国师的屁股上踢了一脚，他太聪明，总会投主人所好，主子刚刚萌动的心思便被他点破。有这种师爷卧睡榻旁，主子还不夜夜睁着眼睛，但完颜承裕仍旧搂着女人往帐中蹒跚而去。

要下雨了。四王子拖雷觉得绝好的战机到了，闪电河，他要在闪电河制造一场闪电战。他将 3 万家奴召了过来，下达了蒙古主帅的第一道军令：明日金国中军踏破之日，便是各位自由人之时。3 万将士欢呼，地动山摇。四王子战刀一指，3 万铁骑，3 万虎狼之师扑向了金国的中军。

兵燹。

尖叫。

刀光剑影。

碧血冲天。

如雨的蹄声，如雷的喊声，乘着闪电河的电闪雷鸣，蒙古铁骑一拥而下，硬将长夜的黑幕用鲜血抹红，涂鸦成一片殷红的亮色，又从拂晓战至血色黄昏，整整一天一夜，金国中军硝烟袅袅，40万大军脊梁被敲断，首尾难顾，左右难援，兵败如山倒，丢盔弃甲逃回中都。而拖雷的3万家奴也只剩下3000。硝烟散尽，闪电河边一片狼藉，血腥之气弥散在天空。年轻的四王子踯躅在空旷的草地上，仰首望天。这时家奴突然来报，夫人在帐中产下一子，等着王子起名。

只见一只猎鹰从草丛中鹞然而起，告诉夫人就叫忽必烈吧！他挥挥手，叫贴身卫兵拿酒来！拖雷将羊皮囊装的马奶酒倒在草地上，说：蒙古勇士们，最后饮一口蒙古母亲酿的马奶酒吧，我熟悉的弟兄们一个个走了，但今天蒙古军中又多了一个勇士。

也不知过去了多少日子，浑善达克沙地吹来的风尘，掩埋了蒙古骑士和金国武士的躯体，被天鹰叼过，被野狼啃过，被蚂蚁爬过的骷髅眼眶、耳郭里长出了一株株青草，一朵朵金莲花。

城郭在斜阳下惊现。旅游大巴缓缓驶入那片废墟时，忽必烈上都的正北门。城门就剩下一个残留的土丘，残垣断壁能分辨出当年城郭雉堞的巍峨和宏阔。车刚停稳，我便匆匆地登上已沉落为土包的箭楼，极目远眺，坍圮陆沉的城墙静静地躺在残阳里，在旷野漠风中蛰伏了一个又一个世纪，唯有一片片盛开的金莲花唤醒对昨日奢华的记忆。当年，忽必烈为构筑这座登基之城，将金国、中原、中亚和欧洲掳来的10万战俘和工匠云集此地，用泼水成冰的旱船运来中原的花岗石，用数万匹战马拖来了长白山的巨松，大队大队的战俘奴隶用牛皮系成的缆绳，拖着蛇纹状的大理石走向金莲川草地。整整三年，忽必烈大帝以横扫欧亚狂飙的战争方式，建起了这座皇城王宫。

元上都骤然崛起之际，四座方城一座套着一座，分成外城、皇城、宫城和外苑。其建筑风格是典型的中西混血。汉唐长安、大宋东京气韵沉雄的王朝之美尽显其中，又透着基督、穆斯林文化的风情。每个城郭都有四个城门，依照季节而轮流打开。1259年落成，翌年，忽必烈在这里登上皇位，先称开平府，四年后加号上都，成为夏天帝国皇帝和大臣将军办公狩猎的一代陪都，与北京的大都并称为两都。在娘胎中就浸泡着中原文化优越感的汉地文人，自然不屑为忽必烈陛下作一篇辞章艳丽的两都赋了。可是却成全了威尼斯青年马可·波罗，他骑着堂·吉诃德的那匹瘦马，不辨东西南北地闯入上都，眼睛豁然一亮，被这座繁华的国际大都会惊诧了。

那是看了一眼就会终生难忘的城郭，清澈的溪流从山间哗哗流淌，玉带般地抛撒在空旷的草地上。运河上错落地横跨着一座连一座的汉白玉拱桥，金碧辉煌的大理石台阶浸在水中，摇着长桨的轻舟在码头前卸下一筐筐碧绿的青菜。伫立在皇宫的阳台上，俯视井字形的城市，四座城楼伸向遥远的天际，风儿伸出一只无形的手，在城隅之上精心雕塑簇簇云团，载着元上都在缓缓流动。天上之城！伫立在石桥之上，俯瞰着流水淙

淙，马可·波罗惊呼喟叹，再也无法将其从记忆中抹去。环顾左右，前方花岗岩铺就的中轴大衢上，牵着骆驼的波斯人、亚美尼亚人、叙利亚人、埃及商旅匆匆走过，扭动腰身，跳肚皮舞的波斯女人吸引了一群孩子在身后乱跑乱窜。当马可·波罗正在好奇地张望之际，一队手持长矛的蒙古骑兵将他团团围住，惊喜地说，就是他，大汗找的正是他。

马可·波罗被押进了忽必烈的木兰花园，在木兰树下流连的大汗转过身来，伸出戴满一枚枚稀世宝石的白皙手指，多年不握战刀剑柄的柔软手指，指着葡萄架下一盘尚未下完的国际象棋说，已经有一百多个恺撒的子孙输了，死于朕的剑下，你若赢了，就是我的座上宾。一看到故乡的国际象棋，马可·波罗恢复平静。棋盘上王后和武士正朝他微笑，心便淡定了。那天一盘棋整整走了一个下午，落日照在元帝国皇帝的皇冠上，他看见了忽必烈额头上沁出一颗颗汗珠。赢定他了。最后一颗王兵落子时，马可·波罗拿掉了国王。忽必烈伸出双手热情地拥抱他，年轻人，朕的朋友，治国如下棋，你就将游历过的朕的王土城池，就像这棋盘上的黑白方格线一样，如实讲来，朕要听真话。是，陛下！马可·波罗如释重负地吁了一口气。新来乍到，不懂东方语言，他像演哑剧一样，靠手势、跳跃、惊奇和尖叫，乃至学鸟兽的叫声，描绘皇帝治下的城市，让忽必烈跟着自己猜哑谜。精明的可汗渐渐明白了威尼斯青年人的意思，或摇头或点头或捧腹大笑。

最后一天，忽必烈柔软得像女人的手指，朝雨雾缥缈的元上都轻轻一指，问马可·波罗，大元帝国皇城还能存在多少年？100年。雨后黄昏的宫殿里乍暖还寒，灰盆里渐冷的檀香木灰烬余烟袅袅，马可·波罗一语成谶。他梦中的天上之城元上都真的只存活了100年。劫数来临在忽必烈大帝殁没64年之后，揭竿而起的农民造反派——红巾军，复仇般地点了一把大火，把元上都焚毁了。国破之时，放火焚烧前朝宫殿，这种毁灭文明的变态举动，在中国的历史上不是第一次，也不是最后一次。西楚霸王开了一个很坏的先河，与刘邦约定谁先攻陷咸阳谁坐天下，结果被刘邦抢先一步，恼羞成怒的项羽一把大火将阿房宫烧了。

楚人一炬，不但将中国日后一个著名的旅游景点化为一捧冷灰，还成了后世造反者放火烧城的坐标，以后每逢改朝换代之际，从草莽中举起义旗的绿林、惯匪、和尚、巫师、

长工、放牛娃，打下江山后，急不可耐想做的一件事就是以征服者的雄姿，将皇亲国戚地主老财的妻子女儿占为己有，然后往深宫豪宅投去一束火把，火光冲天之际，报仇泄恨的快感达到了巅峰之状。新的暴发户往往比老一代更变态、更疯狂。一场兵燹过后，文明的车辙重新退回 50 年、100 年，在一片战争的废墟中重新起步，中国人也在一次次激进的血光之灾中痛失了渐进式改良或天鹅绒革命的最小社会震荡。烧毁了！元上都废墟里再也没有车辚辚马啸啸，700 年间再也没有一缕烟火。每段残垣，每棵野草，每只蚂蚁，静静地守望着西沉的落日，着迷地冥想着自己杳然的日子。逆光下一片片一簇簇野茅草，草叶如锋，闪着剑刃般的光带，怒张地刺向天穹，刺向落日，那是葬身的蒙古武士喋血倒下时的最后一剑，在湛蓝的天幕上留下一道道伤痕。

辽阔的草原不属于我们，我们正一点一点地失去自己，也失去了草原。

唱一首蒙古人的《天堂》吧，击节而歌，我的泪水涌了出来。我梦中的天堂陷落了，英雄之城坍塌了，化作一朵蒲公英，在广袤的草地飘荡，飘荡，无家可归！英雄之魂无家可归！城郭如此之轻。

（原载《散文》2004 年第十期）

02 绝地孤旅

白色的颂祷旗，
高插在北拉的山头。
我的情人走向那方，
祥风啊，望你也把旗儿吹向那方吧。
————六世达赖喇嘛仓央嘉措

拉萨往事入梦来

夜已经很深了，拉萨街道的喧嚣刚沉寂下来，我却今夜无眠。

多次上青藏高原，已习惯了长夜耿耿难眠，人却始终高度兴奋地旋转，日复一日。因此每次出京城，总不忘带两样东西，安眠药和书。

我抑制着遐思，极力想让自己静下来，将白天有关六世达赖喇嘛仓央嘉措和黄房子里的娇娘统统从脑际格式化掉，不留半点信息的残片，然后美美地睡上一觉。

秋夜静悄悄的，黄房子不再，玛吉阿米不曾入梦来。酒店房间的隔音效果不佳，尽管隔着一间玄关般的小客厅，但是东边客房的电视声音突然增高分贝，先是一对男女调情嬉戏的放荡，继而质量低劣的睡榻咯吱咯吱地颤声抖动。最后竟成了一个娇娘叫床的呻吟，声音很大，穿透夜的坚壁，有点像电视广告中母狼装假的长嗥，覆盖了电视的音效。

我闭上眼睛，觉得是一种被亵渎的入侵。不曾再去想仓央嘉措的玛吉阿米，可是娇娘却无处不在，穿过400年的历史时空，遍及拉萨的每个角隅。这片人类最后的秘境，真的是滋生神性与魔性的厚土，就连娇娘骄奢淫逸的余韵，也不加删节地被复制下来。

可惜隔壁房间，至多是一个嫖客与妓女的交易，毫无一点美丽与浪漫的浮想。谢天谢地，这持续了很久的噪音终于平静下来了。

我以为可以禅定入眠，毕竟走过海拔5231米的唐古拉山口，毕竟在海拔4800米的安多都能安静入睡，而在海拔3700米的拉萨，从未有过失眠的历史纪录。可是今夜不知为何，却辗转睡榻无倦意，心域如一匹天马驰过，留下一片蹄声清脆，在滚滚风尘中迷失了自己。

拧亮台灯，一看床头的表，时针已指向凌晨两点了。像这样毫无倦意的失眠，我只有初至昆仑山下的格尔木市有过，未曾想到，到了拉萨还重复这样的际遇。

孤灯秋夜，我突然想到当年坐在布达拉宫的六世达赖喇嘛，万卷经书，红尘不了情，终难洗心，于是才演绎了一曲雪域悲歌，成为最具争议的达赖喇嘛。十二位达赖都在布达拉宫留下自己圆寂的真身法体，唯有他身后只有百首情诗，伴随他的灵魂，在雪域，在中国飞扬了四个世纪。他诗中描述的玛吉阿米会是什么样子，在诗中我无法寻找到最完备的描述和诠释。

一骨碌翻身下床，从电脑包里找出当年湘西王陈渠珍所著的《艽野尘梦》，叙述烙印着民国初年的痕迹，之乎者也，半文半白，薄薄的一小册，仅有7万余字，我也不止

读过一遍了，每次上路西藏，总会情不自禁地装入包中。在那些无眠的夜晚，脑际总呈现大清帝国的最后一位清军管带陈渠珍带着150名湖湘子弟，还有自己的娇娘叫西原的藏族姑娘，尢野绝地随君东归，横穿万里羌塘，过唐古拉，跨通天河，迷失在可可西里7个月有余，茹毛饮血，最终走下莽昆仑，穿越盐湖，走的就是今天的青藏铁路的线路。抵达西宁时，150人只剩下了7个，而藏族娇娘西原则伴其左右，寒凉的旅途，总有一缕爱情的温婉。

清军管带陈渠珍第一眼看到西原，就被爱神之眸磁石般地吸引了。

那是大清帝国的末季，日落紫禁城，支撑帝国大殿的擎天之柱，爬满了白蚁，蛀空了内心，晚风轻轻吹过，白灰哗哗地坠落，倾倒只在一夜之间。可是在遥远的西藏，却有一位叫赵尔丰的边务大臣，指挥麾下5000多名边军和川军，沿着康区一路推进，没收大明帝国赐予土司手里的官印和铁券文书，改土归流，将设县的边界一直推进到了工布江达，改名太昭，离拉萨只有200公里。在拉萨以东不远的陈渠珍就是铁血将军最赏识的一名管带。那天，他率领一个营的清兵开进到工布江达以东一个叫德摩的地方，突然被一片极地美景迷醉了，半山坡之上住着200多户人家，屋宇错落有致，俯看莽原一片，草原上流水潺潺，阡陌相连，野花在风中摇曳，一片风吹草低见牛羊的景象，《敕勒歌》的想象之美，竟然会在视野中惊现。

"人间还有此等美景！"出身于湘西沱江边上，毕业于长沙军校的陈渠珍，并非一介武夫，却是文韬武略，他站在一座大喇嘛寺前的半山坡之上，俯看德摩之美，感慨万千。这时，德摩的头人第巴已迎了出来，献上哈达，让姑娘捧来切马，敬过天地神山圣湖之后，引领陈渠珍走进了他的豪宅。那大经堂的奢华让陈渠珍目瞪口呆，全系宝石和纯金所镶，第巴似乎将一生的富有化作宗教的虔诚，敬献给神灵。

第巴生活在藏东南的林莽中，感情上更接近汉地，却多为藏王不容，因此，对汉官军门的威仪钦羡不已，相处月余，他与陈渠珍成了莫逆之交。

有一天，陈渠珍与第巴坐在二楼的天台上，喝着酥油茶，远望德摩雪山、莽林、草原、田畴、牛羊，在烟霭中若隐若现，太阳拂照其上，彩虹横跨天穹，如一缕佛光惊现，笼罩在了第巴的宅邸之上，有点如临仙境的感动。他说："第巴所在，真是天下绝境啊，比我们故乡的桃花源还美轮美奂！如得一娇妻，就此终老，也不枉人生一场。"

"哈哈！陈管带乐不思蜀了。"第巴笑了笑说，"我舅家加瓜彭措所在的贡觉，不仅是仙境，更有美女如云，明日不妨一游。"

"好啊！恭敬不如从命。"陈渠珍早已心驰神往。

翌日早晨，太阳冉冉升起，初露的晨曦仰面朝天横卧在草原上空，清亮小溪染上了一缕胭脂红，陈渠珍在第巴的引领下，带着管带麾下的官兵策马而行，如走进一个亘古的梦中。一群人马东行十余里，一条小河拦住了去路，却有一叶小舟横亘古渡，长约二丈，宽三尺许，是一根整木剜制而成，人伫立其上，逝水悠悠，一湾清波见底，鱼儿追逐而来，人立江中，江沉梦中，有一种驶向远古的无尽幻觉。

弃舟上岸，行二里许，到了贡觉村，营官司彭措夫妇已带领60余人到村口迎接，其富丽宽敞的巨宅，比第巴家有过之而无不及。陈渠珍一行刚落座，醇美的酥油茶便已呈上来了，彭措手向仆人一挥，十几个穿着藏族盛装的年轻姑娘，在悠扬的藏歌声中，跳起了雄浑古朴的锅庄舞。长袖善舞，有一双美丽的眼睛在闪动，朝陈渠珍妩媚一笑，像藏羚羊一样温顺和无邪，如蔚蓝色的天幕一样纯净，不留一粒尘埃。他突然有一种莫名的感动，仅仅是凝眸一瞬，他便觉得一生一世，这双眼睛在自己的灵魂之中，再也挥之不去。

锅庄戛然而止，接下来的一幕是赛马，陈渠珍跟着彭措和第巴来到了一处河滩上，绿草似毡，野花在阳光下随风而舞，草原上每隔三四十步，便插了一根竹竿，还是那群跳锅庄的女子，此时已卸去盛装，腰束丝带，长袍的藏装袒露左臂，彭措的手轻轻一挥，骑在高头骏马上的女子身捷如燕，挥鞭驰马朝前方冲去。法号呜呜而鸣，众多女子弓身低头，伸手拔竿，一圈跑完，最多能拔去一至两根竹竿，唯有一个窈窕的身躯，如天空的神鹰掠过，轻捷身影时而置身马背，时而贴在马肚上，纤手一扬，虹影跳荡，一圈跑完，手中连拔五根竹竿。

"好啊，真奇女子也！"陈渠珍与众部下激动地鼓掌喝彩。

彭措挥手唤仆人："叫小姐过来，本营官今日高兴，要重赏她。"

身着绿色绸缎藏袍，腰间束着红丝带，裸露着左臂的藏族姑娘，疾马冲了过来，到了陈渠珍与彭措、第巴跟前，突然勒紧缰绳，枣红马前蹄凌空一跃，做天马遗世而立，睥睨马下的一群男儿。她年纪不过 16 岁，而无邪的眼睛此时却是一缕从容不迫的倔强和坚定。

"没大没小的，还不下马来见过陈本布（藏语对长官的称谓）。"彭措呵斥道，转身对陈渠珍说，"这是我的侄女，因膝下无子，视为己出，让本布笑话了。"

"哪里，哪里，自古英雄不在年高，女辈也多英豪啊。"陈渠珍感叹道。

一阵铜铃般的笑声从半空随着身影降落，有点白云落地般的清纯无瑕。她躬身行礼："小女子西原拜见陈本布。"

"啊啊，真是奇女子也。"陈渠珍感叹道，"如此精湛骑术，我辈军中男儿，也自愧不如。"

"本布过奖！"天然如玉的西原将颈下的哈达摘了下来，挂在陈渠珍的脖子上，嫣然一笑，蓦地转身离去。

彭措的管家横着挡了她，说："老爷有赏！"

侍女端着一顶绿松石的头饰过来了，彭措将其戴在侄女的头上。

"谢谢叔叔！"西原躬身向彭措致谢。

"应该谢陈渠珍。"彭措指着陈渠珍道，"他对你的夸奖，让叔叔有点心花怒放。"

"好啊，好马配好鞍，这绿松石的头饰戴在西原姑娘身上，宛如林中飞出一只凤凰，迷倒我辈武夫啊。"陈渠珍喝过几杯青稞酒，性情中人血气蓦然涌动。

西原朝他一笑含情脉脉，那蓝天流云的凝眸，让陈渠珍有点看呆了。

伫立一旁的第巴打趣道："若陈本布喜欢，就带到军中去，侍候本布榻前，寒冷的时候焐焐衽席。"

"哈哈！好呀。"陈渠珍以为第巴在开玩笑，漫然应道，"若得西原，可是我陈某人在西藏的喇嘛寺里烧了高香，心之虔诚的报应啊。三生有幸，三生有幸。"

众人起哄，纷纷捧着青稞酒敬陈管带，恭贺他交了桃花运，赛马之中得一娇娘。陈渠珍那天喝得酩酊大醉。

翌日清晨醒来，陈渠珍早把昨天的醉话忘得一干二净，吃过早餐，便带着马弁，欲进大喇嘛寺去拜谒呼图克图大活佛，请教西藏古代神话故事。途中与第巴相遇，对方笑脸盈盈，说，恭喜本布，贺喜本布。

陈渠珍愕然，问第巴，本管带喜从何来？

第巴指了指树上画眉说："树上的画眉在叫，陈管带自然有桃花之运。彭措看到你喜欢西原，欲将她许给你为妻，一会儿就送过来。西原听说能侍候管带鞍前马后，案头床前，高兴万分。管带可不能嫌西原生于蛮荒之野，弃之如屣啊。"

陈渠珍悚然一惊，说昨天都是酒话，仅一句戏言而已。

第巴正色道："自古军中无戏言，管带昨日一席，可是搅动小女芳心啊。"

陈渠珍觉得有点滑稽，一语竟成孽缘，不过他是信佛之人，说还是到大喇嘛庙里找大活佛讨个说法再作定夺。

"善哉善哉！"呼图克图笑道，"此等佳偶良缘，我愿为管带证婚。再说西原女孩，老僧也见过，身姿矫健，胜似男儿，随君奔走于军中，也不会成为累赘啊。"

陈渠珍感到盛情难却，说："恭敬不如从命了，西原也算是佛陀送给陈某人的一朵雪莲花，我会好生珍惜。"

当天晚上，第巴在他的官邸里举行了盛大的婚宴。洞房花烛之夜，凝望着军帐之中的长明灯，依偎在陈渠珍怀里的西原说："本布，你虽是汉人，但是当我在跳锅庄的旋律中，看到你憨直的面孔上有一双骨碌碌的眼睛在转，就知道，你是我命中的注定，今生今世注定要跟你走，不管海角天涯……"

新婚之夜的娇娘一语成谶。

陈渠珍在藏东南林莽之中的蜜月还未度完，武昌起义的消息竟然通过英国的《泰晤士报》传到拉萨，西藏清军顿生哗变。赵尔丰边军和川军中哥老会的袍哥们伺机而动，其龙头堂主居然是一群军需火头军，泼皮无赖，仅存一点哥们儿豪侠，身上张扬的尽是兵痞匪气，竟将枪口对准了自己的长官，以西藏参赞大臣取皇室贵戚钟颖代之的统领罗长琦，曾密令麾下的管带

处决哥老会龙头、堂主。可密令尚未到达，下层士兵已纷纷反水，黑夜出逃之中，被哥老会之徒围捕在手，五花大绑，欲将长官用一种残刑处死。他们将他双手用绳子系在马尾之上，一个哥老会骑兵跃身上马，鞭马曳行。进士及第曾以翰林在军机处行走的罗长琦此时已年逾五旬，开始为保性命，尚能奔跑几步，但最终战马越跑越快，他终于被绊倒了，俯卧在地，身子和脸庞在砾石树桩和草地沼泽中拖曳数十里，到大喇嘛寺前，已气绝身亡，其状惨不忍睹。

听到这些，陈渠珍的心在滴血。高原的夜，一片无边无际的黑暗，树林中仍有几只怪鸟在啼鸣，那是死亡将至的尖叫。独坐军帐中，经历了多少死亡的陈渠珍第一次感到后怕，回望故园，帝国江山已经倾倒，遍地狼烟起，一个坚强后方的支撑化为灰烬，黑暗沉沉，让他第一次觉得自己是一个远离故国的孤儿。社稷无主，军心已乱，这片大清官兵喋血而战的土地将会起另一场兵燹血灾。他最担心的是西原和家人，还有与自己过从甚密的第巴、彭措夫妇，藏王卷土而来时，倾巢之下岂有完卵。他已经让自己的马弁给西原送信，让她在德摩山下等他。那一夜的等待是陈渠珍一生中最漫长的时刻。

拂晓将至，哗变士兵打着火把冲到陈渠珍的帐前，一百多名湖湘子弟汉阳造的连枪在握。司书杨兴武是湘西永顺人，领着一班湘军近卫着他，虎视前方，随时准备为乡党长官献身。兵变的首领滚身下马，说罗长琦保皇旧臣阻挠革命，死有余辜。念你参加过同盟会，又是军中干才，大家推举你做军中首领。陈渠珍抱拳相谢，说："我与兄弟们喋血尤野数载，捐躯报国之心已尽，家有老母，该回去尽孝了，一个士兵若不战死疆场，就该回归故乡。谢谢各位的抬爱，恕我难从命了。"

跃身上马，陈渠珍带着亲兵怅然而行六天，终于走到了德摩山下。西原像一只惊弓之鸟，战战兢兢地扑了过来。军队已经瓦解，哥匪横恣，早不把军中纪律当回事了，烧杀抢掠无所不作。西原紧紧将夫君搂在怀里，男儿之泪却已经流尽，遽然有一种国破家亡的凄怆，抱着藏族娇娘痛洒英雄女儿泪。

当晚住到了西原家中。西原对汉军瞬间瓦解茫然不解，陈渠珍告之真相，大清江山已倾，军队哗变，残局无可收拾，藏王之兵很快就要扑来，若自己留下，必然命丧藏刀之下，并殃及西原一家，唯一的出路便是东归故里，携西原回到汉地去。若西原不走，一个军人的血魂也会永远留在高原上，陪伴着自己的藏族娇娘。西原听过后黯然饮泣，其母进来目睹此景，也抱着女儿哭成了一团。陈渠珍则独坐一旁，凝噎不语。

离泪流干了，仅有16岁的娇娘仰起头来，拭去眼角上的泪痕，说："能追随夫君纵横军中，乃西原之幸，若失夫君，西原生活的天空就没有阳光白云。随君走天涯，君到何处，西原就追随何处。"

陈渠珍将西原紧紧地揽在怀中，说："西原，谢谢你，你跟我去汉地，回到那座依山傍水的小城凤凰，就等于将我在西藏雪域的所有记忆，全都带回去了。"

彭措说："我已垂垂老矣，走不动了。我向往汉地，却唯有遥望。我知道汉军走后，自己会落个什么样的下场，那就让我死在高原吧，我的灵魂将变成一只林莽中的孔雀，永远盘旋在故乡。"

第二天黎明，满天繁星被高原黑夜凉飕飕地大口吸吮而尽，远处的地平线上燃起一片大火，也许那就是东归前兵燹的预兆。西原的母亲赶来了，噙泪从藏袄里拿出了一尊珊瑚山，递给西原说："你随本布远行汉地，天涯海角，从此母女相见遥遥无期，想家时候，想阿妈拉的夜晚，就看看这座珊瑚吧，睹物如见你母，一定要小心呵护啊！"

"阿妈拉！"西原紧紧抱着母亲哭成了泪人。

骨肉分别痛彻肺腑，一个不会半句汉语的藏族娇娘，要随一个汉族军官去汉地，在陈渠珍掠过心中的是一种莫大的感动，陈渠珍何能何德，居然有这样的异族女子舍命相随，但却不知自己是救了西原还是害了西原。

陈渠珍拍着西原的肩膀，将她从母亲的怀里拽出来，扶她上马，朝着晨霭袅袅的林间小径绝尘而去，如同风吹落叶。远处山冈上传来西原妈妈椎心泣血的呼唤："西原，我的女儿……"

蓦然回首，陈渠珍的后边迤逦走来一支孤旅，他带着自己的150名湖南、四川、贵州和云南籍的子弟，一个西原，一个藏娃，汉族父亲藏族母亲生的娃子，踏上了漫漫东归路。

队伍赶到脚木宗时，彭措夫妇和喇嘛寺的呼图克图也策马赶来相送，双双拜于马前。说："彭措已老，不能随本布远行了，此去经年，重会何时？"说着便啜泣不已。

"彭措，也许有一天我们会回来的。"陈渠珍安慰道。

彭措摇了摇头，将手中的藏式佛珠各赠以陈渠珍和西原，说："山高水远，万里迢迢，只要佛珠在，就会保佑你们平安返回汉地。"

"谢谢！"陈渠珍和西原含泪而别，此去经年，后来他惊然发现，凡与自己交往之人，命运都打了一个死结。自己乍看救了西原，却最终也害了西原。相识彭措，最终也连累了彭措一家。他的队伍还没有完全走出大莽林，藏王的军队就开进来了，凡与汉官走得太近的人，统统受到了连坐。彭措夫妇被刽子手以酷刑车磔而亡，一只脚拴在一辆战车上，背道而驰，将人活活地撕成了两半，那惨烈的尖叫，连雪狮听了也打寒战。这个消息是陈渠珍后来才知道的，但是彭措死的那天，他正在飞奔逃亡的路上，一群神鹰总是眷恋地朝着他的马队上空盘旋，原来他们嘴里衔着彭措的灵魂之躯啊，久久不愿离去。

归去来兮，胡不归。陈渠珍所率的东归队伍抵达江达时，才发现乡关遥遥，自己已无归路。已擢升为四川总督的赵尔丰听说西藏川军已叛乱，立即调了三个营的边军越过金沙江，沿岗托一线布防，凡驻藏川军回返，一律杀无赦。若跟着钟颖再进拉萨，已是一群失去母体的乌合之众，迟早有一天会被达赖收拾掉。

唯一一条出路只有从青海出甘肃，再返内地了。横穿青藏高原有三条道路可入内地，一条是东道，就是当年的唐蕃古道，由湟源而过日月山，穿越广袤低洼的沼泽、荒原，渡黄河而至玉树，从玉树过唐古拉山口，进入拉萨，青藏往来多走此道。再一条是西道，沿青海湖经柴达木折南，沿金沙江上源的穆鲁乌苏，逾唐古拉山，是后来清代所辟的一条蒙古入藏大道，约需75天。再一条中道，沿青海湖经柴达木与西道重合，自柴达木过通天河而与唐古拉大道汇成一路，只需40天便可抵达。杨兴武此时年过40，办事历来谨小慎微，人又厚道，力主陈渠珍抄近路东归，于是他们便选择了荒无人烟的中道，满天冰雪，向导无法辨路，最终陷于绝地。有意思的是陈渠珍当年万里东归之路，恰好与后来慕生忠将军所探的青藏公路有很长一段的重合，冥冥之中成了内地走过后来修筑青藏铁路近道的第一人。

烈马长啸，一支孤独的汉军队伍就这样在高原悲风的呼啸中，踏上青藏高原的万里东归之路，一条吞噬了多少英魂的荒芜英雄路。马蹄声咽，马蹄声碎，坚硬的铁蹄踏得尘土飞扬，也踏醒了湮没已久的唐宋冤魂，他们瞪着一双双凄迷的眼睛看着大荒，远眺着一支孤旅沉落于无垠无尽的荒原，沉落于死亡的陷阱。神奇壮烈的青藏高原，此时沦落为一个巨大的山包，每个隆起的土丘，最终都可能成为陈渠珍麾下官兵的荒冢。

踏上东归之旅时，归心似箭，每个士兵都未意识到自己踏上了死亡之旅，包括陈渠珍和西原。这是他一生中走的一条最长的路，原以为选了一条回归故里的终南捷径，可以巧妙地躲避开敌军，岂料却无法避得开荒原和宿命。

人在它的面前，显得渺小和脆弱。

凝多是告别藏东南热带雨林的最后一宿，陈渠珍回望自己的队伍，麾下有 150 名清军官兵，多是湘、川、黔、滇一带的子弟，然后是自己与西原。马夫张敏，父亲为汉族，母亲系藏女，藏人称为"采革娃"，再就是波密投降的被杀戮的营官贡兆的儿子，又称藏娃。每个人骑着一匹战马，又有驼牛驮着 40 天的军粮、帐篷和御寒的衣物。

绝地万里随君东归

第二天早晨由凝多北进，正北方向四至五天路麦地卡，其在嘉黎西边与黑河以东之间，这是一条逶迤的小径，隔着千山万重。

此时已是 11 月份，入冬的第一场大雪飘飘而至，

陈渠珍骑的枣骝马打着响鼻，欲踏雪翩然

而飞，东归之旅，多亏这匹西藏的

易贡龙驹啊。从波密踏上东归

之路，枣骝马良驹之雄渐

次显山露水，当翻越树枝、央噶、京中三座大雪山时，其他马走走停停，气喘吁吁，扬鞭横抽，雪阻关山马不行。没有办法，官兵只好推着马屁股艰难而行。唯有这匹枣骝马踏雪无痕，鼓荡双翼，轻蹄飞扬如健行天堂，五岭逶迤似踩泥丸，勒马仍不肯停歇。进入万里羌塘之后，广袤无垠的大草原，一片荒漠空廓，马匹驼牛无水草可食，其余的马都疲惫不堪，每登一座小山，骑者都要下马牵之而行，唯有枣骝马独上千山，昂首疾行，睥睨青藏之小，似乎觉得这里才是它的天堂和战场，日行百里而不觉累。

此良驹得来之偶然。当时陈渠珍率兵抵达易贡一片大草原，见围栏羁着一群藏马，其中一匹枣骝马御风而立，昂首长啸裂云，奔蹄疾驰，众马皆不敢近身。

"好马！"陈渠珍感叹道。西藏的从军之旅，出入靠战马，因此对于马他有一种特殊的嗜好。

养马的主人说："本布有好眼力，此乃易贡的名马啊。易贡属于滨海，海龙出水与马交，故生龙驹。"陈渠珍笑着揶揄道："沼泽之地，也生龙蛇而育宝马啊。"

或许他太爱这匹枣骝马了，当时他便抛下藏银三百两，作为定金。后因卡拖围剿遁入野人山中的波密叛乱首领白马青翁，耽误了时日，重返易贡时，易贡头目送了枣骝马，说，这是易贡良驹了。

陈渠珍约军中好友来观看他的坐骑，众人哑笑，说："这什么宝马啊，马鬃、马尾太粗，头面雄阔，躯干粗犷，不像，哪点都不像一匹良驹。"

"千里马往往貌不惊人。"陈渠珍自我安慰，然后跃身上马，试骑了一程，也觉得与一般的战马无异，心中升腾起几分失望，隐隐觉得这笔钱花得冤枉。

然而，越过山外寒山连绵，陈渠珍庆幸自己拥有一匹千里马，而他的娇娘西原则骑在一匹大黑骡子上，成了百名雄性世界的唯一点缀。

已经好些天不见人烟了，一支孤旅望着北斗星冉冉升起的地方逶迤而

行，极目之处，万里羌塘遥遥不见尽头，地平线之外仍然是浮起的天际，让苦旅行进中的清军官兵有点绝望。终于在一个傍晚，到了一个叫哈喇乌苏的地方，只见一条河流蜿蜒东去。哈喇乌苏是蒙古语，哈喇，蒙语叫黑水，乌苏，河的意思，陈渠珍孤军所向的哈喇乌苏，就是黑河即今天的那曲。

"陈本布，前方有一个村镇。"藏娃张敏策马走到了最前边，看到了一个有五六户人家的小镇。

"哦！"陈渠珍的马刺一夹，枣骝马朝着一个山丘冲了过来，果然一轮夕阳缓缓地朝村落下坠，几缕炊烟冉冉升起，凝重了许多天的心情如蓝天晚霞，突然灿烂了。

后续的队伍渐渐地上了山冈，陈渠珍手一挥说："下山，晚上就扎营这里，休息几天，补济给养后再往前行。"

队伍开始雀跃了。陈管带骑的枣骝马一马当先，朝黑河古镇疾驰而行。马蹄踏碎残阳一片，黑河镇上最华丽庄严的大喇嘛寺孝登寺就在眼前。但是，当他们渐渐靠近黑河镇时，只见数百名藏兵神情凶煞，持刀夹道而立，有一种御敌于家门之外的森严。陈渠珍顿觉惊诧，挥手让队伍停止前进，命令翻译前去停调，告知我军仅仅借道而过，并无敌意。许久，翻译带着一名喇嘛来了，似乎毫无商量余地，挥令陈氏孤旅速速离去，不许在黑河停留，否则休怪藏军手下无情。

陈渠珍仰首看天空，斜阳已经快坠落到旷野无边的草地背后了，自己没有带帐篷，反复向喇嘛说明仅仅假道而过，绝非鸠占鹊巢。磋商了一

个晚上，最后喇嘛才勉强同意暂住一个晚上，给了小屋三间栖息，花重金买了 100 包糌粑给牛马食。让他感动庆幸的是取水的士兵找到了一位 68 岁的老喇嘛，他是青海人，9岁在塔尔寺剃度出家，18 岁跟着商人入西藏，进了黑河的孝登寺为僧，已经 50 载，无限的乡愁伴随一生。他愿意作为向导，带领汉军孤旅横穿青藏，回归故乡。

曙色刚至，朝阳还在地平线上与荒原缠绵，艰难地分娩出新的一天。陈渠珍却不敢在黑河镇久留，担心被藏军一锅端了，早早叫队伍启程远行。刚朝着正北方向走出 10 余里，只见后边风尘如黄龙卷起，蹄声踏破了荒原的寂静，如惊雷掠过。1000 多名藏军的骑兵，分成两翼，紧随左右，陈旅停下，他们就停下来，陈旅疾行，对方也匆匆跟进，其虎视眈眈之状，仿佛随时都要出手将这支孤旅吞没。然藏军却忽略了一个坚硬的现实，这可是一支历经百战的精锐之旅，人并不在多，虽然面对数倍于己，但却是当时最现代的火器连枪，一旦露出铁牙利齿，千余的藏军绝对不是他们的对手。

"打吧，陈管带！"官兵纷纷涌了上来向陈渠珍请命。

"不！"陈渠珍摆了摆手，"我一直觉得奇怪，藏军若要吃掉我们，昨天晚上是最好的机会啊。"

"那是他们兵力不够。"陈渠珍麾下有一个最得力的部下、乡党杨兴武说，"我军猝然而至，藏兵调兵不及。今天早晨已经大量集结，决一死战在所难免。不如乘对方立足未稳，打一个措手不及。"

"好吧！狭路相逢勇者胜。"陈渠珍立即布阵，"兴武带一队攻其前，我带一队攻其左，不可恋战，打了就走。另一队护卫辎重，千万别让人家端了粮草。"

恰好这时，藏军下马到帐篷里休息，陈渠珍手一挥，百名勇士举着火器冲入藏军的队伍里，一齐开火，左右夹击，乱扫乱射，一下子打对方一个猝不及防，藏军付出 300

死伤。而陈旅却无一人受伤，追了 3 公里远，藏军远遁。陈旅打扫战场，藏军遗落了许多粮食，他们驮着就走，一口气跑了 40 余里。天色将暮，进了一个小喇嘛寺，问老喇嘛，为何藏兵要追赶他们，老喇嘛说，你被当成拉萨叛兵了，十三世达赖过黑河时，放了许多宝物，怕你们掳走，意在震慑，未必是要打。

"那为何虎视眈眈紧随我们之后，却迟迟不动手？"陈渠珍依然疑惑。

"藏军武器不好，打仗意在恫吓与威慑，未必要真打。"老喇嘛解释道。

陈渠珍如释重负，问此去多远可到甘肃。老喇嘛告之三日之后就会走进酱通（西康藏人语羌塘）沙漠，那是一片无人区，极少有人走过。

"一个月可以走出去吗？"陈渠珍问。

老喇嘛摇了摇头："绝地无路，一个月走出大漠史无前例。"

"是吗？快找向导来！"陈渠珍惊讶不已，挥手叫来随军而行的老喇嘛，说，"你 18 岁进藏时走了几个月？"

"那是夏天，整整走了两个月。"
老喇嘛小心翼翼地说。

"现在是冬季，我们准备走三个月，能够走得出去吗？"陈渠珍将所有的希望系在了向导老喇嘛身上了。

" 也 许 可以……"老喇

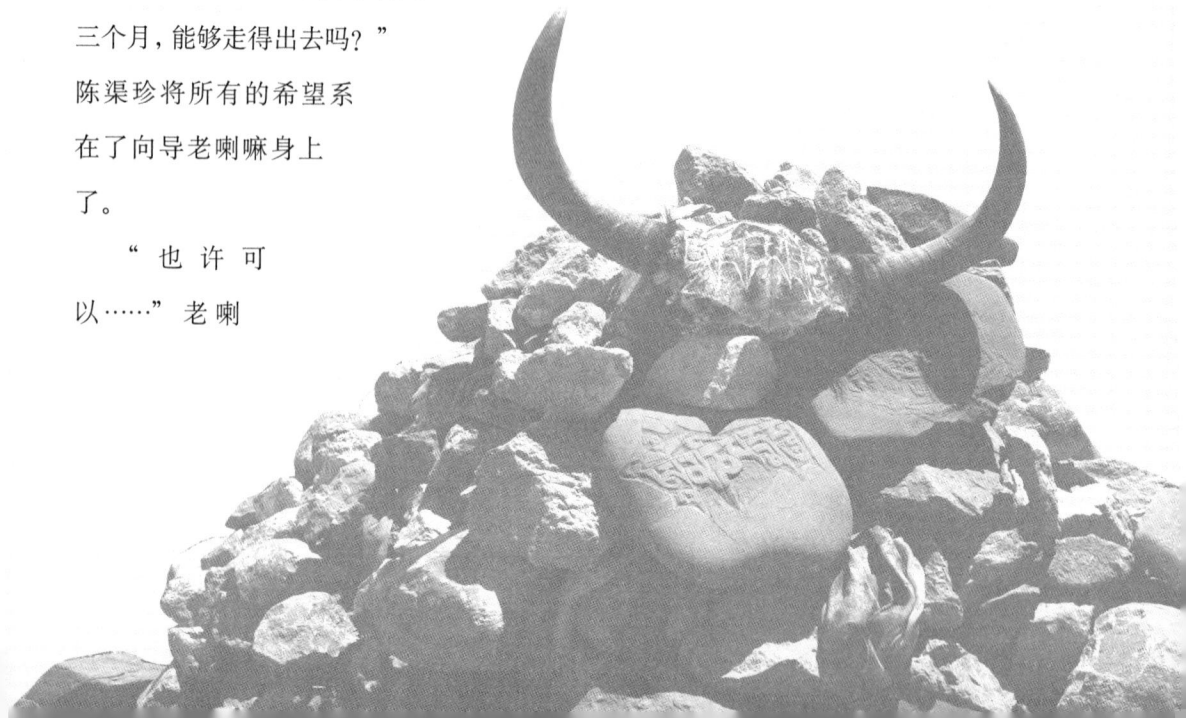

嘛有点犹豫。

"别说也许，军人最怕模棱两可了。"陈渠珍突兀地显出军人的血性。

向导老喇嘛摇了摇头说："我不能。"

陈渠珍怅然若失，他命令杨兴武清点了一下糌粑、粮秣，很快报回来了，每人尚有130斤，90天足够了。

"可以支撑三个月了。"眺望羌塘无人区，陈渠珍心中有莫名的骚动和紧张，他并不知道这片人类的最后的秘境，正北方则是横亘唐古拉的当拉山口，越岭过后不远是通天河，再往前就是空旷的无边无际的楚玛尔莽原，过去他一直向往青藏高原无人区的神秘莫测，然而现在他不知道有什么在等待着这群大清帝国最后的官兵。

已经走了三天了，不见一点炊烟。陈渠珍的记忆里已经没有地理点位的参照坐标，其实按他后来著书所述的在三九族与二十五族之间插过去，恰好是朝今天的聂荣县直插唐古拉的当拉山口，可是他当时茫然四顾，一派荒寂。到了日暮时分，终于见到了十几个帐篷，士兵驰马下去，要求暂住一宿，但是藏民不肯，士兵强入，对方持刀扑杀，陈渠珍未来得及制止，手下开枪射击，击毙一人，其余匆匆逃之夭夭。当天晚上住了一夜暂避风雪，这是他们最后一次在大漠上见到人烟。

或许因为在羌塘荒原上的滥杀，上苍略施淫威，令这支清军的孤旅陡生敬畏和恐惧。就在他们第二天早晨离开那十几座帐篷不远，风雪仍然不停，只见沙碛之中突然风尘遮天蔽日，一股黄龙由远及近，如一艘战舰滚滚而来。官兵一片骇然，停止了前进的步履。尘沙渐行渐近，风尘中似有一群天兽踏云而来，若隐若现。向导老喇嘛显得格外坦然说："是野牛！大的重八百斤，小的最少也不少于三四百斤，由牛王引导，成百上千头，前导牛往东，群牛追随往东，前导牛往西，其余都朝西。带头牛坠崖，所有的野牛都会跟着坠崖而亡。"

孤旅的官兵嗟叹之中，巨大的野牛群从他们身边擦肩而过，踢嗒之声将羌塘草原震颤。足足奔驰了十多分钟才过完，吓得陈旅官兵浑身冷汗直流。

野牛驶过，向导喇嘛才从诵经中惊醒，说："谢天谢地，好在是群牛而行，若遇孤牛，我辈的小命就搭上了。"

官兵不解，问这是为何？

老喇嘛说："孤牛体大力猛，角短而曲，鼻子长而狭，若不幸与之相遇，趁早躲起来。否则若公牛相斗，它连狮虎都不惧，人若要称狂，只能白白送死。"

众士兵说："我们有枪在手，凭什么害怕野牛？"

"牛皮厚而坚硬，刀枪不入啊。"老喇嘛摇了摇头说。吓得士兵一派悚然。

陈渠珍觉得所率清军孤旅的厄运，其实是从他心爱的良驹枣骝马远遁开始的。仿佛这是不祥之兆的第一张多米诺骨牌，推倒了第一张，其余皆倒。每天晚上睡觉前，他们照例将每匹战马、驼牛，用毛绳捆住后腿，两足之间只有六七寸的空隙，这样牲口晚上即使吃草，也不会跑得太远。战士皆卧在雪中睡时，人先僵卧地下，用肘压住了衣缘，再转身仰卧，将头蒙在衣中，任凭风吹雪浸。第二天早晨起来时，几尺厚的积雪已将人埋住，仍需转身伏地上。陈渠珍猛然而起，抖擞身上的积雪，相看每个士兵个个蓬头垢面，似如囚徒，而他最心爱的娇娘西原，红润的脸庞早已像花一样枯萎、美丽不再，当年驰骋马上的矫捷之身像纸一样单薄了。幸好他们还有一床薄被、一床皮褥，晚上相拥而眠，靠彼此的体温还能暖一暖被风雪青藏的寒凉冻僵的身子。

翌日早晨，西原最先从雪梦中醒来，她起身一看，围在他们身边的唯有那匹大黑骡，枣骝马早已经跑得无影无踪了。她连忙推醒陈渠珍，说："官人，大事不妙，枣骝马不在了。"

陈渠珍跃身而起，一望荒原无尽，连一点踪影也不见，当即命令士兵骑马分头寻觅。几个方向找了很远的地方，也不见枣骝马的影子，也许良驹宝马的故乡本身就该属于这片大荒原，跟随陈渠珍走，最终也落得一个屠宝马果腹的命运，还不如早点放它一条生路，让其称雄瀚漠，变成一匹驰向天堂的天马。

痛失千里马，陈渠珍怅然若失。西原将自己的大黑骡子牵了过来，说："夫君勿忧，大黑骡虽然赶不上枣骝马，也是好马一匹，可供驰骋。"

"那你骑什么？"

西原指了指一匹驮货的劣马："它可以代步啊。"

"使不得啊！"陈渠珍一口婉拒，"你是骑手出身，岂可骑此等劣马。"

"夫君！"西原此时凸现出西藏女子的非同凡响，"你是本布，所有兄弟的命运都在你手里，没有好马何以指挥。"

未等陈渠珍同意，西原已将大黑骡的缰绳递到了他手中，自己飞身跃上了一匹劣马，跟着队伍朝着天的尽头走去。

骑着大黑骡走了六七天，突然在一片荒原上见到数百匹藏野骡，枣骝马也徜徉其中。陈渠珍喜出望外，悄然接近，用熟悉的声音呼唤它，可是枣骝马心性早已经野了，根本不理会他的主人；野骡见人也不躲避，几个士兵悄然扑上去想抓住枣骝马，还未近身，它凌空一跃，马踏飞雪，朝着远处疾驰，藏野骡也追随而去。士兵举枪，射杀了五头野骡。而枣骝马惊鸿一现，乘御风，含清风，踏飞雪，随着野骡群而去了。

陈渠珍望良驹消失在大漠上，孤凄地策骡独行，黯然神伤。

良驹弃主人而去，向导老喇嘛也不时迷路，过了唐古拉的当拉山口之后，偌大的羌塘无人区，几乎都是一目千里的大荒，风雪又大，黑云垂到了地面，四处几乎没有一点参照，辨不清南北西东。老喇嘛登高望远，远眺良久，才刚辨清方向，可是走不了几程，又开始迷路了。士兵恚怒不已，对老向导或大声斥骂，或用枪托痛击，或揪到草地上一阵地拳打脚踢。心软的西原痛苦地转过身去，哀求的神情投向丈夫，陈渠珍连忙出面制止，他担心一旦老喇嘛也像枣骝马一样弃他而去，那可是叫天天不应叫地地不灵了。

晚上到了一处宿营地，他把老向导请了过来，好语相慰，从容地问道："荒原茫茫，雪地之上路向何方啊，你年轻时经过此地，总应该有山水可做参照物啊。"

老喇嘛沉思良久，说："再往前走，就是通天河，再行数日，便有一座孤山在大荒原上蓦然崛起，名叫'冈天削'，山高不过数十丈，有一条小河绕其前，树木也就多起来了。顺河而下，走十多天，就可以到西宁，而且沿途都有蒙古包星落草原之上。"

在陈渠珍冥冥的地域感觉之中，冈天削显然就是昆仑山口了。心头顿时升起了一缕希望之光，他热情安慰喇嘛，也劝自己的部下绝不可再为难老向导。但是令他忧心如焚的事情却最终发生了，杨兴武悄然告诉他，糌粑告罄，部队已经断粮了。他连忙让杨兴武查一查人和牲口，杨兴武报告说，沿途有士兵死亡，还有 73 人，牛马不时宰杀与夜间遗失后，只剩下 50 头了，一天需要两头，还可以坚持半个多月。

"轻装吧！"陈渠珍下达了最后一道命令，"带不走的行李，全部焚烧。"

他与西原留下了一床被、一床皮褥，还有西原妈妈送给她的珊瑚山。

以后的日子，几乎是在一种混沌中度过。没有地名，没有纪程，甚至没有山川风物可供记载。走着走着，部队又山重水复疑无路，于是，每日午后 3 时，陈渠珍就命令部队在野地宿营，兵分六组，一组敲冰化水，一

组刨开积雪拾牛粪做燃料，一组寻石架灶，一组扒开雪窝做营地，一组猎野兽为食。开始数天，运气还好，打猎者往往满载而归，有时射杀野牛数头，有时狩猎野骡一群。

但是，最让他惊慌失措的事情还是发生了，手中只有 20 根火柴了。众人皆慌了神，小心翼翼地交给陈渠珍。于是每天用一根火柴点燃生命之火成了最重要的事情，每到点火之前，先将干骡粪揉成粉末，撕下身上的布条，卷成小条，八九个人背风排成两行，头并头，肩并肩，衣服将漠风挡得一丝不入，一个人钻到中间擦着火柴，点燃布条，挡风的人墙闪开挡风一角，让微风徐徐而入，然后再将布条放到地上，盖上骡粪的碎末，荒火孤烟冉冉而起，成了万里羌塘无人区里唯一的一簇生命的炊烟。然后士兵将拾来的牛粪摞三四尺之高，围着篝火席地而坐，煮冰代茶，烤肉为食。到了晚上火渐渐烧尽，一群人就余烬未完，睡卧其上，既可以去湿，还可以防寒保暖，在风萧萧雪飞扬的大漠上度过一个漫漫长夜。

坐骑和驮牛一天天被宰杀，步行的士兵越来越多了。当初离开波密时，每个官兵穿的是藏靴，里边有毛袜，可是在荒原上走得久了，藏靴破烂，只能用毛毡裹足而行，行路漫漫，毛毡破烂不堪，行走在冰雪上，脚开始肿痛，随后溃烂，有的最终连路也不能走了，而他人又各自寻路逃命，无法携战友而行，只能任其僵卧地上，辗转呻吟而死。起初死人之时，陈渠珍还叫人挖坑埋了，让头朝正北，远望故土江南，率众官兵致祭，写下家人的姓名和住址，以后好回去报丧。后来减员太多，也只能让其僵卧于莽原，默默嗟叹而已。

陈渠珍也未能幸免，有天过雪沟，稍微不慎，沾雪的右足被冻伤，开始跛行，西原眼疾手快，以牛油烘热熨在足上，过了几天竟然奇迹般地好了。可是他的队伍却在不断地减员，从断粮屠杀坐骑开始，短短的十多天内，病死 13 人，足痛而死 17 人，随军跛行也有六七人。

又继续往正北方向行走了数日，一个日暮沉沉的血色黄昏，忽然发现一条大河从身边蜿蜒流过，老喇嘛骤然一跪，说："我们终于到通天河了！"

官兵们脸上的阴霾也随之扫去，一个个惊喜万状，掐指数着日子一算，今天晚上恰好是腊月三十，是中土的除夕之夜，明天是大年初一。陈渠珍挥手说："明天我们就在通天河过年，休整一日，杀马过年，再捕一点野兽做菜。"

次日早晨起来，晨雾渐渐淡去，通天河沉醉在冬日的阳光里，熠熠发光，如一条白色绸带融入远天。陈渠珍鹄立岸上，只见河宽二十多丈，无竹木扎舟筏，幸好冬天河面上已经结冰，队伍可以踏冰而过。登岸后，突然有个士兵惊叫："管带，河岸上有一块石碑。"

"真的？"陈渠珍走过去一看，果然一界碑，足有三尺之高，一尺左右宽，上书写"驻藏办事大臣青海办事大臣划界处"。

老喇嘛站在界碑前俯看良久，说："这大漠上无石可取，是从江达用两头驮牛长途跋涉运过来的。花了数百两藏银，当年路过黑河时，我见过这块界碑。"

民国元年的大年初一，清军最后一支孤旅的 40 多名官兵，就在通天河边上度过了难忘的第一天。

望着通天河水默默流向远方，流向长江，流向每个士兵家乡的门前，陈渠珍也觉得乡愁无边。他转头问老喇嘛："到冈天削还有几天路程？"

"十日吧。"老喇嘛沉吟着，"也许半个月，老僧当年只有 18 岁，50 载岁月轻烟如梦。不太记得了。"

陈渠珍的部下不干了，举起枪口对着老喇嘛："都是你这个老秃驴害的，说三个月，我们都走了四个月，荒漠茫茫，路在何方？不如先宰了你这老秃驴，煮了吃。"

陈渠珍连忙挥手制止。

杨兴武不愧为陈渠珍的左膀右臂，说："陈管带，不管冈天削要走十天还是半月，我看不会太远了，如今牛已杀尽，马也不多了，若再误入歧途，我们就全完了。我挑 10 个体魄健壮者前去探路，你们在后边打猎，多储些野肉，作为粮食。"

陈渠珍点头，约好 10 天为限。当天晚上，杨兴武将最后一杯糌粑赠给陈渠珍，重不过二两，煮了两锅汤，叫大家分而食之，叫老喇嘛也来吃，怎么喊也不应，官兵也不在意。第二天早晨，让老喇嘛与杨兴武一起走时，才发现他经不住士兵的殴打和斥责，悄然出走了。茫茫然的大漠，方圆千里无人烟，一个年近七旬的老僧孤身一人，何以走出莽原无疆，最终只能裹饿狼之腹了。

一个红衣喇嘛在大漠中消失了，杨兴武带走的 10 个兄弟也在前方的大漠里永远消失了，陈渠珍并不知道，过了通天河之后，吞噬他们的将是神秘广袤的可可西里。

春节后的第十天太阳从通天河上冉冉升起，正北方的荒原上不见一个人影。杨兴武一去不复返，最后一匹大黑骡被枪杀了。杀大黑骡的时候，西原跑得远远的，背过身去，她不忍看到自己心爱的坐骑命丧枪下。官兵们已经两天没有进一粒米了，队伍之中一片缄默，罕有的沉默。陈渠珍率领的暴戾而哗嚣的官兵沉默了，真的，这种沉默远比喧哗更可怕，这是人性不泯的善良最后崩裂时的沉寂。那是一种兽性在疯狂暴发前的寂然。士兵饥火如焚，理性与人伦此时都在荒原中湮没了。

西原的表情在冰雪映照中凸显冷酷，如雪山女神一样浩气凛然，不可侵犯，一下子将失去理性的男人给震慑了。她将自己的连枪一横，说："等着，再过一个时辰，我会满载而归。"

藏族娇娘的韧性温暖湖湘男儿

莽野上残阳如血，西原消失的那一个瞬间，身上镀了一圈金光，如西藏的白度母女神一样，御飘融入了斜阳，走进雪野，一下子将士兵震慑了，死去的灵魂救活了。她救赎了大家，也拯救了自己。就在她转身离去时，陈渠珍本能地跃然而起，随她而去。他们斜行二里，入一条山谷。西原走得快，陈渠珍远远地落在后边，只听砰然一声枪响，如一个爆竹在荒原上炸开，陈渠珍上前一看，竟然打死了一匹野骡，西原取出藏刀割野骡腿上的肉，陈渠珍连忙制止道："割肉时间太长，那群饥饿的士兵还不知会做出什么事情来，卸下两条腿拖回去吧。"

"好主意，还是夫君办法多！"西原莞尔一笑，截下了两条骡腿，用带子系上拖了回去，途中来了几个士兵，陈渠珍连忙吩咐他们赶快

进山谷取剩下的，免得被狼饱餐了。

黄昏时分，回到营地，西原早已汗水涔涔。她让丈夫小心看守野骡肉，自己又匆匆离去，过了一会儿，找来一包牛粪，然后操刀把野骡肉割成无数的小方块，用通条穿在其上，俯身点燃牛粪，将肉放在火上烧烤，将近三天没有吃过饭的士兵饱餐了一顿，第二天又猎取了一批野骡、野羊、野牛，士兵们照西原的烤肉办法如法炮制，统统烤成干肉，攒足了可供10日行程的食物。

在面对苦难的坚韧性上，男人是最脆弱而不堪一击的。抑或从那天起，西原就用微笑，用女性的温馨影响和改变着这片日益酷烈和躁动的雄性的土地和大清帝国的最后一支孤旅。将近5个月的荒原之旅，已经将西原矫健的身体折磨得日渐虚弱，如纸一样单薄。格桑花般灿烂的脸颊又瘦又黄，一天天枯萎下去了，可是她的脸上永远洋溢着微笑。

在那个寂寞的长夜，雪风从身边掠过，天穹深邃黧黑，偶尔有几颗寒星闪烁，像秋潭里的水草一样在天边摇曳。西原依偎在陈渠珍的怀里，讲她在波密莽林中的游牧岁月，讲她相依为命的母亲，讲他的伯父彭措夫妇，但是他们并不知道此时的彭措之魂早在天堂冥界前俯看他们。她让陈渠珍在迷途之中还有一缕温婉和浪漫的眷顾。每天晚上睡觉前，她总是将厚厚的积雪拂去，露出枯黄的野草后，再将皮褥铺开，随后自己俯卧而下，将长袍的每个袖口边缝压住，再转身过来，将彻骨寒凉的青藏高原当作了他们的婚榻，整整8个多月，200多个夜晚啊。她说话的时候，呵出的热气吹到了陈渠珍的脸上、脖子上，让他瞬间感到温暖，寒凉的长夜也变得温婉了。

离开通天河，老喇嘛说的冈天削（即昆仑山口）像灵山一样在梦幻中诱惑着清军最后的孤旅。杨兴武10个兄弟半个多月没有消息，生死难卜，陈渠珍与西原在上山的第三天，也遭遇了一场生死之劫。那天早晨出发前，

陈渠珍叫麾下剩余的二三十个士兵先行，自己有点事情，与西原随后跟进，开始还见行军的队伍迤逦于隆起的小山丘之上，紧随其后的陈渠珍还可以隐约遥望，但是走了十几里之后，队伍便消失在大漠里了，就连开始与他们一起同行，后来追赶上来的马夫张敏和藏娃也不见了踪影。他只有挽着西原跟跄独行，两行脚印留在了空阔的大漠之上。气喘吁吁地走了七八里，天色黯然下来了，地平线上的黑暗正以氤氲之势，挟着昏暝，冉冉上升，与天边悬着燃烧的帐幕渐次接近、拥抱、缠绵，天与地接壤处的界线如此混沌，一片火烧云像刚从地壳里奔突而出的岩浆，漫漶无际，渐渐地冷却为黑炭。显然这是远天黑夜垂死挣扎的前驱，那苍郁连绵的大荒上的圆阜，以十二万分的激情，袅袅升起一缕缕暝昧，起身迎接即将落下的沉沉暮霭。可可西里沉默着，已经沉寂了一个又一个世纪，蓦然之间醒来，悄然地等待，静静地谛听，等待一场喋血青藏、金戈铁马武士躯体倒地时的轰然声响，等待一个万劫不复的末日。

晚风呼啸着掠过雪野，一览无余地凸现靠近

暮色时的死寂。一群恶狼围上来了，离他不过丈余远，狂嗥的尖啸似乎要啃噬一对孤立无援的伉俪。西原从未见过群狼扑噬而上的场面，吓得浑身战栗着哽咽欲哭，躲在陈渠珍的身后，欲寻找到一个坚强的靠山，一个男人的坚强的臂膀，并请丈夫赶快逃避。

陈渠珍摇了摇头安慰道："黑天地暗，道路迷茫而不可分清东西南北，何况只要我们一动，苍狼见了人影，就会扑上来噬咬，死亡就近在眼前了，不如我们选一山沟，静坐在那里，与狼对峙。天亮了狼就会远去。"

于是陈渠珍与西原借着夜暗，选了一个低洼山沟，他将皮褥铺在地上，与西原并肩而坐，盖上被子。西原连枪在握，他则以短刀相持，对妻子说："狼不到十步，切不可开枪。"

"有君在，我不怕。"西原深情地说，"纵使今天晚上真的喂狼而死，灵魂与郎君一起飞升天堂，也是西原之幸。"

"别说傻话，狼也怕人。只要我们不睡熟，群狼也奈何不得。"陈渠珍安慰妻子道。

话刚潜入荒原，夜风也掠过苍狼的狂嗥，凄厉尖啸撕破夜空，随后十几只群狼旋风而至，站在十几米的地方，眨着绿光，如萤火虫一样在夜幕中闪烁。西原浑身一颤，紧紧地依偎着夫君。

人与苍狼就在荒原中对峙着，比试谁坚持到最后。但最终狼熬不过人的韧性，到了凌晨时分，悻悻然地往沟里走了，陈渠珍与西原如释重负，神经突然松弛下来了。这时他们已经疲惫不堪，不知什么时候竟然同入寒梦里，一枕荒原无边。陈渠珍此时已经梦到自己还沉浸在凤凰的沱江里，燠热的夏季，男女老少一条长河中共浴，一丝不挂，裸现着人类童年的灵性。

"夫君醒醒！"有一个女声在呼唤自己，不是乡音，却有几分高亢的磁性。

陈渠珍睁开睡眼，拂晓将至，他惊呼道："好险啊，我们都睡去了。"

西原点头，说："我刚才做了一梦，回到家乡的后山，被狼所追。脚已折了，是母亲背着我跑，突然吓醒了，发现夫君也睡着了。"

"吉人天相啊！一群苍狼围了半夜，我们睡着了居然不扑上来。"陈渠珍感叹道，"看来天不会亡我与爱妻啊！"

第二天早晨天亮了，他们收拾一下行李，循路而去，可是前路茫茫而毫无脚印，走来走去，却不知前方在何处。陈渠珍心中默默暗念："兴武一去不再复返了，我与西原又与官兵失去联系，只有与西原朝前方走去，手中只有一支连枪和一把短刀，幸而再未遇到野兽，但是却一点食物也没有了。死期将近了。"

陈渠珍与西原断食已经两天了，两个人坐在山头似乎在等待死亡。西原从怀里掏出了一小块肉，递给夫君，陈渠珍咽下一小半，突然又咬出一半，递给了西原。她坚决不肯要，陈渠珍强行喂她，西原饮泣道："女人的耐力是无限的，可以几天不进食，仍然能活下去。可是夫君却不能一日不吃，而且万里跟君行，可以没有西原，却不可没有夫君。夫君如果饿死，西原活着也就没有意义了。"

"好西原。"陈渠珍泪涕潸然，说，"渠珍三生有幸，能遇西原。"

　　第三天，陈渠珍与西原朝着正北方向趔趄而行。忽然见到道旁有一颗子弹，已经沾了泥土。陈渠珍拾起来一看，对西原说："这是杨兴武他们留下来的，没有别人啊。"

　　西原惊喜万状说："我们有救了！现在是春天了，我们的苦日子快到尽头了。"

　　又走了数余里，西原频频回顾，忽然见到有人来了，大声惊呼道："夫君有人来了。"

　　陈渠珍与西原伫立原地，极目远眺，果然远处的地平线上有两个人影渐行渐近。原来是他的马夫与藏娃。

　　张敏跑了过来，手中提着一个布袋，看到陈渠珍，抱头痛哭说："管带，我们在途中遭遇一百多头野骡，赶到山沟里，枪杀数十头。我们煮好了肉，派来好几路人马，却不见管带。今天早晨我与藏娃又寻找而来。"

　　陈渠珍听了，泣不成声。张敏从口袋中捧出一块热肉，有二三斤，叫西原与陈渠珍吃了。

　　"西原吃啊！"陈渠珍与西原狼吞虎咽吃下三斤骡肉，才问，"那些弟兄到哪里去了？"

　　"就在前方！"张敏指着左翼的山谷里，只见炊烟袅袅，薄云似的横空而出。

　　陈渠珍仔细观之，离自己不过三里地而已。士兵再度与长官相聚，喜极而泣。

　　凭着每人 10 斤干肉，他们一连走了 7 天，蓦然见一山峦崛起，下有清泉，傍山有流水，水边有小树丛生，高尺许，叶细干粗。陈渠珍惊呼："冈天削，冈天削（昆仑山）！"

众人俯卧水边，拥抱着这块春醒过后的冻土，嗅着青草的芳香，突然有了醉的感觉。但是陈渠珍环顾良久，觉得不像老喇嘛所说的昆仑山口，但他深信昆仑山口已不远了。蓦然回首，万里白雪，一片黄沙砾石的羌塘草原早已经在身边渐行渐远，他们已经走出可可西里，离莽莽昆仑不远了。

也许还有最后的磨难，继续朝北走了 5 天，又断粮了，身边的士兵只剩下 17 个人。一天他们全都出去狩猎，独剩陈渠珍与西原看守行李。他掐指一算，已经走了五个多月了，仍然长安路远，玉门关遥，悲从心中起，一个血性男儿也不禁黯然流泪。西原走到夫君跟前，从后背一把抱着他说："如今已是春天，天气也渐渐暖和了，虽然你的弟兄一个个倒在了大漠之中，但是大漠不吞没我们，说明这是天意。夫君，就剩最后一步了，你可要挺住啊。"

陈渠珍听了深觉惭愧，自己一个大男人，尚且不如一弱女子。顿时觉得胸开气朗，在春天野兽渐少的时候，他们找到了在荒原上挺立了千年的大野牛风干之躯，火烤三天，割下千年风干之肉，解一顿之饥。随后与 7 个从拉萨来的蒙古喇嘛相遇，赠他们两顶帐篷，两头骆驼和几袋糌粑。相伴三日路程分手，并告诉他们再走月余可到盐海，那里有蒙古包了，再行七八天，可到柴达木，是一个巨镇。

千里东归，历经了九九八十一难，离别蒙古喇嘛后，又行七八日，沿途皆草地，不时可捕野羊充饥，火柴皆无，只能趁屠宰之时吃生肉，最后剩下的十几个人重又回到了人类史前时代。有一天什么东西都没有了，饿了两天的陈渠珍有点支撑不住了，西原突然将前两天捕杀的野山羊下水从怀中掏了出来，洗去污秽，递给夫君，陈渠珍放到口中咀嚼，觉得香甜可口，两个人几口就吃尽，剩下一部分到了晚上饥饿时再找出来吃时，嚼着嚼着，觉得满口黏滞，横手一抹，原来是野羊下水的粪便未洗尽。随后又朝北方走了十多天，最后不得不宰杀喇嘛所赠的骆驼，晚间看守不紧，被野狼衔走双腿，第二天士兵起来欲哭无泪了。

一支孤旅执着地东归，在群狼的围追堵截中往东北方走去。有一天陈渠珍突然发现地下牛蹄马印甚多，行了七八里，发现一个小坪野草茵茵，野花在春风中摇曳，山前有一湾流水淙淙流淌，对岸有矮树，差不多有一人高。陈渠珍知道他们快走到有人烟的地方了。当天晚上宿于此地，并打了两只黄羊。可是到了日落时分，他最赏识的一个士兵胡玉林未至，让陈渠珍怅然不已。第二天早晨，他想玉林未必会死，派人分头去找，他不想东归将在尽头，在这苦难将尽长安城已遥遥可望的时候，再扔下最后生死与共的兄弟。派人到山头向东南西北方向鸣枪，十几分钟后，只见一匹快马驰骋而来，一个藏民骑在马上，胡玉林紧紧抱着他的腰，跳下马来，最后的 7 个士兵欢呼雀跃，他们已经走到有人烟的地方了。

陈渠珍与他最后的 7 名官兵，向身后的大漠，向永远倒下的 143 名的大清帝国的雄魂行了最后一个军礼，在猎人的率领下，穿越盐湖，行了 16 天后，到达柴达木，然后跟一个内地商人一起往日月山走过去。他们 6 月 21 日抵达丹噶尔厅，即今天的湟源县城，在一望无际的青藏高原上走了 223 天，万里东归回故园，其传奇的经历轰动整个大西北。作为汉人，以 143 名官兵抛尸青藏的沉重，成了第一支穿越今天青藏铁路和沿线的最后一批大清帝国的官兵。

仰望长安冷月哭红颜

陈渠珍和西原走进长安城时，已经过了中秋节了。万里悲秋作客长安，从朱雀大道上匆匆走过，秦月汉关，城郭烟火，是那样的陌生又是那般的熟悉。一阵秋风乍起，秋霜染黄的落叶裹挟着黄尘纷纷落下，像殉情的彩蝶撞地而亡。陈渠珍茫然四顾，有点茕茕相吊的自怜自艾，麾下的那群兵和马夫张敏、藏娃，都鸟兽般地四散了，唯有自己与爱妻西原仍在旅程上漂泊。

陈渠珍一行在昆仑山附近巧遇猎人后，死亡的威胁退避其次了。因为身上还有藏银，便可以雇骆驼、牦牛代步，再不用为吃饭发愁了，心情已像初夏草原的蓝天白云一样透亮。在过盐湖的时候，又巧遇一位汉地来的商人，并肩而行，迷失荒原无路可走的事情成了不堪回首的昨天。但是，越过大柴丹，走向青海湖时，只见村郭迎面扑来，炊烟袅袅，他的手下却一个个渐渐与他别离了。

先是马夫张敏与藏娃不告而别，那天晚上，他们刚刚到青海湖南的一个集镇上，明天就要过日月山了。在客栈住下来的时候，张敏和藏娃去了喇嘛寺，与主持谈了很久，一夜未归。第二天启程时，已经走了十多里路，还不见他们两个追上来，陈渠珍有些焦急，询问何故，士兵告诉他，张敏和藏娃留在喇嘛寺出家为僧了。陈渠珍一听，心中涌动着一股酸楚，不觉潜然泪下。两个流动着藏民族血液的青年人，跟着自己东归华夏，历经劫难，九死一生，距汉地只有一步之遥时，却留在了青海湖边，在长明灯辉煌如昼的诵经声中度过余生，也许这是他们最好的归宿了。

离开喇嘛寺前行 30 里路，就是日月山了，唐称赤岭，也是唐蕃划界之处。陈渠珍登上这高不过三四丈的红土岭，蓦然南眺，仍然觉得自己将马夫张敏与藏娃扔在了藏区，或许是自己最后的残忍。毕竟一座日月山可是汉藏地理、气候、文化与血脉的最后一道分水岭。藏人说，"过了日月山，又是一重天"。果然，陈渠珍站在山顶遥望汉地，已听到鸡鸣桑树上，犬吠间巷中了。走下日月山，就有人间的地气涌来，黄土大道上熙来攘往穿着宽袍大袖、戴着斗笠、骑着黑驴的同胞，俨然是故国武陵园那世外桃源的遗风。

再往西宁方向行了两日，6月24日到了丹噶尔厅。陈渠珍掐指数来，清军最后的孤旅始出江达为1911年的冬月11日，恰好223天。物是人非，客死大荒，青藏高原上仅7个多月，人间却已改朝换代，他们效命的大清王朝寿终正寝了，一支孤旅已在尢野尘梦中演出大清帝国的最后绝响。

徜徉在丹噶尔厅的古城，清军管带陈渠珍和他的藏族妻子西原，还有最后7个士兵成了西部一道酷烈的风景。一群南方人，却从青藏无人区万里东归，穿着七个半月不曾洗过的藏袄，长发打成了结，引得惊叹无数。妇女纷纷拥出门观看，商贾肃然起敬，似乎当年的张骞归来。他们进到商铺酒家布店，主人纷纷起立致敬，酒菜管饱，扯布也白送，甚至让陈渠珍和7个士兵卧在烟床上，吸上几口阿芙蓉。西原伫立一隅掩口窃笑，突然有了一种做汉家媳妇的骄傲和荣耀。可是她却不敢照镜子，不知晓在汉族妇女的眼中，她是一个什么样的女人。

有一天突然发现布店的铺子里有一面铜镜，那是大唐文成公主带过来的日月宝镜。西原凭着女人的直觉一步步往铜镜靠拢，犹豫了半天，才伸出手去拿那镂刻精美的铜镜，抚摸良久，她却不敢将磨得光亮的镜面对准自己。陈渠珍伫立一旁，微笑着鼓励自己的妻子。200多天与世隔绝，不曾洗漱，高原漠风将一个人面桃花的西藏美女变成了山鬼。

斜阳从纸糊的窗格里泻了进来，暖暖的，照在西原的脸和手上，似母亲那双温柔的大手在抚摩，轻轻地触摸女儿粗粝的脸庞。西原终于举起了日月宝镜，一晃之中看清了自己的脸庞。那是一张陌生的脸，一个她根本不认识的女人，狰狞，恐怖，瘆人。西原哭了，为自己的美丽痛失而锥心喋血地痛哭，那哭声犹如鹰的利爪一样撕裂了陈渠珍的心。

"西原不哭！ 223 天的大漠上，那么苦，我都未见你掉过一滴泪。"陈渠珍上前拍了拍妻子的肩膀，安慰她说。

"那是我不知自己变成这样一个女鬼啊。"西原啜泣道，"不男不女的，女人的妩媚都让阳光晒枯萎了。"

"没有事的。"陈渠珍说，"我们故乡凤凰沱江的水，碧绿清澈，是一湾仙泉啊，女人一洗就会变成凤凰，你还会恢复像在西藏一样的光彩。"

"真的？"西原止住了哭泣。

陈渠珍点了点头。西原破涕为笑。

大清臣民的辫子没有了。陈渠珍和 7 个士兵的长辫早已打了结，泡都泡不开，请剃头的师傅一刀剪去，留了一个板寸，就算归顺中华民国了。换下那件两百多天不曾脱下的油亮的藏袄，从此变成一个地地道道的汉人。携着新媳回乡，而西宁，而兰州，而汾州，将跟随自己万里逃命出来的滕学清、赵廷芳推荐给西宁城防营管带，将兰州赵总督赠自己的五十两黄金，作为纪秉钺等 5 人返乡的遣资，独与自己的西藏红颜直奔长安而去，不再恋栈行伍，不再恋栈权势，也不再想青藏岁月的往事。

那天坐着马车驶入甘肃境内的汾州，恰好是旧历八月十五中秋节，陈渠珍特意休息了一天，带西原走进了一个酒家，两个人点了一桌菜、一壶浊酒燃上半盏红烛。一个杏黄的圆月从天庭上飘了过来，比唐古拉、通天河、可可西里、昆仑山的要高要小，却是故乡的明月。在很多个高原明月照我还的夜晚，他们曾经依偎着，祈盼有一天能吃得到中土的美味佳肴，满汉全席。西原到汉地后过的第一个中秋节，就像仙女降落人间，月光下的烛影中，穿着汉装的西原重又飞扬着女人的温柔，眼神迷离，俨然一个汉家媳妇，一个在凤凰城的石板路上提着菜篮走过的苗家姑娘。陈渠珍将酒杯举了起来，说："西原，这是你到了汉地后过的第一中秋节。月圆了，家才会圆，湖南凤凰沱江边上的吊脚楼在等待着我们，能跟我从瀚漠走出来不死，这是上苍赋予的奇缘啊，我们不会再分开。"

陈渠珍一饮而尽。他并不知道自己是在透支幸福，属于他们那短命的幸福。

西原却不无忧虑地说："夫君，盘缠就要用尽了，老家又离得那么遥远，如此破费，如何顺利返乡啊。"

"吃吃！西原，这是良宵佳节，不提这些伤感的话。"陈渠珍给西原夹了一些菜，"钱算什么，你就是我的最大财富，渠珍今生有幸得你，千金散尽又何妨。到了长安城里，我就给家里写信，待款到了我们再走。"

西原的眼神在中秋的烛光中明亮起来了，红烛映红了那娇羞的脸庞，她说："能得到夫君的宠幸，可是西原到喇嘛庙给长明灯添的酥油修来的功德啊。"

"呵呵！"陈渠珍笑了。月满西楼，西原喝过酒后红润的玉面，像一只波密丛林中的红狐一样飞扬，醉眼迷离。她依偎在陈渠珍肩上，倚窗望月，是西藏莽林中的那轮离天堂最近的冷月，还是故乡沱江上那一轮在水中漂泊的圆月，赏月的人来去匆匆，而千年的明月却只有一个，陈渠珍携着西原回到客栈，没有想到，这是他与西原到汉地的第一个中秋节，也是最后一个。

进了长安城，陈渠珍手执跟自己东归葬身于瀚海的王瑞林胞兄的信札，住进洪铺街一位乡党的豪宅，三进深的大宅院，主人远行，只有一个看门人住在外边，陈渠珍与西原选了最后一栋。房子尘封已久，两个人动手清扫，买来油盐酱醋柴，自己生火做饭。那段日子是陈渠珍一生军旅中最悠闲的

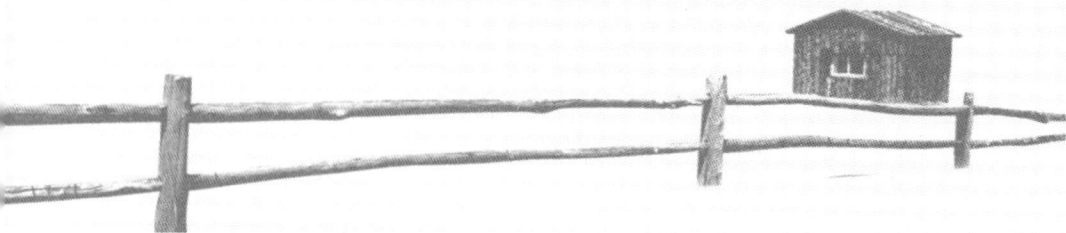

时候，一段没有了雄心和杀戮的平静岁月，就像沅江漂流的木排，经过激流险滩后，突然驶入了一个波澜不惊的深潭；再没有出操的哨声，每天冬阳照到了炕上才起床，然后吃过西原做的早餐，倚窗看着四合院的冬阳撒成一地碎金，一点一点地西斜，最后顺着东边的泥墙一点点爬高，最后悄然远逝。

每天的日子就在四合院里晒晒太阳、透亮心情中流逝。也许因为是乱世，家里的钱两个月之内汇不到了，陈渠珍就坐下来静等，却有点坐吃山空了。转眼到了冬天，该添置御寒的冬衣了，可是兜里的碎银一点点用完，最终没有买米和炭的钱了。西原决定将母亲送给她的珊瑚山卖掉，陈渠珍说不行，这是你母亲留给你的珍品，是一片悠悠慈母心啊，人在物在，不能随便卖。西原摇了摇头，只要夫君不挨饿受冻，母亲就是知道卖了她的珍品，也不会责怪小女的。

陈渠珍无法说动西原，只好带到集市上出卖。可是由于万里东归，珊瑚山在遥途中多处被折断，在集市上站了两天无人问津，第三天拿到一家古董店，卖得十二两银子而归。西原接过银子，俨然一家妇，喜极而泣："我说不会让君挨饿受冻了。"

日子就这样不紧不慢地走着。不知不觉到了冬月初了，家里的钱也许就在路上，也许就根本没有寄出，十二两银子很快就花光了。陈渠珍伸手进囊中，找出一个望远镜，那是染满西藏兵燹硝烟的望远镜，卖得六两银子，那是他们的最后的一笔钱了。

湘西遥不可及，写去的家书杳如黄鹤，陈渠珍忧心如焚。不能坐以待毙，他频频拜访湖南同乡，希望能得到一点捐赠，以度冬荒。他与西原住在最后一栋房子里，每天出门时，西原都要送到偏门，一天到晚坐在那里守着直到晚上夫君归来。但是等来的不是希望，却是病魔的入侵。那天晚上，陈渠珍风雪夜归，只见开门的西原脸颊赤红，像点燃的篝火在燃烧。陈渠珍惊问道："西原你怎么了？"西原说："自早晨夫君出门，我就浑身发热，头痛不止，又担心你独自在外，就坐在偏门这里等你啊。"陈渠珍摸了摸西原的额头，烫得吓人。当天晚上西原躺在睡榻就起不来了。第二天她不思饭食，陈渠珍坐守床头，问她想吃点什么，她说，家乡的牛奶。

陈渠珍匆匆跑到了集市上，购回了新鲜牛奶，倚起身来喂她，可是刚喝了两口，她又摇摇头不吃了。

"西原，你怎么了？"历经多少死亡已经没有泪水的陈渠珍泪如泉涌，说，"西原，为我，为你，你可要挺住啊！我去请医生。"

一个郎中请来了，说无妨，无妨。此乃阴寒内伏，一服解药便可驱之。可是一服药还未喝完，西原突现天花，陈渠珍一看，心中一阵骇然，觉得西原这一劫从她跟着自己走下青藏高原时便注定了。当年陈渠珍在成都跟赵尔丰入藏就听人说过，所有跟着来内地的西藏女子都难逃天花一劫，因为西藏女子生于青藏高原，日光和海拔使细菌无法生存，故免疫力全失，一到内地，凡得水痘者必死无疑，无一人可活。陈渠珍跑去问郎中，说明情况，那杏林妙手也是浪得虚名，还说先生不足以虑，我再下一药，必药到病祛。但是所有的药汤喝下去了，不见一点起色，病情却越来越重了。直到有一天早晨，西原从昏睡中醒来，紧紧攥住陈渠珍的手，泪水盈盈地说："夫君，西原的日子不多了。"陈渠珍连忙用手堵住她的口，说："你昏睡多日，大概是烧昏了，不许胡说，渠珍不能没有西原，西原也不能离开渠珍。"西原摇了摇头说："我昨天晚上做了一个梦，梦见自己回到家中，母亲用糖水喂我。按照我们西藏的习俗，夜里有此梦，必死无疑啊。"说完西原又哭开了。陈渠珍坐卧床头，好言相慰，他们经历了那么多的苦难，他在等待着奇迹发生。

到了夜里，西原身上脸上的天花忽然下陷，由红变黑。陈渠珍知道爱妻无救了，将自己的脸紧贴在西原的脸上，感受她最后一缕温馨。到了凌晨时分，西原突然回光返照，精神出奇地好，将已经睡着的陈渠珍叫醒，哽咽着说："夫君，我有话要说。"陈渠珍连忙将其搂在怀中，深情地注视着她。轻轻地抚摩她渐次变黑的脸庞。西原拭去了泪水，凸显出灿烂的微笑，说："万里随君东归，指望与君回归故里，相守一生，白头偕老，谁料天不假年，病入膏肓，半路上与君永诀，西原好遗憾啊。然而我深信夫君一定会获得接济，顺利返家，这样我死也可以瞑目了。家书和路费早晚会到的，你一人踏上归程，孤零零地，一定要珍重啊。"

说完此话，西原一声长吁，便永远地闭上了眼睛，再不会纯净笑着看自己的丈夫一眼了。

陈渠珍顿时觉得天塌地陷，感情的天地从此黑暗了，他抱着西原尚有余温的身体号啕大哭，痛彻心扉的长啸撕裂了长安城的夜空，整个长安城似乎都被他的哭声震颤。后来哭累了，他放下西原的遗骸，打开抽屉一看，仅有一千五百文小钱，他连给西原买一口棺木的钱都没有了。思来想去，只有求一个叫董禹麓的同乡，这个人平时比较慷慨。守着西原的尸体等了一个长夜，以为东方既白了，开门想去找董君，可是一看天仍然未见晓色，转身进屋，见西原仍然瞑然长睡的脸庞，像一个孩子一样纯真，又抱着遗体痛哭一个长夜。那锥心喋血的哭泣，令上苍也为之感动，露出了一缕曙色。他连忙去敲董禹麓的门，说明原委。董君沉思片刻，进屋拿出一包银，有二三十金。陈渠珍也未及言谢匆匆而去，为西原购买殓衣和棺木，雇人洗身入殓，其实这包重金不是董君的，而是他的族弟寄存此，危难之时方显义薄云天。中午抬到城外的雁塔寺，想着一个藏族姑娘的身世，跳锅庄时迷人一笑，马背取竹竿时身手不凡，嫁给自己后毅然从夫东归，结果身死异乡，一个人孤零零地留在长安城外的大雁塔寺下，西原的灵魂还能像一只孤独的北雁一样跟着回到湘西、飞回西藏吗？！陈渠珍不由得抚棺号啕，痛不欲生。

回到洪铺街空荡荡的宅院里，西原铜铃般的笑声与温馨不再，伊人远去，唯有室冷帏空，陈渠珍禁不住仰天长号，泪尽声嘶。一个爱情的绝笔在三秦画下了一个黑色的句号。

以后他回到了湘西，成了一代湘西王，共和国的一位大元帅贺龙和大文学家沈从文都曾是他麾下的一名小小的军官和文书。

1934年卸下军中要职，退隐长沙做寓公的陈渠珍，写下这部半文半白的小册子《艽野尘梦》，画下最后一个句号时，仍然肝肠寸断，泪湿稿纸。此时，西原已在大雁塔里静静地睡了22年了。

2002年的10月初，我在拉萨城宾馆里读这本薄薄的小册子，从晚上9时一直读到凌晨4时。当读到最后一行时，一行热泪顺着我的眼眶滚下，浸湿了枕头。此时，西原已经在大雁塔下睡了整整90年了。

2005年7月12日凌晨1时，当我在一场病痛过后，写下这段文字时，仍然泪水盈动，哽噎不已。

陈渠珍、西原，还有那143名葬身青藏高原的大清王朝官兵，注定让我经历一场痛苦的精神与躯壳的炼狱和疼痛之后，才让我写他们，这是一路前尘的缘定，西藏的注定。

（原载《中国报告文学》2011年第十一期）

03 黑衣之邦

1

梦里几度回玉树。

一枕寒梦中，我站在日月山上，罡风啸啸，太阳烈烈，日亭之巅经幡飞舞，月亭之上却雪风四起。伫立于这条大自然的南北回归线上，青藏高原的漠风与黄土高原的柔风朝我横吹，玉树临风。北坡山阳，一阴一阳，一柔一刚，兀立几分钟后，便会感到五脏六腑有一股清凛穿透，撕裂着我，也这样撕裂过帝国公主，也同样撕裂过伫立在日月山上的许多普通人。再待下去，就会被冻成冰雕玉树了。于是，最后回望一眼故土，但见熙熙攘攘的阡陌小径上，油菜开至荼靡，穿着黑衣的汉地一族，戴着竹笠，披着蓑衣，穿越田野。

田野将熟兮，我将离去。告别黑衣之邦，朝前方城垣般崛起的青藏高原踽踽独行。

打马下山，沿唐蕃古道而行。蓦然回首间，汉地的村舍、炊烟，还有那一群群穿黑衣的乡亲，便在身后浓缩、凝固成一个个小点，一个活字印刷着墨过后的黑点，遁入朦胧。不再眷顾故土，拍马绝尘而去。前方是倒淌河，是大切吉草原，是醉马滩。在我的记忆中，当年的大唐使者，就在这被雪埋的帐篷里，将冰用身体焐热，化作水，研墨，挥毫记下了一段又一段驿程，伸入草原腹地，过食宿站、黄河沿、翻越巴颜喀拉，山脚之下，便是玉树地界了。

千百年间，朝着逻些（拉萨）圣城方向，大唐帝国的公主逦迤而来，帝国的大员策马而行，帝国的文人骑驴而行，背着行囊的汉地苦行僧嘉那活佛这样徒步走过。后来，则是慕生忠将军率领的驼队，弧线般嵌进茫茫大荒。

驼铃声声，通向玉树之旅，风雪弥漫。迷途时，会有灰头雁掠过天空，会有一具具野牦牛头骨作为路标，还会有慕生忠将军入藏骑过的骆驼倒下后的骨骸，作为路标，指向一程又一程古道。山回路转，马蹄无声，雪地有痕，我几乎是在一枕寒梦中走遍了玉树的山山水水。写青藏铁路时，有媒体讹传，说青藏铁路便是当年的唐蕃古道，文成公主曾入昆仑山纳赤台，饮过圣水，纳赤台亦称公主台，言之凿凿。我在《东方哈达》一书中，专辟一节"青藏铁路并非唐蕃古道"，便一个驿站一个驿站的历数而来，从大唐长安城朱雀门下，直至逻些，厘清唐蕃古道的走向，正本清源。抱愧的是，从未像当年苦行僧一般，徒步走过，而只是在地理文本考证中徒步而行。

这一次，中国作家玉树地震灾区行，终于寒山入梦来。好梦将圆时，走向玉树，却不是梦中最迷恋最熟悉的陆路，而是借神鹰的翅膀，从空中飘然而下。

飞抵玉树巴塘机场时，正好是仲夏之季的上午8时20分，站在舷梯上极目远眺，天空透蓝，万里无云，清风徐来，翠玉般的山野，环抱巴塘草原。

此时，正是巴塘草原最美的季节，河水清澈，野花盛开。阳光从祥云罅中筛下来，在远处的雪山和天葬台上，留下一道道诡谲的光影。

车窗两侧的风景，在车后渐行渐远。从文成公主庙前的岔道左拐，往南驶去。翻越一道垭口，河那边的山冈上，经幡飞扬，风中有祷语低诉。十万次的祈祷，从风马旗上飘过，冉冉袅袅；十万次的六字真言搭成的语言天梯，直抵天国。我在鲁迅文学院高研班的同学梅卓主席系青海藏族，经常出入玉树。地震刚过，她就率一个作家采访团到灾区采访，熟悉这里发生的一切。她指着经幡处说，这就是禅古寺，玉树地震已将这座700多年的寺院摧毁，正在重建。

我指着河那边一片白墙红顶的别墅区问道，这是哪个新村啊？

梅卓说，禅古村啊！为北京来的中建集团援建。

隔着车窗远眺，河边的藏族别墅村庄，已经有了人烟，搬进不少康巴人家。可是藏式建筑的风格、风韵尽失，只是在红色彩钢板屋檐下，点缀几道藏式图案，与内地的某些别墅区酷似。

车里坐着阿来、熊召政、赵瑜、萧立军、尹汉胤、素素诸兄。瑜哥和熊召政兄感叹，这大红屋顶与周遭的青山绿水，多么不协调啊！新建筑应巧妙地融入自然之中，又不失民族特色。

我哑然失笑。此次玉树灾区行，青海省委宣传部吉狄马加部长邀请"茅盾文学奖"和"鲁迅文学奖"的获奖作家来看灾区重建。刚飞抵玉树，便开始指点江河，姑妄听之吧。

巴塘机场离结古镇不过20公里，沿巴塘河一路向下，前方突然风尘四起，烟尘滚滚，想必是玉树州府所在地了。

前一天晚上，青海省委书记强卫宴请中国作家采风团一行时，曾介绍说，现在的结古镇是乱七八糟、龙腾虎跃，三年后可见规模和成效。果如强卫所言，结古镇此时是一个大工地，夷成废墟的瓦砾犹在，高楼框架正在崛起，工程车如长龙一般滚滚而来，大车小车涌到路口，因为混乱而拥堵。我们乘坐的车停在玉树地震唯一的遗址"格萨尔王宾馆"楼前参观留影，四层之楼，坍塌压缩仅剩两层，看得让人有点触目惊心。随后，驶入格萨尔王广场。一场玉树地震，所有藏居都毁于斯，唯独这尊骑在骏马上的岭·格萨尔王金刚像，还在俯看已在地震中往生的苍生和故园。

阳光真好。暖暖地，照在我们头顶上，也照在岭·格萨尔王金刚怒目的战盔上。站在格萨尔王铜像前，不知谁说了一句：合一张影吧？！采风团中有两位藏族作家，梅卓为安多藏族，阿来则为康巴汉子，后者又写过"重述神话"的长篇小说《格萨尔王》，一时洛阳纸贵。大家将他们两位和中国作协书记处书记杨承志围在中间，留下一张合影。快门按下时，远去的英雄和仍在做着英雄梦的人们，凝固在一张方寸之上。

2

下榻于一家板房宾馆。放好行囊，往西几步，是一家川菜馆。入玉树后的第一顿早餐就在这里享用。没有酥油茶和糌粑，吃着馒头和稀饭、泡菜，听着老板娘和厨子的款款川音，觉得内地近了，玉树反倒遥远起来。

随后，中国作家一行驱车玉树地委所在地，见面会安排在一间板房会议室。地委宣传部副部长兼文联主席召集与会者，早已就位。他们是结古镇震后重建的项目负责人，每人负责一摊。从青海全省调集而来，有西宁市政府局、委办的，也有玉树县、囊谦县的，还有结古镇街道办事处的，介绍了一年来震后重建的进展和困难。

欣慰处足以让人欣然，怅然者也让人怅然。两河相交的结古镇，地震过后，专门请国内著名设计院所进行城市规划，震后建筑皆以八级地震设防，而且援建的施工单位是中央四大国企和中国人民解放军总后勤部。三年之后，便会有一座新城崛起于三江源之间。

然而，中国作家们不乏悲天悯人之心，关注更多的却是老百姓有何意见和建议。

宅基地补偿啊！几乎所有汇报者都谈到了震前结古镇的地价很高，一幢藏式小院或者市中心的铺面房，价格皆在百万之上。而现在每家仅补 25 万，干部与群众颇有微词，无疑给民用住宅的施工带来很大困难。于是，参与震后重建的工作组将主要精力放在了说服群众和动迁上。

与会者大多拿着稿子而来，仿佛是在给领导汇报工作，冗长而又乏味，其中不乏藏族兄弟。又不便打断，对于作家们的采访写作，颇不对口味，期间便有人站起来，在会议室里来来往往。

我心中惦记着石渠县的玛尼城，那是用一片片六字真言的石刻堆砌而成的石经城。因憧憬已久，却未能亲自拜谒。于是，我从会议室站起身来，疾步走了出去。会议室门口站了一群人，以为我要上洗手间，便往左前方指了指。我说，打听一个地方，从玉树到石渠有多远？

不远啊！一个藏族同胞说，两个小时的车程，自己上个月才去过。

哦！我点了点头，再问道，路好走吗？

好走，全是沥青路面。

那到玛尼石城呢？

那就难走了，离县城有 200 多公里。

要走多长时间？

四五个小时吧。

从玉树走，一天回得来吗？

肯定回不来。

那就算了。

我有点遗憾：这次又要与玛尼石城失之交臂了。

不会啊！一个人告诉我，下午参观的线路第一个便是玉树新寨的嘉那玛尼石经城。

玉树也有玛尼城墙？

当然有了！而且是 25 亿块玛尼石堆成的，创造了世界吉尼斯大全之最。

我的眼睛霍然一亮，玉树之行，终于可以了却一个心愿。

中午饭仍然在那家川菜馆吃。饭后登车，往结古镇的嘉那玛尼城驶去。

此时，天空蔚蓝，内地正是 12 点多钟，可是在大美之境的玉树，已经是将近下午 2 点了。车子在一个像集贸市场的地方戛然而止。我们从考斯特车上走了下来，穿过一片卖旅游纪念品的小摊，突然，一座像山一样的玛尼城直奔眼前，人们一片惊叹。

站在玛尼石山前，我双手合十，默默祈祷，连许了三个祈愿。

三愿许过，我们便沿顺时针方向绕玛尼石墙转经。因了地震过后，高巍的玛尼石城被震成了废墟，便用铁丝网围了起来。我们一群人在铁丝网外流水般地绕城而行。一边拍照，一边行走，来到一座寺院前，铁丝网开了一个门，引路者将我们带领着，往一座坍塌的经塔前走过，然后拾级而上，朝寺庙大门走了进去。

梅卓老同学一直陪在我们身边，一进门，她便将帽子摘下来，我亦然。10 次藏地之旅，已经懂得一个规矩：进藏传佛教的寺院，站在强巴佛前、佛陀前，要虔诚有度，不可冒犯佛祖。因此，必须脱帽相敬。

寺庙里酥油灯黯淡，我们仍顺时针方向而行，在挂在墙上的一幅幅唐卡前走过。转到佛龛前，便停了下来。梅卓解释道，这就是贡奉嘉那活佛的地方。

"嘉那"藏语怎样讲？我问道。

梅卓一愣，嗫嚅道，黑衣……

就是黑衣之邦啊！阿来大师蓦地回头，诠释道。

黑衣之邦？我沉吟片刻，觉得此词有些陌生。遂问道，此处在何处啊？

祖国内地啊！阿来未加思索便道。从汉以来，中土的黎民苍生，都以穿黑衣为国服，那是纺车织线过后，染了色的，皆成黑衣。在藏人眼里，故有"黑衣之邦"之称。

非黑即白，有黑衣之邦，对应的就应该有白衣之邦？我问道。

有啊！阿来说，喜马拉雅南麓的印度，便是白衣之邦。

对啊！阿来大师的话让我茅塞顿开，印度人、巴基斯坦人和孟加拉人，皆穿白衣。

这是嘉那活佛手掌印。梅卓继续当导游，向大伙介绍道。还有一块天然形成的玛尼石。

我们纷纷拍照。欲将那个手掌印全部照下来。

嘉那新寨的玛尼石都是嘉那活佛加工带过来的。

他是一位汉族工匠吗？我问道。

他是一位康巴藏族，在峨眉山和五台山游历多年，然后进了玉树，在新寨看到了一块天然的玛尼石，然后惊讶：佛缘，佛缘！

从此，便在玉树的新寨住下来，再也没有离开过。一块一块的玛尼石雕，堆成了一座玛尼石城。梅卓道。

此语一出，我便知道嘉那活佛在玉树的分量了。

步出嘉那寺，阳光正浓，此时正是百姓转经的时刻。我们主动让道，那是藏族不可搅扰的生活，是他们生命的一部分。

太阳从震后裂了的白塔金顶上照下来。佛光普照，仰望苍穹，天边蔚蓝，祥云朵朵，如天虹飞渡。我看到嘉那活佛背着苦行僧的背囊，下了日月山，踏着彩云，朝我们走来。

3

一袭黑衣，头戴草帽，脚穿布鞋，嘉那活佛朝倒淌河、大吉切荒原蹒跚而来。此时，正值夏季，空阔的草原时而飞雪，时而降雨，时而天晴，时而一道飞虹横亘天际。

走过万水千山，嘉那终于向着玉树临风之地，一步步走近了。

前方有铜壶，抑或炊烟袅袅吗？不顾多少驿程，此时，生活在康熙年间的嘉那活佛，朝着落日辉煌的雪山匆匆一拜，然后搭起帐篷，火捻一擦，点燃牛粪，煮起酥油茶。

翌日早晨，再度上路。身后，是薛仁贵将军西征吐蕃时的战场。大吉切荒原上，一将兵败万骨枯。当年征战官兵那堆堆白骨早已融入芜野，与小草同舞，骷髅眼睛里长出一棵小草，长出一簇簇格桑花。一行蚂蚁，悄然爬过。

青海长云，古来征战几人还。嘉那此去，他便不再重返黑衣之邦了。前方无战事，过了食宿站，便是巴颜喀拉。紫色的山体在夕阳下，辉映成趣。

很快爬到山顶，天已经漆黑。嘉那在山巅过了一个茫茫长夜。第二天便下山，进入玉树地界，往黄河沿鄂陵湖、扎凌湖行进。唐蕃古道，仍然是当年文成与金城公主走过的驿道，只是此时两位公主的香魂已经飘远，唯留下通天河边上的一组石刻佛像和一座泥石砌成的佛塔。

嘉那活佛骤然跪下，向帝国两位公主深深叩三个头。

4

第一次抵近玉树界，是 1999 年。我跟着一代封疆大吏阴法唐去了昌都，不是陆路，是从空中飘然而下。

那天早晨从成都登机时，正是人间四月天，一抹朝阳从舷窗斜照进机舱。我们刚落座，便有一群红衣喇嘛走了进来。红衣灿然，旋即将机舱交辉成一片红海汪洋，何处不吉祥。他们刚坐下，突然有空姐进来说，这架班机落昌都邦达机场，只能坐 90 人，现在超了，必须下几个人，其中一位红衣喇嘛站起身来，听从空姐的招呼，走下了飞机。

斯时，飞机徐徐滑向跑道，血色清凉中如一只涂金的神鸟，展着巨大的双翼，一阵剧烈的轰鸣声过后，挟风穿云，仰首冲天，融入蔚蓝。

机翼下的城郭村落和田野河流，在俯视中渐渐变小，平原上的墨绿和簇簇林丛消失了。鸡鸣狗吠之声远遁，黑衣之邦远遁，人间烟火远遁。云层之上，如莽荡的雪原一般，让人目眩。我将耳机调到一个音乐频道，听着听着，睡意便涌了上来。

天街梦短，以为会一枕黄粱。恍惚间，只见一位身着袈裟的红衣喇嘛跃然而出，踏祥云而去，在一片寥廓苍莽的雪域上踽踽独行。喇嘛王国，神秘之域，高僧惠能，究竟要引领我走向何方，抑或给予什么样的神谕？！突然，闭阖的眼皮被一道奇诡蓝光拨开，睁开惺忪的睡眼，一个激灵醒来，舷窗外尽是无边无际的湛蓝。天哪！银鹰什么时候沉入了海底？像一只巨鲸在巡弋，苍苍莽莽的雪山，未覆盖白雪的绝壁、沟壑，俨然就像从海底冒出来的珊湖礁，好像进入另一个世界。俯瞰下方，我的身体仿佛轻轻地浮了起来，感觉尽失，人似乎就飘游在一片净蓝的空蒙之中。一种从未有过的下坠似的快感颤动浑身，灵魂出窍了。

倚在柔软的靠椅上，有了一种靠岸的感觉。这一刻，我终于叩响雪域神性的天门。难怪天底下有这么多的人熙熙攘攘走在朝佛的路上，难怪有那么多人前仆后继地跪拜在灵魂回家的路上。因此，今天的横断山脉之旅，我飞到喜马拉雅山脉的东段，恰是一种命运的使然，一种无法了却的西藏情结。

高原的云翳垂得很低。波音飞机贴着一片枯黄的山峦翱翔，像出峡谷的大白鲨，浮出水面。不到 10 时，便降落在地球之巅的最高机场——邦达。

走出舱门，旷野无树，光秃秃的一片。雪风很冷，由海拔不过400米的成都平原，一下子骤升到4300多米，剧烈的头痛一阵阵袭来。舷梯之下，伫立着一批前来迎接老书记的昌都党、政、军要员，两位年轻美貌的藏族姑娘身着民族盛装，一位端了装满小麦和青稞方斗状的"切马"，一位双手捧着雪白的哈达，站在最前边。

敬上哈达，阴法唐书记将象征五谷丰登的小麦和青稞抛向空中。

我的头如裂开一样的痛。好在从邦达机场往昌都镇上去的时候，一路盘旋下降，前方的挡风玻璃外已经有麦田在视野中浮现，穿过一个村庄，继续往下去，我欲裂的头痛才渐渐缓解。这时，我们已经抵达昌都镇，过云南桥和四川桥，往昌都军分区大院驶进去。

在昌都镇上活动数日后，我们从昌都入内乌齐，到了竹阁寺，当年阴法唐将军率一个主力团从邓柯过江。千里迂回玉树，从囊谦往内乌齐寺赶过来，与藏军打了一仗，将其堵在竹阁寺一带的山沟里。然后进抵恩达，封死藏军代本的最后退路。然后，直驱竹阁寺，由青海骑兵连打头，阴法唐指挥的侦察连紧随其后，将藏军昌都总管和他的残兵败将的后路堵死了，最后他们只好放下武器，走和平之路。那天上午，采访过当年目睹这一幕的喇嘛之后，步入竹阁寺下的断垣残壁废墟中，旁边有一座玛尼堆，玛尼石长满青苔。不知何年何月，虔诚的香客雕刻后，都敬献在那里。徜徉周围，俯首而看，一个个白度母的石雕浮现眼前。捧在手上，造像美轮美奂，便捡了三块白度母的石雕，用一路上献给的哈达包了起来，准备带往故乡彩云之南，献给家中的老母。

从万里羌塘的边缘丁青县返回昌都后，阴法唐老爷子要坐车从南线的川藏公路，即从昌都的四川坝上达瓦拉山，驶过横断山脉之巅的5000多米的大雪山，入江达县，然后朝着金沙江畔的岗托小镇驶去，直至暮色时分，才往德格县城驶去，抵达时已经黑夜四起。在县武装部吃过晚饭，将至10

点了，我还做了一次采访，有当年夏格刀登的私生女和他当时的大管家，谈至 12 点钟，才将夏格刀登与德格女土司降央帕姆过结的故事，一一说来。采访结束时，已是次日凌晨。

第二天，站在一个高处的废墟上，看过德格土司府的残垣瓦砾之后，我们去了印经院，参观最古老的木刻印经版。然后，向着海拔 5000 多米的雀儿山驶去。

以后数天，我们过甘孜，入道浮，进霍炉，最后抵达打箭炉（《康定情歌》的发祥地）。在康定的甘孜州所在地睡了一夜，然后从还在建设中的二郎山隧道穿越而过，第二天下午抵达雅安，下榻于雅安迎宾馆。温润的川地，随着海拔的降低，翌日过邛崃，往成都城郭驶去，下榻于成都的西藏饭店。

早晨起床，吃过早餐，送走护送我们出藏的昌都公安处白玛处长一行，我于当天下午坐民航飞机飞往昆明。在双流机场安检时，安检人员看我用哈达包了三块石头，甚为惊讶。让我打开来看，见是几块刻经和白度母造像的石头，幸好未当成文物。这三块白度母石刻，我送给老母亲，她看后摇了摇头说，这样的观音像不能放在家中，必须送到庙里去。

我可是千里迢迢从玉树与昌都接壤之地带回来的啊，是专门送给您老人家的。

这样的佛像只度众生，不能放在家中。

一年之后，再回故乡时，发现送给母亲的三尊白度母石刻已经敬奉在离老街镇上不远的唐代古刹龙泉寺里，用石砌的经幢围了起来。汉地的大乘佛教与世界屋脊上的藏传佛教在彩云之南的一座唐代古刹完成了一次民间融合，就像当年嘉那活佛从峨眉山、五台山下来，走进玉树新寨村，卸去汉地灰褐色的袈裟，换成酱红色的喇嘛服一样，已经入乡随俗了。

5

嘉那活佛在结古寺下边的新寨村住了下来，然后手把手地将汉地工匠刻经的技艺教给村里的藏族兄弟姐妹。

那天，我们沿新寨嘉那石经城转经而过，将至出口时，见一位藏族妇女在刻经。作协杨承志大姐凑上前去，向这位妇女请了一块六字真言刻成的石经，付钱之后，捧在手上，一片喜气洋洋，像得到了一件珍宝，准备带回嘉那活佛的故里去。

晚上，我们下榻于离新寨不远的一座平板房里。整夜机器的轰鸣声不绝于耳，似睡非睡，似梦非梦，恍惚之中，我听到新寨嘉那玛尼石经城那千百工匠，一锤一凿，敲击石头的声音。长长的回声，如磬似钟，重金属般地撞击着天空。

新寨玛尼墙，又称嘉那玛尼堆、嘉那嘛呢石城、新寨嘉那嘛呢。建于1715年，奠基人为藏传佛教萨迦派结古寺第一世嘉那多德桑秋帕旺，他晚年定居于结古镇新寨村。传说嘉那活佛是康巴人，可是我求证阿来大师时，他却说嘉那是汉人，来自内地，修行在峨眉山和五台山，后周游并朝拜藏区各圣地。

我翻阅震前的资料，嘉那玛尼石堆，占地面积25亩，东西长450米、南北宽100米、高3米，规模宏大。地震之前，玛尼石堆中间建有一座大转经堂、一座佛堂、10个大转经筒、300多个小转经筒、十几座佛塔。石经城的佛

堂内还供奉着创建石经城的第一世嘉那活佛塑像和自显像玛尼石块。

嘉那玛尼石刻经文数量之多、雕刻持续时间之长、规模之大，为举世罕见，堪称世界之最。玉树地震后，建筑工人在清理废墟时，又挖出了许多玛尼石，群众将其请回新寨村。

玛尼石在藏族僧俗之中，有无可取代的地位，"唵嘛呢叭咪吽"是大慈大悲观世音菩萨咒，源于梵文，象征一切诸菩萨的慈悲与加持。六字大明咒是"唵嘛呢叭咪吽"。佛经中解释为观音菩萨六字真经，代表解度六道众生、破除六种烦恼、修六般若行、获得六种佛身、生出六种智慧等殊胜功德。

与内地一样，每当正月初一和十五日，都有信众来此转经朝拜。

我转经在玛尼堆里。梅卓说，藏语称玛尼堆为"多崩"，意为"10万经石"，俯首相看，这些经石大小不一，形状各异，大如桌面，小如鸡蛋，多为六字真言。但其中也不乏珍品，有数万块刻有律法、历算、艺术论述和各种佛像的玛尼石精品，在几块乒乓球桌大的石片上，有将整套的佛经完整地刻在很多块石头上，甚至包括封底、封面，组成一套套"经书"。据称，嘉那玛尼石城刻的经文有近200亿字，堪称"世界第一石刻图书馆"。2006年，被列为国家级文物保护单位。

6

采访玉树震区重建的具体日程，是由次日上午开始的。我与梅卓、赵瑜兄、《文艺报》记者王觅分在杨承志书记率领的采访组里，显然是要报告文学作家扛大活。第一个采访点是离结古镇三十多公里的甘达村，即与禅古村一起新建成的两藏族村子之一。汽车一直往囊谦县方向驶去，路途不近。甘达村的村民是从附近的几个村迁来的，栖息地新建在一个朝南的山坡上，坐南朝北。我们驱车而来，车至村口便停了下来，信步入村。上午的阳光，从东山斜照下来，每家一幢小别墅，水泥路面纵横，门前皆有一块地方，拴着藏獒和奶牛，与蓝天白云相辉映。徜徉在水泥路上，看青山别墅，自有一道风景突现眼前，本想随便找一户藏族人家谈谈，可是镇上来的人非要引我们去村长洛娃家。那是新村旁边的一条山沟，在一片豌豆花开的半坡上，新盖的藏族人家在我们前边崛起，睥睨前边的公路和山沟。洛娃已站在屋前迎接我们，他是玉树地震中的全国抗震救灾模范。我们跨出车门，已经哈达敬献而来。进到村长的屋里，老两口拥有八九十平方米的房子，住得十分宽绰，屋前还有一条从山涧流淌下来的雪山之溪，淙淙作响。我采访村长的开场白，就是从这幢小屋开始的，问这是不是当年他家的地盘。洛娃一笑说，家中几个儿子都与乡亲们住到山坡上，唯有他与老伴守着祖上留下的这点根脉，故土难舍啊！

我笑了，说是不是因为你是村长，可以特殊一些，守在这块风水宝地不动。

洛娃说，不是。

我说到了冬天，若刮起西北风，呜呜的，那边山头上可是比这山窝窝里冷哟。

洛娃说，在这里建房当然比山坡上好，有雪山流水，还有两边的山谷挡住了雪风。海拔也低了不少，适宜人居。

那为何不选此地建村？

一百多户人家，这条小小的山沟住不下啊。洛娃感叹道。

我点了点头，笑了，藏族同胞的忠厚坦诚可窥一斑。

步出甘达村，驱车往下，下一个采访点系中国人民解放军援建冠八一字头的两院一校，即八一职业技术学院、玉树县八一医院和八一孤儿学校，两座院校之间仅有一路之隔，一改汶川地震重建，各大军区和军兵种多头援建，各抢彩头，费钱又费力的状况。由总后拨款，兰州军区联勤部营房部负责建设，统一对地方。房子已经封顶。站在路边远远望去，教学楼、宿舍楼水泥钢筋浇的擎天之柱，比比皆是，林林总总。其粗大皮实之态，显然为对付八级以上的大地震，再不会出现过去那种豆腐渣工程，造成花季之殇了。工地车来人往，兰州军区联勤部的几位工程师介绍情况后，报告了一个好消息：今年秋天开学时，可以保障学生入住求学。

再下一个采风点是玉树红旗小学，为结古镇上有名的重点小学。一千多名学生在地震时，安全撤离，以零伤亡傲然玉树，创造了一个生命的奇迹。而今学校由中建第八集团援建，年轻的项目经理田辉是一个"80后"，刚至而立之年，毕业于山东建筑大学。他指着已开始外墙装修的校舍说，我们采取了很多防震防火保暖新工艺、新技术。整体的减震，最早出现于日本和德国，上海同济大学将其研究出来了。过去楼梯与过道，地震时容易伤亡，我们这一回楼梯平台与踏步间预留了滑动空间，用来抵抗地震应力，使建筑物更有柔性，不至地震时发生大面积垮塌。框架梁柱用的是 HRB400 的钢筋，混凝土是 C30 的，由搅拌站搅拌，墙面正在涂保暖材料……

田辉说，这些减震措施的采用，可抵御九级左右的大地震。

我们惊叹不已，同时更惊叹他们创造的玉树速度。2010 年 8 月 10 日开工，这支从山东济南来的援建队伍在世界第三极创造了玉树奇迹：9 月 30 日完成 A 区主体结构封顶，10 月 15 日教学综合楼全部封顶，2011 年 5 月 15 日通过教学综合楼主体验收，8 月 23 日，颇有藏地特色的校园迎来 2011 年的第一批新生。

看过上午最后一个采访点藏医院工地，中午仍在一家川菜馆午餐。席间，杨承志书记宣布，上午采访暂告一段落，吃过午饭后，去玉树勒巴沟游览水中玛尼石。

好啊！大家欢欣鼓舞。我与赵瑜兄相视一笑。

7

入勒巴沟口，前边流过一条通天河，河边，矗立着一座唐代白塔。

正午的天空晴好，从结古镇驱车出来，沿玉树河而下，然后左拐，从通天河顺流而下，在一座白塔前停车。跨出车门，哈达一样舞动的雪山之水，从沟里流淌而出，滚雪朵朵，跌落通天河，然后入金沙江、长江，穿越汉地十万八千里，回归东海。

遥想当年，东土的文成公主就在这里跨上马鞍，环顾四周，说此乃绝美之地，一河雪水向东流，流经奴的家门口，就在这里建座白塔吧。风铃声声，一句祈语，一炷梵香，都会飘向汉地，祝愿父老乡亲。于是，她从长安带来的工匠齐心协力，在此处建了一座土夯的白塔，其状与后来我见过的桑耶寺和热振寺前的经塔几乎一模一样。文成公主走过70多年后，金城公主再度入藏和亲，将几近坍塌的公主佛塔，修葺一新。

我默默站在佛塔前祈愿，旁边堆了一座玛尼石。梅卓走过来说，老同学，我陪你转转佛塔。

谢谢！我点头道。于是，我们绕过玛尼堆，右转，与通天河并行，转了一大圈，然后回到下车之地，双手合掌，默默祝祷，然后拍了几张照片，便登车往百米之外的勒巴沟驶去。抵达一个绝壁前，玉树旅游局的一位导游带着我们穿过树丛和荆棘，走到了一处摩崖石刻前，指着佛像说，这是文成公主所有。我看画面，阴刻线条千年风蚀雨淋已经模糊，然人物造像和神兽依稀可见，还刻着文成公主与松赞干布大婚时的迎亲的盛大场面。

人物造型和刻刀手法，颇有云冈和龙门石窟的痕迹，粗犷而不失空灵，丰盈却气韵沉雄。毫无疑问，这是当年大唐文成公主进藏前后镌刻下来的。

导游解释说，早在公元 641 年，文成公主进藏，玉树从此就有了汉、藏、梵三种文字的石刻。这沟里六字真言是最早的石刻，距今已有 2000 多年的历史。

站在勒巴沟口，听雪山水叮咚，往里边眺望。一阵烟云过后，我看到文成公主站在通天河帐篷前，看到新修的白塔映入通天河的碧波之中，工匠已经刻好岩石上的岩画后，她跃身上马，与迎亲大使噶尔东赞和江夏王李宗道一起，策马朝勒巴沟驰去。见勒巴沟流水潺潺，灰头雁浮在沟中莺鸣燕舞，她突然勒住缰绳，回头叫工匠，在水沟边上的一块巨石刻下西藏六字真言。在梵文里，一路上，噶尔东赞一再说六字真言视为佛教的经典之语，亦称六字大明，汉译为"唵嘛呢叭咪吽"是佛教的根本之语。"嘛呢"梵文意为"如意宝"，表示"宝部心"；"叭咪"梵文意为"莲花"，表示"莲花部心"，以此比喻性如莲花一样纯洁无瑕；"吽"表示"金刚部心"，祈愿成就的意思，即必须依赖佛的力量，才能得到"正觉"，成就一切，普度众生，最后走向成佛之路。

往事越千年，嘉那活佛沿着这条成佛之路走过了。在新寨住下后，早就听说公主经塔和公主庙皆在勒巴沟沟口和沟尾。于是，他们从新寨的嘉那寺里走了过来，意在拜谒公主经塔和公主庙，穿越勒巴沟，无意中发现了一块刻有六字真言的石头，泪水突然涌出来了。他在结古镇上发现的那块天然的玛尼石，也许就出自于勒巴沟，出自于汉人工匠之手，只是经千年水浸烟雨洗濯，成天然之状了。

嘉那活佛在勒巴沟搭帐篷住下，手执铁锤和铁钎，在一块水中的石头上刻下了六字真言。于是，第一块水玛尼石横空出世。来朝圣的藏族工匠们觉得好，跟着他在水边刻，一刻就是 300 多年，终于形成了迄今一沟的水中玛尼石。

我们朝勒巴沟驱车而来，往沟里走了不到百米，只见高路旁的山冈和

半坡上刻着一块块玛尼石，强烈地撞击眼球。我叫停车，跨出车门忙着去拍摄。陪同的旅游局干部说，朝前走几步，往左边的水沟里看看，尽是水中玛尼石。

按照导引，我走近沟边。天哪！那水沟里横七竖八的巨石之上，果然刻满了六字真言，有的沉卧水中，有的岸然沟边，有的泡在水流湍急处，有的倚在一株老树下，千姿百态，洋洋大观，美轮美奂。让人觉得走进了一个藏传佛教佛经的天然博物馆里，各种经卷，应有尽有，且水中之经卷，多系六字真言。

这条水玛尼沟长约2公里，到一处开阔地，绝壁高巍，挂了许多经幡和风马旗。转过一个弯后，两边的河谷走势突然开阔起来，绝壁消失，水中的石头也一块不见。然而越往前走，风景越美不胜收，牧场、牦牛、藏马、羊群悠然在半山坡上吃草，与搭在半山腰的夏季牧场帐篷和村郭交相辉映，恍如仙境。

这时，杨承志大姐和梅卓、赵瑜兄的车子已经驶到前边去了，我与《文艺报》王觅边走边拍照，哪里风光美，便在哪里停下来。车子盘旋而上，抵达勒巴沟山巅时，和等候我们的车子又一起出发了。我们在大经幡塔前拍照，留下祷告和祝福，然后向着一山脚下的文成公主庙驶去。

毋庸讳言，勒巴沟是我见过的玉树最美的草

原，一点儿也不逊于万里羌塘，而山势走向营造得起伏连绵，逶迤如龙之姿又胜于西藏，难怪青海省委宣传部长吉狄马加将青海赠以大美之境。

　　抵达文成公主庙时已近傍晚，原来阳光灿烂，一片蔚蓝，蓦然回首间，夜色沉落下来。在寺庙门口，我们终于赶上了杨承志书记、梅卓和赵瑜兄。脱鞋步入寺堂，佛龛上伫立着几尊石雕的菩萨造像，游历青藏高原已十余趟，我第一次见到喇嘛庙里有石雕的菩萨金刚像，其丰腴唯美从容之态，仿佛梦回大唐。

　　公主庙的山体之滨，是一处转经的神山，经幡舞动，围着神山转经的香客熙熙攘攘，其中不乏身材袅娜的康巴少妇，一顶遮住眉宇的太阳帽，配着淡蓝色藏式夏装，更显得楚楚动人，嫣然成媚。

　　拜谒过公主庙出来，便是巴塘草原天葬台，我们在超度亡灵的庙前停车，步行上去。天葬台上的小庙和经塔毁于地震，至今未修复。我紧随梅卓之后，进去远远望了一眼，便匆匆逃离了。那块肢解尸体的黑油油石头，还有一只老狗在里边徜徉，令我好不自在。唯独赵瑜兄举着尼康数码相机在里边拍摄，迟迟不肯下来。所有的人皆在等他，我连声喊了几次，瑜哥，走啦!

　　他仍然流连忘返。

　　登车之后，他怅然道，这天葬台上太诡异了，我刚装了一个从印度买的4G的卡，相机便不听使唤了，非要拍一张，删一张，方可拍摄。

　　呵呵! 因为瑜哥冒犯了神灵。

　　真的吗? 瑜哥将信将疑。

　　当然，你看人家梅卓，就进去草草转了一圈，轻轻地进去，悄然出来，生怕惊醒那些往生的魂灵。你倒好，拍来拍去，还嫌不够。天罚啦，我打趣道。

　　也是，也是。瑜哥一脸惊惶。

　　走下天葬台，却见一群徒步的朝圣者，背着时尚行囊，沿着当年文成公主入藏的唐蕃古道，穿越巴塘草原而去。

8

青山夕阳。

我扬腕看了看表，已经是下午5时30分，该离去了，采访还有最后一站，铁二局援建的玉树民族中学还在等着我们。

仍然是一个大转山的轮回，中午，车子驶出结古镇，向东至通天河，顺河而下，在勒巴沟入口调头，朝北而入，北行至巴塘草原，然后西行，转回结古镇。

转山归来，入结古镇，已经是黄昏时分，车入玉树民族中学工地，工程已近竣工，一座现代化的学校拔地而起。铁二局负责援建的领导很热情，硬要请我们去他们指挥部驻地座谈。踏着斜阳而去，驶入结古镇西边一个临时搭建的板房里，会议室挂出"热烈欢迎中国作家赴铁二局援建指挥部采访"的横幅，参与座谈会的都是一批"80后"，每个建设者的故事都很感人，当年在写青藏铁路时，我曾采访过他们中间的一些人，有一种天然的西藏情结和亲近感。

一群来自黑衣之邦的汉地儿女，如文成公主、金城公主、嘉那活佛，还有那些历朝历代的普通人，一如现在玉树地震后从各地赶来的援建者一样，为青藏高原藏族同胞的幸福安康，默默地尽一点绵薄之力。

此时，暮霭四起，我们走出铁二局的指挥部，东方天穹的晚霞消失了，朝远天眺望，那边是我们生于斯、长于斯的黑衣之邦。

明天下午我将回去。胡不归兮？！

（2011年10月16日凌晨1点45分改定于北京。原载《中国作家》纪实版2011年第十一期）

04 清婉之地

1

那天晚上，澳门基金会吴博士宴请全球华人散文大赛的作家，晚宴将散时，北京城名编张守仁先生悄然对我说，徐剑，陪我去一个地方吧。

张先生是我还在练散文童子功时就仰慕的作家，他的邀请不能拒绝。我问去哪里？

白鸽巢。

白鸽巢，是那里的南圣地。

贾梅士写诗的地方。

贾梅士，何方神圣啊？

你不知道啊，西班牙文学之父塞万提斯称他为葡萄牙的珍宝。

恕我寡闻，是一位传教士吧？取了一个中国名。

葡萄牙名，只是有点中国化。他是葡萄牙伟大的诗人，他的 9000 行长诗《卢济尼亚人之歌》的手稿，就是在白鸽巢写成的。张守仁说。

看来，这次澳门全球华人散文大赛，张老有备而来。出门之前，已做了许多功课。这就是名编风范。

于是，在灯火炫目的澳门大街上，散步队伍中，突然有两个人悄然蒸发了。我们钻进一辆出租车，说，去白鸽巢公园。

出租车一直向上，在小街道上穿行。在一个小巷子戛然停下。司机很负责地说，朝路左边往前走 100 米，就是白鸽巢公园。

我和守仁老师跨出车门，夜风徐徐，一片温婉，一如这座澳门之城。

走进白鸽巢公园，拾级而上，仿佛踏进一片亚热带丛林。从树梢仰望夜空，星光满天，与澳门城的煌煌灯海，连成一片，贾梅士的诗魂何在？

也许那晚喝得有点微醺，或许夜色昏暝，寻找的过程似乎走进九曲回廊，迷宫般转悠了好几圈，山上山下，往来复返，逢人便问，贾梅士写诗之地仍不可见也。

其实已经一次走近贾梅士，却又与他失之交臂，在白鸽巢绕了几圈之后，终于在一个石头缝里，找到了贾梅士的雕像。

张守仁老师颇为虔诚，看到贾梅士雕像后，驻足于前，双手合十，心语喃喃，献上心香一瓣。

我坐在后边的石阶上，独自嗟叹：贾梅士何能何德，就这样征服了一个泱泱诗歌大国的名编？

等守仁老师抄完碑文之后，我们从贾梅士的雕像前走了下来，原路返回。走出白鸽巢公园，往左一看，一个哥特式教堂门拱兀自伫立于夜色里。这儿有一个教堂。我惊呼道，守仁老师，过去看看。

循着灯火而去。教堂的铁门紧闭。可是借着昏黄的灯光，我却惊诧地发现，在白鸽巢，我与马礼逊神父相遇了。

教堂门口的一块铁匾上，用中文繁体字和葡文写了一行烫金的指南：马礼逊教堂。

马礼逊！我突然闪回到了大清王朝，那个第一个将基督教的《新约全书》译成中文的神父，在古方块字砌成的小径上，我曾看到过他穿行的脚步。

星空邃远，微风徐来。冥冥之中，我看见西方传教士乘坐的帆船，在澳门靠岸。他从一块跳板上下船，然后到街市上买了一匹骏马、一头骡子、一条小毛驴，跃身而上。面向东方，穿过熙熙攘攘的人群，朝着山坳上的中国，千山我独行。

当我的文学之旅，被悲天悯人的宗教情怀笼罩后，第一次将《圣经》当作文学故事阅读时，我与马礼逊相遇了，是他第一个将上帝的经文译成了中国古老的汉字。

我看到也是这样一个温婉的夜晚，葡萄牙帆船驶进了澳门濠江口，岸上一个小渔村灯火点点，马礼逊神父一脚踩上踏板，跨过濠江，惊呼，我们终于抵达东方神秘的大国了。

站在岸上，马礼逊望着远处的澳门渔村，说，我在中国的传教生涯，就从这里开始吧。

2

我知道神父这个词，还在孩提时代。

我的故乡大板桥，是昆明入京的第一个驿站，也是京城回昆明的最后一驿。离我们家不远的宝象河上，横跨一座铁路桥，是当年由法国人修的米轨铁路，石礅高耸，钢架横空，当地人称为大花桥。一桥飞架东西，轨道一直向东沿伸，直通杨林、马过河，直抵曲靖。

铁路修建前后，恰好是17世纪至18世纪之间，意大利传教士将天主教传到藏边。而入藏的神父在经历一次教案血灾之后，渐渐萎顿，于是法国传教士携着新教耶稣，熙来攘往。他们从越南西贡码头上岸，穿越东南亚雨林，朝云南藏边之地，乃至昆明城郭驰马而来。

那是一百多年前的帝国黄昏吧，一个叫保禄·费利克斯·维亚尔的法国传教士，骑着一匹矮马，穿过昆明城的金马牌坊，过状元楼，出东城门，往紫气东来的东方而来，于暮霭沉沉时分，进了我们那条老街，有 2 公里长的古镇。异乡却是乡关，眼见天色已晚，他只好在驿站栖身一晚。于是打马踏着石板路，从西边的城门洞而入，马蹄声碎，夕阳西下，一个洋神父与一匹云南矮马。夕阳将他的身影，堂吉诃德般的雄姿，长长地，投影在我的故乡大板桥街的石板路上，影子映在石头路上，被斜阳一照，便烙印成了一种传说，一个故事。

一个金发蓝眼的洋人走进驿站的公房，招来一片看西洋景的乡亲。

时间是 1876 年，大清帝国的同治年代。当时中法战争刚刚落幕，被船坚炮利打败的中国对法国人敌意四起。可是，他却坐着法国邮船，漂洋过海，直抵昆明。他此行的最终传教地，就是离我故里 40 里地的嵩明府一个小教区。

第二天太阳照常升起，保禄·费利克斯·维亚尔跃身跨上矮马，用他刚学会的汉话：再见！向还是孩童的我的祖爷爷、祖奶奶告别，然后穿越 1 公里长的老街，出东城门，沿着历代书生赶考的官驿大道，往东走，一天的行程，晚上抵达嵩明府。

一行秋雁，满地清霜。冬去春来，保禄·费利克斯·维亚尔在嵩明教区只待了一年，给自己取了一个汉名：邓明德。然而，住的时间久了，他发现很难教化这些从北京城、南京城充军、流放过来的汉人。他们太功利了，都是一些临时抱佛脚的家伙，有灾有难，升官发财了，才会到寺庙的泥菩萨下烧几炷香，向财神关公磕几个头，而对上帝的福音和召唤，长久视而不见。

孺子不可教也，远离这块汉地吧。邓神父心生退意，决定去开辟一个新的教区。

去哪儿？他闭着眼睛，将一块大清帝国的咸丰铜板往天空一抛，落在什么方向，就往什么地方走。铜板落到了南边，与高巍的老爷山相对。朝南走吧，保禄·费利克斯·维亚尔带上一个仆人，翻越老爷山，从狼吼虎啸的原始森林穿过，路经汤池、宜良，向造山运动时，大海退却了，喀斯特地貌突兀而起的云南路南石林走去。整整走了三天，保禄·费利克斯·维亚尔走进一个叫路美邑的撒尼族村子，在集市上第一次看到被称之为"倮倮"的阿细人迎面而来。面色黧黑，闪着太阳般的光泽，个个肌肤黧黑，面孔憨厚，一下子就将邓神父的眼球吸引了，他饱蘸感情描述了对他们的第一印象：

"……那一张张正直、天真、温和的面孔简直把我征服了！当时我就默默祈求上帝，请把他们天真的灵魂赐给我，从他们粗犷的外表，我已经窥见他们朴实的心灵。"

当路美邑大村庄里的第一个教民，向邓神父走来时，邓神父便跟着去了他的家。邓神父看到这个最早叫路南的村庄，有120户人家。村民听说来了一个洋神父，纷纷拥来看他，掩口一笑的憨厚和眼睛里蓝天般的纯净，一下子将邓神父迷倒了。他决定在这个美丽村庄定居下来，盖一座占地70多亩的基督教堂，让上帝的眼睛凝视着彩云路南。初见的直觉，以及后来不断地在撒尼和阿细倮倮部落行走的旅程，使邓神父对于汉人与彝人产生了截然不同的看法，他在法国出版的专著《撒尼——云南的倮倮部落》一书中，曾经这样描写道：

"汉人有一种似是而非的聪明，拐弯抹角，带功利性。汉人是被迫才当农民的，本性原是商人。一旦觉得有希望获利，就会扔掉锄头去追求金钱。他清楚自己发不了财，甚至会倾家荡产，但依然要投机……倮倮则相反，他们的聪明是直来直去的，不会屈身于生意场上的投机，他们喜爱的是自己的土地，他们没有高呼'自由万岁'，却充分享受自由。"

毋庸说，保禄对于倮倮太偏爱了，爱得有点偏执。也许正是这种偏爱，撒尼人和阿细人爽然接受了邓神父。因此，1887 年至新中国成立的 60 多年间，法国神父在路南石林地区，建立了 200 座教堂，信徒达 8000 人。

古大海陆沉了，喀斯特地貌浮出大陆。2000 座教堂崛起在云南路南石林周遭地区。北至宜良的绵羊村，西去弥勒县西山区阿细人居住的烂泥箐，撒尼人、阿细人和普拉人住地皆纳成了邓神父教区。最有趣的事是邓神父征了一块牛皮大的地方，建教堂。那次邓神父去了阿诗玛的故里路南圭山海邑，欲在圭山建一座教堂，被圭山的撒尼头人一口回绝。可是邓神父锲而不舍，以近似乞讨的口吻说，我只要一块牛皮大的地方。

撒尼头人将水烟筒一搁，仰天大笑，说邓神父，我不相信牛皮大的一块地方，能盖一座教堂。

只要你答应，就能盖起来。

好，我答应你。

邓神父到集市上买了一张牛皮，用牛角刀截成极细的皮条，而后用这牛皮条围下了一座小山包在内的数百亩土地。撒尼头人悔之晚矣，愤愤不平地说，红毛鬼就是聪明，真拿他没办法，我输得痛快，他赢得爽朗，骗了撒尼人，我还无处喊冤。本老爷愿赌服输。

撒尼头人挥了挥手，指着长湖边上的一座山说，邓神父，那座山算你的了。

谢谢大头人。

走吧！别让我再看到你，小心我反悔。撒尼头人有点恼羞成怒，却按捺自己的怒火。

邓神父跑马圈地，在圭山建了教堂、水坝、学校、村寨，将阿细人和撒尼人集中在一起居住，并将教会买来的地租给佃农种，自己只收微薄的地租。不够教堂的开支，便向远在法国的义妹玛丽·德拉塞尔小姐寻求资助。从此，邓神父在圭山长湖阿诗玛故乡居住下来，传教布道，整理彝族的语言和文字，他第一个将《圣经》译成了彝文。1917

年他病逝于青山口教堂，葬于尾则的长湖之畔，有阿诗玛的传说和情影相伴永远。

然而，邓神父最终也未躲过被鞭尸的命运。中国"文革"年代，他所描写的那些质朴的撒尼人、阿细人的后代，他所挚爱的俫俅后裔，居然在一种革命的狂热和偶像崇拜的迷情中，将邓神父的荒冢刨开，让他抛尸野外。

上个世纪80年代，我到了尾则长湖岸边，看望当兵时的老班长毕文林。问及邓神父魂归何处。已退伍回乡的老班长带我来到长湖边，指着一个荒草离离的野山坡，说邓神父曾经葬在这里。

坟呢？

平了！

骨骸呢？

被红卫兵撒之于山野。

可是，我感觉到邓神父之魂仍在尾则的长湖边上，踽踽而行。

3

马礼逊神父一家三口，则安静地躺在白鸽巢公园下边教堂的墓地里，无人骚扰。

到达澳门的第二天上午，吃过早餐，我对张守仁老师说，再去一次白鸽巢好吗？

你去白鸽巢寻找什么？张守仁老师问我。

马礼逊墓地。

你一个军人，看基督教的墓地，想追寻什么？

寻找澳门这般温婉的源头。

明白啦，你嗅到澳门这座城的魂了。张守仁老师点了点头，又摇了摇头，说，我不解，一个军人作家，为何有这样的宗教情怀。

也许因为我一次次上青藏高原，在布达拉宫，在桑耶寺、大昭寺、哲蚌寺、甘丹寺、色拉寺里，被长明灯和念经之声熏陶和浸润的吧。

文学倘有宗教关怀，便成大视野、大境界。张守仁感叹道。

是啊，我力求在自己的作品，输入这般境界。

那天行程恰好是自由安排。我扭头对小蕙姐姐、怀谦说，我们上午去看看马礼逊墓地吧，竟引起大家共鸣。

上午9点多钟，澳门的太阳暖暖的，有点春天的温馨。让人忘却这是深秋时节，疑是时序倒转，春天轮回。我和张守仁老师，韩小蕙大姐，还有怀谦老弟一起去了马礼逊教堂的墓地，寻找那些把尸骨埋在中国岭南的异乡之魂。

慵懒的阳光，穿越逼仄小街，斜照下来，将每天的日子抚摩得宁静而又温馨。打车往白鸽巢公园疾驰而去，我总在想，马礼逊与澳门，究竟是谁最幸运？是马礼逊之幸，澳门收留了他；还是澳门苍生之幸，遭遇了马礼逊？

昨天从大三巴牌坊下山时，车沿小街而过，倚窗远眺，一个天主教墓地惊现于视野，花岗岩、大理石、汉白玉的墓碑，参差不齐，千姿百态，占据一座山岗。四周被高楼民舍所围，匆匆投去一瞥，浮躁的心，顿时会沉淀为一种纯粹、纯净的平和。不像汉族的墓地，衰草斜阳，阴宅历历，走近时，总有一种狰狞和阴森的惊悸。

此刻，澳门城郭万里无风，一片静谧，温馨、安详的静。这种静，我有唯在藏地，在香格里拉，在拉萨城里触摸过，离天堂越近，天地间越氤氲着这般的静。

马礼逊教堂和墓地静静地，惊现于前方。昨晚紧闭的铁门洞开了，围墙里边，几棵老树老杆新枝，葳蕤天际，如一把擎天巨伞，遮住四百年间的风雨，护翼一座简陋狭小的教堂。

信步而入，教堂委实的小，犹如一间乡间大教室，门前亮有别致的小圆灯，周遭环境清幽脱俗。窗门为拱形设计，别具匠心，摆了十几张长条椅子，教堂顶部的屋梁、屋椽与两把长吊扇，年代久远，别致有趣。这座澳门最古老的基督教传道所内，能容几十名教徒，仰首凝眸，受难的耶稣以一种飞翔之姿，钉在东边的墙壁上，却不知归于何处，是飘升天堂，抑或沉落地狱，都是等待救赎之人。我走到牧师布道的小桌前，骤然下跪，闭上眼睛，默默祷告，忏悔今生今世的余恨、憾事，在上帝面前摊开太阳背影下的心灵黄斑和灰暗地带，等待最后的救赎。

上帝能救赎人类吗？

马礼逊牧师就是上帝派来救赎人类的使者，可是此时他却静静地躺在澳门的土地上，躺在浮浮冉冉的阳光之下。

走出教堂，我们一行朝着墓地走去，脚步放得轻轻地，生怕踏醒长眠在这里的异国灵魂。一道缓缓的斜坡，不过在百步之间，教堂和墓地静寂着，唯有阳光的热烈。

一阵喷水声音吸引了我们，以为是天国圣水哗啦啦而下，其实是一个教堂里的女工，手执水管，在向一座座花岗岩的荒冢上喷水，冲刷岁月的尘埃。

第一个被清洗的墓地，自然是最靠北边的。等女工清洗过后，我们踏着沾满水珠的草地，一步一步向它走近，走近第一个埋在澳门土地上的基督教牧师。俯首一看，马礼逊的名字，中文和葡文和英文三种文字，勒石于长方形的花岗岩的坟墓之上。

我知道这座墓地始建于 1821 年，埋葬的第一个人是马礼逊的妻子玛丽·迈瑞，她是一个东印度公司英国商人的女儿，28 岁还待字闺中。他们相识那年，到澳门多年的马礼逊囊中羞涩，有点挺不过去。登陆澳门后，这里已是天主教的属地。环顾四周，到处对新教都是一种敌意，澳门天主教对新教虎视眈眈，欲将马礼逊赶出澳门地界：那时他却完全地中国本土化，留起辫子，穿上长袍马褂，学起了中文，而传教的事情却无进展。他必须到东印度公司谋一个翻译的职务，在澳门才有身份、地位，也才能糊口。那天他在东印度公司的仓库里坐着学中文，好些日子没有人来了。

暮霭沉沉。一阵敲门声，将读着《论语》的马礼逊惊醒了。他喊道，谁啊？！

是我，马礼逊先生。

你是谁？

一个英国商人的儿子。

叫什么？

威廉。

请进威廉先生。马礼逊打开了门。

威廉进门了，说先生，听说你是从英国伦敦来的，我父亲请你去做祈祷。

于是马礼逊去了威廉的家里，做过祷告之后，便与这个家庭相识了，来来往往，有一天马礼逊向玛丽·迈瑞求婚了。

此后，马礼逊应聘成了东印度公司的中文翻译，并娶了玛丽为妻。生下第一孩子，澳门天气燠热，瘴气横行，很快便夭折了，后来又生两个男孩。一直病怏怏的玛丽，魂断澳门，却无葬身之地。因为清廷的官员，不让洋鬼子葬于自己的治下。于是，马礼逊通过东印度公司买了这块地，才安葬了妻子。

葬过妻子之后，马礼逊失望到了极点。他在写给英国教主的一封信中感叹，祈求上帝，开启大清皇帝的眼睛吧。

带着两个幼子，嗷嗷待哺，马礼逊撑不下去了，只好举家回到英国，到处传道，讲他在东方大地上布道的感受，还有他妻子之死。这些故事，感动了一个叫露莲·英格兰的女子。他们结了婚，重又登上邮船，像当年他来东方古国一样，漂了八个多月，靠岸濠江，重又回他的教堂。以后生下四个孩子，可是露莲受不了澳门之地的湿热，最后带着四个孩子绝尘而去，再也没有回来。

马礼逊 52 岁那年，得了肺痨，时日无多。此时，他到中国已经 27 年了，只发展了十几个基督教徒。

弥留之际，中国教徒们哭得死去活来，说师父啊，你走了，我们如何生存下去啊？

我就在你们身边，主也在你们的身边，只离 100 米远，紧倚着我的夫人玛丽·迈瑞。

100 米隔着天上人间，离我们到底有多远？

不远！我回归耶稣的麾下，看着你们。

我们只有十几人啊。

别急，一百年，二百年，你们十几个的基数，将会十万倍的增长。诚如耶稣所说："一粒麦子不落在地里死了，仍旧是一粒，若是死了，就结出许多籽粒来。"

马礼逊虽然死了，但是他的影响力却直透历史的层层帷幕。果然，他逝世二百年后，他在中国的教徒达到 5000 万。

夫人在左边，马礼逊躺在右边。一左一右，相伴永远，而墓地里埋的第三个人则是他们的儿子马鲁汉，中国香港的第一任华务司，躺在母亲的左边，这三块花岗岩的墓碑由葡国海神圣老会制作。

拜谒过马礼逊一家三口后，仰首望天，天边天蓝，阳光从树梢头射了下来，那枝头肥肥胖胖，如婴儿的手臂，刺向天空，我不知道此树枝为何树，问冲洗荒冢的澳门女工。

鸡蛋花树啊。

鸡蛋花，开成什么样？

花似鸡蛋。

哦！

那就代表团团圆圆。

一个个传教士的家庭，一如荫庇着他们忠魂的鸡蛋花一样，团团圆圆地躺在这里，躺在了中国大地上。沿着一座座花岗岩的荒冢，我们一一流连而过。从 1821 年开始，一批批传教士都最终安寝在这里。从墓地上的英文，可以窥测许多难解之谜。有几个人，大都死于同一年同一月同一日，也许是澳门瘟疫，或许是濠江教案，勾出了许多的联想和理不清的历史谜团。

在马礼逊的墓地里踯躅了两个小时。我们挟着马礼逊墓地的温润、清婉，走了出来，再入白鸽巢，拾级而上，上上下下，陪小蕙姐和怀谦看了葡国诗人贾梅士的雕像。然后朝山下一个黑色铜雕漫步而去。只见大理石的底座上，一个穿着朝鲜传统古装，戴着黑色太阳纱帽的男人，伫立远眺，朝东，看远东的三千里河山。走近他时，才发现他叫金牧师，是第一个来澳门求学基督教的朝鲜人。四年后，毕业去了朝鲜传道，结果被大院君杀了，殉道于故国。

于是时隔很多年后，澳门基督教会为他在白鸽巢公园雕了这尊铜像。

站在金牧师的铜像前，我的目光投向辽远极边，澜沧江畔，一个叫茨冲的基督教堂，在我的视野里惊现。

十字架张扬在房顶之上，高巍地，从林间突兀而出。

一杵晚祷之钟，于黄昏时分敲响。

4

　　天堂就在前方。

　　车过一座跨江拱桥，驶往澜沧江左岸，沿一条山间土路缓纡而行，靠江边一侧，有一株株盘根虬须的古核桃树，树干巨大，三四个人牵手才能合围，显然年轮已逾百年，老树新枝擎天伸向四方，如活佛出行的华盖，掩映着一座座藏族房舍，庇护着黎民苍生。靠山一侧是一垄垄葡萄园。有葡萄园的地方，教堂便近了。我默想着不知是谁说过的一句话。法国传教士嗜酒，他们不仅带来西方上帝的仁爱，更带来了法兰西葡萄酒的红润和浪漫。

　　车子朝神秘的天堂之门驶去。山道慢慢升高，盘旋在半山腰上，脚下的澜沧江缩小成了一条银线，蜿蜒河谷之中，一缕缕烟云雨雾擦窗而过。前方路上，一位藏族老妪的背影渐行渐近，烟雨散尽，我看到一个普普通通的藏族阿妈拉朝我而来，前边的村舍历历在望，只是山道弯弯，却一路爬坡，往上走，拐过一个弯，村庄隐匿了，藏在了丛林后边。

　　而我们却在上帝的门槛前找不到北。仍旧是澜沧江上的那片藏族村庄，仍旧是那个风水灵地的瀛台，仍旧是那座法国传教士在维西建的第一座天主教教堂，可是孙诺茨林已经有好多日子不来茨姑了，迷失在半边日出半边雨的苍茫中，他的方位感原本不错，车过教堂左边那条清溪，沿着半坡缓缓而上，便在一个拐弯处停下，然后我们纷纷下车寻找天主教堂，一条小径通往一户藏边人家，甬道两边是鹅卵石砌成的围墙，石缝里长满青草，缀满枝头的秋海棠绽开笑脸，像一个藏族娇娘，露出迷人的微笑，将人间与天堂的神秘，飞扬在一树海棠枝头。

有人吗？明知房子的主人听不懂汉话，我们仍在大声呼喊。

刚走近民房，突然一只藏獒轰然一声长嗥，凌空跃了出来，如一阵闷雷回响天空，吓得我们闻声而逃，钻入车中，仍禁不住心脏一阵狂跳。

往里边开吧，到村里问人去。我说。

汽车往土路徐纤而行，拐过弯后，见一个背花篓的年轻女子沿山丘的小路走了下来，看见汽车，她便自然避道在一条小路口上，车从她面前而过。我从玻璃窗前凝眸一看，惊讶地发现了一个天大的秘密，那个藏族女子居然长了一张外国女人的脸，高挺的大鼻子，长长的脸庞嵌着一双碧眼，嘴唇大而性感，虽然肤色被太阳晒成了古铜色，黑头发挽成髻，绾在了一顶"文革"年代绿色军帽里边，额头上横着云南女性背东西时的背带，但仍掩饰不住一张西方女人的脸。我连忙推了推摄影家朋友，你瞧，这个藏族女子像谁？

像不像一张西方女人的脸？

摄影家击节而叹，真的很像啊！

汽车从她面前擦身而过，沿着一条乡间土路朝山里缓慢而行，一直找不到可以倒车的宽敞之处。望着车窗两边的村舍田野飘着一缕云雾，太阳从云罅里筛下一片光亮，如娇娘的一只金色酥手，抚摸着山冈。

我还在想象刚才那位酷似西方女人的西藏娇娘，也许就在一轮明月刚刚爬上山冈的夜晚，做完了晚祷的法国神父，步出教堂，沿着一条下山的斜径，在一片藏獒的犬吠声中，一步步地走近这个藏族女子的祖奶奶或者祖外婆家的矮墙前，摘下一片叶子，吹起叶笛，那便是约会的信号，像今天见过的藏族女子一样年轻的娇娘，匆匆下楼，朝着神父羞涩一笑，然后牵手钻进教堂背后的山林，演绎一曲风花雪月的浪漫。

我仍然沉浸在复原一段岁月、一部历史的黄昏里，一个是法国传教士，一位是藏族娇娘，一边是孤独清冷的教堂，一边是炊烟袅袅的村庄，沉静的，野蛮的，欲望的，纯情的，神性的，魔性的，都在晚祷钟声中化作了教堂上空的一片云雨，并伴着雷声轰鸣和野狼尖啸……

雨云飘过去了。汽车终于在山脚下找到一个倒车的地方，调过头来，沿路返回来。路过一座桥时，太阳刚好照在清溪之上，小溪两边的一株株绿树还滴着雨滴，青翠欲滴，如玉一样温润，清泉撞碎在石头上，落下珍珠落玉盘的碎响。

停车！拍一拍这条清溪。斜阳树间照，清泉石上流，这才是真正王摩诘的禅境。司机将车子退回路边停了下来，我们扛着设备在桥头架起了机子，镜头对准这条清溪，湍流如教堂的钟声，流在石上，敲在心上，敲得苍翠的山野一片圣钟淙淙。

两位摄影家在拍片，一下子吸引了许多村民，男女老少围在我们四周，憨厚地笑着，说的全是藏语，孙诺茨林当起了翻译，我问教堂在哪，他们朝东南那个山包指了指，说教堂就在山上。

每周都到教堂里做礼拜吗？

每礼拜天都去。

你们用藏语唱诗，还是法语唱？

当然是法语喽！

我惊愕了，说用法语唱几句我听听。

他们真的毫无顾忌地唱了起来，脸上挂着几分庄稼人的羞涩。

太奇妙了，一个大字不识的藏族人，居然会用法语唱诗。我惊讶之极。

或许在这片灵山灵地，总会有神秘和奇迹接踵而至。

汽车重又返回刚才停泊过的地方，孙诺茨林终于找回方向感，朝着一条羊肠小道攀越而上。小道是从岩石缝穿凿出来的，石径不知被多少苍生的脚板磨过，被雨点滴穿过，斑驳点点，铺满了岁月的青苔。在我们的身体逐渐升高的瞬间，看到了天主教堂上的十字架时，我似乎记起了大卫·妮尔那个早晨走出教区，转身向乌夫拉尔神父最后一瞥的神色。

沿着一个龙脊的山坡缓缓而上，从一户藏边人家空旷的牛栏前走过，走过一段长满青苔的历史，我们也走进了紧贴着宗教和天国门槛前的原始和纯净。

仅仅在百米之间，茨姑教堂便毕现在视野中，除了那道正门上方高嵌着十字架，仍然折射着对主和上帝的虔诚和敬畏之外，我并不觉得它与自己进入过的天主教堂有什么异样。可惜今日不礼拜，教堂大门紧闭着，我坐在教堂的门槛上，让两位摄影家给我拍了拍照片。仰过头来，看到了悬挂着一个车辖辘的铁圈，做了教堂的圣钟，我举手敲了敲，清脆，悠扬，震荡着山野，震荡着山里每个教民的心房。我仿佛听到了茨姑教堂的第一声晚祷的钟响，第一次向上帝的祷告之声。

应该是与马礼逊到澳门相近的大清帝国同治年间吧，教皇格列高利十六下诏，授命法国人巴勒拿为中国西藏教区的牧首。巴勒拿从家乡曼恩——卢瓦尔省出发，登上了驶向中国的邮船，跨洋过海，万里迢迢，在香港下船后，辗转广东、广西，进入云南丽江府，找到了茶马古道上的一个大马锅头，说请将我带进建塘吧。

大马锅头挥了挥手，一个瘦小仆人牵过一匹枣红藏马，将缰绳递给了法国主教。神父伸手抚摸了马背，那匹枣红马打着响鼻，朝新主人眤视，目光陌生。主教说这是一匹好马，远行千里也不会趴下。巴勒拿便踩着马镫，跃身跨上马背，将黑色的长袍往蔚蓝的天幕一抛，落在马鞍上，策马西去，朝着长江第一湾嘚嘚而行。成了进入云南藏区的第一位天主教神父。

巴勒拿教主就在火烧云当空的傍晚，打马走上茨姑村。他已在建塘境内转悠了数月了，中甸城里有宫殿般的松赞林寺，由达赖喇嘛派人做主持，雄镇西南，建一座天主教堂无法与之分庭抗礼。官驿大道上的奔子流是个热闹之所，可西边的山头上已被东竹寺占了一席之地，唯有去偏僻蛮荒之所，点化芸芸众生了。

骑在马背上往前远眺，看到两条清溪环茨姑而下，几座古老木头藏房坐落在半山坡上，牛羊还在山坡上俯首吃草，暮霭沉沉，几缕炊烟飘浮在天空，巴勒拿牧首惊呼：仙境，仙境，主该在这里救赎众生。

巴勒拿在茨姑住了下来。开始藏民们躲着这个金发碧眼，手臂上长满金色汗毛的鬼佬，等了许多时日，当村里有个头痛脑热，跳神驱鬼仍无法缓解时，神父便从小瓶子里倒出几片白药片，于是药到病除。从此村民们觉得这个鬼佬有杏林回春之术，值得信赖。有一天，当神父拿出白花花的银子，找到一位和姓的人家，说要买下他家的山地建一座教堂时，再无人反对。

同治五年，云南藏区内第一座天主大教堂矗立在茨姑的山野里，坐东向西，雄伟而洁白，像一条诺

亚方舟，驶入了神秘的北纬30度，在高原太阳的抚摩下，远远看去，俨然像是大明帝国时代的江南牌坊，十字架嵌在圣殿正面的白墙上，透出一股压抑的神情。依山势而坐成三台楼阁，东楼房五间，全系西洋钟楼建筑，西楼房三间，北楼房七间，上边还有平房三间，形成了一个规模宏大的教区。竣工庆典那日，善男信女如山涧的两条清溪一样，纷纷涌来，齐跪在地上，亲吻着西藏教区的牧首巴勒拿神父的手。

早祷钟声突然响了起来，巴勒拿神父仰望天空，晨曦中灵山初现，祥云缭绕，紫霭蒸腾，见所未见，似乎灵山之上的彩云都在向这座西方的天堂致意呢。

但是天主教堂在挤进藏区那天起，就注定了命运多舛。虽有大清王朝的庇护，但是挟政权与神权于一身的喇嘛庙的高僧活佛，往往振臂一呼，佛指一点，便能将洋人的教堂击成齑粉。

第一场教案发生在光绪二十一年（公元1905年），大清王朝已夕阳黄昏，江山既倒，就剩下圆明园那几根残缺的石柱，无力支撑边地危局。驻藏帮办大臣凤全本该沿官驿大道，入拉萨就职，可是到了巴塘，却被那片美丽的草原迷醉了，迟滞不前，强行改土归流，在康巴大地引发了一场杀戮。最后凤全丧命，西藏的活佛高僧又在这场兵燹中添加酥油，荒火越燃越大，最终酿成了川滇藏区的一场教会血案。德钦、东竹林、红坡三寺的喇嘛登高一呼，响应者竟有万余人之多，矛头直指官府和西方教堂。阿墩子天主教堂被付之一炬，神父顾德尔被逐出境。

平静的茨姑天主教堂，也在一夜之间失去了平静。那个大雨滂沱的夏夜，巴黎神父浦德元从巴塘匆匆逃了出来，敲开了茨姑教堂余伯南神父的大门。烛光幽影，见浦德元蓬头垢面，神情枯槁，余伯南大惊，说，蒲德元神父，为何如此失魂落魄。

先给一杯葡萄酒，压压惊。

余伯南倒了一杯，递了过来。

蒲德元神父抿了一口，身上开始暖和了，未语泪先流，说，巴塘教堂已化作灰烬，阿墩子耶稣神像也葬身火海，顾德尔神父生死未卜。茨姑的末日也不远了，我们快收拾收囊，逃到山里避避风头吧。

余伯南神父摇了摇头说，不必。我们在茨姑教堂办学行医，深受教民拥戴，不会有人为难的。

天真啊，阿墩子带头放火之人，可是德钦寺的堪布、土千总汪堆、土把总三德啊，全系土司僧侣所为。

茨姑不会!

余伯南神父似乎言之过早了。

翌日，太阳刚露头，便被阴云包裹了。一场万劫不复之灾，随着土千总和喇嘛的马蹄声，踏碎了茨姑清晨的寂静。蒲德元神父似乎早有预感，那天早晨，他刚告别余伯南神父，想从茨姑逃往怒山，却与追杀而来的喇嘛和土司队伍不期而遇，一支支喂了乌头的毒箭，纷纷射向他。顷刻之间，神父满身窟窿，射入头上的毒箭毒性发作，头肿得像变形的大头娃娃面具。最后一箭，竟然射入神父嘴中。骑在马背上的康巴武士拍马冲了过来，刀起头落，被砍下的头颅，活像刚刚钻出云彩的火红太阳浮游天际，在云罅中闪耀着柔和的夕辉。

余伯南神父跪在耶稣神像前默默祷告，祈求上帝护佑茨姑教堂平安。蒲德元神父人头落地的那一瞬间，余伯南教士身上突然一阵颤抖。是雪风在拍打教堂的大门吗？他蓦然回头，教堂的大门突然洞开了，一群犷悍的康巴男人走了进来，在余伯南身旁掀起一阵逆风，两个人架着他拖了出去。

让耶稣见鬼去吧，这是佛爷的领地。一个土把总手一挥，便有家丁将教堂的帷幕扯了下来，扔在烛台上，熊熊烈焰腾空而起。教堂坍塌了，倒在一片烈火余烬之中，只留下雨雪润湿后的温馨。

余伯南被押着赤足而行，石头割伤了他的脚，就像当年基督背着十字架走过一样，身后留下一行血迹斑斑的脚印。他无法走动了，被一个壮汉扛着，扛到了澜沧江边的一条小径之上，已经是落日黄昏了。喇嘛决定在此过夜，点燃了篝火，一个通宵拿神父取乐。神父，你不是说天主无处不在吗，现在为何不出来布道，救你一条小命。死之将至，余伯南反倒显得神态自若，视死如归了。第二天天一亮，他们又上路了，到了澜沧江边，三个行刑者走过来，说神父，我们没有听过你布道，在这里喇嘛才是至高无上的。千总说了，杀神父报酬是奖一头牛，休怪我们无情了。他们剥了余伯南的外衣。正要脱他的衬衣和裤子时，被神父制止了，说还是让我有尊严地死吧。

喇嘛过来说，神父，我为你超度了，你就随江而下吧，来世不会变成牛马。

余伯南神父笑了，说你们违背了佛祖的教义，举起屠刀，胜之不武啊，快哉，我入澜沧江可进湄公河，入大海，最终魂归故里。

呵呵，让神父喂鱼吧。

执刑者手有些发抖。

余伯南神父淡定地笑了笑，伸出了脖子说，小伙子，来吧，镇静一点。

行刑者脸色苍白，闭着眼睛连砍了三刀，余伯南神父的头才落了地。心肝五脏也被剔了出来，扔进江里。说是水葬吧。

神父死不瞑目。

云南总督丁振泽奏报朝廷，云南维西厅属僧夷因巴（塘）匪勾煽，焚毁教堂，戕害教士，现派大员统兵剿办。

雪雨，血雨，飘飘洒洒落在澜沧江畔，山洪暴发了，血流成河。一场血雨过后，茨姑教堂烧毁成一堆冷灰，沉落在雨水里。

一群昏鸦盘旋着，落在树枝上聒噪着，惊梦黄昏，将我从历史血腥中拉回现实。据维西县志载，官府扑灭了康巴大地上的野火，将余伯南、蒲德元等教父的遗骸拾了回来，下葬在离教堂不远的台地上。穿过荒草寂寂的小径，走到了两个被诛教士的墓前，岁月的烟雨剥蚀了墓碑上一百年前的碑文，石碑上的粗犷浮雕被风雪斑驳了，墓室野草萋萋，颓圮成一堆浅浅的土丘，枕着灵山余脉的寒凉与热烈，喧哗与清净。墓碑上，长满青苔的墓碑上，镂刻着祷文和生平：余伯南神父，法国可雷兹省蒂勒市人，生于 1840 年 8 月 8 日，卒于 1905 年 7 月 26 日；蒲德元神父，法国北海滨区人，生于 1859 年 6 月 18 日，卒于 1905 年 7 月 19 日。

我抚摸碑文，仿佛又触摸到了冷山躯壳掩盖的历史余温。在这片灵山灵地里，法国传教士前仆后继，刚掩埋了壮烈教士的遗骸，又有后继者漂洋过海，从越南西贡下船，穿过亚热带雨林，沿着巴勒拿走过的路线，一路朝西，向西，到了澜沧江边，在茨姑天主教堂的废墟上，重新擎起悲悯和仁爱的十字架，以一脉宗教的壮烈和温情，教化了一个个剽悍野蛮的异族，使一缕宁静和平淡的祥云始终萦绕在藏寨的屋顶之上。

5

那是濠江的一个血色黄昏吧。

马礼逊孤身一人，乘船，渡大西洋，在海上漂泊 8 个月，终于看到地平线了。东方的地平线，在海平面的尽头浮了出来，不会是在海上看到的海市蜃楼。

直至东印度公司的商船靠岸，马礼逊才如释重负地长舒了一口气，我是幸运的。

漂洋过海的人，三分之一都死在海上，唯有他，终于登上东方的仙岛瀛台了。

一个外国人，不远万里来到中国，受苦受难，究竟为了什么？时隔多年后，仍然让许多人不得其解。不为挣钱，不为占领，只是为了给这个古老的国度传达一个听起来像是天国的福音：上帝是真实存在的，"叫信他的，就不至灭亡，反得永生"。

这条路熙熙攘攘。是用鲜血铺出来的一条生命之旅。许多传教士为此受攻击谩骂追捕关押，甚至付出生命的代价，但是传福音的队伍却越来越壮大，脚步越来越坚定，声音越来越响亮。

一言成谶。二百年后，终于印证了马礼逊的当时判断。

马礼逊1782年1月5日生于英国北部靠近苏格兰的一个村镇。父母是苏格兰长老会的信徒，他在基督教信仰的熏陶下长大。12岁时过目不忘。早年做过鞋匠学徒。15岁时悔改重生，接受了耶稣为救世主。进入萨克斯敦神学院学习神学、天文学、医学，并开始学习中文，为来中国传教做准备。至于他为什么在15岁的时候就想要到中国而不是去别的地方，这只有神最清楚。有一天，马礼逊忽然得到神的呼唤："去！向远方的中国人传福音。"这呼唤简直把他吓了一大跳，他说："神啊！中国在哪里？我对它一无所知，你怎么会要我去一个完全陌生的地方呢？"

当时的中国，可能是世界上最抵挡神的声音的国家了。

1807年，马礼逊25岁，被教会派到中国传教。没有人愿意和他一起来，也没有船只愿意送他来，所有的人都觉得去东方传教是一个不可思议的荒唐之举。

当时的清政府对基督教是严禁的，"凡刻印基督教书籍者处死"。凡教外国人中文的，发现即处死。马礼逊祈祷完去上街，迎面过来一个人，他说请做我的老师吧，教我中文。他聘请的一个华文老师，教他中文，这个老师却身装砒霜，一旦被大清帝国官员发现，立即咬破自杀，以免受皮肉之苦。

就这样默默地学了两年，马礼逊的中文彻底过关了。他选择的第一件事情就是翻译《圣经》。环顾当时的中国，没有一部中文《圣经》，他一边学中文一边翻译。1819年，全世界第一本中文《新约圣经》出版了。

随后，马礼逊在广州创办了英华书院，相当于一所大学。这是中国第一所洋学堂。他还办了印刷厂，出版了第一部《华英字典》，办起了中国第一份民间杂志，专门介绍西方的科学、律法等，也包括《圣经》知识。

马礼逊穿上中国人的清朝制服，吃中国人的饭，留中国人的辫子，住潮湿简陋的房子，觉得不够，又创建了第一个中西医结合的医院。

当时的中国穷啊，有外国人愿意出钱办教育、办工厂、办医院……纯属个人现象。马礼逊以及后来的许多西方传教士对中国的贡献是巨大的，现在我们依旧可以看到，中国许多最好的学校、医院都是西方传教士办起来的，大量的外国文学艺术音乐作品是传教士介绍来的。只要看看如今还挺立在从大都市到边远小乡村的一座座教堂、一所所学校、一个个医院，星星般地镶嵌在中国大地上，你不得不尊重这段历史。

1814年，马礼逊为他在中国发展的第一个信徒蔡高施行了洗礼，这是他印刷厂里的技师，出身洋侨之家，是中国的第一个新教信徒，是他来华7年结出的唯一果子。20多年后才结十几个果子。他却锲而不舍，在澳门乃至珠江三角洲传教。

1834年，马礼逊在澳门去世，年仅52岁。他去世两年后，传教的效果显现出来了，广州办起了马礼逊学堂，为中国培养出了第一批科学、技术、教育人才，并从这里送出去了中国历史上的第一批留学生。

6

一座天主教堂高高的钟楼，在中国西北的山坳里，渐次露出哥特式的塔尖。

晚祷的钟声响了，传到很远。暮色将至，教堂尖塔绕着一片流云。悬在塔楼上的两

口铜钟摇摆着，荡起一阵马蹄声声的急促，清脆悠扬，敲碎了夕阳，十几里外的村落都能听到。落在每个人荒芜的心田，融入炊烟袅袅，黄河寒山顿时清婉起来。

到家了。田清波神父（比利时名：昂突瓦瓦耐·莫斯特尔）的蓝眼睛遽然一亮，惊呼一声。很久没有听到这样温暖的晚祷之声啦。

在传教士的心中，哪里有晚祷的钟声哪里就是故乡，哪里就是家。离开故国很远了。从比利时圣母圣心会教堂走出来，半年之久，田清波神父在海上漂过，在一望无边的沙漠里爬过。他骑着一头白骆驼，不远万里来到中国，从帕米尔高原一路走来，走进千里枯黄和焦渴的大西北，那是欧美探险家的生死之旅。田清波庆幸自己挺过来了，没有马革裹尸，也没有魂殇冰山，更没有将生命之躯扔在死亡之海，冻成一具木乃伊。

教堂在望，乡关何在？炊烟之下，有一口深深的宗教之井。田清波舒了一口气，西南蒙古教区，于他，多有诱惑啊。1865 年，比利时神父南怀仁创立圣母圣心会，率领第一批神父到中国，传教于热河、察哈尔、绥远、宁夏及晋北等地。为了站住脚跟，他们从收养中国弃婴开始，志在大西北，志在蒙古高原。一步步向贫瘠的陕甘高原推进。10年后，圣母圣心会两个神父走进鄂尔多斯高原，经历一次次教案、兵燹、血灾，再筑起一座高巍的教堂。哥特式的塔尖，刺入中国北方湛蓝的天空。在鄂尔多斯高原站稳地盘后，便开始觊觎蒙古高原。那可是藏传佛教的一块圣土啊。

圣母圣心会蒙古高原教区一分为三：东边赤峰热河一带称为"东蒙古代牧区"，中间西湾子集宁一带称为"中蒙古代牧区"；西边绥远陕北及宁夏一带称为"西南蒙古代牧区"。他们先在宁夏磴口县（现内蒙古巴音淖尔市）三盛公设立主教府，后来西南蒙古教务兴盛，便一步步向蒙古高原推进，主教府搬到土默特右旗二十四顷地，仍在河套一带。

白骆驼信步而去，田清波爬上了一个高高山冈，弓形的黄河奔来眼底，终于看到东方的第一条大河了。浑水滔滔，如铜汁、血液一般殷红、闪亮，折射落日的辉煌。记得中国大唐有个诗人说，黄河之水天上来。果然如此，大河从云间落下，气势磅礴。西风冷山，此时的塞外，却是一片苍凉。不见了风吹草低见牛羊，可是在一个蓝眼睛的神父看来，它是天堂。天堂，天国，都是一个上苍，一个教皇，一个玉皇。为了他们的旨意，他迢迢万里，东方传道，传道西南蒙古。未曾想到，在一个雾霭沉沉的傍晚，田清波跳下白骆驼，走进黄河边上西南蒙古的主教府——二十四顷地的主教堂。从此，生命之舟便泊在了鄂尔多斯高原上，一泊就是整整20载。

那天黄昏，晚祷钟声敲过，教堂里的光线渐渐黯淡下来。主教闵玉清刚用过圣餐，走进教堂，点燃烛台上的一根根蜡烛，照得一室通亮。他拿起桌上刚送到的伊克昭盟杭锦旗王爷的信函，却一筹莫展。来鄂尔多斯高原传教快20年了，他已入乡随俗，将一袭主教黑袍换成了蒙古长袍，厚厚的蒙古披风般的毡帽，掩没了金发碧眼。他还学会说一口地道的蒙古话，却不识那马头般排列在一起的蒙文。

这时，一个神父引领田清波去见主教大人。此时的闵玉清已经白发苍苍，20多年的中国大西北传教，耗尽了生命的骨髓和精血。夕阳垂暮，他也垂垂老矣。

闵主教，你最想见的一个神父从布鲁塞尔来了。

谁啊？闵玉清头也未抬，伏案看杭锦旗王爷马头攒动的蒙古文书。

　　昂突瓦瓦耐·莫斯特尔。

　　就是那个学蒙古语的神父？

　　正是。

　　带他进来，让我看看。

　　田清波闪出一步，站到了主教闵玉清跟前。

　　闵玉清戴上眼镜，看到一个年龄不过二十四五的年轻人站在跟前，一声长叹，好年轻啊！

　　承蒙主教厚爱，我是晚辈，还望多多扶掖。

　　听说你看得懂蒙文。

　　是。我从 19 岁进神学院，从《新约》蒙古语版本开始攻读蒙古语，后来以荷兰蒙古语学者斯密德编撰的《蒙古语法》拉丁文译本为教材，自修了五载，看懂蒙古语应不是问题。

　　好啊，你真是及时雨啊，我正愁看不懂西南蒙古教区伊克昭盟杭锦旗王爷的信函。闵玉清说着，将杭锦旗王爷的信函，递到了昂突瓦瓦耐·莫斯特尔手上。

　　哦！手写体的。我还是第一次见到。

　　过去你学的蒙文是什么样的？

　　印刷体的。

　　能读懂吗？

　　我试试看。

　　昂突瓦瓦耐·莫斯特尔神父定睛一看，喟然叹道，主啊，这是手写体的蒙古文。他在比利时学的都是印刷体，手书还是第一次看到。虽然有些潦草，但还是能认出来。他用笔翻译后，递给

了闵玉清主教。

闵玉清一看译出来的比利时文，杭锦旗王爷说，我的领地乃藏传佛教盛行之地，贵教区的洋教士，不顾蒙古王公贵族和芸芸众生的反对，跨过黄河，来我管辖的牧场传教，限你们半月之内退回去，否则后果自负。

又是一个最后通牒。闵玉清摇了摇头，说，在蒙古高原传教真难，年轻人，你要有充分的思想准备，甚至准备殉道。

主教放心，出比利时国门那一刻，我就做好了思想准备。献身于主，救赎大众，是我的光荣。

好！有此准备就无所畏惧了。

谢谢主教。

明天你就启程去陈川吧，这是我们在鄂尔多斯高原上的第一座教堂。

遵命，主教。

到陈川之后，我希望你做一件事情。

主教请吩咐。

闵玉清主教从书架上拿出一部书稿的笔记，说，这是柏米因主教留下的，他一直想对柯瓦列夫斯基的《蒙语词典》进行修改，在鄂尔多斯高原收集了不少民间谚语、俚语，可惜天不假人，柏米因主教去见上帝了，这事情只待后生，我深信你能完成。

谢谢！我当殚精竭虑，不负主教大人的厚望。

昂突瓦瓦耐·莫斯特尔神父，你既然来到中国的蒙古高原，就入乡随俗吧，脱下黑色的传士服，换成蒙古袍吧。

遵命，主教大人。

你的比国名叫昂突瓦瓦耐·莫斯特尔，也得改改，不然，中国教民是记不住的。

好！请主教大人赐我一汉名。

我的中国名是闵玉清，你就叫田清波吧，我读过中国诗人的一首儿歌："鹅鹅鹅，曲项向天歌。白毛浮绿水，红掌拨清波。"就将清波一词赠你，田姓也是中国大姓之一啊。

谢主教大人。那我就叫田清波。

闵玉清主教点点头，说，正合我意，你去陈川，要渡黄河，穿越鄂尔多斯高原，此路漫漫，传教之旅任重道远，也许会老死于陈川。

主教大人放心，我从进神学院那天起，就立志献身于主，博爱于众。

好！我相信田清波神父在鄂尔多斯大地上会不负主的厚爱，功成名就。

第二天，田清波再次跃身跨上白骆驼，朝着黄河岸边悠然而去，然后坐着牛皮船，渡过黄河，登上鄂尔多斯高原，穿越广袤无边的毛乌素沙漠，来到陕甘宁与内蒙古的接壤之地，离出土中国最早的河套人的河谷——萨拉乌苏不远一个叫陈川的小地方，开始了他在蒙古高原 20 年的传教岁月。

陈川是一个小镇，位于鄂尔多斯高原边缘，与陕西榆林和宁夏中卫接壤。此时，陈川的教民并不多，田清波神父在这里多少有点大材小用，然而他则有更多的时间，以勃勃野心，专注于历史文化，觊觎蒙古高原，觊觎王者之地，为自己在宗教民俗历史的研究积累了大量素材，为身后留下千古英名。

田清波神父到了鄂前旗的陈川后，做的第一件事情，就是将鄂尔多斯高原的蒙古部落弄清楚。他骑着白骆驼，走遍鄂尔多斯的每个角落，足迹遍及每个蒙古包，终于将鄂尔多斯 183 个部落搞清楚了。谁为黄金家族，谁为芸芸众生，都一目了然，并录入了他写的鄂尔多斯的史志中。

然而，田清波不忘闵玉清主教交给他的任务，用前任主教留下来的笔记，继续收集鄂尔多斯语言，以便最终完善、完成柯瓦列夫斯基撰写的《蒙语词典》。

为弄准鄂尔多斯蒙古人的发音，田清波手持照相机，找了一个蒙古骑士，让他躺在沙丘之上，发不同声音，他则趴在地下，从不同的视角，将蒙古骑士说话时舌头的不同位置拍下来，进行细致的研究。终于弄清鄂尔多斯不同部落的语言发声，为最终编撰《蒙语词典》奠定了坚实的基础。

20 年间，田清波走遍鄂尔多斯大地，除了收集了大量的鄂尔多斯 180 多个部落的民间谚语、俚语、民歌、民谣之外，最大的收获是，他发现了蒙古族三大名著之一《黄金源流》竟出自鄂尔多斯大地，作者叫沙囊车辰。此后，他一次次地前往乌审旗的沙地，探寻沙囊车辰家族的兴衰沉浮。这部书从成吉思汗的马背年代一直写到林丹汗北元王朝的灭亡，但对于大清王朝灭了北方大地上的蒙元帝国，田清波发现，沙囊车辰采取了回避的态度，沉默不语。

走访于民间，田清波惊讶地发现，鄂尔多斯的黄金家族、王公贵族和芸芸众生，皆以拥有沙囊车辰著作的《蒙古源流》为荣耀，他的手稿一再被人抄写，流传民间，并有多个版本。成书 100 年后，进入皇宫，被乾隆皇帝赐名《钦定蒙古源流》，由蒙古文翻译成满文，再由满文翻译成汉文，收入了《四库全书》之中。

田清波发现了三个最具有收藏价值的《蒙古源流》版本。

然而，最令田清波惊讶的是，他在鄂尔多斯的 183 个部落中，骤然发现游牧在乌审旗的大厄尔呼特和小厄尔呼特部落仍在信奉基督教，他们的孩子洗礼和传教，仍按照基督教的仪式秘密进行。

白驹过隙，田清波在陈川天主教堂里待了 20 年，由一个刚年过 24 岁的青年神父，步入了不惑之年。

1925 年，西南蒙古教区主教派田清波走进北京辅仁大学，将他 20 年间在鄂尔多斯田野调查所获得的大量第一手蒙古族的民俗、语言、历史、宗教和地理志整理出版。

终于要离去了。那天傍晚，田清波踯躅于教堂之野，仰望钟楼塔尖耸入云天，逐渐融入即将消失的余晖里。放眼附近村落，炊烟袅袅，碎霞飘荡在教堂和村庄的上空，沉醉于宗教的宁静之中。20 载岁月，多少往事涌上心头。一个人有几个 20 年啊！在这荒野之地，几代洋神父融入这片土地，以一口流利而精湛的蒙语，将一个个并不笃信上帝的蒙古人家庭、一个个骑士，一一教化成为虔诚的教徒。于是众生芸芸，心中唯有博爱，唯有上帝。有了信仰，这片寒山莽原从此变得绅士起来。

第二天早晨，田清波跨上骆驼，悠然而行。行至一个高高的山冈上，最后一次回眸陈川，教堂沉静在晨曦之中，一片宗教般的沉静。他的泪水突然涌出来，他发现他生命之魂已缠绕在鄂尔多斯，从此，他与这片土地再也无法分开。

1925 年夏天，田清波由西直门入城，走进北京，到辅仁大学当了一名神学教授。此后，他在北京一待又是 23 年。厚积薄发，他一跃成为国际学界著名的蒙古学者。

翌年秋天，田清波的第一部蒙古学语言专著《鄂尔多斯(南方)蒙古方言》在《人类》学刊上分两期发表，从而奠定了他在国际蒙古学界的大师地位。

世界上第一次知道遥远的东方有一块叫鄂尔多斯的高原，以及一个古老守陵人的部落传奇。

1934 年，《鄂尔多斯志》在《北京辅仁大学通报》发表，这是他第一次以一个外国人的目光向世界介绍鄂尔多斯的历史和地理的专著。

田清波渴望自己的专著正式出版。到北京 13 年后，他在北京法文书局出版了《鄂尔多斯民间文学》，收集了传承于这片高原上在蒙古部落里流传千年的民间谚语、俚语、民歌、长诗、长调、山曲、古如歌、祭文等，田清波用拉丁文和自己创造的符号将其拼写成蒙古语音译本。

1941年，在柏米因主教去世半个世纪之后，田清波终于在柯瓦列夫斯基的《蒙语词典》的基础上，编写完成了《鄂尔多斯蒙语词典》，以一年一个卷本的形式，直至1943年全部出齐。

此时，田清波已是饮誉世界的蒙古学大师，他以为自己会在东方大地上将息一生。可是，这时中国的内战已打响，1948年他黯然离开北平，定居美国，并多方推荐出版蒙古历史文物丛书，继续他的鄂尔多斯研究。

田清波因鄂尔多斯而扬名世界，鄂尔多斯因田清波而被世界所关注。

1971年9月2日，田清波逝世于美国。弥留之际，他给这个世界留下了一个夙愿，说，我最想死在东方，死在广袤辽阔的鄂尔多斯高原，死在一个叫陈川的天主教堂里。那里才是真正的天堂，有一条黄河，有广阔无边的草原，民风淳朴，长调和马头琴声如天籁般地动听，伴着琴声和歌声的大汗永远不死的灵魂。那里离天堂最近，离上帝最近。

可是，当时中国正于处于十年动乱，西方传教士形象几乎等同恶魔和洪水猛兽，田清波难归鄂尔多斯，难归陈川。

田清波走了将近40年了。

归去来兮。2006年，当年田清波的同仁，美国传教士、燕京大学校长司徒雷登之魂回到生于斯长于斯的杭州。可是将鄂尔多斯介绍给世界的田清波，何时才能再归陈川？

陈川还会欢迎他吗？鄂尔多斯还会欢迎他吗？

7

澳门欢迎我们，相识之时，便是别离。

离开澳门的头天傍晚，参加全球散文大赛的作家，在大三巴牌坊下的利玛窦学校，与澳门文化、文学界的朋友，举办了一场茶叙，由澳门基金会的吴博士和散文海外版主编甘以雯女士主持，来自全球的作家与澳门文化名流轮流发言，畅谈对澳门的感受。

澳门的名流在这里住了一辈子，他们对澳门自然比我们感悟深邃，却未必有初次乍到濠江的作家敏感。

交叉发言将近尾声，甘主编见我一直三缄其口，希望我也谈谈。等澳门一位教授讲完之后，她便朝我示意，说请坐在这里唯一一位作家谈点感受吧，他对青藏高原有着深深的情结，曾九上西藏，九死一生，写了一百多万字的藏地作品，会有话要说。

我站起来，说甘主编过奖了。说实在的，到澳门仅仅四天，有点骑驴看唱本，走着瞧的感觉。几天下来，来也匆匆，去也匆匆，纯属走马观花，如果让我谈对澳门的感觉，掠过脑际的唯有两个字：清婉。一种宗教般的清婉。

我说出清婉两个字后，几位内地作家点了点头，并颇感惊诧。

清婉源于何处，源于西方传教士。站在白鸽巢的马礼逊墓地，看着历时 200 载不朽的花岗岩墓地，我们四个人徜徉了整整一个上午，有许多感动。感动马礼逊一家永远埋在了中国大地上。

澳门有幸，接纳了利玛窦，遭遇了马礼逊，他们将天主教，将新基督教留在了这块弹丸之地，使这座海边之村、之城，永远巡弋着一种温婉、清婉的情调和氛围。这种温馨，弥漫在澳门的每个角隅，浮冉在整个城郭之上。

有了这种温馨和清婉，大三巴牌坊下，佛教与道观和谐相处，相处了400年。这种温柔敦厚的气氛，我在圣城拉萨、在莫高窟、在芜野之远的青藏高原，随时能触摸到。

利玛窦离去已经400年了。今天我们在利玛窦学校交流并晚餐，烛光点点，灵旗飘飘，他留在大三巴牌坊的精神文化之魂犹在。

马礼逊离世20年了。白鸽巢仍然绿树葳蕤，庇荫着澳门的万千信徒，并使这座城市有了一个踽踽独行的魂魄。

这个魂魄就是清婉。

那天傍晚交流三个小时之后，我们下楼，到利玛窦学校的一个餐厅领略葡国的西餐。

点点烛光，圣灯如河。在如河的圣灯之中，圣诞节正一步步向我们走近。我看到马礼逊、看到利玛窦、看到我的故乡的邓神父，还有藏边之地法国的传教士余伯南神父、鄂尔多斯高原的田清波神父，朝着我们熙来攘往，又在诵经声中，蓦然转过身去，朝天上宫阙，朝天国飘逸而去。

遗落于澳门的，遗留在山坳上中国的，是一片清婉之地。

(2009 年 6 月 20 日写于北京南礼士路寓所剑雨阁。获第三届"澳门在我心中"全球华文散文大赛优秀奖)

05 灵山

幻城浮现

　　秋雨淅淅沥沥下了七天。一个"十一"长假，故乡老街泥泞在冷雨里，母亲生日湿润于冷雨里，归家的乡情也凝重在冷雨里。阴晦、寒凉，儿时对故乡秋雨的七彩印象，漫漶了，迷茫了，迷漫成视野中的烟雨青山。

　　父亲怕我和妻冷，点燃了一个小烽炉，里边填满了无烟焦炭，红红火火，一家人围炉而坐，且听雨打汉瓦，如磬，似钟，天籁成老屋屋脊上的一片绝响，时急时缓，时铿时轻。可寒风从门外吹来，冷雨从窗口飘来，背后仍是一片寒意，再也没有了儿时的温暖。那时，一家人就用瓦缸做火盆，盆底垫上干稻壳，再将锅灶里燃烧后的木炭扒出来，放在稻谷壳上，焐成子母火。冉冉轻烟，缕缕稻香，用已被雨水浸润的麻线鞋底，从四周往中间挤，越挤子母火越旺、越火辣，袅袅余温，烘热了瓦缸，弥漫于老屋。我们的头偎在奶奶的腿上，脚骑在火盆架上，不会被烤着，也不会炙伤。老屋里热气氤氲，亲情弥漫，其乐融融，一边听着雨声，一边听奶奶讲这个古驿每个屋檐下的故事，秋雨敲碎了老街的黄昏，一如奶奶干瘪的茧手，抚摸过沧桑，也轻柔地抚摸着一个少年的心情，暖暖地，虽有茧花抚过的粗犷挫痛，却温馨一生一世。

　　雨仍然是故乡的雨，天还是童年的天，但是少年听雨心境已经不再。人生无常，岁月如烟雨，自然便有了听雨的不同境界。少年听雨在故乡的阁楼上，倚着梅花格子窗，从一朵朵梅花芯孔中眺望云之南的天穹，东边日出西边雨，秋雨落入九苇稻囤，太阳碎在清石路上，有玉珠脆响，有稻香飘来，有彩虹飞架，滴滴点点，敲打在老屋汉瓦上，印象成少年心中的一片唐诗的云南；青年听雨湘西的吊角楼上，窗下清江如练，偏舟划过，几只渔鸥凫于水中，秋雨如珠，将铜镜般的江面砸成一个个小洞，远村幽篁成林，是一幅烟雨迷茫的水墨画，江边上待发之舟已解开缆绳，新妇伫立岸上挥泪作别，敲打在杉树皮做瓦的屋脊上的雨声，敲在离人的心中，染色在一个游子心中的是晓风残月船归何处的宋词江南；中年听雨皇城根下，雨打梧桐，雨穿石阶，一夜秋风掠过，华盖巨伞般的梧桐树，神销形槁，残余成褪色的宣纸片片，飒飒飘零。俯看每天书案古方块字垒起的一道道兵阵，远处的长街大衢，笙歌霓虹化作的欲望之河，惊涛涌起，卷成欲海狂涛，雨落在朱门宫墙的黄瓦之上，显影成一部江山家国寒梦里的秦汉文章。

　　而今人至壮年，已经是16岁从军后的第三个本命年了，年轮回转徐郎归，知天命之年将近，想趁"十一"长假回故乡为老母做69岁大寿，却遇云南秋雨如冬。听听这片冷雨，一听便是整整10日。对故乡的记忆在10天中褪色成一部默片，彩云不在，彩雨不飞，彩虹不现，冷霖化作冰滴，点滴得灿烂心情一片黯淡，滴点得湛蓝心域阴雨般的潮湿，浸淫，浸泡，心情浸沉冰河，浸泡在一阴晦的昏暝中，唯有头顶有一记梵钟暮鼓掠过。

黄钟大吕叩响命运之门，声震于耳。是布达拉之上的驴皮暮鼓，是不远处母校那元朝三元宫里的晨钟，抑或是我生于斯长于斯的古镇之东唐朝古刹龙泉寺的梵钟，我无从感知。可是雨幕后边山野重重，却有一声宗教的纯粹……

皈依的梵钟暮鼓已经敲响，灵山在呼唤。我该启程了，行旅的终点很遥远，辽远得如一个梦幻，一座隐没在梦境中一个又一个世纪的神山，一片淹没云雨烟雾背后的浮城。

很久了，从春天到秋季，我的同事申煊与我相约过多次，让我去朝拜一下云南藏地的灵山圣湖，写一篇山水文章，配之他们拍摄的精美图片，可惜不是我无暇，便是他有事，一再延后日子，延宕到秋天姗姗而至，恰好我先回昆明，恰好是极边最美的季节，竟然遭遇一场绵绵不绝的冷雨。

航班是早晨7时10分，必须早起，我不得不从昆明城东的第一个古驿大板桥，穿过雨幕，入城，与傍晚从北京飞来的申煊会合。

晓色初露，天边黑潮涌动，冷雨仍在哗哗地下。站在昆明巫家坝国际机场落地窗前，豪雨滂沱，如冰肌玉指，伸展酥手，敲打着千家万户的汉瓦，又像敲击钢琴的琴键，弹得一曲《春江花月夜》，弹得一曲长江大河湍流如啸。仰望云天，乌云仍如战舰般纷纷涌来，机场的天气预报说，整个云南境内连日都是中到大雨。我怅然，靠阳光吃饭的两位摄影家亦黯然。

候机时间好无聊。雨滴的叮咚声让人心烦意乱，坐立不安。好在包里有一本与香格里拉息息相关的《消失的地平线》，虽非万古流芳的传世之作，但却在那个做着青春之梦的年代，给了我梦一样的飞翔。离开北京时，我特意将纸已经变黄、蒙上一层岁月尘埃的书放进包里。此刻，可以与书中主人公一起神游香格里拉。

"飞往香格里拉的航班开始登机了！"我蓦地一愣，冥冥之中似乎总有神谕，英国作家詹姆斯·希尔顿写《消失的地平线》时，书里四个主人公也是在这样的早晨，匆匆登上印度单达泊首领的小型专机，飞往北纬30度线神秘之境，飞机最终失事，落入梦幻般的蓝月亮峡谷，发现了天堂之城香格里拉。而今天清晨，我们也在这样的雨幕中，朝着心中的幻城飞去。此行，我又会寻找到什么，佛境中的香巴拉王国真的会惊现人间吗？

我看到梦幻中的浮城了。苍山中有一座幻城突兀而立。我透过舷窗俯瞰苍冥，铁城一样闭锁的黑云退却了，厚厚的云团裂开一个巨大缝隙，千山如黛，依稀可辨，轻纱似的白云萦绕其上，薄雾飘然，东方的天幕上泛起一抹桃红，如佛国睡莲浮起。连绵的冰山玲珑剔透，嵯峨如楼阁，昂然向天屹立。一抹早霞伸出温暖的酥手，抚摩万仞峰峦，晨雾漫漶，仿佛雪峰相拥之间崛起了一座金色的城堡，横亘于天地之间，我扭头惊呼两位摄影家同事："快来看啊，香巴拉王国！"

我真的看到了香巴拉王国，那连绵的雪峰，就是梅里雪山的主峰卡瓦格博啊。

我侧目一看，刚才还放晴的天空，突然被上苍挥毫泼下一层层墨汁，瞬间掩没覆盖了，黑暗了，浓雾四起，灰蒙了西天的亮丽，雪峰峡谷不知什么时候远遁了，我开始迷惑自己是否也迷失于幻觉了。

人生之幸莫过左右逢源于幻境与现实之中，幻城挟有宗教的终极，令人飘逸；现实却带着现世的温馨，使人安逸。可是幻城毕竟如海市蜃楼，若隐若现，只有梦中，偶然惊现于世，一露峥嵘，便悄然隐去，其实仍然矗立于心中。

幻城远了，人间却近了。

秋阳钻出云隙，祥云拂照在香格里拉的城郭之上。我的心情随之憬然，多日灰蒙潮

湿的默片记忆,被香巴拉王国的太阳灿烂了。

驱车驶进阳光下的中甸城,这个康巴语叫建塘的边城,如今已被赋予了一个时尚旅游的符号——香格里拉,从此引得天下转山朝湖的众生,熙来攘往。我今天也是一个过客,朝圣终极之地是藏区八大神山之首的卡瓦格博。吃过早餐,未在中甸城停留片刻,便匆匆上路了。

朝圣的人永远在路上。登上"现代"商务车的那一刻,蓦然回首,我倏忽觉得,香消玉殒的法国藏学家大卫·妮尔和民国女特使刘曼卿正在驰马走向幻城的路上,此刻,也许她们刚扬鞭打马,马蹄声碎,芳魂仍在灵山飘舞,如零落的高山杜鹃一样,雪风一吹,在雪国大峡谷中飞扬,昂扬。

香魂不死。雪风之中,我仿佛听到了大卫·妮尔来自香巴拉王国的呢喃。

转山大道

出了中甸城北,我们沿着朝圣灵山的转山大道,迤逦东去。

在我的阅读记忆中,中甸城郭之北,便是进藏大道入口的零公里处。明清以来,帝国的封疆大吏或用兵或运粮,汉藏百姓或茶马互市,或转山朝圣,皆以建塘城池为交织的圆点,归家和出番,都在城门下以青稞酒送别。

我手上持有中甸朋友赠的大清和民国时编撰的《中甸县志》及资料,夙夜不眠,拧亮台灯披读,据载:康熙五十九年,云贵总督蒋陈锡因陕、川、滇三省发兵会剿西藏境内的准噶尔之内乱,与四川总督年羹尧扯皮,误了粮饷，康熙帝震怒，下旨革职，命他自备粮草，运米入藏，若再延误，就地正法。时上海青浦秀才杜昌丁，书生意气，铁骨铮铮，不忘蒋公知遇之恩，当总督府树倒猢狲散，幕僚和仆从纷纷另寻新主时，他却毅然向父母妻儿告假一年，陪蒋公送粮入藏。留下一部《藏行纪程》，颇有史料价值。今天我们转山朝圣所走过的城郭寺庙、村舍客栈，纷纷见诸杜君的线装纸本之上。

岁月之针随着金庙之下的小溪磨坊水轮悠然转过，到了上个世纪 30 年代，当民国女特使刘曼卿打马走进中甸城时，只见城垣崛起，呈三角布局，其顶点就头枕于当今的大经筒的山下。登临之时，一览边城之小。城中房屋不用砖瓦，筑土做墙，盖上木片，再压上鹅卵石，以防被狂风掀走。那时仅有古街两条，驮马走过，牛羊混迹，一场夜雨冬雪过后，更加泥泞不堪，无法想象这里将会成为香格里拉的时尚之都。

清静存佛心的刘曼卿，住在中甸城老街的小阁楼里，每天骑坐在高原太阳下的女墙上，等待十三世达赖喇嘛土登再度批准自己进藏的官文，遥念西藏，西藏的通关文书却遥遥无期。于是，便在建塘湛蓝的天穹下发发呆，优雅地晒着漫长的日子，也晒着自己慵懒的心情。欲念沉淀了，梦中的香巴拉却浮呈于心，酥手临池研墨，在她的《康藏征轺》一书中挥毫写道："自丽江西行……距料，三日后忽见广坝无垠，风清月朗，连天芳草，满缀黄花，牛羊成群，帷幕四撑，再行则城市俨然，炊烟如缕，恍如武陵渔父，误入桃源仙境。此何地钦？乃滇、藏交界中甸县城也。"

刘曼卿将中甸视为汉地文人心中的桃花源，与大卫·妮尔的梦中天堂如出一辙。

同一条灵山之旅，东方西方两个女性，素昧平生，从未相识，一个历险已经过去了 8 年，一

个则刚刚踏进中甸城郭。此时，大卫·妮尔正孤独地守望着四川打箭炉的木楼，俯看屋檐下的一朵朵野花，凝视着蛀空了梅花格子窗上的白蚁，悠然地打发着日子，隔着八载岁月，隔着八千里路云和月，她们的灵魂竟然如此息息相通，都将中甸比作一座香巴拉的幻城。

而此时，詹姆斯·希尔顿的《消失的地平线》尚未动笔。

我享受着这座幻城的宁静。

天地好静啊。连绵的秋雨刚刚停歇，高原太阳斜射下来，泄在香格里拉城郭之上，如一双双千手观音的兰花指，轻轻剥去了覆盖在城池之上潮湿的黑袍，重现处子之身。

好一个静字了得。其实，香格里拉之魂，就在乎两个字之间，灵与静。灵者，灵山也，神秘的北纬30度线秘境背后暗藏着巫符的神秘之码，罩在与灵山有缘无缘之人的命运头顶上，神性魔性，福兮祸兮，皆在一步一念之间。而静者，空阔无边的静，天似穹顶的静，牛羊悠然的静，祥云千载的静，这种静，绝非高处不胜寒的孤独，也与千山我独行的寂寞无关，而只有拥有慧目、慧心、慧根之人，融入芜野灵山，才能最终佛悟四谛，并情不自禁地沉静了情，宁静了性，平静了心。

藏族骑手孙诺茨仁车开得又快又稳，追着雪山之巅低垂的一片祥云，环纳帕海疾驰而过。窗外一座座藏寨，一片片青稞架，犹如浪花卷起纷纷抛于车后。当车驶入纳帕海腹地时，进藏大

道从山边蜿蜒掠过，雪山之下，中甸藏居四根擎天之柱昂然于庭前，狼毒花像一片点燃的篝火，伏在地下，开得如火如荼，如一片红云映衬着西天的蔚然。雪风停了，青稞架默然于草地之上，一簇簇白云被晨曦浸淫，造型诡奇，蔚然大观。一群牦牛伏首深入湿地深处，惊起野鹜一片。

快停车，绝地美景，不能错过。我终于第二次喊了起来，孙诺茨仁听到了，踩了一脚刹车，戛然停在路边。

我拿着相机下车，从一道荆棘围成篱笆墙的缝隙里跨进纳帕海湿地，然申煊和欧阳却扛着脚架，背着包下车，展开装备。我才发现，自己借来的这套尼康 D200 数码相机，至多是一支阿富汗游击队的装备水平，而两位摄影家早已经是武装到牙齿的美国大兵。相形见绌，比得我一点脾气也没有了。两个摄影家一旦进入角色，便忘却了时间和旅程，追逐着早晨的阳光，换着角度，频频按动快门，一拍就是两个小时，一点也没有走的意思。我只有耐着性情，蹲在草地上，俯看一只只蚂蚁悠闲地爬上野花，晒着自己黑色的躯壳，也晒着寂然的日子。举头仰望苍穹，在中甸看天，看云，看山，秋阳暖暖的，心情也被纳帕海亘古的宁静沉淀了，融化了，神性了，陡然觉得高原的云天，本身就是一种沉净。净情、净性、净气、净心，将一个血性的民族，一颗躁动的雄心，一片贪婪的欲望，幻化成禅意佛境的沉净。

滇藏公路朝东北而行，纳帕海在身后渐行渐远，收缩凝固成系在中甸城郭上的一枚绿松石。从高处回望，汽车在缓缓爬坡，引擎轰鸣，粗犷成一阵时断时续的喘息，我似乎听到山那边大清帝国马队的嘶鸣。

清人杜昌丁在《藏行纪程》中写道，出中甸城，行五十里至汤碓宿，又五十里尼西宿，山行六十里，至奔子栏夜宿。

奔子栏，崩子栏，藏语称卜自立，在元明清三朝文人墨客入藏纪程中，均有崩子栏三个字，显然是一个历经朝代更迭的古老的驿站，来往滇藏官驿大道上的将军、文吏、兵士、土匪、商贾、喇嘛、香客、马锅头皆投宿于此，出番的苍凉，入乡的温暖，架起三角的锅庄，铜炊袅袅，便沸腾成血脉一样奔涌的金沙江。

也许就是这样一个宁静的黄昏，山间铃响，驮队的蹄声踏落了帝国夕阳，天边的鎏金云彩融于金沙江江水的浑黄，水天一色，行过寒山万里的游子，策马走下白茫雪山，俯看奔子栏河谷几许炊烟，直飘云天，牦牛还在山坡上吃草，田野里的青稞熟了，溢着成熟的麦香。无边的乡愁泛成一汪金汤，朝东，向着汉地呼啸而去。下榻旅舍，夜幕便垂下来了，一轮冰月挂在山冈上，于是，羁旅客舍中的文人，挖来寒冰，用身体焐热融化成水，研墨临池，挥毫写下一站又一站驿道纪程和沿途观感。

涛声依旧，不知今夕何夕？我此时真梦想做一个挎革囊的墨客，紧随马背天子远征，每过一站，蘸着自己精神的膏血，记下一个帝国铁马冰河入梦来的豪迈和壮烈。可是我们下到奔子栏时，太阳钟盘刚转向中天，不是投宿的今夜，却是吃饭的午后。车从公路两边的砖式小楼中穿过，当年几户人家的驿站已经成为遥远的记忆。一座村落突兀于河谷与山腰之上，环公路两边清一色的汉家砖砌楼房，替代了当年藏式客栈。

还好，青稞地里，斗牛的长号已经吹响，观众围成一圈，长号呜呜，鞭炮一响，两头膘肥体壮的牦牛扬着高傲的犄角，冲着对方奔腾而去，一场原始的斗牛大战拉开了帷幕，仿佛要让遥远时空中班师的帝国军队重温喋血沙疆的悲怆。

倚在窗前，看完奔子栏的斗牛，太阳开始西斜了。日漫灵山奇观却是今日朝圣之旅的高潮，吃过午饭我们便匆匆上路，远处白茫雪山在视野中渐渐耸立，盘桓于山路的弯道也越拐越急了，车窗两边，半山坡上残留着半人高巨大的树桩，不知哪年哪月被伐倒的，盘根错节，青苔附丽其上，一个树桩如一个擎天的壮士，雪风呜咽，我仿佛听到被腰斩的生命千百年的哭喊。

车在公路边的高台上戛然停下，我不解，询问为何又停车了。申煊边下车边说拍金沙江大拐弯啊。我竦然一惊，脑海中立刻出现曾经在电视里无数次看过的金沙江大拐弯的画面，一座金字塔样的金山，脚下缠绕着一条勃动的血管，连接着一颗民族之心，奔突成怦然的中国心跳。

缓缓地走下公路，爬过一个 U 形的山坡，站在观景台上俯看，我顿时被眼前的奇景震撼了，梦里几回，塔似的金山终于惊现跟前，如上苍的神工鬼斧雕凿，在雪峰晴空和秋阳的映衬下奔流于脚下，山腰间一条公路与江水平行，似一条玉带缠绕其上，背后则是雪山逶迤，白云悠悠，天蓝如海。

我们从不同的角度拍摄金沙江大拐弯的浩浩大观，时间持续了半个多小时，游人也熙熙攘攘地来了，司机孙诺茨林突然从车旁跑过来，小心地对我们说："日本人来了！"

来就来吧！我继续拍照片，头也不回地说，再讨厌小日本，也犯不上不与日本平民为伍。

"车去梅里雪山，就是不能与日本人同行。"藏族司机解释道。

"为什么？"我诧异地问道，"去灵山与日本人有什么关系？"

"只要有日本人随行，梅里就不会显灵。乌云遮蔽，什么也看不见。"

我怔然："不可能吧！"

"我天天拉客人来，已经一次次应验了。"

"小日本冒天下之大不韪，踏我梅里神山，卡瓦格博轻饶不了他们，至今仍愤愤不平。"

"哦！"我知道上个世纪 90 年代初日本登山队欲征服梅里雪山，与云南登山队组成 17 个人的中日联合登山队，结果却是 11 个日本人、6 个中国人魂断梅里，时隔多年，难道灵山依然耿耿于怀？

我似信非信，连忙呼唤两个摄影家收拾设备，赶在日本人到达之前朝拜灵山。山门之前横亘着白茫雪山。她几乎是梅里雪山的门神和灵旗，我看过许多资料，也听过不少民间版本，说路过白茫雪山时，人多了，脚步声重了，说话的声音大了，便会引得神山发怒，晴天霹雳便当头落下。杜昌丁在《入藏纪程》有记："雪山通亘二百里，不甚高，有杂木，不生树，亦无人烟，水不可饮，饮则喘急，甚至伤生。有白蟒，能兴云雾降雨雪，触之即病，过者皆衔枚疾走，人少则晴朗如常，若一喧杂，必遭其毒，时两家并进，约有五百余人，宿则鸣锣放炮，雨雪连绵，故多病者。"

无独有偶，大清陆安文人余庆远写的《维西见闻录》，也同样言及白茫雪山的灵异。

起初，我颇多置疑，以为是文人夸张，神话了白茫雪山。可到了神山垭口，汽车停住，神山昂然于前，白雪如盔，壑谷里树木不高，高原杜鹃如火如荼，与远处雪山融为一体，我提着相机跑到杜鹃丛中，咔嚓拍照，一会儿就有点气喘吁吁，回头呼唤申煊和欧阳快下到山坡上拍片，喊山的分贝高了一点，瞬间居然有米粒般的小雪飘然而至，令我惊诧，等我不再吭声了，雪也就渐渐小了。过了一会儿，突然有几辆面包车驶了过来，下来十几个人，站在垭口上，朝着灵山一阵喧哗，竟然将天穹顶上一片乌云震了下来，雨夹着雪，哗地砸了下来，远处传来了雪崩的响声。我们面面相觑，面容苍白。

神山的雨雪浸淫了岁月，也苍凉了文字。百年一瞬，天上雪山只是须臾，人间已是千载，曾经走过白茫雪山的生命衰败、枯萎了，化作一缕云烟，一粒风尘，而白茫雪山的灵异之气却从未委顿和衰减。

神山果然灵着！

季候鸟今生候谁？

幸运也会眷顾我们吗？

车过白茫雪山，已经跨进灵山的门槛了，我的手已触到了神秘之境的门环之上，仰首问天，问空阔的沉寂，问纯净的湛蓝，亦叩问自己，藏地灵山，还有那大藏经的香巴拉王国，是否会慷慨一回，像对待大卫·妮尔和义子庸登一样，一览无余地向我们敞开，亮出灵山的诡异，亮出蓝月亮峡谷的纯净，亮出香巴拉王国的易初莲花和阔大胸怀？

雪山无语，却有一只季候鸟在半空盘旋，啁啾不已。如满山遍野的啼血杜鹃，似乎在向我们显现今生来世的巫符和密码。天上两颗星，地下一对人，一只季候鸟，为谁而鸣？

山道弯弯，越拐越急。绕过一个沟壑，鸟瞰峡谷，寥廓的森林与白茫雪山连成一片，清亮小溪蜿蜒淌过，雪水淙淙，秋霜洗过的山峦一片金黄，洇红点点，高原的太阳映衬着白茫雪山宏伟绮丽，我们被这四溢的秋色诱惑，更因这亘古的恬淡沉醉。

此刻，天空净纱一样透明，太阳开始西斜，簇簇彩云追着斜阳走，一轮斜阳跟着彩云走，在野岭山脊上留下一线金亮。翻过一道山梁，一路下坡，下到德钦县城阿墩子，下至澜沧江边，然后拜倒在灵山卡瓦格博的脚下。我左盼右顾，不见有车尾随跟进，显然不会与日本旅客共一座灵山了。果然，车绕过一座山，如转过一道屏风，蓦然之间，一座巍然的大雪山耸入云天，在我们面前惊现。这就是卡瓦格博吗？当然！车中的同行几乎异口同声，我心怦然一动，烟雨缥缈几度，天下多少香客转山而来，经历千辛万苦，五体投

地膜拜跪下，匍匐于前，仰起头来只盼天开灵山，一睹峥嵘，却因多日阴晦连绵，卡瓦格博雨遮雾绕，难现真身，只好遗憾而去。于是便有了朝山封禅的帝王之憾，便有了祈求升官的封疆大吏之忧，便有了壮游天下的文人错失胜景之叹，更多了祈求超度的黎民黔首之哭。而今我无憾，灵山幻城般浮现在我的视野，其间还相隔着七八十公里，却有一座伟岸的身躯向我压了下来，只见绝壁之上矗立着一座城堡，锯齿如堞垛，横亘百余公里，而主峰卡瓦格博灿然凸现，露出巍峨之躯，阳光之下，如一座耸入云间的金庙昂然于天际。

惊叹之余，汽车沿着一条峡谷迤逦而下，右岸，左岸，一直在峡谷两边盘旋着，渐次降低，在一排白色经塔前戛然停下，我兴奋地惊呼起来，这可是拜谒灵山的最佳位置和角度。

　　下车便见一排巨型的藏式白塔，面向灵山，金色的塔尖耸入云间，衬着湛蓝的天幕，神情虔敬，以一种罕至的纯粹朝山敬天。塔前，一片经幡随风而舞，激扬飘荡，似乎在为入藏正道上的香客高诵经文。风马旗猎猎飞扬，雪风如祷语，一念就是百年，一愿便飞万里，一等又是千载。

　　我们能等多久？等到夕阳落下，等到朝霞升起，也像这旷野中的灵塔，等个天荒地老？其实经幡最终会被雪风冷雨蚀食褪色，灵塔也会在一次次雪崩中轰然坍塌，唯有灵山亘古不变，无论我们多么钟情，多么虔诚，灵山只属于自己，却永远不会属于我们。而我们的等待只是一个信念，一种虔诚，一个承诺，一种坚守。当两位摄影家将照相机的脚架支起来时，我扬腕看表，才下午4时许，落日之前，将是一场漫漫的等待和坚守。

　　等待吧，坚守吧。等待是一种缘分，有些人默默地等待了一生，却与灵山失之交臂；有的人默默坚守了一世，却与情缘相去甚远，但是遭遇灵异和奇迹者，往往是坚守到最后的一个人。所以我学会了平心静气，学会了气沉丹田的坚守。

　　我站在西斜的秋阳下，高原的空气透亮极了，雪光紫气迸射下来，斑斓成一片七彩，赤橙黄绿青蓝紫的七彩，云之南望云的七彩，七彩的光环笼罩滇藏秘境的香巴拉王国，此时，灵山兀然在我的面前。从少年时代知道故乡的中甸，知道梅里雪山，知道香格里拉，我就等待着这一天，岂知这一等，竟然等了漫漫40年，而这一刻又在如此不经意间到来，也许离自己最近的，却是最远的，离自己最远的，却又是最近的。

　　那只季候鸟又浮在半空嘤鸣了。阳光有点灼人。我从高清镜头里远眺灵山，一幅静谧的油画定格其中，由近及远，近景是一片飘然的经幡，往下则是一片墨绿的高山和四季杜鹃，有的含苞，有的待放，有的早已凋谢；中景则是斜阳抚摩下的一片原始森林，阳光正在跑马溜溜地翻山越岭，一会儿照在山麓上，一会儿落在沟壑里，一会儿鎏金一样镶在阿墩子的城池上；远景则是卡瓦格博，幻城般的城郭尖塔和金庙巍然云端。

陶醉了。沉醉了。人的心情皆被这美轮美奂融化沉迷了。天下熙熙，苍生攘攘而来，却有几人能看到如此绝地仙境？今世有幸，我看到了灵山真面目，而这一切，则因了自己16年间无数次走过苍茫青藏带来的吉祥如意。

太阳徐徐坠落山冈，渐渐坠入神山怀抱，灵山之顶的白云缓缓蒸发，日漫灵山的圣境开始渐露，灵山背后的云彩点点簇簇，像一只朱笔蘸到了白纸之上，渲漫成一片祥云飞绕。

黄昏不知不觉降临了。灵山顶上悬着的灰白帐幕，洇红成一片金灿，锯齿般的城堞如野火一样熊熊燃烧，云天与山界接壤之处仍清晰可见，阿墩子城池上的光亮渐次黯然，这似乎就是香巴拉王国夜的前驱，黛色的山岭氤氲成一层烟霭，与灵山蒸发的热烈渐渐地接近和拥抱，主峰上那片白羽般的云团染成火烧云，犹如火凤凰的一片羽毛插在王冠之上。云雾越积越多，越堆越厚，显现灵山天气的变幻无穷，烈焰般的云层渐渐烧成了炭黑，日漫金山的辉煌没有浮现。但是我的心灵却分外的平静。

雪风吹过来了，天光逐渐昏暝，夜色如潮水漫了上来，手也有点冻僵了。我们怅然收起装备，朝着德钦县城阿墩子方向驱车下山。

阿墩子，藏话称"居"！地处金沙江之左，澜沧江之右。为入藏的孔道和要地，历史上它既不是西藏的宗，也非元明两朝的县治，只是一个小小的驿站，无论官兵出滇，茶马互市，还是天下经筒飞旋转山的香客，皆在此地歇息，走过千山万水，走过三江并流的梦境，走下巍然入云间的卡瓦格博，寒冷的冰雪抛在身后，俯瞰阿墩子，炊烟袅袅，突然有一种乡关将近乡愁涌动的温热，一泓思乡之泪便潜然而下。走下神山，投宿于四方形的藏式小客栈里，推窗便可以看到蓝月亮峡谷里的灵山轮廓，有雨雾雪花涌来，有吉祥如意的祝祷四起。今夜无眠，独坐寒夜，看澜沧涛涌，听雪崩嗡然，心随雾走，神追月飘，魂归香巴拉王国了。

车子一路下坡，驶进了阿墩子，凡尘的温情从万家灯火的窗里飘了出来，此时已是晚上8点多钟，从中午在奔子流吃过午餐后，将近8个小时未进米粒，饥肠辘辘，汽车驶入德钦县城，跨出车门，一缕雪风飘来，身子一阵瑟瑟的颤抖。

围坐在火锅旁，热汤滚滚，辣味冲天，水雾了小餐馆的玻璃屏风。朦胧之中，我仿佛听到了一阵马蹄声碎，朝山的香客一拨又一拨地涌进了阿墩子，搭起了帐篷，到街市上来买酥油砖茶，煮燃铜炊，等待明天转山的又一个日出日落。

民国女特使刘曼卿就是在一片酥油飘香中，策马走进阿墩子的。她一半藏族一半汉族血脉，生于拉萨，求学于京城，其半白半文的《康藏轺征》，堪称当代中国最早的一部边疆游记，炊烟井市之中，让我触摸到了已经远逝的阿墩子的昨天。

往事已被灵山的烟雨化成一抹苍白。如今阿墩子已崛起为云南境内海拔最高的一座现代化边城。自从光绪三年阿墩子的地方官夏胡御职时，立下一块德钦碑，将阿墩子改为升平镇后，从此便有了歌舞升平的寓意。但是一个世纪过去了，阿墩子的歌舞升平也只有香格里拉作为人类的天堂之梦被重新唤醒时，才成为了现实。

酒吧的木柱上悬着许多牦牛和盘羊头做的标本，墙壁上贴满了一张张路过季候鸟情侣留下的纸条，洋洋大观，纸已经发黄，落了一层灰，轻轻地伸手一触，便有怦然心动的故事落下。走进里屋，桌前坐着两排欧美旅客，烛光点点，幽静之极，唯有频频举杯的清脆传来。老外不时扭头看我们这三个中年男人想寻找什么。我沿着墙壁上的留言一一浏览，可惜灯光太暗了，很难看清内容，可是我总觉得这数万张的纸片，一定会有我熟悉的朋友的笔迹和故事。

梅里往事酒吧的人气倒很旺，酒栏坐着穿着红红绿绿冲锋衣的"驴族"，都是年轻的面孔。我们挤了进去，只见年轻人成群结队地分成四小片，各占一角，静静地在看一部关于梅里雪山雪难的片子《卡瓦格博》。我们选了一个角落坐下，申煊给每人要了一杯立顿红茶，边品边看屏幕的画面。我却突然想给自己第一个想到的编辑朋友发短信，便拿出手机，轻触键盘，写道：三个老男人坐在飞来寺前的梅里往事酒吧，近晤灵山，看《卡瓦格博》雪难片，可惜梅里无往事。

短信很快飞驰而来：飞来寺前有一个季候鸟酒吧，很藏族的，可进去坐坐啊。

我竦然一惊，立即回复：我刚从季候鸟酒吧走了下来，季候鸟今生候谁，来世又等谁！

对方亦怔然，短信问道：你真的刚从季候鸟酒吧出来？

是啊！

天！都是命中注定。又是一句暗藏玄机的话。

你来过季候鸟？那些墙上的纸条深藏你的一个故事和秘密。我短信飞鸿，传到涛声依旧的海边。

也许是心随潮起，我的手机立即又显现一句颇有诗意的短词：几度烟雨，迷离天涯，红尘依旧，寒山空灵。

……

梅里往事

今夜灵山静悄悄。

有一只季候鸟蛰伏在灵山的原始丛林中，俯看苍生，不时咯咯地发笑。应山之声传过来，有点瘆人的感觉。

今夜，梅里往事酒吧没有笑声。每个人都屏住了呼吸，凝神看一部片子，一曲17年前发生在梅里的悲歌，一场人类冒犯了灵山而遭天罚的劫难——攀登卡瓦格博的大雪难。

梅里往事酒吧每天晚上都在不断地播放这个故事，我都可以讲述每个细节了。日本人也太自负了，他们几乎征服了世界上所有的高山，却没有想到，会在中国云南这座海拔仅6740米的神山面前折戟沉雪。

灾难就在这样一个夜晚，降临到了大和民族的头上。

那是1991年元旦前后，日本东京大学与云南省签订了攀登梅里雪山的协议，为期五年。东京大学登山队攀登过包括珠穆朗玛在内的世界著名雪山，自然没有将这个雪山中的小兄弟放在眼里。次年春天姗姗来迟，高原杜鹃开得如火如荼，正是生命中最绚丽的季节，他们来了，一共11个队员，加上云南省登山队的6名队员，组成了17人的中日联合登山队。他们从东京从昆明运来了几十吨的登山物资，运到了阿墩子，运到了飞来寺，然后改成驮马驮，朝着卡瓦格博主峰下的最后一个村庄前进。站在飞来寺面前，目测离卡瓦格博主峰不到7公里，其实一走起来却有70公里之遥，他们牵着驮马，整整走了三天，终于走到了第一个大本营雨崩村。

雨崩村的藏民第一次看到这么多的城里人，住在他们的木楼上，说着叽里咕噜的异族话，不吃糌粑，却撬开铁盒子里装的东西，放在火上一烤，就米西米西起来。

当得知他们要登卡瓦格博神山时，藏民们震惊了，先请村长出面，告诉他们，卡瓦格博是藏区八大神山的头，只能转山朝圣，不能朝前踏上半步，否则它一发威，就死无葬身之地。

这些固执的人我行我素。

登山队往雪线上开拔那天，雨崩村的老老少少跪在了进山的路口，堵成一道像玛尼石一样的祈告墙，虔诚地哀告，请不要踏进神山半步。

登山队员的身后是一阵如雷如雪溃的念经咒语，可登山队员却当作是雪风呼啸。他们不停地走了三天，终于在雪线之上设立了第一个大本营，遍野冰雪，如一个晶莹剔透的童话世界，回望雨崩村，早已经淹没在烟雨之中。

登梅里雪山的日程排得井然有序。第一个大本营是指挥中心，登山队的有关人员就在这里具体负责，为开通第二个大本营建营提供支撑。

盘旋而上，在离主峰卡瓦格博仅有400米的地方建立第二个大本营，以便择日冲顶。选址时，中日两国登山队发生了分歧，云南登山队实地勘探地形后，建议后撤200米设点，可是东京大学登山队队长固执己见，坚持他们的选址。

第二个大本营建起时，晴空万里，斜阳缓缓西下，红润着蓝天，红润着灵山，神山露出最壮丽的一面。仰望雪峰，宛如一座金庙在上，佛光熠熠，令人有点魔惑。似乎要让为它殉情的人们留下最美的一瞥。中国云南登山队的6名队员脸上灿烂了，日本队员却沉醉了，他们似乎听到了樱花的碎裂，觉得这行将消逝的黄昏，如岛国的樱花一样绚烂、短暂，美到极致。

极致的美瞬间释放了大量的精气神，灵山之美相当短暂。一会儿雪雾便拥上来，天地混沌一片，两三米之内便看不见人影，如走进了死亡的黑洞，像当年长崎广岛核爆炸过后的暗黑，好冷，日本队员的帐篷里煤油汽灯弱如豆点，像一只幽灵的眼睛在闪亮，在跳荡。死亡幽灵在中日联合登山队中巡弋。

天太黑了，日本东京大学登山队队长8点前最后一次与大本营的云南登山队的同仁联系，说第二个大本营周遭雪雾太大，冲顶时间待定，等到天气转晴就登顶。

这是他们对人间的最后一次呼唤。

登山队离开昆明后第一天，刚从学校放学回来的一个云南登山队队员的儿子得知爸爸与日本登山队一起去登梅里雪山，哭着冲进了自己的房间，伤心欲绝。他饮泣道，我爸爸回不来了。

灵山的第一次预警被亲人忽略了。

就在雪难发生的1月4日凌晨，另一个云南登山队队员的儿子，半夜三更从梦魇中惊醒，坐起身来大喊，我爸爸被雪埋了！我爸爸被雪埋了！

灵山第二次显灵时，其实雪崩已经发生了。

翌日早晨，卡瓦格博雨雾绵绵，天昏地暗，已经8点了，到了第一次联络的时间，大本营里的对讲机没有响起；等到10点，仍然杳无信息，不祥之兆掠过脑际，惶惑着大本营里的每个人的心。所有的人都站到了电台前，等着嗒嗒的声音响起；12点了，仍然没有动静。

出事了，冲顶的大本营一定出事了。一边派人上去，一边向昆明和北京报告。

第二个大本营处雪崩声不断，无法接近，雾太大，什么也看不到。

成都战区陆航团的直升机从川地飞来了，浓雾弥漫，雪野茫茫，在梅里雪山盘旋了好几圈，什么也看不见。

中国西藏登山队前来营救，这是一支攀登过珠穆朗玛峰的劲旅，有着丰富的登山经验，他们从拉萨出发，日夜兼程，两天半就赶到并进入雨崩村，然后匆匆登攀神山。卡瓦格博仍在狂啸发威，西藏登山队建立两个营地，第二个营地离中日登山队的距离还有半天的行程，傍晚靠近那个营地前，突然一声接一声的巨响，雪浪滚滚，雪尘纷扬，雪崩了，后撤，赶快后撤，西藏登山队被逼回雨崩村，营救失败。

魂殇梅里。17名中日登山队员遇难卡瓦格博，中国震惊了，整个日本岛国心颤了。藏语称之卡瓦格博的梅里雪山，一夜之间被世界所知，人们被神山的神性与魔性深深诱惑和震撼了。

日本人于心不甘，精心准备了四年，日本东京登山队又来了，与中国云南体委签订的五年登山协议只有一年了，他们要征服卡瓦格博，为11名日本登山人雪耻。

日本人这回有备而来，每天与东京气象厅联网，两个小时一报卫星云图，并与中国中央气象局和云南气象局会商后再定冲顶时间。

雨崩村的藏民淡然一笑，不想再阻挠，神山有灵，决不会让你们随便跨越的，不信等着瞧，谁笑到最后谁笑得最美。

日本人这回冲顶的大本营离灵山更近，离卡瓦格博主峰只有200米。灵山有容乃大，不计前嫌，神情灿烂地迎接日本客人，让他们看了个够。明天早晨登顶，日本登山队已经确定了最后的登顶时间。可是到了下午4点，东京气象厅的卫星云图过来了，形势严峻，两个小时之后，天气变坏，雪雾遮蔽，大雨滂沱，以后三天都是坏天气，并有雪崩发生。快撤，往大本营后撤。与中国中央气象局和云南气象局会商，结果如出一辙。

撤吧，最后无望地看了一眼卡瓦格博，只有200米，登顶在望。有的日本队员想坚持，日本登山队队长手一挥，我不希望四年前的悲剧重演，撤吧。

刚刚撤离冲顶大本营不久，卡瓦格博便被乌云笼罩了。庆幸。

等他们撤到雨崩村后，旷野无风，灵山天蓝如洗，一连三天万里无云。日本人哭了，向着灵山骤然跪倒，洒泪而别。

大和民族从此痛失了灵山。痛失了梅里英魂。

云南省政府已经向世界宣布，梅里雪山从此不再向登山者开放。超度亡灵，等待轮回的日子似乎遥不可期。

10 年过去了。一天，雨崩村两个年轻人上山放牧，牦牛接近雪线，他们突然从融化的残雪里发现了日记本、塑料制品、对讲机甚至人的骨骸，情况层层报了上去，省里突然来了一批人，开始对雪线清理，又发现当年的帐篷，这是中日联合登山队的遗物，确凿无疑。

已经平静了的梅里再度复活。国殇卡瓦格博的 17 名中日登山队队员的亲人从东京和昆明赶来了，辨认遗物，泪哭灵山。

已经是人间四月天了，可是灵山的气温仍旧很低，卡尔格博黑着脸，雪风凛凛，有浸骨之寒，站在飞来寺经幡飞扬的灵塔前烧着冥纸，已经等了一个上午了，天空仍然飞着潇潇冻雨，看不清灵山真面目，看不到亲人的身影。

就要回去了，此别也许便是永诀。一个从昆明来的云南登山队队员的遗孀，突然放声大哭，喊着自己亲人的名字，孩子爹，我和儿子来看你了，灵山啊，请掀开头上的白纱，让我们最后看一眼自己的亲人啊。

一个中国女人在哭天抢地，已经长大的两个托梦的中国男孩面朝神山，大声喊了起来：爸爸，你在哪里？我和妈妈来看你了！

日本女人、男人们一愣，跟着齐声喊了起来。喊着自己的男人、自己的爸爸、自己兄弟的名字，叫亲人回家。

归去来兮。叫魂之声震荡灵山，泪撼卡瓦格博，神山遽然天门顿开，浓雾散了，灵山露出了巍然不可侵犯的青黛。天开了，神山显灵了。

所有参加祭祀的中国人、日本人都惊愕不已，朝着灵山长跪不起。

云岭水长

灵山像一幅正在洗印的底片，渐次显影出它的轮廓。先苍白得朦胧，继而黛色的清晰，最后则逼真的通透，伟岸在我们的视野里。

曙色初露，雪山开了，卡瓦格博崭露峥嵘。我电话叫醒了两位摄影家，扛上摄影装备，匆匆跑到飞来寺大经幡前，架起了照相机，只待霞映金山，易初莲花。

住在寺前的游人纷纷出来了，伫立飞来寺前，看灵山日出。拂晓的晨风挟着秋露和雨雾，呵出来的气瞬间冷凝，丝丝寒意袭来。夜间积聚在山腰的云层向山巅和天空扩散，曙色中的金字塔雪峰被浓雾一点点地浸漫淹没，只露出塔尖如剑，这时东边的云罅里露出一抹殷红，飘了过来，尽染在雪峰之上，如桃花绽开。

不好！桃花云。欧阳识天，惊呼道。这是卡瓦格博，男性的神山，不会轻易被桃花云娘引诱。

不出欧阳所料，我们从清晨 5 点，一直在雪风中站到了 8 点，转山的香客将一束束柏树枝喂进经塔，点燃香烟袅袅，长跪祈祷，无论如何也引不出灵山浮现。

申煊有点遗憾，欧阳亦然。我却很平静，我们与灵山已经是非常有缘了，昨晚黄昏远眺灵山，月下坐拥灵山，卡瓦格博已经很慷慨了，应该知足回返了。

匆匆吃过早餐，我们便驱车前往飞来寺，一座屹立峡谷之上的喇嘛庙，汉式的金顶，颇有点大唐宗庙的余韵，白墙金瓦，透着一种汉藏文化交融的血脉，终日面对着茫茫的云烟，在亘古的宁静中坐看雪山落日，云卷云舒，日复一日，年复一年，每个俗世之人在这里修行，都会从情欲的享受中进入简朴平静的境界，不再受肉欲、食欲的禁锢，从而在安静、觉悟的智慧树下，拥有悠然自得、独自冥想的自由时空，凸现从容飘逸的超脱。

沿着古老的石阶路缓缓而下，与一株千年神树擦肩而过，沿白墙绕过，缓缓朝飞来寺走去，路过一个石梯甬道，从坍塌的围墙缺口中，远眺澜沧江对岸峡谷里的村舍，炊烟悠悠缥缈，越来越浓，弥漫在整个山谷里，可闻鸡鸣狗吠之声。一条盘旋石阶之路，从绝壁上劈开，节节升高，直上云雾之间，与飞来寺连接成一个进入天国的天梯，巍峨，神秘。

沿着天梯，走进了飞来寺，拜谒过经堂佛。天空中飞起了细雨，凝结成帘珠纷纷落下。飞来寺对面的卡瓦格博被雨雾笼罩了，茫茫一片。该走了，我们毕竟还有俗世的未了情。缓纡的爬上山坡，跨进车中，驶离阿墩子，直往三江并流的另一条著名河流澜沧江驶去。

云岭就在前方，就在朝圣的路上。

车里放了暖气，刚才在飞来寺前冻僵的身子暖和了，大脑有点迷顿。金沙江在我的身边渐渐远去，我沉入梦中，依稀见到 4 岁的自己。那时第一次知道金沙江，父亲递过一角二分钱，让我去老家古镇的杂货铺里买一包金沙江牌的烟，我跨出家门，步履如飞，沿老街石板路东西行十几米，便是一杂货店，高高的铺搭上摆着一个个水桶状的玻璃杯，里边装满了水果糖、棒棒糖、话梅、青果、橄榄，铺搭里边站着的不再是穿长袍马褂，戴着瓜皮帽的伙计，而是一家符姓的玉溪人。我手里攥着金沙江回家，举着烟盒，这是一条什么样的大江啊，两岸峡谷耸入云间，一条大江夺山奔涌而出，惊心动魄。巍然山影将我覆盖了，铜汁般的江水血一样将我淹没了，也激荡了我童年的想象。将烟递给父亲，看他撕开卷纸壳，抽出一支纸烟，衔在嘴上，一边吸一边干活，悠悠、过瘾，好神气啊，突然觉得父亲站在我面前一派伟岸，一如我今天看到的这座男性的神山。纸烟袅袅，圆圈一个接一个，吞云吐雾，随着最后一个红点黑下去，金沙江也随之烟飞灰冷。看着纸烟壳空了，我向父亲要了过来，小心翼翼地撕开折平，做成烟标，或叠成小飞机，执在手中，朝湛蓝的天空轻灵一掷，在乡场上飞翔着自己的童年；或折成一只小纸船，等春天的一场梨花雨过后，雨水如碧流珍珠一样淌在老街石板路上，我赤脚站在水中，轻轻地放下小船，漂浮着自己少年的憧憬，仿佛小船会随流淌的雨水，流入故乡的小河，流入那条真正的金沙江。

以后，每当父亲将一角二分钱递给我，我便狼奔豕突，拐出大门，站在杂货铺前喊道，金沙江，金沙江！为的是得到那张平展的烟标。那一张张烟标，成了我的数学和作文的草稿纸，算计着我的明天，也记录了我的童年。

杂货铺的铺搭一点点矮下去了，我长大了。16 岁从军去了远方，为父亲买金沙江烟的任务，依次接力棒似的传给三弟、四弟和五弟了。

19 岁那年我当上军官，领到第一个月工资时，我数了数，54.5 元，这不啻一个天文数字，足够给父亲买 50 多条金沙江纸烟，够他抽两年了。可是，第一次探家的时候，寻遍昆明城，却再也没有找到我童年买过的金沙江牌香烟了，这种属于底层的大众牌纸烟早已停产。

金沙江纸烟连同我的童年，成了一段历史，一种欢乐抑或苦涩的记忆，消失了，消遁在岁月的云烟里，可是我一直在默默寻找梦中那条童年的大江。

未曾想到，第一次见到金沙江，见到与金沙江并流而行的怒江、澜沧江时，三江并流奔入眼底，人已至不惑。不是在我的故乡，而是在遥远的西藏。

那是 1998 年的四月天吧，我跟着卸任"红色赞普"阴法唐先生从蓉城空降西藏昌都邦达机场，这是世界上最高的一座机场，海拔 4700 米，为便于降落和起飞，能坐 160 多人的波音 767，竟然减员到了 80 多人，而且全部坐在机舱中央。一抹朝霞从舷窗里反射进来，氤氲成一片洇红，像一个穿着红色袈裟的高僧，凌空而至。飞机掠过横断山脉，朝阳从天空斜照下来，将波音飞机剪影成一条灰色的巨鲸，云游在雪山苍茫的峡谷之间。我倚舷窗鸟瞰，得以从一个更高远的广角来纵览三江。

是谁，神工鬼斧般砌造了如此大荒？是谁，让走过这里的所有苍生俯首苍茫？

飞机开始近地，舷窗外又是一种风景，俯拾皆是的雪山变得满目焦黄，波音飞机如一只鹰隼，朝着一片丘岭中的跑道俯冲而下，缓缓地在停机坪泊了下来，我们第一批步出舱门。旷野无树，4 月的太阳有点暖意，提着行李走下舷梯，有一种脚踩白羽的轻飘，晕眩。

钻进越野车，出邦达机场，我头痛欲裂，脑子一片混沌，扯过保健医生递过来的氧气管，贪婪地吸了起来，几分钟过后，脑袋渐渐清爽了。车队沿盘山之路缓缓驶下，海拔也在缓缓降低。车到半山腰，从一片台地疾驶而过，车窗外边的山谷有一弯碧绿。

这就是怒江？我有点不敢相信，眼前静如处子的江流，居然就是从我故乡门口流过的那条狂奔不羁、咆哮的怒江。

这是怒江的上游，它由雪山冰川融化而来。源自青藏高原，流到这里还算平静，像个少女，而一旦进入怒山，便成了怒目金刚。

果然，越野吉普从邦达盘旋而下，一下便是70多公里。山色返青了，河谷里的绿树葱茏起来，绿茸茸的青稞地野花点点，下到河谷里，呼吸也顺畅了，昌都寺凸现在对面的山脊之上。山脚下，一条扎曲从北边流入，河那边过去有云南驮队摇铃而来，故称云南坝，是历史上西藏噶厦政府的昌都总管府；而南边则有昂曲流入，川地的马帮从达瓦拉山下来，故称四川坝，是当年藏军代本的兵营。两曲交织的台地上矗立着昌都寺，两条河流交汇成一条大江，这便是澜沧江了。

那个早晨太阳刚刚升起，我从昌都镇的吊桥走了下来，流连在澜沧江零公里处，第一次亲近流入家乡的这条大江，沙滩上，从江中拥挤上岸的巨石，被扎曲昂曲千年流动打磨成一个个恐龙蛋的模样。岸上几簇芦荻悠悠，放眼看去，江面宽不过四五十米，江水清澈湍急，水沫泛起一朵朵雪浪，似张开的鱼唇，吞下朝霞的殷红。

半个月后，我们由川藏公路出藏，翻过天路入云端的九十九盘公路到达瓦拉山，在雪山峡谷的横断山脉里整整穿越了一天，傍晚时分，终于抵达西藏江达县的最后一个小镇岗托，我见到了父亲烟标上的金沙江，看到了多少次入我寒梦的金沙江。两岸青山环抱，

与我梦了 30 多年的金沙江大相径庭。我有些惊讶，父亲烟标上的金沙江流淌着黏稠的血液，像一群脱缰的棕色野马，狂奔向前。可是在这汉、藏地界仅有一江之隔的藏民村落下边，却一弯碧流如带，江雾氤氲，薄如蝉翅，缓缓流逝，犹如一个出浴的玛吉阿米，羞涩地用一条蓝色的哈达遮饰玉体，环抱住青山藏房，荷衣袂袖，缠绵母亲的身躯不放，然后从一根根圆木穿凿而成的红色藏式方块木楼下穿过，依依不舍地流向远方。

踟躅在金沙江西岸岗托的寨落里，我被这宁静和美丽迷醉了，从木屋里飘出来的藏歌，挟着忧伤的旋律，辽远，悠扬，触摸着我童年的记忆。

我有些疑惑不解，上苍为何如此安排，三条江都从我的乡关乡井跟前淌过，相见时难别亦难，第一次在藏地与三江相晤，顺序依次是怒江、澜沧江和金沙江。而这次秋日远足故乡的香格里拉，亲近的行旅居然是先金沙江，后澜沧江，再怒江，时空转圜 ,10 年一个轮回 ,其中潜伏着怎样的神谕和暗示。

车上云岭，金沙江远去了，浸泡在岁月的寒梦之中，澜沧江却近了，近在云岭脚下。我们走的是入滇的回乡之旅。现代旅行车越过云岭之脊，仍然在云上盘旋，申煊指着窗外的景色，说这里有一处远眺澜沧江河谷的最佳观察点，上次我们在这里拍摄过，有一种特别的震撼。

跨出车门，细雨之中飘着几粒涩雪，已经变天了 ,瓦块色的乌云盖住穹庐，天地一片阴沉。极目远天 ,野岭无边的大荒，一下子便让我的灵魂抖颤了，云岭下的澜沧江宛如一个被太阳晒成紫铜色的武士，遽然倒在了峡谷里，两条巨臂向河谷两岸陡然展开，云岭构造的每一处褶皱，似乎都是武士身上肌肉的裸袒，峡谷由窄到宽，渐次升高，大开大合，极顶处连绵成白雪皑皑的灵山，一种气吞八荒的雄浑之美，让人的胸襟一下子开阔了，觉得天下突然小了。而那条精力旺盛西去入海的大江流，紫铜色的水沫，更像我们寻找已久的脐带之血，更像我们寻找已久的古老生命的汁液，一泻千里。雷霆在河床上滚动，听得我心悸，听得心中的欲望之鸟钻出躯壳，浮在空中嘤鸣。

我们壁立云岭，身边几簇野茅摇曳，云烟雨雾将云岭染成了冷色，天地玄黄，静极了，只有风掠野草的呜咽。

汽车盘旋而下，拐过十八盘，下到了德钦县燕门乡，再沿澜沧江右岸疾驶而行。看到一排房子矗立江边，一群骡马在路边嘶鸣，茶马古道，我的脑子里总有山间铃响在萦绕，连忙叫停车，旅行车居然在一道铁索浮桥桥拱下刹住了。跨下车门，我仰首一看，是一道水泥拱门，上边写着三个字：阳朝桥。桥始建于1965年，不叫朝阳，却唤阳朝，显然在山阴之南了，40年去矣，200多米宽的澜沧江上悬吊一座钢缆铁索桥，仍然固如金汤，中间铺着木板，两边的吊索经幡激扬，与江对岸的一座白色的经塔遥遥相望，轻扬着一种宗教的沉静与虔诚。

我站在铁索桥门下遥望，山坳上铃声叮咚，只见一队队骡马从对面拱桥门下钻了出来，一个小女孩、一个老马倌，赶着一群骡马悠然走过吊桥，驮着山里采撷的核桃出来买卖。身后，也有一辆辆长途车停泊下来，跳下一个个背着户外行囊的年轻"驴族"，混迹在当地朝圣的香客之中，往铁索桥那边相随而行。

他们为何从这里进山？我问一位懂汉话的藏族大嫂。

这是卡瓦格博大转经的入口啊！

如此巧合！惊得我目瞪口呆，默然失语，灵山就是这样神奇地在一片冥然之中，将我引领到步入香巴拉的清凉桥上。

香巴拉并不遥远

那天晚上，我睡在香巴拉王国中心地带中甸城的藏式建筑宾馆里，夜半不眠，披衣倚在床前，翻阅中甸旅行社总经理潘建生先生借我的十几斤重的中甸县志，滇边藏地的香巴拉离我越来越近了。

迷迷瞪瞪中，我似睡非睡，似醒非醒。此时已经活到98岁高龄的大卫·妮尔突然褪去巴黎丽人的裙服，身着藏装，袂带飘飘，神情恬静地朝我走来。她说，我的义子庸登已经走了30多年了，我活到了这般年龄，也该去滇藏之地的香巴拉王国觐见佛爷了。我可以死的地方很多，但是我还想死在怒江莽林中，我和庸登看到的那个消失的村庄，那个消失的城堡，待它惊世之时，便是我归天之日了。

我看到大卫·妮尔拿过蘸水的钢笔，写下了自己最后的遗言："我应该死在建塘，死在西藏的大湖畔和羌塘草原上，那样死去该多么美啊，境界该多高啊！"这是她为自己留下的最后一句墓志铭。三年后，101岁的大卫·妮尔仙逝于巴黎家中。她想将自己的骨灰撒在三江并流之地，可是当时中国正沉醉在"文革"动乱的狂热里，无暇顾及一个怀有中国情结的巴黎丽人的最后请求，大卫·妮尔长叹一声，说既然天葬不了喜马拉雅山，回不到香巴拉王国，那就让我魂归恒河，再饮一掬雅鲁藏布江之水吧。

大卫·妮尔的身影在我的视野中渐行渐远，化成蓝月亮峡谷的一缕轻烟。我扪心自问，天下苍生转山绕湖，寻找的梦中的香巴拉王国，到底在哪里？听着飞来寺的梵钟骤然敲响，听着卡瓦格博的雪风入耳，听着布达拉上的驴皮暮鼓，我幡然佛悟，其实香巴拉王国并不遥远，灵山并不遥远，只要心存虔诚，心存执着，心存宗教，何须从三江并流之地走过，何须掐算良辰吉日来转灵山，何必风尘仆仆寻找似梦非梦亦真亦幻的香巴拉王国，其实每个人心中都有一座灵山，每个人心中都有一个香格里拉，它隐没在你的灵魂的城隅，一旦被唤醒，便会慧目顿开，看到烟雨中的幻城，看到日照金山的香巴拉王国。

中甸城里的阳光真好，天蓝得炫目，白云垂得很低，挂在老街的屋檐上，我漫步在一条条留着马帮蹄印的老街，走过闾巷，一个藏族女子刚洗过头，披散着湿漉漉的秀发，走到长满了荒草的院墙上，坐在墙上晒头发，她举手梳理飘飘长发，引来一群拍摄者围观拍照。我伫立一边，仿佛置身于一片被高原的太阳褪尽了色彩的记忆之中。走过昨天，走过历史，走过灵山，竟然走入乡井的温情温婉之中，仰首看到香格里拉中间最高处那座巨大的经筒，映照着太阳的光束，悠然转动，突然想起不知在什么地方读过达赖佛爷的一句话："乃至有虚空，有及众生住，原吾住世间，尽除众生苦。"

普度与救赎。普度之桥有佛陀引领，救赎之旅则要自己登舟。

该回去了，那天傍晚，太阳渐次西斜，晚霞仰面朝天地横卧在建塘献坝子，坠落在松赞林寺金顶上，我们尽情地享受着中甸城郭阳光明媚、彩云飞渡的湛蓝。心情却等待着姗姗而来的救赎。

司机孙诺茨林驾着他的"现代"铁骑，送我去香格里拉机场，相处四天，已经很熟了，在驶出中甸城的路上，他说，我每天都送客人去灵山，高官巨富，佳人帅哥，见得多了，一个字:假! 满口仁义道德，其实是一肚子男盗女娼。

甚至有个广东富婆一眼就看上我了，在中甸城里徘徊了二十多天，一心要跟我，几十万的支票都递过来了，说要借种，当我什么人啦？你们别笑，这事情在中甸城多了，见怪不怪，不止广东少妇，就连欧美的白领丽人都来啊，说我们康巴男人是世界上最优秀的种，我统统不屑一顾啊。相反，你们三个却是我接待过的客人中，最儒雅有修养的文化人，真实，坦荡，玩得高雅，懂得尊敬人，真诚地爱我们这里的一山一水一草一木，我敬重你们。临别之前，我还有一个故事想讲给你们。

我愕然，说，什么故事？

那一年冬天，我在旅行社开考斯特中巴车，元旦刚过，从中甸城到飞来寺，白茫茫的大雪，来了一个泰国残疾人，双腿没有了，坐在轮椅上，非要去朝谒灵山卡瓦格博，当时去德钦的路上没有一台车，天空连神鸦都绝迹了。大雪将山岭与公路连成白茫茫一片，根本看不清哪是山哪是路哪是江。问遍中甸城，没有一个司机敢去，那个残疾人竟然要滚着轮椅去。我被这种执着、这种坚韧感动了，什么叫宗教，这个残疾人本身就是一种宗教啊！我站了出来：我送你去。真是一个神话啊，大道上结了冰，到处是雪，200公里的路，我们走了7个多小时，居然没有滑到山谷里去。到了飞来

寺，居然看到了天开卡瓦格博，茫茫大雪山。那个残疾人惊呼着，从轮椅上滚了下去，五体投地膜拜不已。我当时站在旁边，心一热，眼泪便出来了。

朝山回到中甸城，那个泰国残疾人倾囊中所有，将 5000 美元送给我。我摇头谢绝了，分文不取。

他茫然不解，说先生，你为什么要拒绝？

你已经给了我啦。

他说，先生，我没有啊！

你给了，在朝山的路上，你给了我一种精神，一种坚韧，一种宗教，让我今生今世受益无穷啊。朋友，你是一个真正的朝山之人。

那泰国人一下子愣了，与我紧紧地拥抱在一起……

　　这故事，给我们的灵山之旅画了一个圆满的句号。挥手分别的一瞬间，祥云紫光落在了我们身上，孙诺茨林突然冒了一句：你们也是真正的转山之人。

　　我们开心地笑了！

　　登机返回昆明，淅淅沥沥了 10 天的春城秋雨，终于停歇了，又见天边日出，又见日落西山睡美人，又见故乡大板桥石板路上的东边日出西边雨，我的心情突然透亮了，儿时走过古老驿道的脚步和憧憬，又在我心中升腾了，跃然成一座灵山，一座精神的幻城。

　　那幻城浮现于七彩云南，我走下舷梯时，远眺昆明城郭的万家灯火，心中突然掠过一个念头，原来香巴拉离我并不遥远，它埋藏在民间间巷里，隐没在炊烟袅袅的乡井中。走入乡关，我的步履又变得从容起来，因为在香巴拉王国，我寻找到了人类丢失已久的一种纯洁，一种纯净，一种纯粹。

　　从此，在茫茫人海中行走，我们不会迷失……

　　(2007 年 1 月 3 日至 2 月 13 日凌晨 2 点 49 分写于北京礼士路寓所，3 月 12 日校读改定。

原载《散文》海外版 2008 年第三期)

06 灵地

1

车上折多山，川地的温婉在身后渐行渐远，墨绿成一个个模糊的点。迤逦西去，车至神山垭口，戛然停下，唯有经幡在雪风中狂舞，风如祈语，前方可有茶壶？一缕炊烟，袅袅，从毡房里飘了出来，化入天色黯然的远天，我已经嗅到了酥油茶的芳香。总在路上，总在雪域，总在执着地寻找皈依，抑或它就是镂刻于玛尼石上的六字真言，昂然在风马旗上的经文，虔诚为三步一个长头的朝圣天路。

一片如意高原在我的视野中渐次放大，一块诡奇的灵地在心中巍然成神山。从折多山西行，便踏上藏地的边缘了！"木雅草原，这就是我的家乡！"同行的藏族姑娘仁真志玛一跃而起，站着大巴的挡风玻璃后边，指着车窗两边。牦牛悠然牧场，青稞地尽头，一条小溪如哈达蜿蜒，飘逸在藏寨褐色藏房下，一幅宁静的油画赫然眼前。

"从木雅到新都桥，被称为摄影家的天堂！我从小就在这里长大。"志玛长一张国字脸，皮肤白皙，两个金黄麻花状的耳环挂在耳垂上，身着夏季藏装，绰约多姿，活脱一个藏族美女。她的曾祖爷爷是有名的木雅巴登土司，曾几何时，这片土地、牛羊和男人、女人，都是她家的。可是沧海桑田，巴登家族的命运随着转经筒的旋转轮回，沦落了，沉寂了。志玛自小在底层长大，自有平民的善良和悲悯，既温婉大方，又善解人意。一路走来，这个小妹妹处处照顾我们这群从汉地来的大哥。

也许因为踏上了家乡的土地，志玛渐渐亢奋起来。经不起重庆作协李钢的"忽悠"，自告奋勇当了快巴上的主持人，点名让大家唱歌。一直默默无语的西藏作协主席扎西达娃突然提议，既来情歌故乡，就唱情歌。

"同意！"大家随声应和。中国名作家康定情歌故乡行，自然从康定的溜溜调拉开序幕。于是，一路情歌如瀑，如河，激昂车中，卷起一阵阵浪花和高潮。我坐在车的后部，远望雪山，半山坡上有一片白色经幡在舞动，志玛说那是祭祀亡灵的地方，是灵魂飞升天堂的入口。不知不觉中，车已驶过新都桥，将出康定县界。前边有一个岔道，向北沿318国道，过雅江，进入理塘，是七世达赖噶桑嘉措和十世达赖楚臣嘉措的故乡，向南沿317国道，进入道孚，则是七世达赖住过的莲花宝地惠远寺和十一世达赖顿珠嘉措的老家漫切村。

起风了，风中飘来喇嘛庙呜呜的长号声响。冥冥上苍，茫茫尤野，幻化成一片混沌和苍茫。前方，一座座灵山兀然而立，在视野中漫漶成金山，是藏族人心中的亚拉神山、贡嘎雪山？还是卡瓦格博、南迦巴瓦？我不得而知，其实每个朝圣者的心中，都矗立着一座神山。在这块灵异之域，总伴随格萨尔王一样的英雄史诗和传奇，从1708年至1838年130年间，康巴大地，居然奇迹般出现四个达赖的转世灵童。四个达赖转世共一片灵地，岂不让人拍案称奇？

"徐剑，轮到你唱了！"凝视这片灵地，我陷入冥想，似乎已屏蔽了周遭的歌声，志玛直呼我的名字，才令我顿醒。"好！"我本来五音不全，或许是尘缘未尽的六世达赖为我壮了胆，便说，"不过志玛，你得与我一起唱，用藏语唱仓央嘉措最后一首写理塘的情歌《白羽的仙鹤》！"

志玛愕然，没想到我居然熟悉西藏一代情歌之王写理塘的情诗，说："我不太熟悉藏语唱法，容我想想。"

她用藏语小声哼了起来："白羽的仙鹤，你的双翅借给我吧，我不飞往远处，只到理塘就要折回的。"

歌声悠扬。是拉萨八廓街黄房子里的娇娘仁增旺姆在唱，还是理塘草原挥着牧鞭的央宗卓玛在唱，抑或是木雅土司曾孙女仁真志玛在唱，我分辨不清，只觉得一缕祥风从拉萨吹来，一群野鹤从理塘飞来，一片灵旗在莲花宝地上激荡，迷茫成一阵历史的雪风……

2

该走了。

康熙大帝的圣旨已经宣过。京城来的护军统命席柱和一队蒙古铁骑，横戈在拉萨城外的拉鲁彩嘎。六世达赖仓央嘉措倚窗俯瞰，战马喷着响鼻，铁蹄刨着黑土，蒙古亲兵早已等得不耐烦了。摄政王桑结嘉措与蒙古王爷拉藏汗叫板，结果身首异处，并祸及年轻神王。其实他对政治一点兴趣也没有，只因尘缘未了，坐在菩萨宝座上思凡，夜晚溜出布达拉宫后山门，悄然钻进雪村，潜入八廓街的酒肆里，搂着玛吉阿米，清吟醉舞，让温柔如玉的美躯融化神殿之上的孤独和寒凉，何错之有?! 可是天妒情种，晓风中走出娇娘的门房，冬夜落了一地雪，雪落在地上，落在身上，无痕亦无声。年轻的仓央嘉措将红色袈裟往肩上一抛，踽踽独行，思春脚印留在红宫后门的雪地上，留在通往日光神殿的台阶上。蓦然回首，仓央嘉措刚刚走远，被宠幸过的娇娘，竟玉体裸袒，跃身下床，推开窗子，挂出一条条黄色经幡，在晓色中幸福展示被汗水浸泡后的慵懒，然后嘱仆人将房子涂成黄色，等于在向一座拉萨城炫耀，昨夜贪欢，她刚亲近过年轻达赖的圣体，愿与天下分享性福。

　　仓央嘉措无奈地摇了摇头，朝布达拉拾级而上。且不管这些了，保密不保密都没用了，脚印留在雪上，便是明证。拉萨城的歌谣已传遍全城："住在布达拉时，叫持明仓央嘉措，住山下拉萨时，叫浪子宕桑旺波。"让他们嚼舌头吧，神王自小在达旺的山野里长大，早知风月情事，才被选为五世达赖的转世灵童，喜马拉雅南麓的温婉温情，滋润了情种诗人的童年，山林里怀春的姑娘的情歌，吹皱了情愫的一池春水。再说野山红豆如火，青鸟嘤鸣，催生着早熟和放纵呀。特立独行，无拘无束，才能至情至性。谁想到一个浪漫风流的诗人，在一个错误的季节错误的时代，被选为达赖转世灵童，这是历史的不幸，还是仓央嘉措之幸? 不得而知。唉，不想这些了，每天经师一走进经堂，翻着《甘珠儿》，默想喇嘛的面孔，却一点也不显现在心上，倒是情人仁增旺姆的容颜，却映在心中明明朗朗，挥之不去。孽缘情债啊，如魔咒一样附在袈裟上。凡人心中皆是一团迷雾，哪里读得懂佛陀之心，密宗欲登至高之境，须与娇娘交媾，在欢喜激昂的黄钟大吕中，欲死欲仙，跨过清凉桥，达到极乐世界。尽管每晚与美人共枕眠，自己却毫发未损，当娇娘情至深处，高潮如雅鲁藏布江的瀑布滚落时，步入密宗之境的仓央嘉措却波澜不惊，不泄一滴生命之汁，这是从历世达赖喇嘛中获得的前所未有的超然控制力啊，已跃升到尽善尽美的地步。前世一滴水，阅尽人间春色的一代仓央嘉措，却被俗人误作风流情种，唉，谁解其中奥秘？

不说了。一株迷失的菩提，迷失就迷失吧，谁叫把柄攥在了拉藏汗王爷手中，他说五世达赖圆寂后，摄政王桑结嘉措秘不发丧，隐情不报十三载，选了仓央嘉措这样一个不守戒律的转世灵童，行为不轨，放荡不羁，是个假的。密奏上去，康熙爷的裁定下来了，"诏执谳京师！"字字重如昆仑，朝着年轻达赖压了下来。霎时，仓央嘉措觉得自己从珠穆朗玛的巅峰坠落了，坠到冰罅里了。其实，康熙大皇帝未必在意真假达赖，在藏地和蒙古部落，只要达赖名号一出，伸出佛手摸顶，芸芸众生皆顶礼膜拜。心生芥蒂的是摄政王与准噶尔丹部落交往过密，引起猜忌，故在摄政王与拉藏汗的较量中，天朝情倾蒙古王爷，桑结嘉措焉能不败。

"佛爷，该上路了！"贴身仆人又来催了。一道御旨路八千，走就走吧。仓央嘉措期冀跨入紫禁城的金銮殿，亲觐皇帝康熙，说个清楚，自己没有政治野心。只是芫野茫茫，瘴气肆掠，汉地潮湿，又多生天花，去内地的活佛高僧大多难逃此劫。此去内地凶多吉少啊。自己的躯壳一旦跨出拉鲁彩嘎的门槛，灵魂就会随娘热山上白色的经幡飞升了。转瞬之间，一群白羽野鹤从拉萨高天盘旋而下，徐徐落在拉鲁彩嘎的池塘里，成双成对，追逐嬉戏，交颈而欢。仓央嘉措艳羡的目光收回屋里，环顾弥散着玛吉阿米笑语和体香的逍遥宫，忽然有一种江山美人尽失的感伤，一种凡尘未了来世将在一片草原上转世的冥冥。他挥手对身后随从说，笔墨伺候！随从躬身，拿来了狼毫和长窄条的黄色宣纸，说，佛爷，你是想给雪域众生留下最后遗言吗？仓央嘉措神秘一笑说，我此时不想众生，而是想黄房子里的玛吉阿米，这一走，恐怕今生再见不上仁真旺姆了。给她留最后一首诗吧，若有悟性，来世她还可以找到我。

随着经卷样的黄纸铺开，仓央嘉措俯视了一眼池中的白鹤，然后目光投向了万里苍茫，挥毫而就："白羽的仙鹤，你的双翅借给我吧，我不飞往远处，只到理塘就要折回的。"

最后绝笔交给布达拉宫的堪布，堪布一看，神情先是愕然，继而肃然，继而憬然。仓央嘉措头也不回，踏着木梯下楼，走出拉鲁彩嘎。仰首眺望拉萨的天边，祥云朵朵，绕缠着布达拉山，多美的莲花之地啊。此别，也许不会再回来。池中的白鹤还在缠绵，交媾，这片雪域、这里的女人还会记得我吗？！年轻神王在问天、问拉萨城郭，亦问自己。今生注定法体进不了红宫经塔，灵魂却随风而逝，飘荡，飘散，像野鹤的一片白羽，遗落于遥远的地方。踏着仆人的背，跃身上马，在蒙古铁骑的拥簇下，策马前行。远处，布达拉神殿的驴皮鼓已经擂响，风铃摇曳，经筒飞旋，三大寺诵经如潮，一城皆哭。仓央蓦然回首，最后一瞥娘热山下的拉鲁彩嘎，独怆然泪下。

雪风吹了过来。风声、蹄声、哭声、诵经之声、梵钟之声，如潮，淹没了一座城池，一个喇嘛王朝。

3

王朝死了。理塘却活着。

活在仙鹤的翅膀上，活在康巴汉子的马背上，活在康巴女人银腰带的绿松石上，活在云上的日子里，更活在一首情诗之中。一片域隅，一座城郭，一个村落，一旦活在了一首诗里，就会长生不老。

我自然是从仓央嘉措的情诗中认识理塘的，不仅仅因为这首绝笔在死亡将至的时候，仍然折射着一种从容和浪漫，而且埋隐着一个秘密，一个生死轮回的巨大秘密，一个云谲波诡的情歌魔咒，一个神秘莫测的来世预告，一块唯有高僧活佛的法眼才能洞穿的灵地。于是，苍穹下的理塘，在我的心中，便魔幻了，神性了，神性魔幻成一个诗的符号，一张精神的地图，一座日漫金山的幻城，像弥漫在这片边地上的藏传佛教一样长生了。

从此，我开始走近它。

第一回亲近，是来自法国的一位东方学家带给我的震撼。上个世纪 20 年代初，一个叫大卫·妮尔的巴黎丽人，为横穿理塘，走进康藏大地，居然在情歌之城打箭炉（现改名康定）的小木楼上等了六载，日出日落，霜天晓角，每天推开木窗，俯视流经城南的折多河水，雪浪冲天，如格萨尔王的战马一样，从白雪皑皑的巅峰一跃而下，涌进小城，从城中夺路而去，惊涛拍打卵石堤岸，年复一年，不绝于耳。大卫·妮尔年近五旬，却心静若止水，或养花种草，或读书写作，或穿行于苯教、宁玛、噶举、萨迦、格鲁五大教派的 30 余座经堂之中，诵经悟道，学会了一口流利的藏语，精通了藏文。静静地等了 6 年，似乎在等一个前尘约定的情人，却等不到西藏噶厦政府颁发的穿越北纬 30 度秘境的护照。但是她已经走到了藏区的边缘，对西藏经卷阅读愈多，了解愈深，对这块曾经轮回转世了四位达赖灵童的灵地，愈发激起了好奇和憧憬。终于有一天，大卫·妮尔患了病，欲去美国传教士在巴塘的教会医院求治，雇了马匹和仆人，翻过折多山，往木雅、新都桥和雅江方向打马而行。当乘坐牛皮船渡过雅砻江，走进理塘高城镇，俯看空阔无边的毛垭坝草原时，这个病入膏肓的巴黎女人，俯在马上用藏巴话惊呼："勒通！"仆人愕然，这个高鼻子鬼佬居然会说地道的康巴话啊。在康巴语系中，勒为铜镜，通为草坝。铜镜般的草坝美轮美奂地展露出来，在法国丽人的眼里一览无余。大卫·妮尔让仆人扶下马背，跪倒在草地上，亲吻着野花小草，掬一捧小溪里的清泉，操着汉语说："天上草原，天上草原！"她在康定城中苦等了六年，梦幻了六载，如一个苦苦等待的情人，终于盼到了与理塘情郎相会的一天。

梦圆之时，大卫·妮尔手舞足蹈地挤进跳锅庄的队伍。可是她也许高兴得太早了，哨卡的藏军军官过来了，颇有礼貌地询问，夫人，你有英国打箭炉大人（英国驻打箭炉领事）的许可证吗？妮尔摇了摇头，反讥道，打箭炉大人是新的圣彼得大帝吗？对不起夫人，没有打箭炉大人的准许，你不能穿越藏区，原路返回去吧。我必须到巴塘去，那里有救我命的美国医生。大卫·妮尔神情凄切。藏军军官表示爱莫能助。大卫·妮尔怒气填膺，无意中碰到鹿皮帽，眼睛遽然一亮，摘了下来说，这是九世班禅喇嘛母亲送我的，每年都寄一顶到巴黎。藏军军官不以为然，说，夫人，这又能说明什么，班禅大师只管后藏一个很小的地方，再说他失势了，就住在玉树。那我就从这里去玉树吧。谈判了数日，藏军军官终于作罢，同意她横穿理塘毛垭坝草原，从新龙、白玉、德格前往玉树。

天赐良缘，让大卫·妮尔得以幸运地穿越铜镜子一样的理塘，穿越康巴腹地。远处雪山嵯峨，

绿茵如毡，湖泊倒映着彩云诡异的造型，野花拥簇着一个个氤氲热浪的温泉，连成一个贝壳项链，挂在铜镜草坝的颈项上，等着赛马节上夺冠的英雄和美女下马共浴。那天，她恰好遇上赛马节，万座白色帐篷点缀在山坡和弯曲的小溪边，雪莲般怒放，黄昏悄然降临，太阳天灯点亮了帐篷，斜阳透射出来，像白度母神凌空撒落的红莲朵朵。魁伟壮健的康巴男人牵着战马悠然朝他的情人走来，跃入野草热泉中。刹那间，大卫·妮尔被倾倒了，击节感叹，一个雄浑浪漫的马背民族。

从此，大卫·妮尔的香魂系在理塘藏马的缰绳上，康巴男人马背上的英姿总在马啸啸风瑟瑟中朝她奔来，令她魂牵梦萦。到了玉树，她酝酿了一件惊天动地的大事，她招来义子——尼泊尔喇嘛庸登，决定徒步穿越藏地，朝圣拉萨。为防止被藏军哨卡挡回，大卫·妮尔洗尽铅华，抓了一把锅底烟灰，往自己白皙的脸庞、长颈、胳膊上一抹，穿上向女乞丐换来的藏袍，成了一个藏族疯老婆子，跟着义子庸登从云南丽江开始了遥远行旅，沿着茶马古道，穿过大香格里拉地带，瞒天过海，历时8个月，最终抵达圣城拉萨。回到巴黎后，大卫·妮尔将传奇之旅写成雄文公之于世。西藏惊愕，中国讶异，世界震撼，从此奠定了她在西方学界的一代东方学、汉学和藏学大师的历史地位。1966年10月24日，大卫·妮尔98岁生日，活到了成仙得道的耄耋之年，但她仍然痴情地惦念着康巴大地，眷顾着理塘，那天她写道："我应该死在理塘，死在西藏的大湖畔和羌塘草原上，那样死去该多么美啊，境界该多高啊！"这是她为自己留下的最后一句墓志铭。三年后，101岁的大卫·妮尔仙逝于巴黎家中。她想将自己的骨灰撒在康巴大地上，可是中国当时正沉醉于宗教般的狂热里，无暇顾及，她只好魂归恒河，再饮一掬雅鲁藏布江之水。

又一次被震撼和感动，仍是关于理塘和一个女人的故事。就在大卫·妮尔走过理塘10年之后，民国女特使刘曼卿跃身上马，朝着理塘方向按辔徐

行，马后紧随崇喜土司的几个家丁。她是大清王朝驻藏大臣秘书与一个藏族女人所生的女儿，脐带沾着两个民族的羊水。帝国崩塌时，跟着父母流浪到了印度大吉岭，颠簸经年，辗转回到了北平。蒋委员长召见九世班禅行辕堪布罗桑巴桑先生，罗桑怕自己词不达意，特意带她去做翻译，结果颇得蒋公欢心，遂留在民国政府行政院文官处当了一名女翻译。她成天无所事事，仰望金陵的紫霭云气。有一天毗卢寺的梵钟响起时，如布达拉的长号、驴皮鼓，敲响了她无边的乡愁。自孩提时跟着父母逃离拉萨后，将近20载了，中央政府与西藏地方的联络也中断了20年，她自告奋勇，出任宣尉使，辑征康藏，欲将十三世达赖与中央政府的关系重新纽接起来。当她驰马走到西康省会雅安，行政长官刘文辉看着这个矮小羸弱的小女子，竟懂得汉、藏、蒙、日、英、印、拉丁多种语言，前路茫茫，不知乡关何处，盗匪遍地，不知何时荣归故里，却要做当代张骞，惊叹是一位东方奇女，特意派兵护送到了打箭炉。可是到了康定城，驻军马旅长却不肯派一兵一卒。然而她的百媚千娇惊艳了雪域，豪迈壮烈叹服了土司，众人纷纷派民团和家丁为她保驾护航。走进理塘，此处早已不是大卫·妮尔10年前走过的理塘了，西康省全面控制了康巴大地，理化县长是一个叫王绥之的湖南人，娶了一个藏族媳妇，王氏夫妇盛情招待了她，手中却无一兵一卒，团防兵勇全系红衣喇嘛，由寺庙堪布率领，自然不会护送刘曼卿过大草原了。大卫·妮尔化装为女乞丐穿越康地之后，曾写过一部《贵族－土匪地区》的书，尽述康区美丽与恶魔同在，高贵与暴戾成性的响马秉性，可见刘曼卿辑征之旅多么凶险。

危难之时，还是崇喜土司出手相援。这个见了女人便羞涩，甚至不敢举头与刘曼卿对视的康巴男人，派来十名彪形大汉，头缠大狐皮，着羊裘，以獐子皮缀其上，边镶六寸金绒，大摇大摆地护卫前后。吓得那些劫匪纷纷避道而逃。刘曼卿在《康藏轺征》的边疆游记中写道："十月十九至二十五日，完全踟蹰于毛垭坝中，此坝广袤计一百余里，野营天成，实难得也。沿途并无居民，未逢人往来，仅吾辈孤苦伶仃十数人蹇蹐前进，大有黄埃散漫风萧索之感，而昏暮时分天色忽黯，状如深愁，将欲滴泪，继大风拂过，块垒乃消，一团笑脸月，自东方缓缓升上，予斯时苦无桨橹，不然纵怀吟诗，当不亚于曹氏之临滚滚大江。"然而这只是理塘神性的一面，次日便凸现了魔性的淫威。曼卿女士续昨天日记："次日阴霾四布，继之以雪片，寒气侵入，有如严冬，帐幕独帏当风，竟被吹折，卧衾服裳均遭濡没，战战栗栗，伏蹲一隅。仆辈急扶正之，始得暂安。"

……

这就是神性与魔性的理塘，东方西方，两个女性的传奇，正好诠释这片灵地的魔幻与灵性，残暴与温婉、美丽与死亡，成了我叩响理塘之门的门环和钥匙。从上世纪80年代初读仓央嘉措的情歌起，便被理塘迷住了，神牵梦绕地等了20载，几次走过川藏路，到了昌都之后，便有出川的北路和南路，我却几次走了南路，从江达过德格，入甘孜，进炉霍，走道孚，与理塘擦肩而过。可是梦里几回，理塘巍峨成一座不沉的幻城，一片如意的灵地。

等我终于有一天踏进理塘，像一个朝圣的香客，匍伏在她的脚下。冥冥苍穹，藏歌天唱，从远处飘来，仍然是仓央的那首白羽的仙鹤，如天籁飞掣而入，法号吹响了，六世达赖仓央嘉措和康区出身的七世达赖噶桑嘉措、九世达赖隆朵嘉措、十世达赖楚臣嘉措、十一世顿珠嘉措，走出布达拉宫的日光殿，走下七级浮屠，在一片诵经声中，或淡定，或凄楚，或黯淡，或凝重，或痛苦，或雄逸，从理塘莽原上飘逸而过，朝我款款而来。还有香消玉殒的大卫·妮尔和民国女使刘曼卿，也乘着白羽仙鹤从天阙徐徐而下。男人的理塘、女人的理塘，究竟要给我怎样的前尘谕示?！灵童的理塘、达赖的故里，究竟在这片灵地留下怎样的秘咒?！我从膜拜中缓缓抬起头来，斜阳从云罅中筛下柔和的光晕，晚霞好似一面面经幡，在我的头顶上猎猎飘拂，撒落在毛垭坝里的千万顶白色帐篷，犹如万千朵白色莲花在绿波中浮游，然而心灵却享受不了纯净无瑕、祥云飞渡的暮霭，似乎在等待不急不慢走来的孽缘超度，等待不紧不慢走来的千年劫难或祈盼。渐渐地，幻城惊现了，大卫·妮尔和刘曼卿见过的灵域横空出世，西海观音之身从血潮中渐渐隆起，与夕阳融为一体，轻歌曼舞，酥手纤指通红，魔幻成千手观音的神手，往草地轻轻一点，撒下一条光河，点点，簇簇，霎时，所有帐篷里的长明灯全都亮了起来，点化成千万朵红莲绽放。暮归的牦牛从草地悠然走过，惊起一群野鹤，胸脯碰碎蓝玻璃的湖面，鹧然于空，盘旋在暮霭之中，好似涅槃的神鸟飞向天堂，遗下几片白羽，降落在了理塘!

4

仓央嘉措沿着唐蕃古驿道走远了，红色袈裟裂开雪幕的空蒙，飘浮，孤魂冷山我独行，走过万里羌塘，却无归处。翻过唐蕃古界日月山后，烟波浩渺，青海湖尽收眼底，一座海市蜃楼浮城于上。

"仙境，汉家宫阙！"仓央嘉措惊呼道，"我该在这里圆寂！"

一语成谶。数日后，仓央嘉措患了肺病，殁于青海湖边，冥冥之中注定要将自己的法体留在汉藏接壤之地，为唐蕃十数万名杀戮喋血的孤魂野鬼超度。圆寂之时，佛手却指向东北方向，唯见一群白羽的野鹤，朝着遥远的理塘啁啁而去。

叫魂，盘旋于藏地的白鹤，为谁而鸣？！

有一个叫噶桑嘉措的少年，开始在为仓央嘉措招魂了。

仓央嘉措圆寂后，理塘草原上陡然浮现诡异之象，一对叫索南达吉和索南曲措的牧民夫妇的毡房里，一个灵异的孩童，刚牙牙学语，便说自己是六世达赖仓央嘉措的转世之身，布达拉宫大喇嘛的宝座，应该是他的，他全部的祈愿就是回到拉萨，收拾残局，重整河山。童言无忌，却一语惊人，众生愕然，草原亦骇然。

六世达赖喇嘛转世在理塘，消息不胫而走，传遍整个西藏。拉萨城里的僧侣们也希冀他回去，再登宝座。

"这是阴谋！"拉藏汗王爷从镶着雪狮皮的卡垫上一跃而起，将茶几上的酥油茶杯扫成一地碎片，说，"意在为仓央嘉措叫魂，六世达赖灵童转世于理塘，置阿旺益西嘉措于何地？"

仓央嘉措被废黜后，拉藏汗王爷成了西藏之主，一手遮天，未按达赖轮回转世的旧规旧制寻找灵童，再由大清皇帝派钦差大臣金瓶掣签，而是指定一个年轻喇嘛阿旺益西嘉措为五世达赖的转世灵童，迎至布达拉宫坐床，却不为僧侣们接纳。拉藏汗王爷早已心中不悦，眼下理塘又冒出一个六世达赖的转世灵童，成心与汗王作对，心里岂能舒坦。

军帐里鸦雀无声。拉藏汗举起银碗，咕噜喝了一碗马奶酒，说，众爱卿，理塘的传闻风靡拉萨，是在蛊惑人心啊，说说看，诸位有何良策？

见王爷怒气稍安，一位将军挺身而出，说，王爷，我带一支卫队到康区走一趟，瞧个究竟，辨个真假。

拉藏汗点头道，也好，叫几位高僧随你而去，要确认这个灵童是不是真的达赖佛爷转世。

是！将军携着拉藏汗几个心腹喇嘛，带着一支卫队朝藏东千山独行。马踏风尘，蒙古铁骑虽然踏破青藏，但他们的精神疆域却被喇嘛长号划破

了，膜拜在诵经祷告声中，长跪不起。蒙古将军驰马数月，入藏北羌塘草原，穿比如、索县、巴青、丁青、类乌齐，然后昌都，踯躅在莽荡的横断山中，一路朝东，进入理塘，找到了那个叫噶桑嘉措的少年。按转世灵童的程序严格验证，少年灵异过人，非同凡响，让蒙古将军颇为惊诧。他是一个信佛之人，担心拉藏汗的支持者会危害少年，便公开放话，这个孩子是不是转世灵童，也无意义，皇上有旨，前世达赖仓央嘉措本是一个假的。可是到了晚上，却悄悄潜入毡房之中，对灵童的父亲索南达吉说，快走，我放你们一条生路，举家搬离理塘，躲到一个安全的地方去，越远越好。

谢将军！噶桑嘉措的父亲向蒙古将军深鞠一躬，于风高夜黑之时，跃身上马，抱着灵童，举家往理塘北方的德格疾驰而去，草原上留下一串马蹄声隆隆。那里的蒙古部落对达赖的转世灵童深信不疑，悄然将七世达赖一家接到青海境内。

达赖转世灵童的消息传到紫禁城，康熙大帝从京城派一位大臣前来巡视，找到噶桑嘉措一家，将其接到塔尔寺学经。

拉藏汗心情刚平静下来，一场喋血杀戮已在喀喇昆仑孕育成暴风雪。准噶尔部落假借公主与拉藏汗王子联姻，旨在吞并西藏。王子迎娶公主的车辇还在路上，准噶尔铁骑便越过喀喇昆仑，从藏北扑了下来，将拉萨城围了个水泄不通，拉藏汗王爷派小儿子苏尔雅突围去青海调救兵，可是为时太晚，苏尔雅被俘。援兵无望拉藏汗唯有一战，突出重围。他从布达拉宫冲了下来，护卫的蒙古勇士一个个倒在了石阶上，战斗到最后，只剩下一身血污的王爷，在连杀 11 名敌人后，拉藏汗被砍倒了，蓝瞳望着拉萨的天边，祥云还在头上飘绕，如一朵莲花盛开，引领着王爷魂飞天堂，在"唵嘛呢叭咪吽"声中飙升，如一只野鹤啸天，似蒙古战刀的光带划过蔚蓝。他眼帘中的血流出来了，最后一瞥中，王爷血染的明眸看到了自己的宿命，也看到松赞干布、文成公主，还有赤松德赞、金城公主站在宫阙门前，正在向他招魂。可是抛尸红宫七级浮屠之下的亡魂，永远没有故乡，故乡只在朝圣路上，形单影只地漂泊。

康熙大帝听到拉藏汗亡魂在紫禁城风铃中的哭诉。看过驻藏大臣的奏章，一代英主龙颜大怒，拍着龙案，将远征的令牌扔给八旗将军阿兰泰，向准噶尔部落开战。八千里路云和月，王师穿过柴达木盆地，上昆仑山，横戈可可西里而来，待翻越唐古拉山，抵达黑河（现在称那曲），便是一场恶仗，远征之旅却不堪一击，被以逸待劳的准噶尔军队包围了，整整拼杀了三天三夜，旌旗血溅太阳，大清八旗全军覆灭。

垂垂老矣的康熙第一次受挫了。唯一的慰藉是，达赖转世灵童噶桑嘉措已在塔尔寺学经多年了。他派一位钦差大臣远涉青海，赐给噶桑嘉措一枚金印，用满、蒙、藏文镂刻了"达赖七世之印"几个字，巧妙地避开了真假达赖之争的尴尬。并下了一份诏书：朕乐见达赖已被认定，尔乃真转世也，芸芸众生皆要敬仰，达赖喇嘛日出西方，无所不照，佛光惠泽黎民黔首，青海和硕特蒙古王部，达赖喇嘛有教化之功，听命臣服于大清皇帝，朕也确信尔等不敢不从命。准噶尔部兵起尢野，杀戮众生，朕必派王师围剿之。钦此。

随后，康熙大帝在他的晚年发起最后一次远征，命他最赏识的十四阿哥充褪讨伐准噶尔部，护送七世达赖噶桑嘉措回拉萨。充褪挥师西去，与准噶尔部决一死战，但是真正打垮准噶尔的却是乾隆皇帝了。充褪从玉树送七世达赖至金沙江边，方挥手辞别，余下行程则由麾下大将延信和蒙古王爷才旺、罗桑丹津王和顿珠王一同前往拉萨，收拾残局。

西望佛爷，雪域苍生终于盼到七世达赖正式坐床，也许从进入塔尔寺那天起，噶桑嘉措就只专注于宗教的纯粹，而对一言九鼎、政教合一的达赖宝座，毫无兴趣，把权柄赋予曾在理塘放牧的父亲索南曲措。一夜之间被封为西藏贵族的康巴汉子，并不知道政治的险恶，竟在不知不觉中，搅进了噶厦三位噶伦阿尔巴布、龙布乃、扎尔乃与首席噶伦康济乃的政争。索南曲措倾向三大臣，于是藏王颇章里尔虞我诈，十面埋伏，刀光剑影，终于在雍正大帝派大臣禁止西藏另一教派宁玛巴教派之争中爆发了。康济乃自然听命于朝廷新主，三大臣在七世达赖之父力挺之下，发动政变，于藏历火羊年六月十八日在大昭寺开会时，血刃首席噶伦一家，并派兵到后藏追杀康济尔的心腹颇罗乃。颇罗乃振臂一呼，引来众响应者，一支新军挥戈拉萨，三大臣落荒而逃，躲进了布达拉宫，藏在达赖佛爷袈裟之下，以图安全。

胜者为王，权力的媚笑永远朝着胜利者一方。颇罗乃成为新一代藏王后，要达赖交出三个乱臣，与佛爷一时僵持不下，最终颇罗乃同意达赖的要求，将三个叛臣囚于家中，等待大清帝国的钦差来后庭审定罪。结果，三个叛臣被处剐刑，一刀一刀割成了碎片，惨叫之声震动拉萨城郭。消灭了政敌，颇罗乃立即奏报雍正皇帝，七世达赖的父亲索南曲措卷入西藏政坛的内讧，难辞其咎，应将达赖父子一起放逐。

雍正七年，奉天承运的诏书传来了，准奏：在离理塘不远的道孚泰宁城，修一座金寺，让七世达赖噶桑嘉措在那里学经思过吧!

噶桑嘉措走出日光殿,走下布达拉宫高处不胜寒的天梯,又一次远离了拉萨的政治旋涡。他回望红宫神殿,心里如释重负,终于走出这块荣辱沉浮的是非之地,朝着自己的故乡理塘,朝着前尘漫漫的苦旅惠远寺驰马而去。

5

我也朝惠远寺方向驱车而来。

空调快巴离开迷人的塔公小镇,塔公寺后边的 108 座塔林,在雪风中挥舞着风马旗,送客远行,极目远望,塔林中的东方白塔、南方黄塔、西方红塔、北方绿塔巍峨于蓝天与雪峰之间,渐渐地,缩小凝固成萨迦派高僧白黄红绿的几颗舍利子。从塔林缝隙中,我看到自己的宿命,也看到七世达赖的马队正从惠远寺驰骋而来,马踏青草,踏醒一片芳魂。塔林北坡之上,一个巨大的白幡林迎风激荡,一片白幡一个灵魂,风中,仿佛是一场灵魂之舞,伴有白鹤长啸。招魂着前世今生,超度着罪孽亡魂,百年之后,我们的灵魂也会归宿此地吗?我悄然叩问,白塔沉默,雪风无语。

汽车拐过一个弯,被称为菩萨喜欢的地方的塔公草原在前方浮起,一座煌煌金庙横亘其上,仍旧是汉式建筑,顶上镶嵌着金箔,龙凤飞檐斗角,挂着一个个经筒,太阳普照,佛光成一座金山,熠熠闪亮。一排白色经塔昂然向天,纯净了湛蓝天幕,与远处的亚拉神山如冠的白雪融为一体。朝圣的香客纷纷跪倒在跟前,顶礼膜拜。我也是朝圣之人,只是灵魂虽然虔诚着这片灵地,却没有跪下。

仁真志玛和康珠一直在催促我们赶快上车,说前方还有绝地风光,前方的藏房应该有酥油茶的飘香。我晓得从这里往南行数十里,亚拉神山下有一道刻满了六字真言的玛尼石长城,长约一二里地。那道虔诚的老墙膜拜神山，已在荒原的漠风中伫立千年，默默地守望千年，守望千年的劫数和祈福，也许只是在等待我们这群匆匆过客。我扭头问志玛，还去拜谒玛尼石墙吗？志玛莞尔一笑，说，往亚拉神山前行，已经没有路了，到达那道玛尼石墙前，须骑马进去，要走三四个小时呢，这次行程里没有安排。我听后略有几分失望，真想牵过金庙前的三匹藏马，携着志玛或康珠两个美女，驰马朝玛尼石墙飞奔，寻找一块格萨尔王刻过的六字真言，带回皇城，供奉在自己书房的条案上，让英雄之魂永远穿行在我的古方块字兵阵纵横捭阖之中。抑或心中总有剪不断理还乱的尘嚣烦恼丝，今生心中注定唯有一个血魂的奔突，却难有灵魂涅槃过后的禅定和超然。

生为男儿，谁不欲望江山美人，可是雄魂已经远去。康巴汉子的豪迈与刚烈，已跪倒化入佛陀的大象无形。20 载西藏情结，我悄然地追寻和诘问，莲花生、宗喀巴何等法力无边，竟让一个堪与日耳曼民族媲美的康巴民族，收敛了暴戾杀戮，偃息了鼓角争鸣，疏远了铁马征衣，10 万个长头跪拜在朝圣的诵经声中，10 万人转经在神山圣湖之间，找不到诠释，也许诠释的旁注就在路上。

前方就是极地之景，会寻找到破译的密码吗？！离开塔公草原，大巴继续南行，亚拉神山在身后渐行渐远，路是当年的入藏驿道，却是一步一景，一景一步，一步一虔诚，三步一长跪。我看到天路上的朝圣客，看到了风尘过后，噶桑嘉措的马队正朝八美草原而来，当年泰宁县协乡德坝子，藏族心中的莲花宝地在前方隆起。祈盼之中，我突然迷盹了一会儿，梦中，官驿大道上，万千苍生从涂成白色、褐色、红色的藏式小楼走了出来，夹道于两旁，或在原野中搭成帐篷，等待七世达赖噶桑嘉措降临摸顶。"徐剑，快看右边，有一座金庙，建在雪山之上，好风景啊！"坐在前排的江西省作家协会主席陈世旭突然惊呼。梦惊雪尘，我定睛远眺，果然瀛台仙境，一片田畴，荒草萋萋，野茅在风中摇曳，正前方崛起一座金字塔样的神山，山巅屹立一座金庙，正午的阳光穿过云罅，筛下一片亮佛光，映染在金瓦之上。金庙的背后，海水一样的天边反衬着一座座雪山，上苍神工鬼斧般地构成一幅油画的宁静。"哇！天下绝景，佛陀胜地。"我惊叹着举起相机，正想按下快门时，中巴突然拐了一个弯，将镜头中的画面晃动撕碎了。我有些沮丧，志玛站在前边安慰我说，别急啊，这座金山的后边，就是泰宁城的惠远寺，美丽的协德坝子，我们一会儿要路过。

汽车左转右拐，掠过道孚县的八美佛塔群，驶往八美镇。我一直因刚才与神山金庙匆匆擦肩喟然叹息。深谙摄影之术的世旭兄建议，一会儿坐甘孜州宣传部长的牛头吉普原路返回，就选刚才的角度拍摄。车队在八美镇一家川菜馆前停下。我下车恳请司机，沿原路返回。藏族司机多少有点不乐意，经不住我的恳请，脸色肃穆地钻进了丰田越野车，载我返了回去，寻找我心中的极地绝景。车子戛然停下。我跨出车门，纵身朝荒草地里跑去，举起相机，将神山金庙的雄浑与宁静聚焦取景画面之中。此刻，旷野无风，天地苍茫，除了我按下快门时的咔嚓响动，了无声响，刚跳下车门时的那一阵冷风，已悄然远逝。奔走在荒原中，气喘吁吁地拍完几张照片，我居然远眺着前边神山金庙发起了呆。千古寂静，以一种罕至的静谧，飞掣入我的灵魂。雪山、金庙，究竟要给我什么样的暗示和惊奇？冥冥之中，我的眸子里遽然闯进了一支马队，马蹄声碎，长号声惊裂天穹，七世达赖噶桑嘉措的车辇和驮队，此时就与我走在同一片灵地上，站在同一条历史隧道前，连风也停止了脚步。

雍正七年，雍正皇帝朱笔一批，拨库银40万两，派遣大批工匠入康区，在四周群山如莲花相拥的泰宁城，选地500余亩，完全按照汉式皇家金庙格局，建造宫殿千余间，平房400余间，为达赖建习经之所。竣工之时，雍正钦定寺名，亲赐匾额：惠远寺，藏名"噶达强巴林"，意为解脱。于次年将七世达赖噶桑嘉措和其父迎迓于此，学经念佛，以解脱那场西藏宫廷之变的喋血和罪孽。并派有1800清军绿营分三层护卫。理塘就在北方，相去不到一天的驿程，登楼远眺，极目可望家乡，可嗅到毛垭坝草原上的酥油奶香。年轻的达赖似乎断绝了尘缘，潜心学经，洗心面壁。在莲花宝地的纯静、纯粹中升华了佛家之境。一住就是七载，日出日落，长号呜呜，诵经如潮如雨，蔚然成一片纯净的精神疆域。一块炊烟袅袅的凡尘，就这样被点化氤氲为悲悯大地。

我正一步一步走向灵地，一片梦中早已亲近过的灵地。20年间一直在神游。在八美镇上吃过午饭，太阳时钟盘旋转到了下午3时，渐渐西斜，中巴车从八美镇岔路口分道，从白塔群擦过，往南驶去。穿过一片白杨树掩蔽的藏居村落，刚才我在国道上拍照的神山金庙巍然于前，仰首之间，犹如一位金甲天神，手托神庙，恪守于天堂入口处，威风凛凛，雄镇东方。汽车过一座桥，绕过金刚之山，天门洞开，协德坝子惊现眼前，疑是误入汉地文人梦想中的武陵仙境。一群黑牦牛悠然草地上，凝望过客匆匆，彩色的藏民嘎崩，星星点点，错落有致，在太阳下晒着自己的心情，似乎已经晒了好几个世纪。往西远眺，一块平坝草甸如绿色宝石镶嵌其中，纵横十多里地，南北西东雪山相拥，山脊浑圆，皱褶成的叠嶂叶片，远远望去，好像四瓣荷叶悠然张开，而坝子中间金光闪烁，便是占地500余亩的惠远寺了。惠远寺如雨荷花蕾悄然绽放，四层楼的宫殿顶，系金箔打制，飞檐斗拱，龙凤斗角上挂着一串巨大的藏式风铃，中间两只吉祥之羊相向，口衔法轮，人鸟伫立两侧。神殿巍峨，琼楼成阁，宝鼎生辉，并有外城墙相连，四个城楼各向东西南北洞开，拉地曼河绕城而过，气宇于雪域，轩然成一格，一派皇家气派。而在西南一隅的漫切村，则是十一世达赖凯珠嘉措的老家，南倚雪山，半山坡上雪山杜鹃、白桦林葱茏，村前一条小河从雪山峡谷淌出，浪花卷成一条绸带，飘逸乡间。村中兀立一座金色的甲洼绒群，意为达赖小宫殿，宫殿后边一株古柏参天，胸径有60厘米，古柏下有一口古井，甘洌清凉，被称为神水。更奇异的是一块浑然天成的六字真言玛尼石，藏语称"麻理绒兄"，耸立于侧，是上苍之手镂刻，还是佛陀禅心写就，谁也解码不了，成为这块灵地又一无法破解之谜。

莲花灵地，风尘风雪之下，究竟掩埋和冷冻了一段怎样吊诡的历史?!

6

七世达赖噶桑嘉措在惠远寺静修七载了。

那天傍晚，闭寺的法号呜呜吹响，梵钟暮鼓，风铃悠扬，将暮霭紫霞震落了。佛爷盘腿打坐，端坐在法座上静悟密宗，虽为格鲁派，却对密宗情有独钟，心系神秘之境。突然，一阵马蹄声隆踏碎泰宁城东门前的黄昏积雪，也踏破了惠远寺门前的寂静。

命运之神叩门来了。年轻的佛爷睁开法眼，时任理蕃院主事的果亲王允礼滚身下马，三步一长跪地磕了进来，跪倒在强巴佛前，仰视道，佛爷，你否极泰来，大清皇帝下了谕旨，让你返回拉萨。

佛爷淡定的神色似乎早已不以物喜不以己悲，说，我等了七年了，知道天朝的文殊皇帝会给我这一天的，虽然姗姗来迟，也不晚啊。

果亲王说，佛爷果然先知先觉，能预知前世今生啊。

噶桑嘉措淡淡地说，我转世在理塘，悟道于莲花宝地，算是沾了点灵气吧。

此话一出，让果亲王冷汗淋漓。

第二天便是新年元旦了，果亲王宴请七世达赖喇嘛和弟子，还有康区的明正土司、孔萨土司、德格土司、崇喜土司。大碗御酒下肚，略有几分微醺，果亲王赋诗一首："曙色欢欣动列屯，西南蜀国共朝暾。滴酥熬芋充供佛，宣德还称乐自樽。"诗写得极臭，却表达了肉身跪倒在佛前，酒肉穿肠过的唯我独尊。这本是一首不及格的官场打油诗，却被善拍马屁的雅州知府张桂敬勒石于惠远寺中，留下了一个历史的见证。

春天来了，驮在白鹤的翅膀上，降临在泰宁城下的草甸里。七世达赖该起程去拉萨了，他留下了一名堪布，70 余名喇嘛、扎巴，守着惠远寺，为信众诵经祈福。自己则踩着寺门旁边的上马石跃然上马，向协德草坝子、向莲花神山投去最后一瞥，然后马踏野花，朝道孚方向疾驰而去。此行不会再回故乡，可佛爷却有预感不知何年何夕，这片灵地还会有达赖灵童转世。

噶桑嘉措回到了圣城，颇罗乃虽然五体投地向他祈福，达赖也伸出佛手，为藏王摸顶，消灾祈福，祈祷平安，但是两人的心结却无法化解。达赖的至尊之位，并未交还给达赖喇嘛，噶桑嘉措看到颇罗乃是一位精明正直的行政长官，西藏在他和驻藏大臣的治理下，一片盛世盛景。从此疏问政事，潜心学经念佛。可是他的贴身侍卫喇嘛，却不甘于佛爷寂寞，不时与藏王叫板，颇罗乃毫不手软，闹事一个抓一个。

有一天达赖喇嘛的一名心腹被藏王逮捕了，佛爷多次催促，颇罗乃仍不肯放人，恰好藏王的一位远亲多喀夏仲觐见达赖，噶桑嘉措诉苦道，颇罗乃不是在处罚那个侍从，简直就是与我过不去啊！多喀连忙赶到藏王府邸，将佛爷的话传给了颇罗乃。颇罗乃不屑地说，达赖喇嘛养尊处优，在布达拉宫专心念经坐静，还不满足！话传到了佛爷耳里，达赖摇头，说如果我退回哲蚌寺或者住到茅棚里，颇罗乃大概就会高兴了。

两人的恩怨过节终于在乾隆十二年，随着颇罗乃项上长一个恶疮不治而亡，画上了句号。但是权力之柄仍落到颇罗乃精心培植的幼子珠尔墨特手里，七世达赖仍然无法撼动其地位，从此心灰意冷，懒得再问政事，专心佛事。他留给西藏政坛唯有两件事可圈可点，一则斥重金修建罗布林卡，一则为噶厦政府设立了首席噶伦与四大噶伦制度。

理塘降生的七世达赖噶桑嘉措于乾隆二十二年圆寂，享年 50 岁。坐化之时，佛手指向了后藏。

七世达赖会转世何处？在噶桑嘉措圆寂之后，摄政王便带上高僧活佛，往山南的圣湖拉姆纳措远观湖象，从诡谲多姿的湖象寻找灵异之兆。摄政王骑着牦牛上山后，于塑有班丹拉摩女神神像的圣湖小庙跪拜，赐教神谕，此乃达赖喇嘛的保护神，凡人轻易踏入，便有灭顶之灾，因此在西藏唯有达赖喇嘛方可步入。传说摄政王祭拜过神庙后，诚心观湖，一会儿便有奇观惊现，祥云渐次显影，灵童转世的村庄地貌和房子造型特征、甚至父母姓名，一一幻象湖面、远山和云中。如梦如幻，神秘悠远。有此异象暗示，摄政王便可派人按图索骥，到后藏四处寻访。七世达赖去世后的第二年，转世灵童降白嘉措在后藏之地托布加寻访到了，似乎注定了前世达赖未了佛缘。八世达赖对政治毫无兴趣，活了46年，经历了大清帝国击败尼泊尔廓尔喀战争，见到了乾隆之子福康安将军，政治上却了无建树。

1804年，八世达赖喇嘛携着满腹经纶圆寂了，三年后，转世灵童寻访到了两人，一个转世于康区德格土司辖地邓柯，一个则在安多（青海）降生。谁是真正的达赖转世灵童？西藏僧侣贵族和上层发生了激烈的争执。摄政王派人将两个灵童接到拉萨，将八世达赖用过的佛珠、银碗真假混淆，让两个灵童辨认，结果邓柯旦曲科儿灵童伸手就紧紧抓到前世达赖用过的银碗、佛珠，而安多灵童却无灵慧，认不出来。于是康区邓柯寻访的灵童被确认为九世达赖。此前，大清皇帝专门制作了一金瓶送到拉萨，将几个灵童的名字放入其中，作为金瓶掣签之用。可是已确定康区邓柯灵童为达赖转世，取名隆朵嘉措，这是康巴大地上第二个达赖转世灵童。

易初莲花，菩提再现康巴灵地，究竟是喜是悲，福兮祸兮，却难以预料。一个纯洁无瑕的少年，未谙世事，一夜之间成了苍生主宰，未必是幸事。一旦卷入政治旋涡，便会被黑暗和凶险吞没。因为他们生于底层，来自遥远的康区，父辈或是一介平民，或是奴隶下人，并无政治靠山，而摄政王和噶伦个个政治老到，沉浮宦海，冷血无情，谁也不愿轻易交出权柄，被人鱼肉。于是就凸现出西藏历史上的诡秘一幕，达赖灵童频频少年夭折。隆朵嘉措3岁坐床后，只活了10岁，便不幸夭折。随后，他的转世灵童又一次乘白羽之鹤，再度转世于理塘，斯为十世达赖喇嘛，取名楚才嘉措，尽管他的躯体里流淌着康巴男人的强悍血脉，可是一登上布达拉宫，就渐渐地变成一个病弱少年，刚坐床亲政不久，就花季凋敝了，只活了短短20年。四年后，奇迹又显灵康巴大地，协德草坝泰宁城附近切漫村达赖灵童再度转世，赐名十一世达赖喇嘛凯珠嘉措，战战兢兢地活到18岁，尚未坐床亲

政，又神秘死去了。

随后在山南寻访到十二世达赖成烈嘉措，也难逃此厄运，仅活了 19 岁便匆匆谢世。

60 年一个甲子，60 年间，竟有四世达赖转世灵童不幸夭折。西藏震惊了，大清帝国皇帝也颇觉迷惑，开始破解其中的隐秘。

历史之谜往往在谎言光环的掩盖下，隐去了血腥阴谋和毒杀的一幕。有人说四个少年达赖未到成年之时，便去拉姆拉措观湖象，擅入湖边神庙，祈望班丹拉姆女神保佑和庇护，可是庙中供奉的是相貌极为丑陋的观世音菩萨的化身，凶煞恶神，少年达赖法力尚浅，镇不住恶咒，内伤自己，故少年夭折。此为托词。更多信众则相信四个少年达赖是被权力欲极强的摄政王下了慢性毒药，毒发身亡。十三世达赖土登嘉措亲政后的"妖鞋"事件，便将这些年幼达赖神秘之死昭然若揭。

土登嘉措 19 岁那年，摄政王德莫将退休了。哲蚌寺乃琼护法神跳神时两次预言，神圣的达赖喇嘛有生命攸关之虞，达赖遂将乃琼召进日光殿，跳神作法问道。时已陷入昏迷的乃琼护法神坦承：前摄政王德莫的仆人曾送给达赖近侍索甲喇嘛一双鞋子。找索甲一询问，果然东窗事发，撕开一看，里边竟然藏有秘咒和达赖的出身年月，目的是使妖术诅咒达赖早日死去。索甲供称一旦穿上这双鞋子便流鼻血。前摄政王和其亲戚被捕了，承认想用咒术谋杀神圣的达赖喇嘛，重掌权力。

四个少年达赖死亡之谜，似乎也有了答案。

7

我仰视着这片灵地。

多少年过去了，灵魂仍然像雪风一样掠过藏地，朝圣于青藏苍茫。轮回的异象令我错愕，转世的咒语叫我骇然，魂灵的超度使我战栗，杀戮的救赎让我喟叹，自然的法力让我畏惧，祈祷的经幡却使我宁静下来。万里寒山，莽苍灵地，究竟要向我谕示什么？！每次走过神山圣湖，望着转山转湖的朝圣客，觉得它离尘嚣如此之远，又如此之近。一旦贴近了它，便可以寻找回我们丢失已久的一种精神、一种境界、一种价值、一种信仰、一种执着，一种虔诚、一种真诚。一旦亲近过，就注定会成为你的前世今生，今生来世！

那天，我徜徉在协德坝子切漫村十一世达赖的老宅前，凝视着金色的达赖小宫殿，抚摩着大自然的法力镌刻的"唵嘛呢叭咪吽"的六字真言，禁不住扼腕长叹：灵地灵童，轮回转世，其实就是在兑现前世今生的奇迹和梦想。牧场上的一个毡房，青稞地里的一户人家，一个背水的使女，一个放牧的男仆，一旦自己的孩子被认定是达赖转世灵童，便时来运转，一步登天，贫寒低贱之家一下子跃升为皇族贵胄，饥寒交迫之人一夜之间变为钟鸣鼎食之族。孩子被送进寺庙接受最好的教育，跻身贵族僧侣之列，家人被接到拉萨城里，荣赐拉鲁贵族。高贵与卑贱的边界从此坍塌，富有与贫穷的鸿沟由此夷平。而一旦灵童坐床问政，则将天下苍生的命运握在了手中，一个纯洁的少年便再没有了纯洁，沦落于阴冷寒宫里，高居法位之上，融入长明灯煌煌灯火里，艳羡人间的酥油茶香，却得不到世俗的亲情、友情和爱情，每天直面政坛的黑暗、罪恶、凶险、阴谋、背

叛、杀戮、流血乃至死亡，心肠渐渐变得冷漠和坚硬，万劫不复却难以救赎，悲天悯人竟无法皈依。直至圆寂之日，佛手指向何方，又是一次新的轮回与转世……

……

今夕何夕。该回到我生活的大都市去了，离开的时候，我的灵魂之翼已经被洗濯和梳理，从藏地走进蓉城，已是暮霭沉沉，夜凉似水，车灯炫目成一条彩河，一条灵魂彩河，一条欲望彩河，熙来攘往，夜暗如烟水一样将我淹没。伫立廊桥之上，俯瞰府南河上泛起的霓虹，我开始迷路了，迷失在万家灯火的闾巷里，迷失在温柔之乡的笙歌中，蓦然觉得，这座自己所熟悉的城池，竟如此陌生。

（2006 年 11 月 26 日改定，校读于江西乐平某营盘。获"中国名作家康定情歌故乡行"散文征文一等奖）

07 灵湖

1

天真蓝。

我站在恰拉山垭口，俯看盘多方向，黄尘滚滚，似乎有一支马队卷起风尘，朝恰拉山奔驰而来。年轻的五世热振活佛骑在枣红马上，一脸春风得意，扬鞭打马而行，恨不得早一点见到圣城拉萨。

马蹄声碎。天空中，一群灰头雁掠过天际，叽叽相鸣，我听到了历史深处的回响，听到了热振寺的梵钟暮鼓。

江水有声，断崖千尺。云海茫茫无归处，谁听灰头雁啼鸣？谁听蒿草遍地、断垣废壁里的晨钟暮鼓……

可是我却看到了，看到那马蹄声咽处，热振寺屋顶上的佛灯点燃了，点点，簇簇，犹如一片煌煌天火，一条流向拉萨城的祈福之河，燃亮了念青唐古拉星空。在热振藏布的雪风中，火苗飘来飘去，嬗递着过去未来，前世今生……

强巴佛下摆满了供养，20刚出头的五世热振坐在法座之上，带众僧高诵佛经，长号呜呜，为圆寂的十三世达赖土登嘉措念经超度。

佛爷坐化了。消息在热振寺的堪布中传开了，说是神圣的达赖喇嘛坐化之后，便将西藏政教的摄政大权托付给热振大师。因为当年他来热振寺时，便有将摄政王者之位托于五世热振之意，并有珍藏的物品相赠。

木狗年的春节过后，热振果真去拉萨当摄政王了。

热振的幸运与不幸，皆因在这个飘雪的冬季，错误地走上摄政王之位。已蛰伏在千年柏树林中的欲望之鸟，突然凌空羲翮，飙升为一片权力的魔咒。

巫符般的魔咒，皆离不开色戒与权谋。前者温婉如水，后者坚硬如冰。然而热振在雪域众生中威望骤升，皆是从寻找达赖转世灵童开始。

十三世达赖喇嘛圆寂四载后，摄政四年的热振活佛走下布达拉，乘牛皮船渡拉萨河，过雅鲁藏布，驰马去了山南。在泽当搭帐篷小住了数日，然后溯雅鲁藏布江而下，至曲松，翻越布丹拉大雪山，整整走了一周的行程，终于抵达加查宗（县）。然后，溯崔曲而上，又是100多里的驿程，终于一个暮霭沉沉之时，抵达琼果杰寺。寺为二世达赖所建，后又经三世达赖扩建，是达赖夏天来观看拉姆拉措圣湖湖象的宫殿，离神湖有21千米的路程，骑马要走一个上午。

热振在琼果杰寺作法念经三天，拜谒了班达拉姆女神，不然她将过伤此年幼的灵童。

那天早晨，太阳冉冉升起，望着陡峻的山坡，热振摄政王喝了几碗酥油茶，浑身发热，踩着仆人的背，跃身上马，朝拉姆拉措策马而行。

2

我对拉姆拉措神往已久。

那些年在圣地神游时，拉姆拉措总是惊现在我的眼前，我相信自己的魂儿早已经留在那里，相晤只是一个时间早晚问题。

拉姆在藏语里是仙女的意思，而拉措，则是天上湖泊。对于藏传佛教来说，它是宗教地位最高的神圣之湖，而对于尘世凡缘而言，又称三世湖，传说可看到自己的前世今生和来世。我已经不止一次梦游到了那里。

2011 年 8 月 25 日，我在西藏的采访结束了，离出藏还有四天时间，可以去神往已久的天上仙女洗马魂之湖一游了，幻影浮现，看看自己的前世今生。

第二天早晨，拉萨城郭阳光灿烂，万里无云。我们驱车出拉萨城，去谒见、膜拜拉姆拉措，然而，寻找天上仙女之路却坎坷不平。

出曲松县城后，便是一条土路，从半山腰上穿岩而过，下边是万丈深渊，连防护的马路牙都没有，不时惊出我一身冷汗。

更险的路还在前方，一座高入云端的大雪山布丹拉横亘于前。海拔 4910 米，上山 35 公里，下山 35 公里，九九八十一道弯。我感到这与我当年走过的横断山脉里昌都城后的达瓦拉比肩。上山的时候，手心攥了一把汗。所幸强巴师傅的技术着实精湛，虽然途中有两三公里泥泞之道，被大车压出了一个个大坑，走不好就会刮了底盘，可是他精准避让，与参差不齐、啃啮不平的路面巧妙周旋，终于安全通过。登上布丹拉山巅时，我长舒了一口气。强巴师傅也感叹地说，如果早来三天，路上洼陷积水，车过不了的。

下布丹拉大雪山的路仍旧峰回路转，可我已经领略过强巴师傅高超的驾技，一颗悬于空中的心终于落地了。神如电掣，心追高天流云，一道飞虹已横架于心与神湖之间。

我们朝着加查县雅鲁藏布河谷驶去，两点半驶进县城。强巴师傅说，吃过午饭，3 点钟正式上山，从一座雅鲁藏布的吊桥上驶过，环江而行，然后转过一道弯，朝着崔久村的路溯源而上。离雅江最近的藏族村落叫崔久一村，村庄周围长了一片千年野核桃树，树干数人环抱，树枝擎天如伞。车子驶过村舍，一直向上，太阳照着我们前行。几乎碰不到对头车驶来。路边因崔久曲的雪山之水如一条哈达飘荡，雪水潺潺，流泉淙淙，十万句的祷语，流向雅鲁藏布，默默地祝福我们走向神山神湖。

转眼间，车子已行驶了两小时，下午 5 时 07 分。我们终于抵达拉姆拉措山脊下的停车场。虽然已近傍晚，但是阳光正好，一轮夕阳西下，普照神山圣湖。我仰首远眺，此时斜阳正浓，从西边斜照下来，泻在经幡之上，五光十色，吉祥之极。

未入拉姆拉措前，我曾做过功课。网上云：沿石阶而上，需半个小时。停车场的海拔已逾 5000 米，而抵达湖边的山脊，则到 5300 多米。环顾此处的停车场，就我们一辆牛头吉普车而已。

于是，强巴师傅在前，如脚下生风，我和朋友一家居中，紧随其后，索多断后，收罗掉队之人。上到三分之一的路程，我便大口喘气，走几步便开始拉风箱了。登第二段台阶时，我第一次坐在石阶上休息了片刻，然后站起身来，接着往上攀登。背上的摄影包越来越沉了。以后每升高 100 米，我便会坐下来歇息一会儿。

经过四五次的歇息，终于离经幡越来越近了。最后一程，我抓住扶栏，一级一级往上爬，而强巴师傅高高的身影已消失在经幡里边。

登顶了，我看了看表，走了 40 分钟，却被一片经幡挡在外边，神湖不见。

强巴师傅，你在哪里？我该从哪里进来？我钻到一个喂香炉前，被一条条经幡拦住了。

从左边过来，强巴师傅替我抬起了经幡条，我钻了过去，山谷里的神湖奔来眼底。

天哪！我神情愕然。神山天佑，湖面晴朗，天上一朵云翳也没有，长长的拉姆拉措，犹如一面椭圆形的魔镜展现出来了。

3

热振驰马走了一个上午，空山盘旋，踏草而行，几乎没有路可走，随行跟了一个马队，终于到了神湖所在的山脚下。跃身下马，仰望天空，一朵朵祥云飘落在湛蓝色天幕上。热振感叹，天赐吉兆啊！

噶厦政府的噶伦池门·罗琼旺杰挥了挥手，一位仆人牵着一头白牦牛走来，牦牛身上铺着镶金边的毪毺。他说，请摄政王骑着牦牛上山。

仆人伫立于白色的牦牛旁边，见摄政王走了过来，在牛背下弓身而跪，将自己的脊背当成一个上马石。

热振踩着仆人的脊背，一跃而上。骑在了白色牦牛的背上，朝海拔5400米的拉姆拉措湖的北山爬去。

也许因牦牛相驮，平时徒步要大半天的路程，摄政王于晌午时分便登上拉姆拉措湖的山巅。只见一个腰子形的湖面尽收眼底，四周都被城郭垛堞般的山脊包裹，湖的尽头，雪山倒映其中，随着阳光的折射，呈现出诡谲多姿的景象。

寻访灵童的队伍在翻越山脊后，旋即在半山坡搭起一个临时帐篷，跟随摄政王而来的布达拉和三大寺的活佛高僧们向着神山念经祈祷，与祥云相接。

经声如潮涌，沉浸其中的热振抬起头来，远眺拉姆拉措湖，但见一个绿松石一样的湖泊镶嵌在雪山群峰之中。

寻找灵童的过程，一般要在诵经膜拜神湖之后，来回往返，看三次湖象幻境。

摄政王热振跃身跳下牦牛背，环顾南坡，喂香之炉梵烟袅袅，经幡迎风飘荡，将六字真言的祈祷送上天穹。

热振朝圣湖躬身一拜，祈求丹玛拉女神保佑。她若发怒，就会伤及灵童，甚至自己。但眼前的湖光山色，如梦如幻，正午的阳光倒映于碧波上，由此北坡往山下走，约莫有六七千米，也得要一两个小时的行程。他挥了挥手，对噶伦池门说，我们先到湖边走一趟吧。

仆人跑了过去，又一次弯下腰，让年轻的摄政王踩着自己的脊背，再次跃上白牦牛。他呵斥着牦牛，摇着缰绳，一步一步地朝着圣湖迤逦而行。

山坡好陡。牦牛每走一步，摄政王都有点摇摇欲坠的感觉，但他毕竟练过密宗，可以控制坠牛的事情发生。

一步一滑坡，摄政王蓦然回首，只见从噶伦池门·罗琼旺杰开始，每个跟随自己而来的僧俗官员和大活佛，都像梭皮一样，滑了下去。

海拔渐次降低，头颅的疼痛渐渐减轻了。越往低走，湖面的圣境越呈现出诡奇的风景。有一道藏族村落浮在湖上，浮浮冉冉，然后便是一家人的房舍，后边则是一道山的屏障，宛如一条蟠龙横亘其上。

摄政王看到转世灵童家的方位和房舍，然而跟在他身后的僧俗官员却没有一双慧眼，无法看到那圣湖上的绝境。

到了湖边，摄政王朝着南方的圣山，五体投地磕了一个长头，向那座与喜马拉雅一样圣洁的神山顶礼膜拜。

重又回到了神山之上，静静地远眺湖象。然后在山顶上扎篷过夜，等到翌日拂晓时分，由摄政王一个人单独下山，看透转世灵童的诞生方位。

那天深夜，是一个星空璀璨的子夜，摄政王盘腿打坐，进入念经之境，静听神谕，好辨出转世灵童的南北西东。冥冥之中，北斗星牵着半叶月亮帆船，在蔚蓝的天穹中，穿越万重山，朝北，一路朝北。当摄政王欲在天空里捕捉流星坠落的方位时，突然一阵雪风掠过，雾霭漫天遍野，将星空遮住，使热振无法看清楚那流星究竟陨落于北方的什么地方。

热振一声长叹，说，天不助我，只待明天了。

第二天曙色初露，太阳尚未从东边山冈上升起。湖面上空乱云飞渡，千奇百怪的造型飘浮湖面之上。诡秘的湖象预示着什么，又神谕着什么？摄政王执意要一个人走一趟，与风中的神山对晤，破译圣湖中展示的冥意。

喝着仆人送来的酥油茶，吃过糌粑，身体里渐渐有了暖意。热振将红色袈裟往肩上一抛，决然出门，此时池门噶伦·罗琼旺杰也带着僧俗官员站成一排，准备与热振再度下山。

热振摇了摇头说，神谕不可违逆啊，不是每个人都能够领悟得到的，诸位就留在帐篷里坐等吧，我单独走一趟，也许神秘的班达拉姆女神会显灵。

摄政王就这样一个人朝着圣湖前的山坡走下。雪风吹过，吹皱一池湖水。往下走的过程中，太阳不知何时钻出了云幛，将一抹霞光泻在湖面之上。

祥云浮冉在湖光山色之中，在一片云谲波诡的氛围中，露出了神秘的巫符。

热振越往下走，湖面渐次开阔。太阳升起来了，一抹晨曦洒在了湖面之上。他由西北角往南行，离湖越来越近了。太阳照在玻璃镜子般的湖面，魔幻地在变幻着。远眺着祥瑞的云彩，湖面上预兆般出现几个藏文字母，摄政惊叹，一幅奇境。他在圣湖拉姆拉措清楚地看到水里三个藏文字母：Ah,Ka 及 Ma。接着便出现一系列影像：一幢三层楼的寺庙，有绿蓝色与金色相间的屋顶，前边则是一条到山间的小径，连着一户半山坡式

的藏民的房舍。最后,他看到一件有怪异造型导水槽的小房子。此时他并不懂这里边的含义是什么,可是圣湖之境却让他高兴不已,灵童将生于此地!他频频向圣湖磕着一个个长头,并将身上的所有贵重物品及佩饰,全都投进了圣湖里。他确信 Ah 字母暗示安多(Ando)(青海)。

既得神秘湖象谕示,则天机不可泄露。他默默地藏记于心,不向任何人透露。只待回到拉萨再找高僧破译。

重又回到神山之上时,池门噶伦·罗琼旺杰和所有的官员都拥过来问,佛爷,你独自走到圣湖边,是否看到了达赖爷转生的灵光,以让佛门重见佛光啊。

摄政王淡然一笑,说,天机不可泄露。那一夜热振佛爷睡得安稳,因为他已经了却一桩心事,找寻到灵童所在的文字了。只待回到拉萨,征询甘丹寺、色拉寺和哲蚌寺绝代高僧的意见。第三天起来的时候,热振法座还想再看一次湖象。他要看看自己的前世今生。世俗之人来谒拉姆拉措,又连看三年圣湖之象,因此拉姆拉措也称三世湖,第一年看自己的前世,第二年看今生,第三年看来世。

4

我们站在城垣般的墙头上,找一个地方坐了下来。强巴师傅说,我们不要说话,各自看各自的。一个小时之后再走。

好啊!我选了一个没有经幡的平台坐了下来。掏出照相机一边装镜头,一边开始看自己的前世。 波澜不惊的湖面上,突然浮现出一个巨大的水牛头,两只牛角弧线优美,从东岸往

西岸，水牛泆水而来。

我大为惊诧，这就是我的前世。一个耕地的水牛，一头驮牛。俯首甘为孺子牛，今生也许就是一种耕耘之命。牛在湖中，往西岸越近，幻影渐次隐去。突然东南岸又出一景，一只狗站于岸边，水波渐渐放大，那只狗的显影也越来越清晰，仿佛汪汪地在叫唤。

一切都得到了印证，我的前世为牛，而今生属狗。牛与狗皆印证了我的前世今生。

那么来世呢，我的来世会变成什么呢？

一边举起手中的相机拍照，一边等着水上再变幻境。果然，一会儿水中的牛和狗已消失得无影无踪。突然，水中央出现了海市蜃楼，一个桃花岛浮现水中央，有树有房舍，俨然一种世外桃源，唯听狗吠鸡鸣。

也许只是三两分钟，抑或更短，桃花岛不在，东岸靠中间的边缘上突然幻化出一个身影，一个女性婀娜多姿，头戴一顶太阳帽，性感无边，颇像西方女郎。

我不由得大惊失色，来世我会成为一个女性吗？

紧接着，女性的身姿在岸边不断幻化，最后一位吸烟斗男士的头像魔化出来。

这是我的来世吗？！我默默叩问。按说一个凡夫俗子，要连续而来三载，才能看全自己的前世今生和来世，可是我却有神湖之缘，西藏之缘，佛法之缘，只一次，便将自己的前世今生和来世，全看到了。

那当年的热振大师呢，他看到了自己的前世今生吗？

5

热振是高僧活佛，虽然年纪轻轻，但其经学早已考过格西（博士）学位，佛法高深，自然看到自己的前世来生。不必像凡尘之人一样，一次只能看到自己的前世。

第三天下山的时候，热振骑上了白牦牛，叫一个贴身的随从紧随其后。朝着山下的圣湖踽踽而行。

第一次看到神湖湖面云层中惊现三个藏字，看见的影像是三个西藏字母——阿、噶和玛；一个读"阿"，一个读"多"，联在一起，灵童会出世于安多方向，即现在的青海。而第二次、第三次朝湖时，他看到在湖里浮现一幅图画：一座翠绿色和金色屋顶的寺院和一间有蓝石瓦的房屋。这一影像被五世热振摄政王详细地记录下来，雪藏心中，守口如瓶，不到说出之时，绝对守密不说。一座小山，半山坡有一间藏家农舍，一条小路蜿蜒通向一座寺庙。后来寻访灵童的格乌昌活佛，据此，在青海湟中县祁家川（今平安县红崖村）寻找到第十三世达赖喇嘛的转世灵童。

诡秘的湖象又若隐若现。

热振看到了自己的前世。他本是一代高僧热振寺的转世灵童，可是却降生在西藏然麦农区一个贫寒的农家，日子过得很清苦，姐姐当了尼姑，弟弟成了庄园主的朗生（仆人）。然而少年的他却显露灵异之态，聪明绝顶，最终被认定为五世热振。一朝被选入法座之上，鸡犬也跟着升天。父亲成了贵族，并授予扎萨爵位，弟弟居然娶了贵族家的漂亮女儿为妻，从此否极泰来。从苦难人间，飙升到了朝天阙的石梯，平步青云，一夜之间，高贵与低贱，贫寒与富贵的鸿沟便填平了。

本来，在热振寺里做一个活佛，不理朝政，潜心学法，将来便可修成饮誉西藏的一代高僧，然而命运偏偏跟他开了一个玩笑，却让他走上唯我独尊的摄政王之位。可是，他刚二十七八岁，政治经验并不老到。尤其在充满了政治暗算和陷害的拉萨政坛，他只是一块新姜啊。没有听从堪布经师的苦苦劝谏，贸然踏上了拉萨这座权力神坛，高坐法台之上，获取了万众仰视的神威啊，却未必能攫取真正的权柄。

前尘既然已经知晓，还是看看自己的来世吧。突然间一场晨雾吹过，晓风徐徐，夜色未明，蓦然进入密宗之境。双修的秘境，是一个风情万种的娇娘啊，漂亮大方，高贵娴静，嫣然一笑，相拥入怀，飘飘欲仙之际，唯见百灵浮在半空，莺歌燕啭，叫得人心颤。若不是法术无边，控制力极强，这一轮双修，自己则前功尽弃。然而，他一个雄健的牦牛，飞奔莽原，长嗥天庭，最终却沉静下来，进入佛境。迷雾散去，步出密宗法界，玛吉阿米嫣然一笑，却从玻璃般的湖面消失了。她是谁呢，相貌模糊，却又似曾相识……

佛爷，你瞧，湖面上是什么？跟着自己的仆人惊叹道。

热振仰首远眺，刚掠过湖面的太阳被乌云遮住了，湖中七彩的光色黯然失色。风生水起，雨雾森森，一缕黑色烟柱从湖面冲天而起。这可是黑煞星之兆啊，难道自己的来世，会是坠入地狱般的寒冷。

一种不祥之兆，掠过了热振的脑际。随后他又淡然了，放眼雪域，如今谁主喇嘛王国的沉浮，谁是真正一代藏王，权倾雪域，自然是非我热振莫属啊。谁能与我比肩？

藏靴袈裟匝雪地而过，吉祥如意便会接踵而来，热振对此深信不疑……

6

数日之后，我从恰拉山巅下至盘多，沿热振藏布逶迤而行，经过田畴藏居村落，一片油菜花映衬一座盘龙般的神山，前方千年柏树森森，衰败的热振寺浮现在前方的柏树林中。

站在热振寺前的大平台往下俯看，村郭依稀，阡陌之间，金灿灿的油菜花开至尾声，江中枯树丛丛，神鸦盘旋，河谷一条清绿的江水绕村郭和热振寺前而过。西斜的太阳，将诡秘的佛光从云罅里泻了下来，点点簇簇，洒在东边的山冈上，落在热振藏布江里。一道道佛光，也泻在热振寺周遭的千年柏树之上。

此寺风光甚美，风水绝佳。热振寺的正前方，两山犹如两条盘龙，翩然而飞，而热振背后，却是一片古柏树林坐落着一把坚固的太师椅，左右青龙白虎盘踞，伸向远方。站在寺庙的天台之上，早晨可看晨曦浮冉，晚间可拂落日霞光，如此风水，百年之间古寺曾经出现过两代西藏的摄政王，可是他们最后都没有善终。

年轻的五世热振摄政后，与内地修好，向往祖国，可是后来，因为乃穷护法神预见他三十四五岁之间有一场人生的灾难，因了其密宗的双修，因了登顶巅峰的迷失，其可能会祸及灵童和他本人。于是他决定暂时离开政坛四年，避过一劫，便将权力交给他的副经师、其师兄弟达扎。而达扎其貌不扬，行事低调，乍看迂阔、政治上不会有多大作为，可是内心却工于心计，是一位彻头彻尾的分裂主义的头目。达扎执政后与中央政府交恶，渐行渐远。四年之后，热振欲收回权力时，两相争斗，遭到了达扎的残酷清算，最终被投进监狱，惨死于布达拉下的雪村监狱。而当时经过一场枪炮洗劫之后的热振寺，从此凋零了。

站在热振寺一隅，远眺热振山上的祥云，从西山冉冉而起，萦绕经筒、法轮和吉羊之上。寺院的广场上，一座塔孤独而立，历经百年、千年风雨，喂香的香炉，燃烧的卷地柏梵烟袅袅，与从天穹泻下的斜阳纠结在一起，交织成一道道吉祥之光。

这佛光还会普惠苍生吗？

就在祥云和佛光之下，河谷对岸的山野里，一条银线，巨龙般地穿越在热振藏布……

7

波澜不惊，湖静莲花生。不能不步步惊心，不能不心生虔敬。不知不觉间，我们在神湖的山巅坐了一个多小时。太阳渐次西斜，待我们站起来拍照时，神湖犹如一块魔镜般，骤然合上，波平如镜。同行的朋友喊照相，声音大了一点，一只灰头雁从头顶上掠过，叽叽地几声嗣啾，如哨声一样尖啸，穿破天空。湛蓝天幕上，此时并没有一缕云彩，可神鸟一叫，便落下几片瑞雪。

太神奇啦！同行的朋友朝天惊呼道。

该说告别了，我们纷纷合掌祈祷，留下一张张与神湖融为一体的照片，然后下山。

随行朋友路上一再询问我，看到了什么。我嘘了一声，说这是秘密，不能随便说的。

说嘛！朋友急不可耐，说自己看到了前世原来是一只小兔子，后来变成了个吸烟斗的男士。说着他便往下走。这位朋友在我后边，突然一声惊叫，意外地跌倒了。他的脚脖崴肿了，不能动弹。我们连忙回头去把他扶了起来，架着走。朋友惊呼，我泄露天机，遭了天谴，被神湖惩罚了……引得大家一阵哄笑。

下山之时，斜阳正浓，暮霭四起，雪风徐来。强巴师傅依然是第一个下到了停车场，

他惊呼道，你们过来看呀，过来了一群盘羊啦。

我寻声而去，放眼眺望，只见将近100多只盘羊就流连于车场前后不散，白白的屁股，与荒坡上的石头相近，隐蔽性甚好。有两只盘羊站在一块巨石上，离我们不到10米远，徘徊良久，不愿离去。

吉兆啊！我感叹道，刚膜拜了天上仙女湖，看到了自己三世，又见盘羊开泰。莲生因果，我们不仅看到了自己的前世今生，也看到了雪域高原的今生来世……

(2011年9月7日至12月18日凌晨2点22分写于北京南礼士路剑雨阁。原为中国电力出版社出版的《雪域飞虹》后记)

08 哈达

敲下《东方哈达》最后一个句号后，我仿佛从昆仑山、唐古拉远行归来，醉氧般地深睡了三天三夜。万里寒光不再，六月飞雪不来，青藏铁路沿途的天边天蓝不曾入梦，所有西藏的记忆都被格式化掉了。一部洋洋60万字的作品，淘尽了我20年间关于西藏的贮存和准备，躯壳沉底了，灵魂飞扬了，燃尽的精神膏血熔铸红了古老方块字，印在神山垭口的经幡之上，飘荡，身边有一缕雪风抚摩，头上有一只神鹰盘旋。

沉沉地睡了三天，终于醒了。是被藏地的雪风冻醒的吗？我不得而知。

秋阳暖暖的。一抹斜阳从京畿水泥森林的缝隙里穿过，泻在了我的书案上。

我坐到了电脑前，从笔记本电脑中调出了60万字的《东方哈达》文本，如农民种田过日子一样，踯躅在阡陌小径上，俯看自己溢着稻香的庄稼。拖动鼠标，漫无边际地徜徉着，一如在藏北万里羌塘上踽踽独行。斜阳漫漶在电脑屏上，绽放成一朵雪莲花。倏忽，被藏族人民誉为莲花公主的文成和被清军官兵叫作西原的藏族姑娘，跃然于眼前。一个偶然的发现，竟

让我一时错愕，冥冥之中，我居然在铁轨穿行的千山重重，在风雪冷冻的路基之下，复原了两个女人：一个帝国公主，一个西藏女儿。在1400多年的历史时空中，文成西行，西原东归，一个在帝国的鼎盛时代，从长安走到逻些（旧时吐蕃拉萨名）泪别长安，殁于拉萨；一个在王朝覆灭时，从拉萨走到长安，泪别西藏，魂殇长安。一条横亘在青藏高原上的漫漫古道，风雪苍茫，夕阳冷山，千山冰雪千山月，文成公主在这片如意高原上走了整整两年，而西原跟着大清帝国的最后150名官兵从万里羌塘出发，走了七个半月，最终都寂寞芳魂殒他乡。这是一个雪域的前尘，还是一种藏地的宿命？芜野尘梦般的旷古凄婉的故事，尽管隔着千年的历史时空，但是一个美丽的怆歌却拂掠过积雪大地，成为走向天路，叩开雪域天堂的钥匙和密码，冥冥之中构成一种西藏的缘定和宿命。这是冷冻在青藏铁路之下的冰雪之魂，也是飘散在《东方哈达》这部书里的美丽之魂。

此时，我蓦然发现，其实就在这条襟连山河的天空铁道之上，早已有一条超越了历史、时空、地域、民族、宗教的沟通天路，情感天路，亲情天路，灵魂天路，横亘在汉藏两个民族之间。这条血浓于水地融入祖国大家庭的漫漫长路，是与一条条如唐蕃古道一样悠远的无数条进藏的官驿大道链接起来的。

遥想当年，汉藏两地，芜野苍苍，雪山巍巍，将两个伟大的民族暌隔开了，山高水远，荒原无路，交流沟通就比较困难，于是便容易发生误解，甚至发生冰与火的碰撞。

但是随着文成公主和亲，有了金城公主进藏，两个民族便平和地走近了，走进彼此的心灵。雅鲁藏布江边上的古老寺庙桑鸢寺，就是赞普赤松德赞为其母亲修建的，它的门朝着长安方向敞开。自此，一条血脉相依的亲情之路便逶迤于两个民族的心灵之上，犹如一条巨大的地球哈达，将两个民族的心灵永远的纽结在一起。于是就有漫漫的唐蕃古道，从长安城的下开远门出去，一个又一个驿站，一直向西，向西，朝着藏地的草原雪山逶迤南去。在大唐与吐蕃 200 多年的历史时空中，190 多次的唐朝与吐蕃的使者奔走在古道之上。最让人动魄惊心的是，大唐的遣使在漫漫风雪的极地高原上，疲惫地走了一天，晚上住进一个驿馆，住进一个帐篷，极度缺氧，仍然拾一块寒冰，用生命焐暖，化水研墨，蘸着自己的精神膏血，记下了唐蕃古道上的每一个驿程和绝地风景，使我们在《旧唐书》《新唐书》中能追寻到了两个民族交流的历史痕迹，惊叹古人的豪情天纵，气冲霄汉。

冰雪奇寒，冷冻多少英雄史诗；滚滚风尘，掩没几多百媚千红。因此，在青藏铁路这部大书进入案头工作时，我心怀一种虔诚，义不容辞要厘清当年唐蕃的历史走向，在悠然的驼铃声中，让消失在荒原上的文成公主和西原姑娘以及大唐吐蕃使者一脉忠魂和身影，从宏大叙事正史的肃穆和寒凉中走出来，惊现人间，重又恢复世俗的体热。

是怎样的神秘情怀酝酿于西藏的土地？又是怎样的铁路故事感染了高原上的人们，是怎样的文化磁场牢固地吸引了作家的心灵。在可可西里，我叩问轻灵跃过的藏羚羊，在唐古拉山，我触摸过雪风中激昂的经幡。

没有答案，抑或西藏总是要靠近他人以一种走过地狱与天堂的生命之劫来寻找答案。

可是在一个汉地作家过去阅读的记忆中，西藏当年赐予我的，只是一支歌一部电影，一支才旦卓玛的《北京的金山上》，一部总也无法忘却的电影《农奴》。那时西藏遥远得像一个无法触及的梦幻。谁曾想到，一个偶然的机会和一位传奇的老人。从此改变了我的一生。

1985 年，原西藏自治区党委第一书记阴法唐，从西藏调到第二炮兵部队任副政委，我恰好当党委秘书。他一身传奇，人未报到，即引起我的强烈兴趣。后来听他讲了许多关于西藏的神秘、神奇而又非常有趣的民族、历史、宗教、风情的奇闻奇事，还有十八军进藏的非凡历程，从此我对西藏一片神往，并做了许多西藏人文知识的积累和准备。走进一千多年的历史时空，走进当年和平进军西藏的十八军老兵心中，走进青藏铁路建设者的情感旷野，我突然发现，西藏是一本皇皇大书，一部格萨尔王一样的英雄史诗，不能不倾情迷倒，不能不躬身跪拜，不能不纯净沉淀，不能不圣洁淘洗。从此，我就被藏地雪风裹挟进去，执着地行走在西藏朝圣的路上，行走在文学高原上，心甘情愿地做一个文学书写者。当人生跨越了这种境地，就像西藏的宗教一样，到了这个层次上，只要你去过圣地之后，有些东西就死了，有些东西就从此长生了。

第一次进藏，就是从蒙古喇嘛当年入藏朝佛的大道敦煌—柴达木—格尔木—昆仑山—可可西里……就是青藏铁路线进去的，从今天青藏铁路的零公里格尔木城上山。上高原的头天晚上，我在格尔木城里一夜未眠，心里充满了恐惧，真有一点风萧萧兮昆仑寒、壮士一去不复返的恐惧，担心自己感冒患了肺水肿，把骨头扔在青藏高原上。可是一踏上莽昆仑，走进空阔无边的可可西里，蓦然觉得自己走进了一片如意高原，走进了命运的福地。

因为进藏之前，我刚刚经历一场磨难，处于命运的低潮，人生有个坎儿，似乎迈不过去了。可是当我走过青藏高原，在后藏重镇日喀则因感冒高烧昏迷了三天三夜之后，突然涅槃了。从西藏回来后，突然发现人生从此顺了，否极泰来，以后去一次顺一次，越去越顺。开始我也很迷惑，一直叩问自己，怀疑真的是神山圣湖的赐福，是佛祖的惠赐。但最后找到了诠释的答案，那就是，如果你是一个忧伤的人，面对那片净洁的土地，你会一丝杂

质也没有，你会觉得人生可以如此纯净；如果你是一个傲慢的人，当你面对昆仑山的伟岸，你会觉得人是多么的渺小，生命是如此脆弱；如果你是一个迷茫的人，你看一看在路边朝圣的信徒，他们年复一年、日复一日地三步一磕，就为了心中的一个信仰、一个理想坚定地前行着，你也会为了自己的理想、信念走下去，找回心中的偶像和精神支柱。

但是西藏给予我最大的震撼却是两次从川藏公路上走过。这条伸入云间的天路，当年十八军官兵修筑时，是以一个公里一个英魂的倒下，一公里一座坟墓，连接拉萨，连接黎明。记得那天晚上，我跟阴法唐老人从岗托过金沙江，夜宿德格，第二天早晨看过印经院和德格女土司官寨的废墟后，我们便往朝雀儿山驶去。就在入川之后的第一座大雪山，头天晚上，阴法唐老人让我去买一个花圈。我问他做什么用，他说看一个人。可是寻遍德格县城，藏地不兴汉族的风俗，没有花圈卖。我们一直朝上走，天空百灵在嘤鸣，雪山杜鹃如火。就在雪山杜鹃丛中，静静地躺着一个叫张福林的十八军筑路英雄。他是当时一个公里一个英魂中，唯一留下一座烈士墓的人。我们采了许多高原杜鹃花，献在他的墓前。凝视墓碑上烫金的文字，我似乎窥见了那曾经燃烧过的青春眼睛，乡愁无尽地遥望中原，他只是那2200公里川藏路上，2200个英魂中唯一写入青史的人。后来，后来我采访了青藏公路之父慕生忠、川藏公路之父陈明义，愈发加重了这种内心的震撼和敬仰。

于是，2002年春天，中国作家协会决定派作家采访四大工程，将国

字第一号工程青藏铁路的采访写作任务交给我，并确定为重点扶持作品时，我有一个强烈的感觉，就我在过去 20 年的岁月里所拥有的西藏情缘和对青藏的痴迷都是为写《东方哈达》这本书而准备的。我一直在等青藏铁路这部大书，等了整整 20 年。

这本身就是一个谜，似乎一切都是冥冥之中的，无法言喻，好像我对西藏迷恋、了解和所有的历史、人文、宗教、民俗知识的贮存，都在等待《东方哈达》这部书。

当《东方哈达》在网上热炒，在读者中引起强烈反响时，央视东方时空和凤凰卫视等媒体来访谈，一直问我，青藏铁路通车在即，你最牵挂的筑路人是谁。我毫不犹豫地说，是普通建设者。在我先后采访过的青藏铁路 300 多人中，让我牵挂的却是处于底层的普通筑路者。他们像我们的父辈一样，众生芸芸，默默无闻，电视荧光灯不会聚焦他们，媒体的目光仅仅偶然落在他们身上，但是他们的淳朴、仁爱、宽厚，让我感动，他们的底层磨难和快乐让我惊心。

其中王福红一家的故事最真实、最感动，也最让我动情。王福红一家是个老筑路工人的家庭，爸爸修过青藏铁路的一期，西宁到格尔木段。后来爸爸退休，有一个招工的指标，就想给二哥王福营。二哥不要，表示想去当兵，当兵回来可以分工作，他就到了喀什昆仑山 5300 米的地方，当了某通讯站的通信兵。老人又要把招工指标给了他弟弟王福礼，说将来有个正式工作，可以娶媳妇过日子了。可是小儿子也拒绝了，转而给姐姐王福红。这次上山，王福红是卖小杂货，兄妹三人，还有兄弟两人的媳妇，一家六口，上了五个人，都是为青藏铁路建设。可是天有不测，小家有小家的难处。第一年到冬休下来的时候，王福红就发现妈妈脖子上系了一条围巾，冬天系着，睡觉也系。后来到了医院，女儿将妈妈的围巾一打开，查出王家老太太得了淋巴肿瘤，已经肿得很严重，老人家一直吃止疼片不愿拖累上山的孩子们。修青藏铁路工资高一点，后来为了老太太的病，这些钱都花进去了，几年青藏苦干给一家人只留下了一个天路的经历，一段高原的记忆，一页筑路人的历史，但是一家人觉得很值。他们说等孩子们长大了，将来若有机会与同学坐着列车上青藏高原，他们会很自豪地说，这轨道是我们吊装上去的，这铁路是我爸爸带班一米一米地铺上来。这种经历才是天价，花多少钱也买不回来。

横空出世莽昆仑。我一直觉得，昆仑山是男性的神山，男人在青藏铁路上顶天立地，天经地义，一如战争让女人走开。可是青藏铁路上的筑路大战，却没有让女人走开，我在书中写了不少历史女人，藏族女人，现代女人，可是有这么一个女人没有出现在我的书中，成为我最大的憾事，甚至深深地内疚。她叫李敏，一个风火山的筑路女工，一个铁道兵的女儿，当年她上青藏铁路的时候，刚做了新嫁娘，刚度完新婚蜜月。在咸阳和格尔木两次体检，都未查妊娠项目，她成了漏网之鱼。到了风火山有一天突然感冒了，一查，已经怀孕四个月了。领导朋友家人都坚决让她下山，她说，我不走，我要留在风火山上。往大说，看铁路从自己的脚下穿越而过，往小说挣一笔，圆一个住房梦，我需要一片属于自己屋檐下的天空。多么朴实无华啊。一直到了第八个月，她才从风火山上下来，回到咸阳城里生了孩子。第二年春天，她又上山来了。这个故事写进了书里，可是编辑出于各种考虑，将其删了。今天空空荡荡的青藏铁路，当初的建设者在哪里？矮小羸弱的李敏在哪里？

一条哈达般的天路挂在了莽昆仑、唐古拉之上。美国现代旅游家保罗·泰鲁在《游历中国》曾断言："有昆仑山脉在，铁路永远进不了拉萨。"一个西方冒险家的预言破灭了，一条代表着大国高度和标志世界一流的铁路，穿越万山之祖，横亘在世界屋脊之上。

天堑变通途。当许多旅客坐着世界一流的列车走进西藏的时候，也许会问，走进这片西藏圣地，西藏给了我们什么？其实，西藏赐予天下苍生的更多是精神层面的、是形而上的。就一个作家而言，那里是我的精神故乡。

每次从西藏出来，对于一个飘泊游子乡愁无边的汉地，突然会有一种陌生感；回到北京，对在高原上迷恋的温馨的万家灯火，顿时感到炫目。似乎自己的精神故乡，永远留在那片圣洁的高原上、如意的高地上了，面对都市的喧嚣，反而更留恋那里空阔无边的纯静，面对社会的浮躁，反而更向往那里天边天蓝的纯洁，面对滥情纵欲的放纵，反而迷醉那里神山圣湖的纯粹。因此，拥有和恪守这片圣地惠赠的纯静、纯洁、纯粹，能让我们从容地攀登和跨越人生更高的精神海拔，从容地应对各种生存和生活的压力。

这种从容这种纯静、纯粹，沉淀在六世达赖仓央嘉措的情诗里。他是西藏的情歌之王，他的六字短歌，浅显易懂，妇孺皆知，童叟能唱，却又充满了诗性神性之美。落花流水，香草美人，余韵欲流，大雪之中高歌一曲，便能使万里寒光，融为暖气，芳菲灵异。在那块生命禁地，环境酷烈，满目风雪，在坚守信仰和虔诚之时，有仓央嘉措的情歌相伴，真是那片土地之幸、人民之幸。他的情诗里极尽幽默和快乐，永远洋溢着一种高远的悠扬和从容。在《东方哈达》的书里，铿锵铁轨，每一站点和道岔，我镶上仓央嘉措情歌，以此作引，作魂，一条坚硬的铁路融入西藏诗王的情歌，顿时变得柔美起来，使最坚硬的铁路充满了诗性神性的柔美。寒山不冷，铿锵的铁轨便永远穿越在诗里，穿越在经幡飞扬的诗里和歌里。从这个意义上，寻找一个民族的精神海拔，一个作家的文学海拔，青藏高原也许是最后的高地。

写完《东方哈达》后，在许多场合，媒体和一些文化人一再问我：青藏旅客列车贯通之后，在通天大道完成的同时，大批游人涌入，是否会构成对藏地和藏文化的威胁？其实，杞人忧天了，西藏总是要变的，一如

十八军进藏一样，随着川藏、青藏路的开通，将西藏从一个封建农奴制的社会带入了社会主义社会。半个多世纪的变化天翻地覆。西藏已经完全与文明社会接轨了，西藏并不是像有些内地人想象的那样，拉萨已经非常现代化。那里的夜生活非常优雅和温馨，坐在酒吧里，并不比北京后海的差。从我们一个文人、作家的角度，当然希望永远保留那片牧歌式的诗一般的生活，将它留在那片高原上，但实际上人类是要进步的，那片高地上的人们还是希望过上文明的生活。但是，文明和文化，并不矛盾。文明总是要把文化带到更高的层次，在这个过程中必然要付出一定的代价。我们如何把这个代价和阵痛减轻到最小。此时，我还要惊叹一个老人，那个将我引路进西藏的老人阴法唐，当年他当江孜地委书记时，便将西藏五大古老酋长家族帕拉庄园保留下来了，从50年代，60代，一直保留到现在，成了我们解剖那一个消失的时代和社会的化石。所以，无论通也罢，变也好，西藏的发展，关键都要融入一种人类意识和未来意识，以科学的发展观去统揽，让那块古老的高原永远保持天边天蓝的纯净。

……

"那一月我摇动所有的经筒，不为超度，只为触摸你的指尖，那一年磕长头在山路，不为觐见，只为贴着你的温暖。"

一曲天籁从布达拉宫飘来，一个莲花座下的御用女歌手在唱。300年前，仓央嘉措站在红宫的天台上，俯看八廓街的世俗烟火，酥油飘香，令他艳羡，让他倍感尘世的温暖。但是高贵的达赖喇嘛之位，却换不来简单的爱情。他深情的吟唱穿越了几个世纪的轮回，当青藏铁路穿越这片寂寥的雪域时，我用他的情诗叩开解读高原天路的密码。

于是便有了《东方哈达》，有了《麦克马洪线》（待出），有了《经幡如魂》，还会有一部百年之后，可以做枕头的皇皇大书……

西藏，我的前世今生！我的今生来世！

（原载《中国经营报》和《作家通讯》）

09 布达拉宫的暮鼓

1

拉萨河边。

红山顶上的金色神殿，驮着一轮血淋淋的残阳，由红灿渐成紫色，褪色灰白，最终化作炭色，中世纪般漫长的黑夜，犹如天上之湖的潮汐一样，从雪山冰峰与天地接壤处渐次涌起，无情地吞噬了天涯尽头处的一片片红霞，在圣洁的雪域留下了一块块血渍斑斑的伤痕，仿佛瞬间就要将光明的天地饕餮入口中似的。

回首仰望，布达拉宫沉浸在暮霭沉沉里，落日过后的沉寂和黯然，使本来神秘了几个世纪的神殿愈发显得神秘了，沧桑而又阴森。我们刚走下天梯，那个由七级浮屠搭建的坛城，那个由 108 级天梯组成的人间浮屠，似乎走出了人世间的 108 种烦恼，就像从高处不胜寒的琼楼玉宇和香巴拉的王国中走出了一样，最后一只脚刚迈出神殿的门槛，布达拉宫红顶上的两只驴皮鼓便在暮色中敲响了，沉重的宗教之门吱咯关上了。

这晨钟暮鼓，仿佛是一记历史的回声，穿透岁月，回响在拉萨河谷，回响在雪域高原，回响在每一代转着经筒磕着长头的虔诚朝圣者转山转水的灵魂之中……

2

　　循着一记记沉重的岁月暮鼓，我的感觉仿佛已经行走了一个又一个漫长的世纪，朝着历史的长廊，走进了混沌初开的蛮荒之野，穿过一个个宗教香巴拉，突然前方地平线上出现了一缕缕文明的光亮。夜幕渐次拉开，黑暗遁形，天地初开的混沌和冥顽，那雪域可是一个敬畏山水的苯教世界。

　　早已经偃旗息鼓，极少动干戈的西藏高原，倏地响起了如雨的蹄声如雷的厮杀，沉寂悠长的宗教长号变成了战争的角鼓，一位穿着黄金甲的少年赞普金戈铁马，统一了雪域高原，策马走进拉萨河谷，驰马登上药王山旁边的这座红山，翻身下马，俯瞰拉萨河谷。环顾四周，祥云涌起，风云激荡，他激动得又蹦又跳，指着流水潺潺的拉萨河谷

两岸风光，说，卧马塘，圣地，就在这里建都城王宫吧。他就是 13 岁登基，驰骋马背，统一卫藏的天神之子松赞干布。

这位出生于西藏山南雅砻河谷六牦中部落的首领墀赞普的后裔，血脉里流淌着先祖英勇强悍的血脉，13 岁承袭赞普之位，跃身上马，将剑戟往湛蓝的天空一刺，率领父亲的旧部和 10 万雄兵，在卫藏和后藏南征北伐，气吞八荒，席卷雪域，兼并了一个又一个酋长部落，终于称雄雪域，建立了一个强大的吐蕃王朝，其所向披靡可以剑指长安大唐帝国。

一个强悍的民族在西藏高原崛起了。

一个辉煌的时代在西藏历史上掀开了。

一座高巍的王宫在红山之上矗立起来了。它依山而筑，遥指天穹，其风格气宇非凡，与红山融合为一体。最早的宫殿一道红墙相隔，山顶是一座五层楼的宫殿，由三组藏式房屋组成，共计 1000 多间，宫殿内风马旗林立。可是年轻的藏王得知遥远的中原有一盛世唐朝，它的帝国公主竟然下嫁给了昆仑山一位吐谷浑的国王，而强大的吐蕃却被冷落了。虽然隔着遥远的大雪山和芫野，但是俯瞰中原的吐蕃王朝却不想将自己孤立于大雪山的腹地，从此封闭起来。他要实现两个强大民族的文化和血脉的强烈碰撞和融合。于是，他派出了自己的首辅大臣东禄赞穿越遥远的青藏高原，东去长安，向大唐皇帝求婚，欲娶大唐帝国公主。同时向西，越过喜马拉雅山口，向尼泊尔王国求婚。

一个被一代代统治者粉饰了、图抹了许多胭脂的历史童话开始编演了。

3

历史的表层总掩盖着许多岁月的青苔。

随着长安城里的晨钟敲响，大唐皇宫里厚厚的大门推开了，一支马队、驼旅，在皇室龙凤玉辇华盖遮饰之下，文成公主登上车辇，穿过皇宫红墙，朝着朱雀大道走向了遥远的和亲之旅。我始终不懂一代英主唐太宗在帝国鼎盛时，为何会答应这场和亲？是一位坐镇中央帝国的天朝大帝赏赐异邦野蕃，还是江山初定周边未稳，用一个弱女子的青春美貌来换取一片边境的绥靖和安宁，抑或是一个当时世界上最强大的帝国欲将自己的文明文化体制传播到了一个遥远的雪山之国？这场与历史上大汉帝国一样，因为无法用战争解决，最后用女人来换取和平的和亲场面，被正史或者历朝历代的文人不惜笔墨地无限夸大扭曲了，以致使我们这些汉人后代产生了不明真相的自傲和虚荣：文成公主真如戏中、电影中描写的那样美满幸福，在当时吐蕃民族心中真如雪山女神一样圣洁高大吗？其实，只要深究一下，便会发现，也许这是一个历史的大乌龙案。她并不是一个真正意义上的帝国公主，而只是一位皇室宗亲，也许就是在一个风高夜黑的晚上，被皇家禁军卫队从江南小镇深闺里，从山村野店的民舍里拉来的，临时赐给一顶皇家公主名号。当然真正的说辞是江夏王李道宗的女儿，被披上帝国公主凤冠，孤零零地远嫁荒野。虽然有宫女卫士和官吏工匠相陪，有江夏王相送，可她还是哭哭啼啼上路，走出长安城，走出咸阳城，走过渭河，沿着唐蕃古道，翻越秦岭，过临洮，入鄯城，手执着皇后娘娘送的思乡宝镜，走一路哭一路，五步一回头，十步一徘徊。故乡越来越遥远，长安城消失在烟雨朦胧和晓风残月之中，而前方犹如城垣般崛起的青藏高原，则遮住了她的视线。到了青海湖边的两个山间的赤岭之上，那是一条中原与吐蕃分界的南北分界线。她驰马登上山顶，黑衣之邦的故国在蓦然回首间渐行渐远。再从马革中抽出宝镜时，突然从马上滚落下来，摔成了两半，一半凝固成了日光山，一半化成了月亮山。两座山垭口默默地注视着、守望着，日月山就在千载岁月中孤独地眷恋着故国长安。

西望长安，不见长安故人来。待文成公主迢迢千里，穿越唐蕃古道，踏冰立雪，步入逻些（拉萨城），已经是两年之后的事情了。其间，年老的藏王先迎娶了尼泊尔的尺尊公主，还有堆龙德庆的蒙莎公主，这意味着文成公主在吐蕃的历史上，只能以一个小妾的身份出现在历史的舞台上。而我们的史书竟然讳莫如深地隐去了这一段，并无情地剪节了文成公主想家的事情，吃风干羊肉片呕吐的事情，嫌年老的藏王不洗澡而性冷淡又挨揍的事情，这些都悄然埋没在被风雪掩埋的黄土之中……

可是岁月之风偏偏要撕开历史的伤口，只要深入西藏腹地，深入到吐蕃王朝的历史深层，便会惊奇地发现，不论西藏的任何一座寺庙，文成公主的金身塑像比松赞干布比尼泊尔尺尊公主的都要小，地位微贱地伫立一侧，脸色凄婉冰冷，没有一丝舒心的恬静。最可悲的是在拉萨八廓街，吐蕃人修建尼妃的大昭寺气势恢宏，金碧辉煌，盘羊开泰，经幢临风，透着气吞雪域的王者之风，终年梵香袅袅，跪长头的香客顶礼膜拜。而不远的小昭寺则门可罗雀，地方狭小，就像荒山野岭之中祭山神的孤独小寺庙，永远沦落在岁月的天涯之中……

海棠血痕干涸了的历史一再昭示后人，用一个弱女子的青春之躯铺筑的和平之路，基奠毕竟太松软了。用和亲之旅换来的安宁并不久远，经不起时代风雨一吹，便坍塌了。宗观盛世的和亲之路，也是以吐蕃大军兵临松潘，直逼长安的战争落幕后，成行的。沉溺霓裳羽衣舞的唐明皇终于招致十年安史之乱，陈兵于青藏高原的吐蕃大军，潮水般地奔向黄土高坡，拥入长安城，烧杀奸淫，一炬兵燹点燃了帝都，最终掳美人金银细软而去。李隆基与杨贵妃缠缠绵绵的长生殿焚烧成了一抔战争的灰烬。

从皇宫护城河里流淌出来的不仅有胭脂粉黛，还有碧血千秋。

一个剽悍的民族，将自己的蛮野裸露在了芜野里。

4

铁血干涸了。

箭镞锈蚀了。

布达拉宫金顶上的旌旗换成了五色经幡，一批马背勇士将金色铠甲换成了红色袈裟，在红衣喇嘛的祝祷声中，在晨钟暮鼓的敲击声中，吐蕃民族雄睨天下气吐八荒的雄心和英雄之梦失落了。撤退，撤退，也许正是在这种千里的大撤退大收缩中，这个一直具有扩张和称雄意识的民族发现，一个赶着牛羊迁徙的游牧民族其实是无法战胜农耕文明的中原文化的。待在长安城里夜夜笙歌、长袖广舞，一个强大征服者的命运将是被同化、被民族的精液、血液和羊水所淹没，分娩出一个杂种，最明智的选择是回归雪域，皈依自然和宗教。

事情也很蹊跷。使这个一直崇尚尚武精神的民族，使这个所向披靡强盛过的王朝，使这支曾经长安城的赞普铁骑，最终放下剑戟藏刀弓箭长矛立地成佛的，竟然是翻越大雪山，从恒河流域而来的一位王子出身的已成为佛陀弟子的胖和尚，竟然是那 10 万句祷语沿天梯送入天堂、隐匿了人类生生死死密码的六字真言：唵嘛呢叭咪哞。

吐蕃王朝原来崇尚自然山水膜拜的苯教。那是一种近似膜拜自然山水皆有神灵的萨满教，这也正是他们对自然山水有顶礼膜拜的因缘。公元 11 世纪，红教之祖莲花生大师步入西藏，在布达拉宫神圣的殿堂上，莲花生舌战西藏苯教群雄，历时三载，大获全胜。为藏传佛教的入主西藏赢得了一席之地。而待宗喀巴改革了宗教之前，则经历了元代的萨迦王朝、明代黑帽喀玛巴时代执政历程，最终被雪风化为了历史，黄教在大清皇帝的扶持下，终于赢得了真正的政教合一的领导地位。一个以僧侣贵族为最高统治者的喇嘛王国已经正式成形。历代达赖喇嘛成了坐在布达拉红宫之上一统雪域的神圣隐者。

其实，神圣的达赖喇嘛的宗教政治地位和殊荣，也是大清皇帝赐予和册封的。公元1652 年，五世达赖阿旺·罗桑嘉措走出雪域，走下青藏高原，在五台山朝佛之后，终于策马穿越太行山，步入京畿之地。一心向佛的顺治皇帝以打猎为名，亲自到南苑相迎。邀他坐上大轿，进了紫禁城。顺治是一位虔诚的佛教信徒，他对佛陀的膜拜最终导致了他弃龙袍而穿上和尚的袈裟。那天格外礼佛的顺治并没有高高在上，坐北朝南，坐在太和殿九龙椅上，接受西藏一代高僧的觐见，而是在养心殿里，他与罗桑嘉措坐南向北，只是让自己的位置稍稍高出罗桑嘉措半格，以示九五之尊。两人谈佛论禅，大谈《金刚经》、《甘珠尔》，相见甚欢。法事礼毕，顺治帝册封五世达赖为"西天大善自在佛所领天下释救普通瓦赤喇怛喇达赖喇嘛"。意为学问如大海一样超凡入圣的大师。获此殊荣，五世达赖请求顺治皇帝将其之前的四位活佛也一并追封为一至四世达赖喇嘛，一统卫藏教权。

获得在西藏政教合一的至尊地位后，五世达赖阿旺·罗桑嘉措默许他的噶厦政府的首席噶伦第西·桑吉嘉措重修布达拉宫，历时 15 年之久。甚至连五世达赖圆寂，成为摄政王的第西·桑吉嘉措也隐情不报，瞒天过海，瞒过了少年英主康熙的龙瞳。15 载春秋，像红山一样高入天际的金山银山耗尽了，像红山一样高巍的奴隶的白骨堆积起来了，一座红白相间的大神庙横空兀自而立雪域高原。13 层楼高的红宫白宫呈方正梯形建筑，琼楼玉宇，灵塔横空，凤翥九天，盘羊相鸣，金顶佛光闪烁，远在几十里外就可以眺望其宏伟之姿。然而随着那沉重的晨钟暮鼓敲响，一批批贵族子弟，一批批农家牧人少年，脱下藏袍，剃度出家，穿上红色的喇嘛服，戴上诵经时的黄帽子，跨进了雪域高原的一座座金庙，荒疏了农耕放牧荒疏了骑马射箭荒疏了搂抱女人繁衍后代，变成了手无缚鸡之力，连踩死鱼虫花鸟也会悲悯万分的和尚高僧。

吐蕃男儿金戈铁马、驰骋荒原的英武雄姿，拉萨河谷那悠远的情歌，为了草场为了疆域为了部落的尊严而群体械斗、而亮剑厮杀的英雄气概和尚武精神，皆在诵经螺号和暮鼓声中消失了，远去了，化作一片风马旗在布达拉宫上飘扬，梵香袅袅，风铃声咽……

5

暮鼓沉沉，暮鼓悠然。

在苍凉的暮鼓声中，雪域高原雄姿英发的雄性雄风远遁了，一片蛮荒的教化芜野，沦为虔诚优雅的宗教之乡。一代代的少年少女，将自己的青春年华闭锁在了酥油灯照黄色经卷的诵经岁月。我不想妄评这是藏民族的进步还是落后，文明还是愚昧。但是在我刚过而立之年的藏地游历之中，作为一位汉地之子，我有时对宗教庙堂里莲花生大师、宗喀巴大师的宗教地位超过松赞干布，人们对前者敬仰，以及对后者的冷漠，更令我百思不得其解。

也许此解就在布达拉宫的暮鼓声声之中。

蓦然回首间，灵魂再神游一次白宫吧。那是历代达赖喇嘛灵塔所在之地，于最显耀处是 12 位达赖喇嘛灵塔真身，唯一人的法体不在其中，那就是六世达赖喇嘛仓央嘉措，而修得最好、最豪奢的要数五世达赖阿旺·罗桑嘉措和十三世达赖喇嘛土登嘉措。五世达赖的灵塔上方挂着清朝乾隆皇帝的题匾："涌莲初地"。塔体系纯金铂包裹，重 11 万两，上面镶嵌着价值连城的蓝宝石、绿松石、猫儿眼、天珠、祖母绿，犹如一条璀璨的星河，流溢着奇光异彩。而十三世达赖喇嘛灵塔修得最高，亦最大，塔内有一座飞檐斗角的六层珍珠塔，用金丝将数十万颗珍珠纺织而成，土登嘉措的法体供奉其中，而这座灵塔的塔顶高耸入云间，辉煌夺目，成为白宫金顶上的一道藏光，一道风景。多少年来，每天上布达拉宫朝拜的香客，三步一个长头，进入灵塔里顶礼膜拜，并将一生积蓄毫不犹豫地供奉给了佛爷，唯独松赞干布在最早的宫殿一角，造有塑像，他与尼妃尺尊、汉妃文成和藏妃蒙沙赤江却像守护金刚一样，神色凄婉，默默地伫立一旁。

我试图解开一代藏王密码。顺雅鲁藏布江而下，到了山南的雅砻河谷，在一个离琼结县不远的荒山野岭，埋葬着松赞干布赞普世家的数十位赞普的遗骸。他们的坟墓都清一色的简陋，野草荒冢，没有黄金镶边的宝石映衬，几十个土丘顺山势而埋，每个坟茔都依序排例，

像一个个军阵一样，守望藏族龙兴之地。更似一群登高远望的帝王，在鸟瞰自己在雅砻河谷的藏族后裔的命运和沉浮。只是很少有人有来祭祀，荒草萋萋，远芳侵荒径。此去千年，土丘已被岁月的风雨冲刷腐蚀成平地了，一群孤独的藏王的孤魂野鬼，唯有一位风烛残年的老僧守护着、陪伴着……

一座座金塔，一个个土丘。

一种精神，一种境界，一种神秘，一种奢侈，一种简朴，它是一部历史长卷的缩影，昭示着雪域天国的洪荒与野蛮，千年的文明与蒙昧，千年的希冀与失落，千年的虔诚与亵渎，千年的衰微与悲壮。

也许一丘黄土的藏王墓，最终会在岁月的风雨中烟消云散，云淡风轻，但它作为一片废墟却永远矗立着一种精神……

6

布达拉宫的暮鼓永远是苍凉陌生的。

对于我们这些喝黄河铜汁般的母泉长大的天涯游子，不仅仅是一种地理上的暌隔，还有一种历史心理积淀的辽远，不论怎么痴情地膜拜和爱抚这片神秘荒寂的雪原，它永远不可能成为你灵魂的故乡。

这怆然的暮鼓，早已经成为一种时代的绝响。30多年前的一个风高夜黑的晚上，在一片冷风瑟瑟之中，一个年轻的神王跃身上马，渡过拉萨河，在重臣贵族僧侣的拥簇之下，仓皇而去。只留下一碗尚未喝完的酥油茶，一条灿如星河的酥油灯星河，一部玄奥无穷的经卷。

30多个风雪春夏，布达拉宫里的驴皮鼓其实再没有敲响过了，但是作为一记盛世强音和历史的哀音，它将永远回荡在藏族人民的灵魂里……

（原载天津百花文艺出版社 1993 年 5 月出版的《岁月之河》）

10 玛吉阿米

在那东山顶上，
升起了皎洁的月亮。
玛吉阿米脸庞，
浮现在我的心上。
——六世达赖喇嘛仓央嘉措情歌

旋转在摇经筒上的灵魂之河

我在布达拉宫下等一个人。

一场朝雨刚停歇，天空中偶然飘来几缕雨丝，但祥风从西天吹来，似乎要将红宫穹顶上摧城般的阴霾，吹裂一道云罅，泻下一束束七彩的如意佛指，为绕着布达拉转经的芸芸众生抚顶祈福。

转经的人越来越多，像潮水一样纷至沓来，一朵朵浪花叠加成一排潮汐，围着布达拉宫大河奔流。满街都是飞旋的摇经筒，默祷六字真言如瀑，人们绕着红宫，旋成一条虔诚的长河，祥风掠过，激起千重浪，旋转成一个个灵魂狂涛和旋涡，似乎在吞没肉身的龌龊和浮尘，飞扬起一座座涂着金身的灵魂的经塔。

这是 2004 年"十一"长假的最后一天，拉萨城郭空气湿润，天空依旧一半阴着一半亮着，飞渡在红宫顶上的浮云，由炭黑渐变成灰白，茫茫然一片芦花白。那天早晨，我刚从青藏铁路沿线采访过来，鹄立在红宫脚下，默默地等一个人。时间过得真漫长，仿佛等待了好几个世纪，等得千载如风而逝，等得百年如魂而泣，等得一夜风月化作仓央嘉措情诗如歌的行板。我一直在这条朝圣香客走过的河边作岸上观，举着索尼数码DV，镜头里是一条熙来攘往的圣徒长河、老妪少妇、童叟喇嘛从我的身边擦肩而过，神色肃然，似乎早已了却尘世间的七情六欲，化作一种宗教般的神圣，一种圣洁的虔诚，去赴一个前尘的约定。

我只想置身转经道旁，却无法置身世外，灵魂被摇筒俘虏而去，拴在了飞旋的法轮之上，转入了天堂与炼狱的转门之间，却心静如止水。这时，数码DV的摄像屏上，突然闯入几袭红色袈裟，几个身材纤瘦，个子不高，头发剃度成了板寸，却眉清目秀的喇嘛朝我走来。走近了细看，眼睛透明如秋潭，溢出一股纯清之气，显然是几个小尼姑。她们在我的摄像镜头里由远及近，由小及大，最后定格成特写画面。走过来了，一个肤色有太阳光泽的小尼好奇地瞅了瞅我的摄像屏，见自己同伴的形象录入其上，神情好奇，围着我的摄像机凝眸而望，我旋转着角度，一一将她们摄入其中。

"你们好，从哪里来？在哪座寺庙里学经？"我用汉语向五个小尼姑打招呼。

她们朝我恬静一笑，显然不懂汉语。

我将摄像的带子回放给她们看，看到我手中的DV屏有她们的身影浮现其上，五个小尼姑咯咯地笑了。

"你们谁会说汉语？"我一直未放弃与她们交流的企图，我指着其中的一个女孩，说，"你叫央珍，她叫梅卓。"

显然，我说的是我的两位作家班女同学的名字，前者在北京，后者在西宁。可是她们依旧是羞涩友善地一笑，依旧没有听懂。

我无可奈何，这时，我电话相约的作家同学扎西悠然走来了。我举手喊道："扎西，快来，帮我与五位小尼姑拍张合影照。"

扎西笑了，接过我手中的数码相机，将我与五位穿着红色袈裟小尼的照片定格在布达拉宫之下。

"请你问问她们是哪个寺庙的，我好把照片寄给她们。"我请扎西帮忙翻译。

扎西转身用藏话询问。然后对我说："她们从青海玉树来的。"

"哦！那在唐蕃古道上了。"我多少有点振奋，说，"问问是哪个寺庙的？"

扎西再扭头追问，虽然他从小在后藏日喀则长大，五个小尼家在玉树，属于青海的安多话与卫藏的官话，几乎无法交流，但意外的是他们仍可交谈。扎西告诉我："她们是玉树寺的。"

"地址如何写？"我有点急不可耐。

扎西再转身询问，然后失望地摊了摊手，说："她们没有通过信，也不会写地址。"

我摇了摇头，与她们怅然作别。数日之后，我将重又沉落到皇城根下熙来攘去的喧嚣和浮躁之中，追名逐利；而她们则会重返长明灯映照的清凉和孤寂之中，诵经修行。俗世与庙堂的门槛隔得并不远，甚至只有一步之遥。所谓浊者自浊，清者自清，其实从来就没有一条清晰的边界。

仰望红宫，霞光已从云缝中洒了下来，斑驳地照在历代达赖灵塔的金顶上，那经塔在与天人对话，飞檐上的风铃便是灵魂如泣的天籁。我突然想到今天要等的一个人，一位佛爷，一代情歌圣手，一位达赖喇嘛，一个性情中人的转世活佛，他的名字叫仓央嘉措。此刻，他不朽之魂仍在布达拉宫的日光殿里飘逸着，如梵香氤氲，直上重霄，却又俯瞰着红尘。而他不腐的肉身，却在万家灯火的闾巷，却在风沙淹没的大漠，却在酒肆黄房子玛吉阿米的怀中不死。人世就这样奇妙，饮尽奢华的饮食男女憧憬佛门的清幽与寡欲，而饮尽佛堂香火的活佛高僧却贪恋人间的声色犬马。六世达赖喇嘛仓央嘉措似乎就是这样一位或僧或神或人或情或欲的多情种子。

"我们先游哪里？"扎西问我。他与我是鲁迅文学院第二届全国中青年作家高研班的同学，7月份刚在京城分手，仲秋又相见于拉萨。昨晚我在电话中邀他当向导，追寻六世达赖的漂萍履踪。

"当然是仓央嘉措住过的拉鲁彩嘎了。"我脱口而出。

"看来是读过好多西藏的书了。"扎西嗟叹，"没有想到内地的作家，还有你这样对西藏历史感兴趣的。"

"已在图上作业多次了。"我笑了笑，"就想实地看看，找回一点历史的真实感。"

"这边走！"扎西带着我往布达拉宫红宫一侧绕过，溯转经的逆时针方向而上，一条沧桑坎坷的石板路，流淌着雨水，紧倚红宫宫墙下一侧，红色支架上悬挂雕铸着六字真言黄色转经筒，转经的人手在旋转着灵魂的世界，而相隔不到2米的外侧，却是小商小贩摆着各色各样的奶渣、酥油和蔬菜，像赶集一样熙熙攘攘，尘世与圣地泥泞般地融为一体，很难分清人是僧还是僧是人。

"如果我没有记错，历史上这一带叫雪村。"我指着早已改造过的平地说，"布达拉脚下的商贾平民住的村落和监狱，都曾经放在这里。"

扎西愕然："这个你也知道呀？"

我点了点头，说："我知道十三世达赖麾下的一个宠臣，曾经带西藏的第一批留学生到英国读书的龙夏生于雪村，老达赖圆寂，树倒猢狲散，最后被囚于雪村监狱。被刺瞎双眼。"

"这件公案你也了解啊？"扎西愕然问道。

我多少有点炫耀自己的学识了，说："我当然还了解到就在我们要去的拉鲁彩嘎，龙夏曾经与儿子共一个女人——拉鲁夫人。这可是一段恩爱情仇，惊天动地的故事啊，也是一幕西藏宫廷权力之争的复仇血案啊。"

"其实龙夏只是一个小贵族，他的贵族庄园很小的。"扎西解释道。

"不过，我们今天不谈龙夏，只奔仓央嘉措而来。"我说出自己的初衷，"雪村里还有仓央嘉措留下来的黄房子啊。"

"可惜拆了！"扎西喟然感叹道。

扎西个子不高，穿着旅游的大头皮鞋，头发稀疏，一个智慧的脑袋可鉴天地日月。他在西藏民间文艺家协会干了多年，熟悉西藏的历史掌故，风土人情。他的步伐迈得很大，有点大步流星，几步之内就将我带得气喘吁吁。他似乎已经将我视为西藏的一员了。

"扎西且慢！"我喝住他，"老同学，你别忘了，我可是从内地而来，脚步跟不上你们拉萨节奏。"

扎西粲然一笑："对不起，我真把你当作西藏人啦。"

"荣幸之极！终于被拉萨认可。"我仰天一笑，不知不觉之中已走到布达拉宫后面的龙王湖公园，几百株老唐柳盘根虬须，枯枝新芽掩饰着碧水蓝天。湖面上有几只鸭子船轻轻划过，掠碎一池秋液。扎西说，过去每到雪顿节，拉萨城里有两个著名的戏社，就划着船在湖面上给达赖喇嘛和噶厦的高官演出。

我诡谲一笑，说："可我刚才跟你穿越历史的甬道，分明看到是仓央嘉措与他的贵族玛吉阿米——娇娘在湖上荡舟，对酒当歌寻欢作乐。"

在那东山顶上，升起了皎洁的月亮。娇娘的脸蛋，浮现在我的心上。

万种风情的笑声、歌声，从老唐柳林里的湖面上传来，我的心在静静地谛听，灵魂却被神王的情歌拽夺而去。

"玛吉阿米……"歌声悠扬，飘向布达拉的穹顶之上，如风中摇曳的风铃一样清脆。重重地拨动和撞击我的情弦，不知是我的鲁院作家班的女同学梅卓在唱，还是仓央嘉措的怀中的娇娘在唱。

踏上这片圣洁佛陀的净土，踏上这片风月无边的最后神秘之境，我有点醉眼迷离。

高原的太阳将一个秋高气爽的日子褪色成一幅老照片。向往人间春色，一盏盏青灯锁不住。老唐柳那躯干上的疤痕，像一双岁月之眸，默默地雄睨着布达拉宫廷里的腥风血雨，孤灯经卷。

扎西沉默。我也缄默。秋风中的老唐柳似乎还沉浸在历史的昨天。

神性魔性的情歌之王

一切依稀入梦来，却又不是梦。

仓央嘉措步出白宫的日光殿的黄房子，仍有几分春困的疲惫，他伸了伸懒腰。拉萨早晨的太阳真好，暖暖的，天风飞扬，吹得经幡震荡，那抛向空中的红幡，如一脉脉贲张九天的热血在奔突，年轻神王的心总也静不下来，万卷经书，诵声不绝，就是驱赶不了少年躯体里蠢蠢欲动叫春的心魔。四周都是炽烈的火，瞧瞧，晃眼的阳光又折射到五世达赖的经塔上，如一座火焰山在燃烧，融尽红灿的祥云化作一片骨灰般的洁白，从天穹上纷纷坠落。云聚在他的头顶之上，身上的欲火也在往头顶上蹿。挂在经塔上吉祥鸟上的风铃在天风中摇曳，清脆似磬，呜呜如箫，凤鸣莺啼，如一曲天籁划过寂静，似一首千媚百婉的丽歌摄人心魄，又像故乡门隅时莽林中的鹧鸪鸟在春天的鸣叫，引起他无限的乡愁。

怎一个愁字了得。一个多愁善感的诗人，在错误的时间错误的地点，被权力点金术，错误地乱点为转世灵童。他只想做一名纵情歌楼酒肆的多情诗人，却意外地登上神圣的达赖喇嘛的莲花宝座。

仓央嘉措把情眸投向布达拉下的雪村和八廓街，穿着藏式嵯峨长裙的少妇，身材婆娑，摇曳走过，长裙簌簌的声响，有点撩动少年魂魄。

"佛爷，该习经了！"那个仲译扎仓的内侍僧人，低头伸舌站在他的旁边。

"读经，讲经，习经，成天就是读经，诵经。烦死了！"仓央嘉措挥了挥手，问，"今天谁来讲经？"

"第西·桑结嘉措！"内侍近仆答道。

"又是他！能不能叫他少来烦我。"仓央嘉措对第西的厌恶溢于言表。

老达赖早已不在了，可是一看到第西·桑结嘉措，他冥冥之中便觉得，五世达赖的身影和睿眸，无时不在，无处不在，飘游在布达拉的每个角落，咄咄逼人，拷问着他，审视着他，悄然地告诉他一段已经开始风化的宫闱秘史。

大概有 15 年吧。

仍然是在布达拉的日光殿里，五世达赖喇嘛已时日无多，那双炯炯的明眸渐渐黯然失神，他将自己的私生子桑结嘉措叫到床前，说："桑结嘉措，我的生命在一天天走向日暮，风烛之躯，苟延残喘，来日无多了啊，佛陀已派金刚来牵我去报到了。我下诏任命你第西吧，第西的藏语意思就是藏王，可监国摄政。我圆寂后，你可秘不发丧，专心致志地修好布达拉吧。历史与伟人都会被雪风吹散，唯有布达拉会长存下来。"

"佛爷，小的明白了。可您不能走啊。雪域的众生需要您啊！"第西·桑结嘉措眼含悲泪。

"别说傻话了。神山圣湖不老,人岂能不死。我虽活佛,概莫能外。"五世达赖摇摇头,说,"你跟在我的莲花座下,历练已久,必然能担起政教之重任,不过,赠你一句话,在我走后,15 年内可秘不发丧。"

第西·桑结嘉措伏乞于地,说:"佛爷,我懂了。"

"你懂得黄教的江山是如何来的吗?"五世达赖询问道。

第西·桑结嘉措说:"佛爷,我只是略知一二。"

五世达赖说:"那我就将红衣喇嘛王朝崛起之秘告诉尔辈吧。"

曾几何时,五世达赖真的是雪域高原的一代枭雄。当大明帝国的太阳日薄燕岭,无法顾及芫野之远时,噶玛王朝(西藏白教)正在西藏盛极一时,对战胜了本教的黄教教主"敌视黄教,几欲根本除之"。而在藏东,甘孜的白利土司顿永多吉率领大军骚扰边关,一筹莫展的五世达赖突然想起蒙古骑兵,在青海的和硕特蒙古部落,于是与蒙古王爷固始汗两人暗度陈仓,订下密约,邀请和硕特蒙古铁骑入藏。1639 年,和硕特骑兵先入玉树,剿灭了白利土司的家丁武装。1641 年,固始汗应达赖之邀,第一次入藏,向西以武力推翻了噶玛王朝。从此,达赖喇嘛得于一统卫藏,登上了黄教教主至高无上的宗教宝座。而这时农民起义的烈火在华夏大地上燃烧,大明王朝却因高丽一战而使国本动摇,劫数已尽,沉落于风雨飘摇之中,智慧过人的五世达赖预感到大明帝国江山既倒,中原的天下将属于满人,便通过蒙古王爷固始汗搭桥,与尚未入主紫禁城的清王室拉上关系。1642 年派遣特使抵达盛京,觐见皇太极,一表忠心和归顺之意,从此便找到了一个金戈铁马横扫中原的至尊靠山。1653 年,五世达赖亲赴北京,谒见当时的顺治皇帝,清室专门为其修筑了金碧辉煌的黄寺。五世达赖到达京畿之地时,顺治皇帝以打猎为名,驰马到南苑相迎。随后在紫禁城里大殿之上,册封五世达赖为"西天大善自在佛所领天下释救普通瓦赤喇怛喇达赖喇嘛"。

得此殊荣,五世达赖请求顺治皇帝将其之前的四位活佛也一并追封为一至四世达赖喇嘛,一统西藏和蒙古政教之权。

可是,到了五世达赖晚年,蓦然发现,当年请和硕特蒙古铁骑入藏,真是请神容易送神难，固始汗的蒙古铁骑蛰伏在当雄草原，雄镇拉萨，而达赖麾下的噶丹颇章已被蒙古王爷掌控，在某种意义上，五世达赖喇嘛直到暮年也未能最后施展拳脚。如今生命已步入黄昏，他担心自己圆寂之后噶丹颇章王朝的大权旁落，遂决定提前交权，赐予他与贵族女人所生的私生子桑结嘉措。

"与蒙古汗爷翻不得脸，人家重兵在握啊。"五世达赖给了第西·桑结嘉措最后的历史交代。

此时才27岁的藏王，青春气盛，踌躇满志，他似乎并未在意老达赖的政治交代。

"喇嘛教一统雪域的至尊之位，是和硕特蒙古汗的铁骑打来的，咱们就得仰人鼻息，养着人家啊。"老达赖望着布达拉窗外的满天飞雪，风很大，凄迷的眼睛承受不了雪光的刺激，泪水就流出来了。

第西·桑结嘉措佯装没听懂老达赖的话。天鹰的羽毛已经丰满了，自然有属于自己的天空。桑结嘉措当了三年藏王后，五世达赖圆寂，一缕出窍之魂沿着风马旗直飘云霄，肉身却成了布达拉宫最大的经塔。第西·桑结嘉措秘不发丧，为的是大权独揽，也为的是完成布达拉宫扩建的夙愿。

西藏已殁了一代显赫的神王了，可是日子照常随着满天的经幡飞扬。第西·桑结嘉措在雪域一言九鼎，对于达赖喇嘛之死，他隐瞒得滴水

不漏，故《西藏通鉴》载："桑结欲专国事，秘不发丧，伪言达赖入定，居高阁不见人，凡是传达赖之命以行。"

但是，寻找达赖转世灵童的事仍在悄然进行。第西·桑结嘉措带着亲信随从，策马驰到圣湖纳木错，登上扎西岛，远观湖象，镜面的湖水蓝得炫目，几只水鸟掠过，白色的胸脯撞碎清波，如撞碎了一个远古的梦幻。纳木错的西边天际，水天一色，祥云如霞漫漶，浸染一抹洇红，清风徐拂，丽日当空，第西和几位大活佛的慧眼穿破时空，巍然的雪山下，惊现一片郁郁葱葱的大森林，半山坡有个白卡村落，几户人家房屋全系木头所筑，木屋顶上，几株参天大树如伞一样撑开，云罅中洒下一抹朝阳，五彩祥云一会儿惊现了几个藏文罗桑。

"往错那方向去寻找。"第西·桑结嘉措交代道。

次姆白卡村何在？沉落在莽林无边的喜马拉雅山南麓达旺河谷里了。如今在麦克马洪线以南，是印占区了，中国人往麦线不能跨过半步。可当时却是达赖喇嘛治下的皇天后土，寻访灵童的活佛很快便在老达赖圆寂过后的第三年，在门隅地区的达旺次姆白卡村，寻找到一个与纳木错的湖象中一样的房子。这家中恰好有一个3岁的男孩子，父姓孔西丹增，母名才旺拉姆，很可能就是老达赖的转世灵童了。于是，第西派人两次去辨认灵童，先看灵童与老达赖是否有转世之缘，将老达赖用过的碗和转经筒，真假混杂在一起，让那个灵童辨认，可是这个孩子一把抓住了五世达赖用过的东西不放。转世灵童非仓央嘉措莫属了。

于是，在一个阳光明媚的早晨，喜马拉雅山南麓的雪山被冰雪包裹着，犹如一个透明的白鹅蛋，抹上一缕朝阳的胭红，是为祥云流动。门隅达旺次姆白卡村的3岁的仓央嘉措被一个红衣喇嘛抱上了马背，藏袄一裹，便往喜马拉雅山以北的藏南之地疾驰而去，蹄声喑嘟，踏碎了山间的寂静，从此也注定小灵童生命之旅不会安静。到了聂塘附近的纳布尔康，仓央嘉措便蛰居下来学经，由第西派来的格西传授，但这一切犹如五世达赖之殁"秘不发丧"一样，作为转世灵童的寻访、教育，也是秘而不宣的。

布达拉宫的修建终于在1695年竣工，此时五世达赖已殁13载了，第西·桑结嘉措瞒天过海，可谓滴水不漏，不仅瞒住了英明一世的大清皇帝康熙，也瞒住了三大寺和噶丹颇章的众臣，第西·桑结嘉措宣布达赖喇嘛无限期地坐静出化了。他们欲谒见达赖时，多数情况是达赖喇嘛的莲花座下，放了他的衣冠服。凡有特殊事情要见达赖，只能单独召到达赖的私室，饮食仍然像平时一样送上，要臣磕过长头后，却一直听到时断时续的铃鼓声，这表明达赖仍然在诵经，由第西代传示谕。那其实都是第西·桑结嘉措的政见和主张。只有那个仲译青波的僧人即达赖的近侍和第西知道他已经死了。遇上蒙古要人穿越遥远的大漠而来，非见达赖喇嘛不走，第西就令仲译青波佯装五世达赖，用帽子盖住头发，遮住眼睛，因为五世达赖已经秃头，又有一双明眸。昏暝的密室遮住了一段西藏的白宫秘史。蒙古王爷深信不疑地走了，甚至将五世达赖还活着的消息传给少年英主康熙。

但是，一双睿眸似乎早已窥透了第西·桑结嘉措的政治野心，继承和硕特蒙古汗位的拉藏汗仍旧在西藏监国，第西一手遮天，引起他的不满，两人遂起权力之争，他便将第西·桑结嘉措对达赖之死隐情不报的消息秘报了大清皇室。大清派使臣非见达赖不可，第西才不得不派使臣尼玛塘夏仲进京密奏大清英主：五世达赖阿旺·罗桑嘉措圆寂 13 载了，转世灵童已经 13 岁了。康熙皇帝甚为震怒，严令责之。第西·桑结嘉措才不得不向世人宣告真相。

蛰伏经堂 10 载,13 岁的仓央嘉措已经长成了一个英俊少年。遥望故乡，门隅只在梦中，那故乡丛林中飞翔的孔雀，翅膀上总给他驮来春醒一样的躁动。第一次梦遗门巴族姑娘时，着实吓了一跳，嗅着那有几分腥味的白色分泌物，他有点心惊、心悸，脸红红的，不知该去问谁。毫无疑问，他早已长成钟情少年，一个漂亮而又聪明的青年，到了钟情的花季，才被正式宣布为五世达赖的转世灵童，从藏南接到了拉萨坐床，路经浪卡子宗时，班禅罗桑益西专门为其受戒。布达拉宫坐床之日，康熙皇帝曾派章嘉呼图克图到拉萨参与坐床典礼，以示中央王朝对西藏的权杖之尊。

第一次看到第巴时，仓央嘉措就不喜欢他。第巴象征着父氏的权力和至尊，如喜马拉雅山一样高巍的背影，总想覆盖他，使年轻的神王永远走不出他的影子。仓央嘉措不要这样山一般的沉重，他已经坐床了，是神圣的六世达赖喇嘛，他要亲政，执掌雪域众生的命运沉浮。西藏政教大事，就该他说了算。可最终发现，他只是第巴·桑结嘉措的一个傀儡，一只关在布达拉宫里的会诵经的神鸟。

神鸟活着，不仅仅会鸣叫，仓央嘉措的羽翼已经丰满，他要飞，飞向拉萨城郭，飞向广袤的草原，飞向喜马拉雅山之巅，搏击长空。不要诵经，不要长夜青灯，不要梵香袅袅度余生。16 岁的神王恰好走进了反叛年龄段，肺腑里流动的是才华横溢，是惊世骇俗。他要歌吟，禁不住地歌唱，让整个拉萨城郭都知道神王的心事重重，春情漫溢。早已春心荡漾，早已在春天的草丛之中与多情的门巴姑娘相会，听过女人的呻吟如春歌一样悦耳浩荡，还想尝尝云雨春事的快乐。一朝选进神王红宫，他荒于学经，疏于政务，乃性情中人，最大的爱好是高歌浅吟情诗艳词，贵族世家的女人、女儿趋之若鹜。他成了一个放荡不羁的风流少年。

引诱仓央嘉措成为风流神王的是拉萨城一个叫塔坚乃的混混。

　　那个日落拉萨河的暮霭沉沉，从布达拉宫的后门溜出来的仓央嘉措，故意穿上藏袄布衣，蜷缩在酒肆一角，酣然痛饮。醉眼蒙眬之际，塔坚乃端着青稞酒走了过来，说："佛爷，我敬你一杯！"

　　仓央嘉措先是一愣，继而摇了摇头，说："你认错了人啦，我不是佛爷，我是浪子宕桑旺波。"

　　"哈哈！"塔坚乃仰天长笑，"佛爷，瞧你的眼睛如天上的太阳月亮，照亮雪域的白天和晚上，宕桑旺波哪有你的慧眼明亮。"

　　"听了舒服！"仓央嘉措也跟着笑了起来，"你的嘴可是比我们门隅森林里的八哥会说话。"

　　"佛爷，你泄露天机了吧。尊敬的达赖喇嘛就是门隅人啊。"那个浪人穷追不舍。

　　"你叫什么？"仓央嘉措问道。

　　"塔坚乃。"那人自斟了一口青稞酒，说，"我是佛爷莲花宝座下的一只藏獒，随时听从使唤。"

　　仓央嘉措与他碰了一下杯，说："好啊，塔坚乃，你既是我的一只狗，知道我现在喝了酒过后想什么？"

　　"玛吉阿米！"那人毫不犹豫地说，"最高贵漂亮的娇娘！"

　　仓央嘉措微醺的脸庞泛着渴望的神情，惊呼道："对啊，塔坚乃，我此时最想的就是玛吉阿米！"

　　"佛爷，我带你去找娇娘。"那个浪荡人将藏币拍到桌子上，扶着仓央嘉措扬长而去。

　　一代神王跟着浪子塔坚乃穿过夜幕下的八廓街，到了一贵族的小楼前，浪子让仓央嘉措在小巷里等他，然后自己消失在夜色之中。

　　此时，西边的月亮刚刚升起来，圆圆的，如雪狮炯炯的眼睛，镶在娘热山上。一地银辉洒在了八廓街石头雕楼的小巷里。第一次等女人的年轻神王，脸颊热热的，心在狂跳，寂静的夜里只听到心鼓在敲，像布达拉的人皮鼓一样咚咚作响。

　　印度檀香从小巷远处传过。塔坚乃走了过来，说："佛爷，你看这玛吉阿米，能让你春夜销魂。"

仓央嘉措定睛一看，似乎是他祈盼已久的娇娘，她脸色似酥油一样凝脂细润，一双大眼睛如弯月，长长秀发披泻在婆娑的身材上，明眸皓齿，面若桃花，便将年轻神王的魂魄攫走了。他声音颤抖地问："姑娘叫什么名字？"

"仁增旺姆！"

"何方人士？"

"门隅！"

"幸会。我是荡子宕桑旺波。"仓央嘉措心花怒放，"看到姑娘，就像家乡的杜鹃鸟。"

"先生不是荡子，是天上之神。不过小女不解，杜鹃鸟当作何比。"

"我有歌相送。"仓央嘉措踩着石板路上的节拍，借着门隅的情歌小调，吟道："杜鹃鸟来自门隅，带来了春天的地气。我和情人见了面，身心也感愉快。"

"啊啊！"仁增旺姆掩口一笑，"都说佛爷只会念经，却也是一个风情万种的才子。"

"哈哈，那就跟情种走吧！"仓央嘉措牵着情人的酥手，穿过春风吹醉的小巷，穿过酥油灯点点的红堂，步入了他在龙王湖里建造的帐房，点燃一簇篝火，斟满一杯杯青稞酒，倚躺在卡垫上，将玛吉阿米搂在怀中。他们一杯杯地豪饮，载歌载舞地跳起锅庄。眺望天空中飘来的月亮挂在山冈上，他脱口而吟出了一首诗《玛吉阿米》："在那东山顶上，升起了皎洁的月亮。娇娘的脸蛋，浮现在我的心上。"

仁增旺姆被仓央嘉措的情歌倾倒了，当场用藏歌旋律唱了起来。歌声醉了月亮，醉了月下的浪子仓央嘉措，也醉了将成为年轻神王的情人的贵族娇娘。

微醺的神王将娇娘压在自己的身下，犹如布达拉一样压了下来。周围的一切融为月色一样皎洁透亮，清溪涨潮漫溢，淹没了草地上的格桑花，像拉萨河一样岸边激浪。飘在爱河上的娇娘仁增旺姆曾像轻舟承载客无数，荡舟摆渡技巧堪称一绝，迎奉，旋转，吞吐，划过险滩，漂向平缓如镜的港湾。时而大江东去，时而冰融涓溪，时而冲向浪尖之上，时而坠落湍流之中，当携着初尝情事的神王冲入云端时，倏忽又下坠在茫茫云海中。仓央嘉措觉得自己的身躯被一道闪电击穿，一缕蓝弧颤抖般地划过躯壳，穿云带雨甘霖如注而下。他听到娇娘变成了一只茫茫白雪中的母狼，伫立在月下尖啸，颤声悦耳动听。

云雨之事竟然会如此之妙，仁增旺姆成了他最初的沉迷。有了第一次，就会有 100 次。躁动的盛夏匆匆而过，草黄的秋季非常短暂，金秋一过，很快就是雪花纷纷的冬天了。

冬季的拉萨风雪好大，夜晚寒气逼人，一床薄衾何以挡住雪域寒凉。青灯长夜，一筐一筐的经书，锁不住仓央嘉措一颗不羁的狂放之心，禁不住他朝思暮想娇娘。布达拉高处不胜寒，俯瞰八廓街，人间烟火在诱惑，他在布达拉宫正门旁边开了一个旁门，将旁门的钥匙带在自己身上。到了晚上守门人把正门上锁之后，他就戴上假发，扮成布达拉宫里的下人，大模大样地从旁门里走了出去，依然叫宕桑旺波。走进八廓街，走近万家灯火，孤独不再，苦行不再，禁欲不再。他走进一个酒家花天酒地，醉了，寻一个可心的贵族和平民美少妇，醉眠酥怀之中。每次艳遇，如同一只飞翔的天鸟，突然降落在石头之上，纯粹是一个天缘，绝不在他的计划之中，而是因为酒肆中的老板娘从中撮合，使他桃花运不断。故此他

戏谑地吟道："鸟石般跟情人路遇，那是酒家妈妈撮合。如果欠下孽债，请你关照养活。"

到了破晓之时，从娇娘软玉般的怀中而别，朝着布达拉宫踽踽而行。将旁门锁好，卸去假发，躺在床上把一夜的风流化作晨雾云烟。好长的时间未被人识破。

可是就在那年的冬天，拉萨城的第一场雪纷纷扬扬下了一天一夜，仓央嘉措还是被风雪凄迷中的人间灯火诱惑了，从布达拉宫的神殿上下来，悄悄地溜出旁门。塔坚乃早在那里等候，帮他物色到了一位新的娇娘，就匆匆到了那个贵族家中。一夜情过后，穿衣披裟匆匆下楼，趁清晨八廓街上空寂无人，卷着一袭红衣袈裟跟跄而去，雪地上空留一行神王脚印。汗水浴过，秀发缤纷，神色慵懒的贵族少妇伫立窗前，胴体毕现，远眺着年轻达赖的背影渐行渐远，立即在窗前挂出黄色的经幡、绸带，迎着天风飞扬激荡，似乎还沉溺在高潮之中。晨起的人们便知道此家有女被神王达赖喇嘛宠幸过了，无不投来惊羡的目光。

那天曙色初露，风雪不知什么时候停了。晨曦一抹洒在雪地上，也久久地抚摩着那通往布达拉宫的两行脚印。侍者早晨起来，看到雪痕从旁门直通日光殿的六世达赖的寝宫，大惊失色，以为是有强盗夜入，神王有险。可是掀开布帘一看，仓央嘉措还躺在那里呼呼入睡，那睡姿犹如刚吸吮了母亲乳汁的圣婴。近侍摇了摇头，只好照着脚印往八廓街寻找。两行雪痕在杳无一人的间巷，伸向小巷的尽头，最后竟然伸入一个荡妇家中，在通向二楼香阁的梯子上留下屐痕。近侍仰头而望，只见窗前黄幡飞舞，俯看却是仓央嘉措的藏靴之印。一个惊天秘密曝光在冬日的阳光下,成了拉萨城里的街谈巷议。

随后,这户之家的房子均刷成了黄色。人称美少妇为玛吉阿米——汉译"娇娘"。

回到布达拉宫,俯瞰拉萨城里白雪茫茫,黄房子上黄经幡迎风飘扬,仓央嘉措无奈地却带有几分得意地吟道:"入夜去会情人,破晓时大雪纷飞。足迹已印到雪上,保密还有什么用处。"

400年如白驹过隙。六世达赖的肉身法身终无归处,飘荡,一个诗人的孤魂在青海湖边徜徉,毫无归处。历代13位已故达赖的灵塔耸立在布达拉宫之中,唯独缺仓央嘉措。归去来兮,魂归何处?红宫里空留着他那间偌大的寝宫。一个孤魂野鬼倒在风尘之中,永远没有故乡,可是拉萨城郭里的黄房子却400年不倒,一代一代地涂着黄色,大胆地袒呈着胴体,毫无羞涩之状,似乎在向雪域示威和炫耀。

黄房子不见故人来

我与扎西穿过一条长长的街道,往娘热山下的拉鲁彩嘎信步而去。

在我的阅读记忆中,这一带曾是一片沼泽地,两行垂柳,长在沼泽和池塘的边上,与悠悠然飘忽的芦荻一起,拥簇着一条驰道,直通六世达赖的北郊别墅,娘热山下的拉鲁彩嘎。拉鲁的名字很特别,不是西藏的芸芸众生随便可以用的,它属于皇家血脉,是达赖教皇之族的代称和符号。

雪后呈露出偷情的足迹后,仓央嘉措心动雪村和拉萨城的艳事,终于秘报到了第西·桑结嘉措案前。藏王拍案而起,再也无法忍容了,他问达赖的仲译青波,是谁带坏了佛爷。

仲译青波浑身颤抖,伏在地上,说:"塔坚乃!"

"塔坚乃是何方神圣?"藏王的脸拉得很长。

"拉萨城里的一个奸商。"仲译青波告诉藏王,专门加了一个修饰词,"一个二流坯子。"

"剁了他!"藏王的拳头擂在了藏式茶几上,命令道,"好让佛爷迷途知返。"

"遵命！"仲译青波向藏王行了一个礼，躬身后退出门。

那天晚上，仓央嘉措与塔坚乃和塔的仆人缱绻拉萨春色，夜游而归，从布达拉宫的后门回来。夜色，无尽的黑暗，深邃的夜幕上只一颗星星眨眼。他们三人刚想跨进布达拉宫后门的门槛，突然遭人袭击，一把藏刀插到了塔坚乃仆人的背上。

仆人惊叫一声倒地。

仓央嘉措蓦然回首，几个鬼鬼祟祟的黑影，已消失在夜幕之中。

塔坚乃的仆人俯身倒地，血流尽而亡。

"马上惩办元凶！暗下毒手，这分明是冲我而来的。"第二天，年轻的神王请卜筮占神，一下子便将那两个凶手抓住了，审问他们谁是主使。两个元凶咬断了自己的舌头，无法开口，但是达赖仍将他们正法了。他怀疑此事幕后主使是第西·桑吉嘉措。两人的关系骤然降至冰点。

从此，仓央嘉措失去了对第西的尊重。

仓央嘉措20岁的时候，到了该受格隆戒的年龄了，第西·桑结嘉措让他受戒，他不屑一顾，第西只好搬来仓央嘉措的老师班禅大师，劝导他受戒。可是这时的六世达赖已经另有想法，不仅不愿接受格隆戒，甚至连13岁时浪卡子宗拜班禅为师时受的格楚戒，他也不想遵循。

1702年的夏天，任性的达赖跨上了他的枣红马，身边跟着一群仆人，往浪卡子宗、江孜方向策马驰去。他白天行走，晚上扎帐篷住下，走了六天，来到了后藏重地日喀则的扎什伦布寺。见大门紧闭，他跃身下马，摇动扎寺雪狮铜扣。没有人出来应诺，他便又哭又闹又叫，整整叫了一天一夜。班禅大师无奈，只好悻悻然走出来见他。他将班禅大师授他的袈裟递了回去，说："我们师徒之间还袍断义，两清了。你授我的格楚戒也即时退回，再没有什么戒律可以约束我了。"

班禅大师怔然，欲上前劝导。

仓央嘉措却跃身上马而去，马踏风尘，漫卷的黑尘淹没了班禅大师。

"孺子不可教也。"班禅摇头，"佛陀啊，雪域众生将面临一场劫难。"

"好啊！我一直怀疑六世达赖是假的，他连班禅大师授的格楚戒都不要了。"和硕特蒙古汗爷拉藏汗将银碗里的马奶酒一饮而尽，一跃而起，望着拉萨方向。现在是他动手的最好时机了。与第西·桑结嘉措的权力之争中，始终扳不倒对方，这回他终于找到了一箭双雕的妙策了。当晚当雄草原上风高夜黑，念青唐古拉顶上，冷雪如白色经幡飘落，穿堂风几次欲将军帐中的酥油灯吹灭。他在连夜修密奏一封，八百里快骑送往京城，禀告大清英主康熙皇帝，六世达赖是个假的，此人若再执掌西藏政教之权，雪域必生动乱。

第西·桑结嘉措已经预感到山雨欲来。他对仓央嘉措已经不抱任何希望，他在离布达拉宫后门两里远的池塘边上，给六世达赖修葺了一座拉鲁嘎彩。其间一池清波，水中建有瀛台水榭。让仓央嘉措去逍遥吧，眼不见心也就静了。

那天，一位叫来龙吉仲的大喇嘛到布达拉宫访问达赖喇嘛，在早朝的大殿里等了很久，也不见年轻佛爷出来。僧人进去请了数次，才见仓央嘉措步出书房，那身装束着实让静如止水的大喇嘛心惊肉跳。只见六世达赖着一件俗人穿的蓝缎子衣服，手执弓箭，几个指头上戴满了戒指，头发蓄得很长，一点也不像僧人剃度后的秃脑袋了。大喇嘛还是躬身向仓央嘉措施礼，顶礼膜拜。

"呵呵！平身吧。"仓央嘉措戏谑地说，"你这大把年纪，就不要施宗教礼仪了。"

"谢佛爷。"来龙吉仲起身坐到了卡垫上。

仓央嘉措有点心不在焉，问："大师为何事而来啊？"

"祈祷大法会快到了，想请佛爷面示。"来龙吉仲说明来意。

随从似乎在后边催他，仓央嘉措敷衍道："这些事情，我说了也不算数，找第西·桑结嘉措。他不是爱管事吗？我全权委托他了。"

只与大喇嘛有一面之缘，他便匆匆带着随从下山到龙王公园帐篷里去寻欢作乐，留下来龙吉仲与第西商量事情。

"让他住到拉鲁彩嘎去！"第西也忍无可忍了。

"好啊！"在龙王公园里搂着玛吉阿米喝酒唱情歌的仓央嘉措仰望一下高巍的布达拉宫，说，"我早就不想住在里边了，它太高，太清凉，拉鲁彩嘎离人间近些，温暖。"

仆人牵来了他心爱的枣红马。仓央嘉措踩着马夫的背一纵上马，带着随从，穿过柳树林相拥的驰道，往拉鲁彩嘎疾驰而去。只有一炷香的工夫，便到了拉鲁彩嘎的宫殿前。一座四层楼的石雕般藏式建筑，坐北朝南，主楼与两个侧楼连为一体，有宽敞的天台，可俯视湖心亭，远眺布达拉宫的背影。每一层楼都有正堂和天井，一缕祥风吹过，阳光直射进来，仓央嘉措住在三楼的正房里，每晚叫他的仆人去雪村或八廓街，将他最心仪的娇娘驮来，夜夜笙歌。

岁月的笙歌远逝了。

我与扎西穿过一条与布达拉宫后门正对着的宽敞的街道，两边铺面是琳琅满目的商品。沧海桑田，显然当年通往拉鲁彩嘎的驰道已经化作了长街大衢。走到一环路上，左拐，有一条小河潺潺流过，往西行二三百米，河边上便有一幢四层高的藏式豪宅。扎西指着说："这就是拉鲁彩嘎。"

"怎么会这么新？"我有点惊讶，"是不是重新在原址上盖的？"

"没有！"扎西摇了摇头说，"只是原样做了翻修。"

我们走过小桥，扎西指着一条泥泞土道，和右边一栋栋新起的单位宿舍楼，说："这一片都是拉鲁彩嘎，很大一片的，可惜后来做了单位宿舍楼，有的倒了，就重盖了。"

"哦！"我有点沮丧，历史的旧址只剩下这栋四层高的小楼了。六世达赖之后，拉鲁彩嘎就成了历代达赖喇嘛父家的庄园。八世至十二世，几乎

都是少年夭折，香火都不旺。十三世达赖在位时间最长，他将几家达赖喇嘛的父家合为一家，仍然未将一缕达赖余脉传承下来。后来才出现了十二世达赖的弟弟的太太拉鲁夫人，因为丈夫英年早逝，膝下无子，成了十三世达赖的宠臣龙夏的情妇。后来龙夏将自己的二儿子过继给拉鲁夫人为子，当龙夏在十三世达赖圆寂后，在权力之争中被刺瞎双眼，拉鲁夫人遂嫁少爷，让龙夏的二儿子做了自己的入赘丈夫。少夫老妻，相距20多岁，但是最终帮助龙夏家族重新恢复名誉，拉鲁成了西藏噶厦政府四大噶伦之一。此乃后一个惊天动地的故事。此不赘述。

当年的拉鲁彩嘎，如今已是一个街道办事处，房子粉刷一新，雕梁画栋。我与扎西沿着一个陡峭的楼梯一层一层地往上走，二楼的前厅里仍然留有当年六世达赖居住时的壁画。我很想进去一睹为快，但是扎西与一位街道办事处藏族女官员商谈时，颇有几分风韵的女人，神情凝固，不苟笑容，硬要区里文物局的信函和介绍信。我只能望楼兴叹，望仓央嘉措的壁画却步，不过到了三楼，却可以看到当年仓央嘉措的卧室。徜徉其间，从阳光洒入的角落，我似乎又听到了仓央嘉措与玛吉阿米对酒当歌的笑声。

拉鲁彩嘎成了仓央嘉措的最后日子，一场享受的盛宴曲终人散。

拉藏汗已经得到了康熙皇帝的密诏，拒不承认仓央嘉措是真的达赖喇嘛，他的一箭双雕之策非常明确，废掉六世达赖，就等于剪掉第西·桑结嘉措的权力之翼。

"我可以不当黄教教主啊！"沉溺声色的仓央嘉措早已没有称雄雪域的大志，"只要保留教主现世享受的特权，我可以不做达赖喇嘛啊。"

"我怎么选了这么一个政治低能儿啊。"第西·桑结嘉措摇头道，"报应啊。"

眼见拉藏汗与第西·桑结嘉措剑拔弩张，风声鹤唳，哲蚌、色拉、甘当寺三大寺的高僧活佛出面调停，班禅堪布也派来了代表参加。最后的结果是，拉藏汗率兵由当雄撤至青海，桑结嘉措去职第西，由阿旺仁青任继任摄政。可是撤至那曲卡的拉藏汗发现自己被骗了，桑结嘉措虽然辞去第西之职，却仍在操纵西藏政坛，俨然在垂帘听政。于是一怒之下，他召集那曲卡一带的蒙古人，组成了一支铁骑，沿着念青唐古拉河谷，长驱数百余里直下当雄。风尘卷起一条黄龙，桑结嘉措闻报拉藏汗挥兵重来，即组织藏军从堆龙得庆出发，前往抵抗。三大寺自知情况不妙，再次挺身而出做调停人。班禅大师眼看西藏生灵将有血刃之灾，也从扎什伦布寺风尘仆仆地赶来。他抵达苏波拉山口时，得知三大寺高僧的调停成功，双方实现停火，第西·桑结嘉措去贡嘎庄园里颐养天年，不再过问西藏政治，而拉藏汗则返回青海。

似乎一切都平静下来了。但是平静恰恰只是一场血腥的暴雪来临前的暂时的寂静。无毒不丈夫，不冷酷无情成就不了大事。拉藏汗早已明白，他与第西·桑结嘉措，必然有一个身首异处，这场政治游戏才会终结。

1705 年的 7 月之夏，素来精明的第西·桑结嘉措失算了，他以为到了贡嘎庄园仍可以操纵西藏大事，放心地将江山交给了他的心腹阿旺仁青，便策马往曲水方向驰去。谁知拉藏汗早在路上埋伏了伏兵，只等桑结嘉措自投罗网。等第西的马队快到曲水古渡时，蒙古铁骑从山垭里冲了下来，轻而易举地解除了桑结嘉措的武装。

7 月 17 日那天，晴空万里的雅鲁藏布江忽然 7 月飘雪，第西·桑结嘉措将被推上法场。拉藏汗骑着蒙古骏马来了，看着自己的政治对手成了阶下囚，他冷冷一笑，说："第西·桑结嘉措，你独揽西藏大权十数载，恶贯累累。先是隐瞒达赖之死，随后又找了一个声色犬马的达赖，我们蒙古人虔诚崇拜的黄教，被你破坏殆尽。你在西藏一手遮天，忘了谁给你西藏的今天，是我们蒙古汗铁骑拼死拼活，为你得来的。我最瞧不起忘恩负义之徒，你一直讥笑我拉藏汗是一介武夫，草原上的狼逼急了，也有反咬的时候。谁笑到最后，谁笑得最好。我今天倒要看看你掉了脑袋之时，是害怕痛苦还是冷静微笑。"

第西·桑结嘉措无话可说，胜者为王败者为寇。他输了，输得干干净净，还有何可争辩的。

拉藏汗手一挥，执法的刽子手的大刀轻轻落下。一个脑袋落地，像滚落的西瓜一样，露了红瓤，掉到了一边。拉藏汗叫刽子手拾过来一看，第西·桑结嘉措永不瞑目的眼神充满惊惶和痛苦。他仰天哈哈大笑，说："第西，你不是伟丈夫，扔进雅鲁藏布江喂鱼吧。"

当天，拉藏汗就杀了一个回马枪，重返拉萨城，接管了拉萨的权力，再次成为监国之主。一朝大权在握，拉藏汗开始对放荡不羁的仓央嘉措下手了。

10 个月过后，康熙大帝的圣旨到了，将六世达赖"诏执谳京师"。

仓央嘉措在拉鲁彩嘎寻欢作乐的日子结束了。火狗年（1706 年）五月初一，蒙古铁骑包围了拉鲁彩嘎。还在与娇娘对酒当歌的六世达赖醉梦初醒，慌乱之中，给自己最迷恋的娇娘仁增旺姆写下了最后的绝笔：

"白羽的仙鹤，你的双翼给我吧，我不飞往远处，只到理塘就要折回的。"

那是一个百年之谜，谁也不解他最后遗言蕴含着什么。有人说，当第七世达赖喇嘛最后在理塘找到时，西藏的芸芸众生才恍然大悟，原来仓央嘉措在昭告世人，他的转世灵童第七世达赖将在理塘诞生。

藏历五月十七日（公元 1706 年 6 月 27 日），拉藏汗派一个蒙古大臣和清军卫队押送六世达赖进京。路经哲蚌寺时，一群铁棒喇嘛蜂拥而至，硬是从蒙古铁骑中将仓央嘉措抢进了寺庙，拉藏汗派兵将哲蚌寺围了个水泄不通。对峙到了第三天，仓央嘉措站了出来说："我已经二十有五了，3 岁被奉为转世灵童，荒唐了 20 多载，至今后悔不已。我为西藏苍生做事甚少，为了避免一场血火之灾，就让我走吧，我还会回来见你们的……"

仓央嘉措走了出去，让蒙古士兵为他戴上了刑具，然后朝着唐蕃古道的官家驿道，过堆龙德庆，入羊八井，进入当雄草原，过那曲卡，穿越鹊莽峡，从查午拉山口翻越唐古拉山，进入青海玉树地区。到了青海湖边，走到纳革雏喀时，这个年轻的神王永远消失在风尘之中。

仓央嘉措之死，一直是一个历史的谜团。直到现在，他的死仍然有多种版本流传，据权威说法是罹患高原病圆寂于青海湖边。他的骨骸未能入主布达拉宫的灵塔里，一代情歌之王永远停止了歌唱。但是他那些动人的情歌却在西藏民间传唱了整整 400 年，余音绕梁，终日不绝。

我与扎西被仓央嘉措的情歌所吸引。走出拉鲁彩嘎，往八廓街的黄房子漫步而行，走过平康庄园，走过拉萨街上当年的监狱，在离索康贵族庄园不远的地方，靠街道之南有一片黄房子，上边写着"玛吉阿米"四个字，画有一幅穿着藏装戴着风雪帽的娇娘的广告牌。我们被吸引走了进去。没有了酒肆，唯有卖甜茶和咖啡的小店。我们刚落座，老板娘便走过来，问喝点什么。我举起了手，说甜茶。

老板娘仍有几分妖冶，婆娑身段，面如芙蓉，性感得快滴下水来了，她转身去倒茶，留下一缕印度香的浓烈。她是仓央嘉措情人的后裔吗，倾城之色 400 载不衰，执着地坚守着一抹神圣的黄色。那是青稞的成熟之色，还是女性天体蓦然躺成人字的胴色？

"在那东山顶上，升起了皎洁的月亮。娇娘的脸蛋，浮现在我的心上。"

黄房子里传来了悠扬高亢的藏歌之声，轻轻地触摸着我的心弦。是仓央嘉措的玛吉阿米在唱，还是内地歌星谭晶在唱，抑或藏汉混血的韩红在唱，我分辨不出来。

黄房子仍矗立在八廓街，只是不见风情万种的六世达赖归来。

我对扎西说："这些歌星的歌唱，都不如我们作家班的女同学梅卓唱得动情动听动人动心……你知为何？"

扎西笑了，摇摇头。

我抿了一口甜茶，说："因为歌星只会唱仓央嘉措情歌，却读不懂他的灵魂，他是我们的同行啊。不像黄教一代神王，更像一个有情有义的西藏大诗人。"

"说得好。"扎西扼腕吟啸。低声唱起了仓央嘉措的"玛吉阿米"。

我茫然四顾，黄房子犹在，却不见故人回来，可是我却借神鹰的翅膀，从万里之遥的京城来了。只等一个人，可是那个人却已经不再回来。

（选自百花洲文艺出版社出版的《东方哈达》）

我喜欢那样的雨天，那样的雨帘，
特别养眼，细时如银针，滴时似珍珠，
大时如冰指，连成一幕乳白的、银色的、
白云般的水帘，从天穹上飘飘而落。

1990

1990

九十年代篇
筑巢记忆

11 少年幸自入潇湘

1

晓色初露，天空灰蒙蒙的，冷雨飞扬。黑色大闷罐运兵军列突然在桂林停了下来。

带兵的排长说，打背包，马上下车，吃过军供后，换乘大解放卡车去新兵连。

我一脸狐疑，悄然对一位战友说，下车的地点不对啊，从这里转车，可能看不到南中国海啦！

乡友一惊，说，我们是不是受骗了！

少废话，快跟上队伍。接兵排长对我们吼了一句。

我一头雾水。下车之后，见江雨满天，雨雾迷漫，这与阳光灿然、白云诡谲的云之南，简直就是两重天。

那是 1974 年深秋，云南的天空祥云飞绕。几位军人出现在昆明入京的第一驿站——我的故乡大板桥接兵，亮出的牌子甚是诱人——特种部队，且营盘在南中国海边。接兵的排长叫王爱东，高挑、瘦削、帅气，与我后来看到的演《楚留香》的香港演员如出一人。部队政审时可谓百里挑一，查遍祖宗三代，政治上要求特别严。几百名莘莘学子，瞬间，筛去一大半。初次亮剑，便将我们这批刚出校门的高中生镇了。

那时我刚16岁，因有几分才气，被派出所弄去搞专案，其实就是一个记录员。与王爱东排长见面就在派出所，他迎面走进来，雄姿英发，风度翩翩，顿时吸引了我的目光。两人对视的瞬间，便是缘。他记下了我名字，然后与派出所所长谈完便匆匆离去了。第二天，竟去了我的母校昆明第十七中学，询问我的情况，恰好遇上了我的数学老师殷廷光，说我是他教的那个班的班长，全年级数一数二的高材生。

就在那一刻，王爱东决定带我去南国那支特种部队，当他们老连队的文书。

验兵时，我再度见到王爱东，问他此去何处？他说南中国海边啊。

能看大海！我欣喜若狂。在云贵高原上长大的孩子，见过最大的海就是杨中洋了，其实就是一池湖水。像高尔基《海燕》中搏击的大海，只在梦中出现。

当时大队书记因与我大舅打过一架，公报私仇，不让我走，抓住我爸爸在三年自然灾害为了母亲孩子不至饿死的事情，大做文章。还有大队文书，是我奶奶一个同父异母的弟媳亲戚，也听了谗言，投下反对票。可王爱东力排众议，甚至不惜与新兵连的副指导员、教导员一战，为的就是带我走。

在一个没有任何背景的年代，我因了遇上人生中的第一个贵人，终于圆了五六岁时将来做个上等兵之梦。于是，16岁的我，穿着一身国防绿，爬上一辆大卡车，在母亲的泪涕涟涟中，向昆明八公里运兵的东站集中。在故乡的军供站上吃过最后一顿饭，临登车前，突然点名，第一个叫的就是我，后边有十名与我同一个公社（乡镇）的新兵，被从王爱东排长带的新兵二营分了出来，调去了新兵三营。后来我才得知，这是与王爱东吵架的两位营连领导趁他不在，将我分了出去，为的是不让王爱东带我去当文书的一片苦心相遂。

当时我就哭了，哭在昆明登车出发时，就与王排长分手，这意味着为我的命运遮风避雨的一把雨伞没了，一切唯有靠自己努力与奋斗。

夜色苍茫，车下云贵高原，驶过我的家乡大板桥时，我最后一次回首，心里默默地说，我是坐着拉牛拉猪的闷罐车走的，等我第一次探亲，一定要坐着卧铺车回来。这意味着我的前方唯有一条华山道，成为一名年轻军官。

列车从云贵高原上匆匆驶过，然后从广西方向驶去。行至柳州时，将近拂晓，却未转往南宁方向，而是继续朝东南驶去，在一个冷雨潇潇的早晨，突然在桂林停下了。此时，天已经亮了，吃过军供，返回时站台下停泊着一排排军用卡车。在雨中，让我们纷纷登车。我感觉不对啊，如果去南中国海，应该往广东方向，在这里下车要么是去广西某地，要么是去湖南。

果然是后者，偌大的一队军车，朝广西龙胜方向驶去，这可是红军当年喋血湘江之后，进入湖湘的一条线路啊。

我当时未曾想到，红军走过的地方，尽是好山好水。

2

好一片烟雨苍山。

不知不觉中，我竟被融入了一片仙境之中。坐在大解放车的车厢里，往后车门看出去，山道弯弯，一盘又一盘，迤逦上山，兵车忽悠忽悠的，盘进了云层里，尽是人间宫阙，奔来眼底。苍苍茫茫的青山，绵绵缠缠的烟雨，何似在人间。一会儿的工夫，又忽悠忽悠，盘旋而下，飘落至山墅谷地，小溪潺潺，清流从林间流出，村夫野老，一派美轮美奂。

那一天，我们就在雨雾迷蒙的大山之巅忽上忽下，一会儿抵近天上仙阁，一会儿重落人间村落。将近晚上9点，一路黢黑的山影突然有了几簇灯火，路边有一条小溪奔流，兵车终于在一个山沟里停泊下来。

下车吧。只听接兵的副排长一声呼喊，我们纷纷纵身下去，只见两边黑黝黝的山影毕现。已经是晚上9点半多了，入饭堂，吃晚饭，居然是一大间茅草棚，窗子大通四漏，连挡风的玻璃窗都没有，涛声如鼓如咽，间或有冷风横吹进来。

随后入住新兵班宿舍，是一间连一间的茅草房。入内，地上有一个大通铺。其实就是几根木桩搭起来的，再铺上床板。屋里烧了一个地炉子，烟道从房间中穿过，反倒有点暖融融的感觉。因为坐了一天车，在大山里转晕了，挺累，当晚竟然睡得很沉。第二天起床号响起时，跃身而起，出了到新兵连的第一次早操。

拂晓退却，天色渐次明亮起来，晨霭沉沉，岚烟氤氲，浮在山间的烟雾，像脱套头衫一样，从低往高一点点地褪下。天啦，当时我们全傻眼了，这哪里是大海，分明是林海莽荡的原始森林啊。绿浪一个接着一个，滚滚而来，松之风过耳，黄钟大吕般地震撼山谷。

洗漱过后，天色渐次清朗起来，站在半山坡上往远村眺望，一片黑色吊脚楼参差不齐，坐落于水田与山脚之间，鸡鸣狗吠，一片悠悠远村意境。

那天中午，我们都很沮丧，看看住的茅草房，几根木桩一立，木棍和竹子编成篱笆墙，再糊上泥，贴一层报纸，房顶是清一色的杉木皮覆盖。比起我的家乡来，这里更原始、落后，而我们这支特种兵，竟是专门打山洞的。于是我们这一群新兵蛋子相拥而泣。这是我入伍之后第一次落泪，也是最后一次，拭去眼角上的泪痕，便开始了自己16岁当兵的历史。

后来我发现，这是冥冥之中的一次上苍眷顾。欲让我成长为一个作家，先赐给我一片原始风情风俗的净土，让我细细地咀嚼与品味。

心静了下来，景色便美起来了。

一幅诗情画意的中国泼墨山水便在眼前凸现。阴晴雨雪，各为一景，侗寨依然，景色却变幻万千。我觉得这些村寨最美的时刻却在烟雨中、落雪后。

　　入秋之后，潇潇的秋雨便飞扬起来，从秋至冬，再从冬飞到春天。那雨幕连连，一下便是半载时光，一个月难得见一个晴天。我们戏谑地称太阳也定量供应。然而，我喜欢那样的雨天，那样的雨帘，细时如银针，滴时似珍珠，大时如冰指，连成一幕乳白的、银色的、白云般的水帘，从天穹上飘飘而落。站在新兵连的土台上，远眺侗家的村落，一叶轻舟从烟雨迷蒙中滑过，一位簑翁立于舟上，一根长长竹篙撑着小舟，一只鱼鹰鹚立于舟头，或展翼盘旋于水面。我们有时也借船横渡，颇有点少年听雨吊脚楼上，中年听雨渔船中的韵味。

　　最美的景致要数到了深冬，一场烟雨过后，空山寒林，老树枯枝、青松、楠竹和杜鹃上皆凝结一层雨珠。暮色渐至，温度也渐次降低，冰凝便一点点结了起来。第二天早晨起来出操，千山皆白，玉树仙葩、冰肌玉骨，低低高高，差差参参，恍如登临天上宫阙，身子尽在琼楼玉宇之中。

　　疑是梦中，不曾是梦。那一刻，我蓦地觉得，少年抚剑入潇湘，乃青春之大幸。

3

　　恕我愚钝，抑或长于一个"文革"年代，真正读懂湖湘那块神秘之域，竟然是在湖南日报社图书馆里，认识一位叫沈从文的文学大师。读他的文字，恍然大悟，我生活的那片土地风物风情、人世沧桑，早已经写入了他的秋水文章。

17岁那年，我被部队送到湖南日报社军事组学习新闻报道。三位老师是刘阳初、黄镇东和张文伟，全系老军人出身。因了我还是一个翩翩少年，因了我一直穿着那身绿军装，在湖南日报社的日子里，我总有一种如鱼得水之感。周五，编完稿子，便可跟老师爬上四楼，到湖南日报社的图书馆去借书。那是我见过最大的一个图书馆，足有一个半篮球场大，高高的书架上，摆满了发黄的书籍。那一刻，我像一头牛犊突然闯入一片草色青青的牧场，俯首之间，皆是精神食粮，可随意啃啮。第一次借的图书就是沈从文的《边城》《长河》和《从文散文集》，读着读着，我生活的那片土地，皆在视野中浮现，变成了这些颇有古汉语简洁高贵韵味，却又挟着湘西风情的生花妙笔。读沈老的经历，他也曾是一名连队的小文书，在一代湘西王陈渠珍麾下任职，闲来无事，便将这位清军军官的典藏书画拿出来品赏，一如听他讲西藏的传奇。当大清帝国灭亡时，他带着150名湖湘子弟，还有一名叫西原的西藏女子，走过万里羌塘，走过今天青藏铁线，经历8个月的死亡之旅，也经历一次生死之恋。那传奇无限放大了沈从文的军旅人生。若不想看这些故纸故事，那就瞧活的喋血的画卷，到一个叫梨树湾的地方，看湘西王的军队杀人，砍下一个个用绳子拴来的匪枭，尸首分离。看沅江河上放排的船夫与吊脚楼里的妓女打情骂俏。他那样的书写，简直就是一幅天然的湘西风情画，美轮美奂。我庆幸，16岁的军旅生涯，却是先见证它的神秘神性的土地，才在图书馆里读到这样富有魅力的文字，从此开始了我的文学人生。

一卷湘西的风情风月长卷，通过湖南日报社图书馆之缘，以古老的方块字，重铸了我的军旅人生。

其实在湖南日报社的日子里，我要感谢图书馆里一位个子高高的姓蔡的美丽阿姨。因了我穿了一套国防绿，借书时她总是对我网开一面，照顾有加。凡我借的书，一次借走十多部，她连挡都没有阻挡过，而且多是在我还没有借书证的时候，依然让我抱走这一摞书籍回到招待所，回到那个与报社的印刷工人一起住的房间，挑灯夜读。

每天晚上从办公室回来，不管多晚，那位头上谢顶的王国良所长，总等在招待所为我开门。有时他会有一搭没一搭地与我聊天，用纯正的湖南土话揶揄我道，小徐，将来给你找一位湘妹子做堂客。

堂客是什么？

他哈哈大笑，不告诉我。后来我翻阅周立波的《暴风骤雨》，知道堂客就是老婆，想到王所长的话，我的脸顿时发热了。

那一年，在那片广阔的知识牧场里，我认识了鲁迅、巴金、老舍、曹禺，认识了写大上海的世家之女张爱玲，亦找到写《塔里的女人》的废名，还有那个写《金粉世家》的"鸳鸯蝴蝶派"首领张恨水。

读啊读，一年湖南日报社的学习，不啻是上了一次大学。

秋天来了，平地一声惊雷，北京传来了喜讯，党中央一举粉碎了王、张、江、姚"四人帮"。那天晚上，我跟着湖南日报社的游行队伍，走过小吴门，上了五一大道，我看到、听到了一个民族走出动乱、重见天日的欢悦和歌唱。

秋天过去了，湖南阴雨绵绵的冬天来了。因为我是1976年夏天入湖南日报社，忘了带冬天的服装，冷得有点颤抖。看我只穿了一身单衣裤军装，在风雪里每天上班，早早地去办公室打水、扫地，总机班的彭哲芳阿姨看在眼里，执意要给我织一条线裤。我那时只是一个小兵，一个月7块钱的津贴，还要攒到年底寄60元给母亲，当然舍不得买毛线，便让部队战友寄来了好多双棉线手套，交给了彭阿姨。于是，她便将一只只手套拆成线，洗干净，再绕成团，然后给我织棉线裤。在她值班的日子，在她下班回到家里的日子，一针一线地织，颇有点慈母手中线，临行密密织的意味。

认识了彭阿姨，便少了许多乡愁。因为她在总机班，我便近水楼台先得月，有时到了晚上，她会将我叫到总机班，拨通我老家昆明大板桥派出所的电话，让警察去街上叫我父母来接。乡音款款，这时，我感到了故乡并不遥远。

那条棉线裤,彭哲芳阿姨织了整整一个冬天。冬天来了,春天不会远了。1977年春节,我在长沙度过。一个赤子、一个战士浸泡在湘情温婉中,一点也不孤独。黄镇东老师叫我去他在湖南农业局的家里吃年饭,还有张文伟、彭阿姨和在报社政治处的蔡伯伯,以及我的老战友梁胜忠夫妇,从初二之后,便轮流叫我去家里"呷饭"。此时,我感到湘情融融,亲情融融,有了这种军民鱼水情,遥远的故乡云南,不再遥远。

湘音浓浓,湘情浓得像辣椒一样火热。那时,我觉得自己是幸运的,幸运地拜这么一大批真诚热情且富有才华的湘人为我之师。

4

湖南的天空终于晴了。

春天姗姗来迟。我在湖南日报社学习已经10个月了。部队突然打来一个电话,说回来吧,政治处的书记要转业,领导准备给你提干。

喜讯接踵而来,暌隔十载的中国要恢复高考,我得回去,重圆自己的大学梦。

走的时候,彭哲芳阿姨织了一个冬天的线裤终于织好了,她在裤管口用纯毛线接了一截,不知情的人一看,以为是一条毛裤。穿上它,暖暖的,我踏上了驶向边城的列车,然后向那些帮助过我的老师们行一个神圣的军礼。那一刻,我的泪水涌了出来,心却默默地说,各位老师们,我不会负了你们的一片厚爱。

回到那座小县城,看到许多战友在复习准备考大学,我也想圆自己的大学梦。话刚说出来,便被团政治处主任王家惠叫到办公室,说,听说你要考大学,他娘的,现在有两条路摆在你面前,一条光明大道,马上给你提干,一个月54.5元的工资;另一条是平坦大道,让你去考大学,金榜题名,如果考上了四年之后再来当排长,也是拿54.5元的工资。孰轻孰重,你现在就给我一个答复。

我根本就没有一丝的犹豫,说我当然选择提干了。这是一个乡下孩子关键的鲤鱼跃龙门。

聪明之举。王家惠仰天一笑，说这就对了嘛。

于是，1977年夏天，我刚19岁，被提拔为某工程团的政治处书记，是一个年轻的小排长。

那时，我们这个从越南抗美援越回来的工程团，担负了在深山沟里打洞的任务。因为经常有塌方发生，与我一起坐一个闷罐车拉来的同乡战友牺牲了。组织股负责抚恤和安葬。当时我发现，凡有战友牺牲，到了傍晚，组织股的老吴干事就会带着楼下警卫排的官兵，扛着铁镐和铁锹出去，去独秀峰下的烈士陵园为战友挖坟坑，到了天黑才回来。看他一身泥土，我问他做什么去了，他总是神秘地说，给你的战友筑小屋去了。我茫然不解。晚上10点多钟，一辆大解放卡车驶进团部，装殓战友的黑色棺木被抬了进来，机关全体同志肃穆而立，举行最后的告别仪式。我方恍然大悟，又有战友光荣了。也许就是我的同乡，或者就是我同年度的兵。

将近午夜了，我们送葬的队伍穿小城而过，越过渠江之上的大桥，仿佛走过这座奈何桥、清凉桥，便是天国。一个士兵下葬了，距离不远的卫生队的熄灯号吹响了，一盏生命之灯熄灭了。

一抔黄土掩忠骨，第二天一个新的泥土小屋隆起了。一个小屋连一个小屋，一排连一排，依山而下，形成了一个巨大的军阵，英雄的军阵啊！

有好些日子，我总是想不通。我的战友在深山里筑起一道天疆，撑起的是泱泱大国魂，实现的是中华民族的光荣与梦想。当他们壮烈之后，为何不在大白天轰轰烈烈地，吹着唢呐，放着鞭炮，为他们送葬？

我带着这个困惑，去问抗战年代入伍的老团长：牺牲的英烈赤条条而来，为什么要默默无闻而归？葬礼不该在子夜进行嘛。

你懂个屁！老团长眼睛一瞪，当兵干什么？小城驻部队干什么？就是为了给人民带来一片安宁。我们隔三岔五地死人，抬着棺木从小城经过，会让老乡们紧张和不安的啊。

团长也许是对的，可是我觉得有点不近人情。那时我便萌动了一个心愿，总有一天，我要写写他们，记下这些为一个大国的崛起奉献青春和生命的年轻人的壮烈故事。

5

我回来了！

从1983年调到北京总部之后，我一直未回到这座烈士陵园，回到当新兵时那个侗寨边上的山沟，回到我在团政治处当书记的小城，回到在基地宣传处当干事住过的夹皮沟，回到长着石榴树的老连队。然而不管走多远，我无时无刻不在想着这里，因为在湖南的八年间，除三年出去读军校，我在那里待了整整六载时光。那里有我青春的梦想，也有我青春的磨难。记得在20岁调到基地政治部当干事的时候，我们这个基地，就在一条夹皮沟里，离县城还有30多公里，一个月才会出去一趟，到新华书店买点图书，然后便是在一个个日落黄昏，放一个小马扎在单身干部宿舍楼的走廊上，我坐在其上，背一首首唐诗，读一篇篇古文。那几载时光，是最寂然的，也是最幸福的。

前度徐郎今又来。此时，我已经圆了当年一个少年的军旅作家梦。我写中国战略导弹部队历史的《大国长剑》，一剑挑三奖，拿下了鲁迅文学奖、中宣部"五个一"工程奖和中国人民解放军文艺奖，我为自己和战友的工程兵岁月写的《鸟瞰地球》再度捧走了中国人民解放军文艺奖，还有我参与编剧的电视剧《导弹旅长》，获得了电视剧金鹰奖和金星奖。

感谢潇湘水，哺育当时一个年轻的小兵。

我该去看看那块土地了。

2004年春天，时隔30载之后，我回到当时新兵连那个已经废弃的阵地前，故人重返，遗址犹在，那棵大雪压断了支干的橘子树还在，老干新枝，橘子花开满一天清香。当年踢正步的操场已荒草萋萋，当年老连队屋前那一株小石榴苗，已经长成了一棵石榴树，灿烂了石榴花的殷红。

白的橘子花，馨香天地，招魂英雄；红的石榴花，昭示着烈火般的青春与生命。

那一天，我抱着自己为战友们而作的四部书《大国长剑》《鸟瞰地球》《砺剑灞上》和《导弹旅长》，去了独秀峰下的烈士陵园。

望着一个个熟悉的名字，石福炳、周文贵、王文贵……我在他们面前将自己的书一页页撕下，一张张点燃。

一书当冥纸，燃亮灵魂的天国，就在我将四部书烧完的时候，突然惊雷响起，闪电撕破天幕，大雨滂沱。那雨水如纤指抚过琴弦，犹如在弹一曲"霸王卸甲"，我看到战友们伫立于潇湘天空，在云彩之上，在天庭之上，在哭，在笑。

泪水和雨水混合在一起，淹没了我的湘西岁月。

沅水幸自绕楚山，为谁流下潇湘去？少年有幸，我入潇湘。潇湘有雨，有情，有义，有仁，有给了我无限厚爱的一位位老师。

我与老排长王爱东保持了长达36年的战友之情，后来他从湖南转业老家唐海县，一步一步擢升，当了县法院副院长。2008年夏天，他突然咳嗽不止。到唐海县医院拍片，被当作肺结核治了三个月，仍不见好转。转到北京一看，已经是肺癌晚期。家人和战友们都让他去唐海县医院评个理，他挥了挥手，说算了，我若去一闹，那位放射科主任的饭碗就丢了。再说，小县医院就那点水平，不能怪他们！俨然一片军人豪情。他在北京做右肺切除手术时，我第一次像等一个亲人归来一样，坐在手术室门口，整整等了他4个小时。

2010年元宵节的前一天中午，我驱车赶到唐海与他见最后一面，这是生死之别，当我车刚离去不久，他便溘然长逝。但那双眼睛却仿佛一直在凝视着我，一如湖湘的天空中，一双双凝视我的眼睛。

少年幸自入潇湘。忘不了啊湖湘之地，那雨，那人，那浓浓的故园情。

（2012年5月18日下午18点完稿于"中国作家重返红色岁月"赣州至北京的班机上。原载《湖南日报》）

12 将军石雕

每一块石头都是大山的血魂，每一个血魂都经历了地狱之火的铸造。在它生命的纹路里，镂刻着冶炼的痛苦和凝固的悲壮……

我爱石头，更爱寻访在它身上发生的历史血泪浸泡的童话和生命的涅槃。

一个春雨潇潇的时节，我回到那片原始、洪荒的莽林，参加一位老将军为烈士陵园雕凿的导弹石雕落成仪式，似乎又觉得自己是踏在历史的鼓点上，感受到了大山的磁力，聆听到了大山的心音，遥远而温馨，朦胧而清晰。

十几年前，我们跟随将军踏上了这片野蛮与善良、肥沃与贫穷、悠远与愚昧、杀戮与暴戾交织的土地。这位"文革"中被戴上"国防工程反动权威"帽子的老战士是奉北京几位老帅之命，率部出征修筑亚洲第一口巨型导弹发射井，为共和国铸造和平盾牌的。可这里荒蛮的外壳还没剥落，文明的晨曦尚在初露，雄奇险峻的群山横亘千古，野性骚动的河流吞吐着漩涡，遮天蔽日的丛林中不时传来狼嚎猿啼，依山傍水的吊脚楼蒸腾着冉冉炊烟，远处的翠岚回响着侗族青年男女寻偶求亲的情歌和叶笛。仿佛是在别一个国度里，使人时而感到辽远时而感到亲切时而感到历史的积淀时而感到时代的宽广。

部队在这空旷的远山里搭起了栖息的树皮栅，矗立起两台巨型吊车和几部空压机，开山的火炮惊走了山林里的野兽飞禽。将军拖着那只抗战中负伤致残的瘸腿，蹒跚地出现在工地上。喧嚣的机器，起伏的吊臂，奔跑的车辆，冒着热流的石磋，袒露着上身滚动汗水的躯体，使已近暮年的他涌动着开天辟地的磅礴和神圣。

他置身在这群热血男儿之中，好像又回到了金戈铁马的烽火岁月，生命之树裂变出巨大的热能。他忘却了伤残，与战士在风雨中战胜塌方，在篝火旁编织士兵的梦幻和对未来的憧憬，举起粗瓷碗喝下一杯杯盛着深情厚谊的热醪……他为这千军万马中聚集着未来的将军而兴奋、自豪。

随着时光的流逝，竖井在一米米地深掘。

当官兵们为即将到达的临界线而激动不已时，死神突然降临了。一天夜里，只听竖井里一声巨响，井底的灯光熄灭了，一壁巨大的山石坍塌下陷，把一队正在施工的官兵埋在深处，与青山凝固在一起。将军含着极大的悲痛，亲自指挥抢救，刨了整整三天三夜。可惜晚了，一群做着将军梦的士兵匆匆地离去了。

将军一夜之间苍老了许多，眼睛里失去了威严的雄风和光泽。他怀着绵绵的余恨和浑沉的悲怆，为他的士兵举行了一场奇特的葬礼。

葬礼在子夜进行。

那天夜晚，上苍早早地闭上了痛苦的眼睛，沉寂的远山笼罩着黑纱般的阴影，肃穆静立在广袤死寂的天地之间，一轮惨白的明月，犹如一个饰着白色衣裙的少女，站在古枫楠竹梢上，默默地为子夜的葬礼节哀，归巢的鹧鸪、杜鹃鸟时而从一阵阵山风里传来几声啼血悲鸣的挽歌。我们这支绿色的送葬队伍，踏着惨淡的月色，往驻地县城外的烈士陵园走去。路上，一座古老的风雨桥，横跨五溪河的呜咽碧波上。似乎越过了这条圣河，就登上了通往天国净界之路。

我的心里一片茫然，一颗颗战士之星溘然离去了，为什么不热热闹闹地送他们上路，而让他们孤魂清影独守青山呢?! 将军告诉我："这是战士们定下来的规矩，县城里有几万名居民，掩埋死者是一种痛苦的场面，不能把悲哀传导给他们，扰乱群山宁静的生活。"

我们走进坟地。这是在两座大山的峡谷里开掘出来的烈士陵园，一堆堆圆形的土丘依山而卧，排列整齐向山坡上延伸，已成了令人惊骇的铺陈。墓茔上，没有华丽的装饰，没有墓碑，没有名字，更没有墓志铭，只有几株枯瘦萧条的野草在山风中瑟瑟颤抖，显然很少有人来祭扫。

葬礼开始了。将军缓缓地把一锹土铲进了墓穴里。这或许是我一生中见过的最朴实最简易最壮观的葬礼。规格都一样，排列有序的花圈，催人泪下的哀乐，盖棺论定的悼文……但没有锣鼓的敲击，唢呐的悲鸣，鞭炮的炸响，更没有号啕大哭的场面。军人不是哭泣的勇士，宣泄感情的方式，就是沉默。可在这沉默中，一座座新坟挺立起来，像繁星一般，一层连一层，一串接一串，默默地注视着远方，遥望着中原的白发慈母，江南的盼归妻儿，巴山蜀水的情侣。

我相信，战士们与青山融为一体的那一瞬间，一定很想再回过头来，给遥远的故乡、慈母、情人投下最后深情的一瞥，然后才倒下来，化作大山的心胆、血脉。

将军抚摩着新垒成的士兵的小屋，仿佛在抚摩着一队凝固了的士兵雕像，感慨地说："我要亲自为烈士们雕刻一座丰碑，祭奠他们为祖国的导弹事业献身的开天伟业！"

次日，他乘坐着吊车下到了井底，在那些染着战士碧血的石碴里搜寻。他那昏花的眼睛突然闪亮起来，井底那一块块棱角分明的石头在他眼前跃动，顷刻幻化成色彩斑斓、熠熠发光的奇石珍宝。他弯下腰来，精心地挑选两大块赭色的石头，捧几捧山泉水洗去石上的血痕和淤泥，让战士们搬上吊兜，运回他的寓所里。

他留下了大地深处的碣石，他留下了一代伟业的历史见证。他要继续率领战士们用青春热血和赤子之情，在远山黑莽之中雕塑神剑腾飞的摇篮。

"八一"建军节前夕，他突然接到了中央军委主席签署的离休命令。

他带着那两块记载着他人生哀乐悲欢的石头和十几箱书籍回到首都北京。

一切都沉寂冷落下来了。可开山铸剑的宏业，总是铁马冰河入梦来，牵动着他的魂魄和情愫。

来年的一个春夜，一个令人振奋的电话从遥远的边城接到了北京他的寓所：亚洲第一井打成了，部队邀请他回去参加大会。盼望已久的喜讯，兴奋得将军彻夜难眠。

银色的月光掀起了窗帘的帷幔，飘逸地流进屋子，泻在沙发、地板上。他轻轻地翻身下床，找出了那两只从部队带回的木箱子，就着月光打开盖，两手立刻触到了那用纸包裹着的硬硬的石头。老伴听见窸窸窣窣的声音，醒了。他索性开了灯，两块赭色的石头折射出夺人的光彩。

他久久地摩挲、凝视着，一个奇特的念头在脑际倏然而生。第二天一早，他就跑到商店买来了钢锯条雕刻刀和小锤子。先在纸上画了一个带底座的导弹模型草图，又抱起那块长形石头端详一番，接着咯吱咯吱地锯了起来。石质坚硬细腻，是雕塑的好料子，可惜他第一次鼓捣这玩意儿，两手显得十分笨拙。不多时，手上竟磨起了一个个大血泡。老伴在一旁嗔怪地说："别想一口吃个大胖子，听人家说一尊石雕要很长时间琢磨呢。"他一听在理，索性找双线手套戴上，拉过小板凳坐下，摆开架势，慢悠悠地干了起来。

一天，三天，渐渐地，那凸凹不平毛茸茸的石头露出了修长、浑圆的导弹模样。他又用磨刀石一点点磨，用砂纸一遍遍打。终于，在他面前生发出一个光滑圆润的导弹胴体。他又把那块方石锯成一个底座，和导弹石雕粘连在一起，涂上一层清漆，一尊完整的石雕问世了。

他带着垂暮之手精心镂刻的导弹石雕回到了荒寂的远山深谷，直奔导弹阵地旁的烈士陵园。将军驻足在与他一样做过"将军梦"的士兵的小屋前，应邀与会的烈士家属、情侣和广大官兵也闻讯赶来了。他们把导弹石雕缓缓地放在一块用整石雕成的底座上。一位十多年前在导弹工程阵地上失去了未婚夫的中年妇女，带着初恋的痴情和默默的爱，悄悄跑到大山深处来扫墓，她把用山花编成的花环，挂在导弹石雕上，献上一片心香。将军深沉地说："请在这里为我留下一穴墓地吧，我要把它作为生命的最后归宿，与先走了的士兵一起守着共和国最后的盾牌，让圆明园再不燃起战火，南京城再不响起枪声……"

我远远地望着那正欲腾飞的导弹石雕，打量着这片古老而又苍茫的大地……

(原载 1986 年《散文》)

13 共和国不会忘记

不少作家都遇到过与我一样的尴尬，自己的孩子并不读父辈们写的书，无论是获奖的还是畅销的。我曾对自己的书稿能大把地赚来读者的眼泪很在乎，也很得意，可是却从未赚过女儿的一滴眼泪，因为她每天近距离地看着我每一本书的孕育出版过程，神秘感和崇拜感尽失。当出版的新书和获得的奖牌捧回家时，她竟然不屑瞅上几眼。无奈之余，使我不能不空留些许"家庭无名人"的喟叹。

然而，也许是命运使然，今年春节刚过，在北京西城区读高一的女儿放学回家，将新发的高中语文课本扔在了桌子上，多少有些戏谑地调侃道："老爸，一直躲避读你的臭文章，偏偏遇上了，还非读不可。恭喜你的《大国长剑》上了我们的语文书，不过，我并不觉得好在哪里。"我笑着摇了摇头，以为女儿在开玩笑。最后还是禁不住好奇，将她的语文课本打开来看，果如所云，《大国长剑》的第二章"长辛店的岁月"上了北京出版社和开明出版社出版的高一语文教科书，而且是作为"报告文学"的范文选读讲解的。对于一个作家而言，这远远比获一次国家大奖还要荣幸。

荣幸归荣幸。写作犹如过日子，是由一天一天连接起来的。我又埋头在另一部长篇的写作之中，无暇问及女儿读书的感受。忽一日，她突然捧着语文教材走到我的书桌旁，一本正经地说："老爸，别说，看了你写的中国导弹人，还真让人感动，尤其是那些甘做中华民族无名英雄的两弹元勋的故事，令人顿生敬意，能不能给我讲讲当年启动'两弹一星'工程的时代背景和未写进书稿的轶事？"

"当然可以！"我兴奋地点了点头，敲完键盘上的最后一个字，面对女儿，重又回到那已开始褪色的激情年代。

中国"两弹一星程工"的启动，得益于毛泽东、周恩来等第一代中央领导超越世纪的眼光和雄才大略，他们在一片战争的废墟上，在一个"饥饿的年代"，毅然做出了原子弹上马的决定，使我们的共和国真正拥有了今天这样的大国地位，使中华民族受益半个世纪，乃至又一个百年。

当然，这一工程更离不开一大批当年归国学子隐姓埋名的默默奉献。我采访过的三位中国的两弹之父王淦昌、彭桓武、邓稼先，他们都是世家子弟，有着舒适、优越的生活环境，且大多在欧美受到一流的高层次学历教育和学术训练，如果留在海外，极有可能获得诺贝尔物理学奖。可是他们却摘下刚获得的博士方帽，义无反顾地踏上归国之旅。在他们心中，学成回国服务，那是天经地义、不容商量的。

20世纪50年代末，钱三强把两次与诺贝尔物理学奖擦肩而过的柏林大学博士王淦昌、《爱因斯坦书信集》多次提到的获得爱丁堡大学双博士学位的彭桓武请出山来，负责中国的两弹工程。两位世界知名的大物理学家，一个主持实验部，一个主持理论部，邓稼先、朱光亚等为重要助手，终于在 1964 年 10 月 16 日使中国升腾起第一朵蘑菇云。中国第一颗原子弹试验成功震惊了美国，当时在麻省理工学院做教授的诺贝尔物理学奖获得者杨振宁博士，正在实验室做实验，一位美国同事手拿着《纽约时报》冲了进来，说，杨，祝贺你。杨振宁不解，反问道："祝贺我什么？"同事展开报纸头条："红色中国成功爆炸第一颗原子弹。"

杨振宁血往全身涌，问这是真的，同事点了点头。杨振宁与美国同事紧紧拥抱，连说："谢谢！谢谢！"然后泪流满面地冲进了洗漱间，一边哭着一边大声喊道："中国人——中国——"然而杨振宁心中始终有一个不解的结，多少有些怀疑原子弹是不是中国人独立造的。1972 年，他第一次访问北京时，将这种疑惑说给了周恩来总理，总理给了他肯定的回答。随后在会见自己的老同学邓稼先时，他又从专业的角度提出疑问，可是由于保密原因，邓稼先不能告诉老同学自己也参与其中，担纲了重要角色。

邓稼先与杨振宁两家是世交，从少年时代他们就开始一起读小学、中学，西南联大毕业后，一同赴美留学，1950 年，26 岁的邓稼先获得了美国普渡大学核物理学的博士学位，拿到博士学位的第 9 天，他就悄然辞别了杨振宁，采取偷渡的方式，朝着五星红旗升起的地方踏上回国的归途。

1958 年 8 月，在中科院核物理所工作的邓稼先，被钱三强召去研究制造中国的原子弹、氢弹。作为王淦昌教授主持的实验部的副主任，刚过而立之年的娃娃教授担任了重要工作。最精彩的一幕是，一个核爆计算公式和数据与实际不符，邓稼先组织人马对这个数学模型进行计算，在当时没有电子计算机的情况下，他们硬是用手摇计算机和中国最古老的算盘，

经过几十个白天黑夜的计算,最终得出了正确的结果,保证了核试验的成功。

东方的巨响,震撼了世界。可是一代大物理学家们却隐姓埋名,蛰伏在一片荒无人烟的莽原上,默默地做着一项支撑起中华民族高贵头颅和脊梁的伟业,而在国际核物理学的峰巅上,人们再也看不到他们的身影和名字。1986 年夏天,已升任中国核物理研究院院长的邓稼先被查出直肠癌晚期,身染沉疴,住进了三〇一医院,时日无多。中央军委决定对他的身份和业绩解密,军委主席邓小平签署命令,任命他为国防科工委科技委副主任,并在中央各大报上开始大规模地宣扬他的事迹。远在大洋彼岸的杨振宁这时才得知老同学是中国两弹之父,他感慨良多,认为虽然自己与李政道为华人世界拿了第一个诺贝尔奖,但是与邓稼先比,他们才是中华民族真正的英雄。可是英雄生命的天空已暮色苍茫。罹患癌症的邓稼先动手术时,中央军委副秘书长、国防部部长张爱萍将军一直在走廊上等候消息。手术之后,邓稼先第一次也是最后一次坐上刚配给他的大红旗专车,沿着天安门广场绕了一圈,望着熙熙攘攘奔涌在十里长街的人流,他对坐在身旁的妻子许鹿希说了一句至今还让人震撼不已的话:再过 10 年 20 年后,不知道人们还记不记得我们! 在采访中听到这句话时,我流泪了,心里涌动着一种莫名的酸楚。女儿听完我讲这个故事后,眼睛也湿润了。

放暑假的时候,我带着女儿专程去了西部那片遥远的禁地,去了当年的原子弹制造基地,去了王淦昌、彭桓武、邓稼先等大科学家们生活了多年的荒原。如今早已人去楼空,变成了一个旧址,一片废墟,一处旅游景点。站在"中国第一个核武器制造基地"纪念碑前,我对女儿说,一个人死了之后,最终都会被岁月的漠风淹没,但是,那些为了我们的民族强盛和崛起做出了特殊贡献的人,是不该被遗忘的。比如曾经在这里搞"两弹一星"工程的共和国的大科学家们,全都在欧美受过一流的高等教育,有非常高的学术造诣和天赋,然而在他们心中,祖国最重,民族最重,苍生最重。他们的名字是钱三强、王淦昌、彭桓武、邓稼先、朱光亚、程开甲、郭永怀、陈能宽……我们不能忘记他们呀,共和国不能忘记啊——遗忘和冷漠,对于一个民族来说,是非常危险的。女儿默默地点了点头,我不知道她是否真正理解了我的一番苦心。回到北京不久,中秋节姗姗来临了。一个周日的早晨,她突然问我:"爸爸,你采访过的两弹之父现在还有多少人健在?"我不知她话里的玄机,便脱口而出:"就剩下彭桓武爷爷了,他儿子在美国匹兹堡大学当教授,80多岁的老人,一个人生活在中科院宿舍里,还自己做饭——"

"是吗?"女儿露出了惊讶的目光,"我们就去看彭桓武爷爷吧,与他一起过中秋。"她专门到花市上买了一盆燃烧着青春和生命的红杜鹃,带上月饼,献给她心中最崇拜的两弹元勋——彭桓武爷爷!

小车疾驶在前往中关村的路上,凝视着女儿脸庞上写满了的沉思和宁静,我突然觉得她已经跟着父辈,踏上了一条不会忘却的精神之旅。

(原载 2002 年 9 月 16 日《解放军报》)

14 芙蓉楼

每个人都在为自己的灵魂搭起一个自由抑或痛苦飞翔的天空。

从童年时代起，一首古诗，一个童话，一段锈迹斑驳的神话传说，便把一片辽远陌生的历史莽原变成了温馨的心灵故乡。被岁月的腥风血雨蚀刻坍塌的雄关栈道、寒山古刹、历史名城在一片朗朗背诵声中崛起，凝固为永远的神圣雕像，耸立在精神的疆域里。

当跨越了青春的门槛后，就焦渴地祈盼着按照诗和童话的索引，去寻景寻诗寻梦寻驮载灵魂游弋的生命的翅膀。

巡行的苦旅踏进了历史的废墟，行走在咸阳道上，秦王横扫六合的战车飞驰而过；伫立在大散关前，汉高祖唱大风的形象依稀可见，徘徊在阳关遗址，大唐的商旅从戈壁大漠深处传来了苍老的驼铃声……

在一片暮霭沉沉的历史黄昏中，庄周、屈子、司马迁、陶潜、太白、杜甫、苏轼、放翁、袁中郎、张岱悠悠地跨越千年岁月，从虫蛀的线装古籍里向我飘来，在这群慷慨轩昂、飘逸恬淡的骚客后边，最后一位竟是以《出塞》《从军行》的边塞诗辉煌了许多世纪的"七绝圣手"、"诗家夫子"王昌龄，他孑立飘然、神情孤伤，似乎要向历史春秋诉说什么，交代什么……

跟随他踏风而去的背影，越雪峰山巅，过五溪之水，走进了一片神秘原始的大莽林，一派洪荒的广漠山地——秦置黔中郡、汉设武陵郡的湘西。自汉唐开始，这里便成为放逐历代谪官的一座宽阔无比的天然监狱，四处大山环抱，河流密布，峡谷陡峭，乱石穿空，险滩叠起，恶浪滔滔，亘古不息。群山倚江而立，危峰遮日，丛林吐烟，巉石狰狞，云蒸霞蔚。走一两天的山路，方可见到一脚插在水里一脚插在泥里的吊脚楼，山里匪患成灾，延续千载，缠绕山间的青石板路旁，不时闪现出一座被抢劫奸掠后烧毁的房舍，一具开始腐烂的尸体，一簇白得冷索的茶子花，一丛红得凄惨的山莓，倏然间还会有一条大蟒横行路上，间或跳出一两名持刀拦路抢劫的惯匪，吓得你皮肤发凉。夜宿山村野店，吊脚楼背后的山林里，呼啸的林涛声中掺和着虎啸狼嗥，潺潺的流水中漂泊着毒蛇与蟾蜍决斗的凄厉。唯一通向外部世界的只有一条水路，乘木排漂越沅江、澧水，回归到熙熙攘攘热热闹闹灯红酒绿的尘世之中。

可是年年岁岁，朝朝代代，无法把握自己命运航标的文人骚客、官宦显要乃至封疆大吏，凡触犯了帝王之尊、皇家之讳，御笔朱红一点，人生的命运和仕途的辉煌就像西沉的落日，永远跌落在这潮湿蒸郁、瘴气猖獗的蛮野之地。

王昌龄是公元 748 年流放到沅、汗二水汇流之处的湘西龙标城（今怀化黔城），当了一名小小的龙标尉。这是他生命和仕途的最后一个驿站。在此 10 年之前，这位开元盛世的进士、诗坛上的才子，就因获罪被贬逐岭南，过了一年多孤寂而又荒凉的山野生活，突然一纸大赦的诏书命他返回长安，戴罪立功，到长江边上的石头城里当了几年小小的县丞。可惜他秉性难改，那犀利的狼毫，那难耐的激情，那浮沉的忧思，总要给大唐帝国泼几句冷语，惹点小小的麻烦，终于又被摘去了乌纱帽，再贬楚地偏远的一壤。

经历了一贬再贬的痛苦磨难，王昌龄的精神肉体实现了涅槃，蹉跎的人生之旅铺展得很远,坎坷是经常的,步履是放达的。他绝不会像屈子流落在汨罗江边痛苦得精神失常，也不会像年少的贾谊经不住突来的厄运在长沙城里哭哭啼啼悲悲切切，他的目光放得很远，一双明眸也非常的平静，不忙不乱地打点行囊，然后举起酒壶与前来送行的诗友酒友痛痛快快地喝个酩酊大醉，第二天红霞袅袅升起，便温厚微笑着上路。没有小客栈的执袂劝阻，没有长亭外的洒泪而哭，更没有孤舟上的仰天悲叹，这就是唐人的风范。

走进这南荒之地，他凭借着从阴山脚下西域边塞千里疆场上铸炼出来的唐人风骨，迅速地忘却了人生的荣辱沉浮毁誉，于一片寂寞和宁静之中与大自然实现了彻底融和。他省下了酒钱，在沙滩上搭建起了芙蓉楼。此楼背廓临江，依林踞阜，筑叠巧妙，被称为"楚南上游第一胜迹"。

王昌龄常常于此登楼吟诗作画，宴宾送客，在谢了开、开了谢的芙蓉花丛中，度过了他人生之中最后几年。

按说，他找到了自己精神的家园，完全可以很满意地钟情山水，师法自然了。在洪荒自然宁静温馨的抚爱中，在武陵源充满桃源梦的田父野老的朴素中，栖息自己已经疲惫的羽翼。可惜他是中国文人，那骨子里浸透着历代文人忧国忧民忧君的传统人格和理想，使他在摆脱现实的冷酷走向虚渺的灵魂空间时，精神的翅膀不免沾上了世俗悲凉的苦水。他在实现自我的价值又常常迷惑自身的价值，灵魂的外壳一半留在了山野僻壤，一半等候着命运的诱惑。

每当黄昏姗姗来临，他总喜爱久久地倚立在芙蓉楼上，眺望着江上的落霞、惊鸢，沅水苍茫，弹一曲悠远的古琴，吹一支苍凉的羌笛，饮一口清凉的苦酒，静静地默默地等待着潇湘月夜的降临，随口而吟：

> 忆君遥在潇湘月，愁听清猿梦里长。
>
> 岭色千重万重雨，断弦收与泪痕深。
>
> 洛阳亲友如相问，一片冰心在玉壶。
>
> 莫道弦歌愁远谪，青山明月不曾空。

一种独上高楼的苦寂，一种空对凄月的悲怆；

一种抚爱灵魂的慰藉，一种心似冰壶的独语；

一种精神，一种境界，在这些浸润着血泪的诗文里，王昌龄把人生的痛楚和渴求推向了极致。

他梦想像当年少年从军壮游一样，骑着剽悍的战马出塞北越腾格里沙漠，纵马阴山，踏碎贺兰山缺，在夕阳落照的千古荒原上铸造士兵的群雕，在熊熊的篝火旁横吹一管塞外的箫笛，在浩渺的青海湖上射一只凶猛的天鹰，以文人的碧血和壮士的勇敢来边塞沙疆建功立业，换取一个侯爵封号，给家族和个人带来莫大的幸福和荣耀。

他也希冀以满腹经纶和救国之策，名垂千古，彪炳青史……可是浩浩皇天，一帙褪色的历史，纵横数千年，属于中国文人的天地是那么狭小拥挤。高尚的人格常常被冰冷的现实撞得头破血流，人生被笼罩在一片愤懑和悲哀之中。

王昌龄被流放的罪名多少有些滑稽和难以成立，初贬岭南罪名是"不矜细行"，再贬龙标则是由于当南京区区县吏时"不拘晚节"。一个容纳四海、温厚地微笑着看世界

的大唐帝国，何以容不下几个富有悲悯之情忧患之心的风流才子，其实祸起萧墙的竟是他们一生执着追求和酷爱的秋水文章。你瞧王昌龄那气势恢宏慷慨悲凉的边塞诗歌，既弹响了大唐将士戍边卫国的主旋律，也淡淡地回旋着时代衰败的颤音和强烈的反战情绪，还有他描写宫廷嫔妃幽怨的诗章，竟把匕首般锋利的笔触对准了皇帝老子。在这大一统的社会里，个人是没有意义的，在战栗疲软的肉体上供奉个体的灵魂，王昌龄自然逃脱不了悲剧的结局。

他被残酷地逐出了京都。

离开也好，京城太嘈杂了。

皇城里的迷宫会让最清醒的头脑眩晕，晨钟暮鼓的音响总是那么乖戾和诡秘。满腹学识文章的才子被车轮马蹄捣碎，对于一颗总想踽踽独行的心灵来说，由仕官的完结而回归到文学，贬谪之灾不啻是种幸运。

灾难是一笔财富。它使王昌龄对官场宦海死了那颗心，趋于淡泊宁静，在这远离皇城的边远地带，他可以冷峻理智地思考历史人生，长时间地与自然相晤，与山水亲热。于是华章诗词像泉水一般地喷涌，待紫色的官袍腐烂成泥，待岁月的烟雾化作永恒，他亲近过，凭倚过的芙蓉楼便成了历史的遗址，楼因人而蜚声，人倚诗而久远。

在龙标的王昌龄，并没有一味舔舐自己心灵的创伤，他有一个小小的贬谪官职，统辖着侗、苗、瑶族杂居的小城。他以仁道为政，治之以宽，高筑江堤，办了官学，修了寺庙，免去赋税，政通人和，凭着自己的理想的文化人格，营筑了一个与蛮族和睦相处的小小天地，被誉为"仙尉"，乡民慕名来访者终日不绝。一日，江那边的大山里，一个世代承袭的女匪首带领几百人马欲渡江攻陷龙标城，打富济贫。王昌龄只身划着一个小小的木筏渡江过去，与女匪首煮酒论兵，舞剑赋诗。他那边塞沙疆练就的领兵

韬略,那气吞江河的七绝佳句,使土匪女首领钦羡不已,俯首谢过,从此龙标城相安无事,也就有了"佳句退兵"的美好传说。

唐天宝十四年,安史乱起,王昌龄为避战乱,匆匆辞别龙标,以一叶小小扁舟在沅水没有航标的河流上冲撞了几个月,企想回归离开了8年的长安故里,路经安徽亳州时,被刺史闾邱晓所杀,唐代文学天空中一颗明亮的星陨落了。

诗人死后,相传芙蓉楼前他亲手栽种的白色芙蓉花为灵性所动,遥向苍天,哭祭主人,感动得冥冥苍穹流下了一掬悲悯的泪水。一阵电闪雷鸣,大雨滂沱之后,白色芙蓉花竟变成了三楚大地上唯一的五色芙蓉,晨为雪白,午变浅黄,而到夕阳初吻时竟是一片血红。人们说这是五色芙蓉喋血祭祀主人哩……

岁月的久远增添了王昌龄的魅力。他死后龙标的遗迹因年久失修，毁于兵火。后人不忍"朱栏藓没，锦字烟销"，一代一代的文人墨客带着崇尚和惋惜之情来谒见这位贬官南荒的诗人，许多在此为官的人心灵深处总游荡着他的影子，不得不收敛着自己的行止。清乾隆十四年，知县叶梦麟在原址建"芙蓉亭"，以示纪念。嘉庆二十年，知县曾钰择西城外香炉岩辟地作园，正者为楼，高者为亭，拱而翼者为廊，缀其旁者为室，并绕以长垣，围以石栏。清道光年间建木质主楼，刻有楹联："楼上题诗，石壁尚留名士迹；江头送客，冰壶如见故人心。"流落楚地的一代书法大家颜真卿、米芾、黄庭坚、赵孟頫等也都撰文赋诗，泼墨刻碑，与王昌龄羁留在此的灵魂默默相守，独享着那份清静和幽远。当时的朝廷万万没有想到，一挥而就的南荒御批竟然点化了一批民族的精灵，使中国文人的命运在荒山野岭里裸现……

登斯楼也，江水呜咽。

漫步在芙蓉楼里，游人稀少冷落。难怪，数千年已矣，这里仍旧是一片遥远蛮荒，只有一个孤独文人的灵魂在固守岁月的寂寥和人生的飘零。普天皇土，浩浩神州，实在寂寞。寂静倒也不怕，就怕灵魂和人格的堕落。沉重的脚步在长廊石板小径踏响了凄厉阴森的回声，叩问着岁月，叩问着历史，在大唐帝国的太阳普照人类的时代，在自古文章重李唐的时代，中国文人灵魂飞翔的天空为何那般狭窄低矮，为何一批批忠良贤哲万里竞投南荒？历史沉默，江水无言，也许这是一个复杂得用现代计算机程序也解不开的历史命题。一代又一代流放南荒、蓬头垢面、客死他乡的怨魂也在做着苦苦求索，可凸现出来的只是一帧风干的青史……

昌龄离去已很久远，只留下一幢坐落在五溪之上风雨摇曳的芙蓉楼，一卷千古绝唱的边塞诗章。登上通向祭祀他的殿堂，脚步十分沉重缓慢，真担心他那双痛楚凄迷的眼睛会问："你是哪一代的书生，是新来的流放者么?!"

（原载《随笔》）

古战场上，残阳西斜，苍烟落照。
野草丛中，回荡着幽灵般的哀恸，
凝滞着死寂般的沉静，
弥散着浓雾般的硝烟……

1980

1980　八十年代篇　军旅抒怀

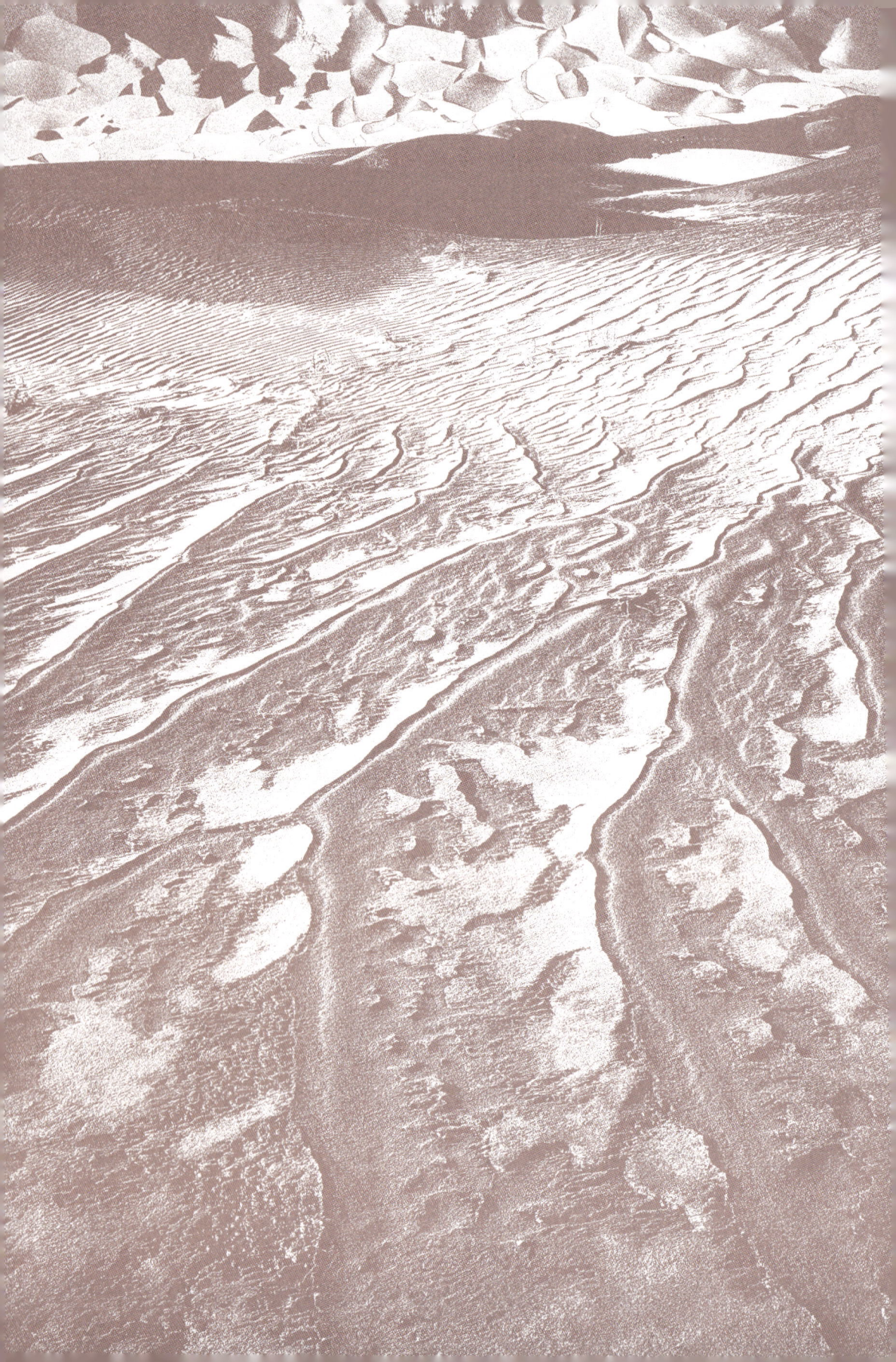

15 剑光，在古烽火台上闪烁

在我记忆的小溪里，漂泊着一个褪色的梦。

她像一幅古老的油画，诱发着我的奇想，撩动着我的情怀。多少年来，在岁月的画册里，为寻觅释梦的注脚，我饱尝了人生的苦楚、辛酸。

可梦始终是遥远、破碎、迷离的……

9月秋黄，我跟随一支导弹部队，来到塞外的古战场，观览导弹发射，追寻那失落的希望。"三菱"吉普沿着历史尘封的古道，在岢岚山麓缓缓行驶，扑入车窗的景色，使我生发了一种似曾相识的感触。那碧天的云，蛮荒的山，被秋霜洗黄的野草，俨然像一位饰着金色纱丽的处女，裸露着奶黄色的胴体，在萧瑟的秋风中婆娑起舞，展现着销魂的倩姿。伫立在山巅的秋阳，宛如一尊威武的战神，抖落血染的战袍，溅在草丛中，渗入山下的小溪，泛着数不清的涟漪，呜咽地向外流淌，从古流到今，从辽远的过去流向那茫茫的未来。巍峨的山峦上，坐落着秦代的土长城，汉时的烽火台，逶迤连绵，对峙相望，就像镶嵌在祖国母亲脊梁上的大血管，流动着赤热的血浆，向遥远的天涯伸去，溶进青烟袅袅的雾霭中，留下一个残破的剪影。这是一堆堆凝固了的历史，不停地引发着人们对远古的遐想，同时向人们的心底倾注着沉重的凄凉。我搜寻记忆，在哪里流连过？小学的历史书中？唐代的边塞诗里？军旅的摄影集中？哦！是在冥冥的梦中。

抵达导弹发射基地，弃车步行，踏着荒芜的小径，登上古烽火台，在一残洼处站下。古烽火台已被连年的战火，夷成了一片残壁断垣，守卫古堡的士兵，也不知什么年代走远了，唯有石砌的拱形大门和箭楼静静地耸立着，犹如一个岁月的精灵，在沉思中恪守着自己命运的天涯，默默地倾吐着无尽的惆怅；险峻的城墙已坍陷了一半，仍忠于职守地站在绝壁上，不减当年"一夫当关，万夫莫开"之势；躯干已经枯萎的老榆树，又从树梢上长出十数片嫩叶，以一个历史见证人的身份，宣示着自己的存在，凝视着历史竞技场上所发生的一幕幕决斗；破碎的秦砖汉瓦中，间或散落着几枚汉代的五铢钱、唐代的开元通宝，还有铜带钩、铜箭头，给古烽火台蒙上了一层古老而又神秘的色彩。仿佛是一篇无声的陈述，一片无泪的悲叹。面对这被历史的血泪浸泡的遗迹，我把握不住感情的落差，抑制不住徜徉的神思，是赞美还是太息？是骄傲还是悲鸣？是兴奋还是怅惘？

怀着这种忧愤的心境，我走进箭楼。蓦然，响起了一阵"啪啪"的惊乱声，一群白色的野鸽子，从栖息的箭孔、间缝里冲了出来，飞向白云飘绕的天际，就像一群白色的天使，穿过时代的烟云，把我带进了一个遥远而又悲凉的梦中……

这是一个残缺的梦，梦境幻化成悲壮的历史画面。

古战场上，残阳西斜，苍烟落照。野草丛中，回荡着幽灵般的哀嗥，凝滞着死寂般的沉静，弥散着浓雾般的硝烟……

那些捐躯沙场的鬼雄，从白骨累累的荒丘上，芳草萋萋的古城里，九泉之下的黄土中，爬了起来，组成军威严整的方队，从远古深处走出来，向着我这个现代军人走来了。唔！汉高祖的卫队，汉武帝的轻骑，唐太宗的精兵，左宗棠的湘军，他们的脸上充满悲怆的神情，眼睛里拂动着幽怨的云翳，嘴角边颤动着饮恨的呻吟，与悲鸣的西风，凄切的寒蝉，熔铸在一起，汇织成一曲高亢、雄浑的军歌，在古烽火台上萦绕、激荡着。

在这悲壮的军魂曲中，古烽火台驱动生命的磁针，旋转在榆树古老年轮上的纹路，播放出凄凉的绝唱和历史的旁白，向后人诉说着痛苦的昨天和屈辱的历史，诉说着铁的史实和血的哲理。警示人们不要忘记：

在这里，称雄一世的刘邦，被匈奴的兵马包围，战无良将，谋无远士，鲁莽的厮杀和士兵的肉墙，终没有挽回惨败的命运，只落得垂暮之年的叹息；支撑局面的汉元帝，几十万精兵，竟没有拦住匈奴入侵的轻骑，"和番"谈判，昭君出塞，竟是用一个弱女子的天生丽质和青春血泪，去铺织通往和平的彩路；励精图治的唐太宗，凭借着"贞观之治"的国力，西征北讨，斩关平乱，使大唐的太阳在长漠边关升起，激荡了多少文人墨客建功立业的诗情；而积贫积弱的宋王朝，纵有忠勇精锐的杨家将、岳家军，可和降的诏书，竟断送了半壁河山。金沙滩，成了士兵的坟丘，成了母亲心上的溃疡，成了多少代军人耻辱的印记。

很久了，很久了。

历史总是重复着悲鸣的绝唱，古烽火台总是逆演着战败的悲剧。我的魂魄，我的躯体，随着一缕缕飘逝的青烟，走进了一片荒寂的坟地。一位神情幽怨的老兵，递给我一封家书，托我捎回人间，这是红尘之中的一位良家女子盼了3000多年的情书啊。姗姗迟归的鸿雁啊，收信的女主人，还在等吗？还能等吗？一个血染征衣的女兵，赠我一束橄榄枝，以表达她那虔诚的祈告，愿人世间消除仇恨、积怨、恶念，摔掉"金匣子"，寻找爱的平衡。一位身披金甲的将军，屈体倒在了平展的沙丘上，仿佛变成了一个巨大的天问。问历史，问上苍，问江山，问家人，问自己。唉！我那壮志难酬，勇猛而又可怜的先辈军人啊！

我在诚惶诚恐中，受到军魂灵火的熔炼。

我在孤寂悲凉中，做着浩叹远古的追问。

这时，白色的野鸽子从无垠的苍穹里，翱翔了一圈，又悠然落到了古烽火台上，把我从古老的梦中引回到荒寂的现实里。

雾散去了，梦醒了。四处一片茫然，前不见古人，后不见来者。我的心底呈现出贫血的苍白和沉重的压抑。我徘徊着，企想从岁月变迁的积淀、历史兴亡的反思中，寻觅诠释梦境的释文。

忽然，拥簇在我身旁的野鸽子又是一阵惊乱。我循声看去，一对青年男女军官依偎着走了进来。在这岑静散发着古人幽情的烽火台上，居然出现了一对情侣，引起了我的好奇。

原来，他们是导弹基地的青年工程师！家居京都，就读于导弹工程学院，共同的理想，执着的追求，使他们相爱了。毕业时，他们婉谢了学院留校执教和去研究所工作的要求，毅然来到坐落在塞外古战场的航天城，编织银色的梦幻。

"你们对当初的抉择，后悔吗？"我突兀地问。

"没有！在这块流淌着多少代军人碧血的热土上，我们找到了施展才干、实现价值的场所。"他们会意地笑着。并告诉我，今晚即将发射的"长征三号"火箭上，有他们的实验课题，等火箭发射成功后，他们就举行婚礼。现在

他们要以古烽火台和火箭起飞为背影，拍一幅合影照作为结婚的纪念。

我被他们的浪漫举动感染了，自告奋勇当了摄影师。我打开镜头盖，撷取画面，一幅古老与现代交织，悲壮与雄浑同在，混沌而又明亮的画卷，展现在我的视野里。

古烽火台下，银色的"长征三号"火箭，在绿色的巨型塔架上耸立着，像一支满弓待发的利箭，似一把寒光闪闪的青锷，默默地指向了晴空。落日在炽热地亲吻，白云在痴情地缠绵，似乎很不情愿它即将飞离。发射坪上的工作人员已经撤进了隐蔽处，四周阒寂般的宁谧。猎猎的西风中，传来了指挥员洪亮而又粗犷的指令："10、9、8、7、6、5、4、3、2、1、0，点火！"只听一声巨响，银色的火箭，像一条巨龙，喷吐着金色的火焰，挟持着清风，扶摇直上，呼啸着飞向那奥秘的苍穹，数秒钟后，就化作一颗流星，把我少年的梦，褪色的梦，失落的梦，追寻的梦，过去的梦，未来的梦，带进了星汉迢迢的银河里。可这梦不仅仅是我个人的啊！她一半属于历史，一半属于现实，一半拥抱恐怖，一半拥抱温馨，一半告别过去，一半憧憬未来，是多少代军人编织的理想，是多少血染边关将士们的期冀。

此刻，两个年轻军官的脸上挂满了一行行清泪。流吧，尽情流淌吧，这是洒给古人的，也是流向未来的。我堵不住感情的潮汐，在颤抖中按下了快门，把一代青年军官银色的梦与腾飞的巨龙、古老的烽火台框制在定格里。泪水模糊了我的双眼，古老的梦淡化、消失了，可是我从这褪色的残梦中，窥见了祖国源远流长的历史，觅到了一代兵魂伟大的真谛。

落霞被归林的小鸟衔到山后边去了，古烽火台沉浸在黄昏的静谧中。我徘徊良久，奢望拾到一点奢华的影迹或荒唐的梦痕。结果，如愿以偿，拾到了一块汉瓦，乌黑乌黑的，系黄泥烧制而成，古老的图案凹凸分明，清晰可见，不知出自哪位工匠之手。我带回京城，磨制成一块精细的砚台，摆在书案上。静夜，当我磨墨挥毫、欣然纵笔时，它又把我的情思牵到了荒凉、空漠、冷寂的梦的世界里……

（原载 1986 年《散文》）

16 沉默的远山

一个神秘的天籁之音，一个英魂部落的遥远呼唤感召着我又一次走向西南边地。

踏上这曾经燃烧过太阳燃烧过青春的红土地，我立刻领受到一种岁月的沉重和苍凉。那一尊尊沉默的岩石，那一把把渗血的红土，似乎都能捏出一部血泪浸泡的英雄悲歌。可是，这里委实太安静了，太寂寞了。寂静得有点凄凉，凄凉得有点寒冷，寒冷得有些残忍……

苍老的战云不知哪个早晨悄悄地褪去了，一群群野鸽子像一个历史遗留的精灵，在湛蓝的碧空里划出一道道银色的弧线，从野性的山风里传来悠远温馨祥和的鸽哨；被炮火炸翻的山峦上长出了一片片萋萋芳草，覆盖愈合了红土地上的巨大创口；古老的橄榄树的残枝上又吐露出新芽，结出一串串甜涩的青果。奔流不息的红河水把人类的友爱仇恨杀戮罪恶凝结成一个个生命的旋涡和历史的泡影，呜呜地流入大海深处。

只有被腥风血火煅烧雕铸的山麓默默地挺立着，像一个历史的巨人用两道闪电般的利眸冷峻地扫描着人类递演的一幕幕战争与和平的悲喜剧，严肃得没有一丝表情，严酷得透视着道道寒光。

几年前，这里曾经唤醒过一代热血青年的尚武意识和偶像崇拜，大车、小车，男人、女人，花圈、花环，潮水般地涌向这片野生地，誓师演讲，情祭军魂，点燃振兴中华的火把。而现在一切都沉寂了，一切都冷却了。一切都变成了一个遥远的梦影，化作红土高原上千载悠悠的白云。没有战争自然就没有军人，没有战神的威胁自然就没有军人的荣耀。历史的选择性和悲凉性就是这样的残酷。

尽管许多情感被高原的山风冷漠风化了，但我的情思却难以从这里割裂，因为我生命的河流里贮存着红土地上的山泉水……

清明时节，冷雨潇潇。一只鹧鸪在山那边的林间唱着嘶哑的祭山谣。我走进俯瞰着红河水的烈士陵园，冷冷清清不见一个人影。一座座半球形的坟丘和一块块墓碑沿着山脊绵延而下，像凝固了的秦俑方队，像威严的武士石雕，上下有序，排列整齐，傲骨挺然，仿佛还在等待着某种指令……只要在这墓地里巡行一遍，就会领略到人类精神中那属于洛神文化的可贵部分。可流逝的岁月在慢慢地把这一切冲刷得淡然，墓地越来越冷清寂寥，野草萋萋，百花凋谢，灵幡褪色，雨点苍老，显然已经很久很久没有人来祭扫……

我把脚步放得很轻很轻，害怕踩醒了脚下睡熟了的万千英灵，害怕扰乱了他们的平静。这是非常苦涩的巡行。当我在一座墓碑前伫立时，穿过如丝一样的雨帘，凝望着一个个熟悉而又陌生的烫金名字，我又看到了不死之魂青春太阳的燃烧和跳跃。哦！我无法忘却他们，无法忘却那冷云与血火交织的白天和夜晚……

我穿行在这血雾漾漾的坟地里，我徜徉在上帝故乡的空寂中，一种莫名其妙的感觉在左右着我的情愫。当我驻足时，忽而觉得脚底的冰冷战栗，当我前行时，突然又感到脚底的烫人灼热。哦，神秘悲凉的鬼雄世界，你究竟要赐予我什么样的温度和人生的启示?!

　　走出死亡的谷地,我蓦然发现血与火、生与死、欢乐与痛苦、缄默与荣耀、寂灭与不朽、涅槃与永生并没有隔着一条不可逾越的阴阳界。

　　昨天战争的伤口已被岁月的风尘掩住,一个民族整体的痛楚在时代潮汐的冲洗中淡化消失。在零公里处不远的中方……在一条狭长平缓的山箐里,经不住现代物质文明诱惑的两国边民,在边境民间贸易市场上交换着商品,历史于一夜之间编织了一个深埋地下的故事。人类在这里显示出绅士般的豁达宽容和大度。长眠在高山之巅红棉树下的英魂们是如何凝眸山脚下的悄然变化呢?我无法摸准这些死难之灵的准确脉搏。

　　爬上边山的主峰，登上巍峨入云弹孔累累的雄关，俯瞰四野的制高点。历史的迷雾和战争的血雨浩浩荡荡直面扑来。我总觉得这儿该有几声像角鼓的鼓点和悠扬的芦笙，该有一支永远回荡在红壤丘岭上的情歌。可惜它已经沉寂消遁在辽远古老的山风里。远眺着广袤天庭滑翔的银色野鸽，鸟瞰着温馨古寨的袅袅炊烟，我的思绪飘逝得很远很远。

　　48 年前，中国远征军在滇缅边境的松山一带全歼日军三个师团，使松山之役成为日本侵略军的"滑铁卢"。可从 1973 年中日建交后，一批批日本客人要求去滇西祭祀日本士兵的亡灵，当他们的请求一再遭拒绝后，许多人当即痛哭失声，只好面对着像沉重的历史帷幔的点苍山长跪不起。1990 年秋，一行日本人终于被允许秘密地踏上松山红土地，他们一边将许多从岛国带来的精美祭品抛向深山峡谷，一边扑倒在红土地上，抱头痛哭，最后还恋眷不舍地带走一包包松山泥土……

　　历史的变焦镜把我的远思拉向了现代。我的视角越过河流越过山峦，落在了红河对岸那一片烟雾迷茫的绿色丛林之中。战火结束已经 20 多年了，尽管在美国民族神经上

遗留下的阴影还没有完全消失，可美国人还在继续搜寻失踪者的遗骸……

我不理解日本人何以要执着地拾起那失落的并不光彩的历史？！

我不明白美国人何以要执着地寻找那葬身异乡的士兵的尸骸？！

难道仅仅是为了慰藉活着的和死去的魂灵，我回答不出！或许从这棵战争之树结出的历史涩果中，我们能寻找到世界上不同民族的现实心态和命运精神的谜底。

而我们呢？面对衰草之中的坟茔，面对西下如血的残阳，我能悄悄地向红土地之魂说些什么呢！

沉默的远山会把一缕缕忠骨军魂输入山神的精血，输进历史的魂魄……

（原载《美文》创刊号）

17　茫茫荒原藏精灵

　　西出古凉州城，从远处雪山流来的忘忧河水，载着彻骨的荒凉和顶礼膜拜，把我们引向军旅之行的目的地——雁翅滩。

　　《凉州兵要志》记载，雁翅滩倚山远望，东接凉州古城，西瞰浩渺无垠的荒原，地势险峻，是匈奴、回纥、吐蕃、鲜卑、羌族等酋长部落进入古华夏大陆的要冲之地。自汉唐以来，历代兵家都在这里屯军设驿，煮酒谈兵，抚剑长歌，血洗铁马冰河，长眠着一代又一代白骨忠魂。传说汉代名将李广就自刎在这片莽原上。遥想千年，这位一生跟随汉家三代天子塞上征战的老将军，为一个"侯"位爵号，与匈奴打了大小70余战，屡建奇功。可他一生坎坷，遭到汉室王朝的压抑迫害，不但未建功业，反在垂暮之年的最后一役中，被漫天卷地的黄沙遮住了行军道路，失去了最后一缕希望，被迫自杀，结束了悲凉雄壮的人生。后来在这里戍边建业的大唐著名边塞诗人高适、王昌龄、岑参等神游将军空留的马蹄声，感慨他曲折的一生，悲愤万千，抑制不住积郁的情感，苦吟悲唱出许多动人的诗行，弘扬一代名将。

抚摸着这汉唐的残梦，那血与火的遗失岁月早已凝固风干，古老的战事沉于荒原之中，在忘忧河上漂起了一行行难以辨认的象形文字。可雁翅滩上，汉时的明月犹在，大唐的太阳犹在，奔放的羌族舞犹在，苦涩的古箫声犹在，雄健的边塞诗犹在，悲壮的豪放词犹在，可那一代代远征将士的笑声、哭声、"国骂"声呢？他们血铸的豪歌威震的雄风，他们的哀怨、企盼、愤懑、狂放、梦想呢？

真的从此一笔抹去，就像荒原上的一阵狂风，卷过之后不留丝毫的踪影吗？

历史不太遥远，生命不会断层。虽然朦胧而又真实的史迹，被时代的烟雨洗白了，但李广的新一代后裔们，又在茫茫的荒原上，新铸了一柄正义之剑，斩断了一个民族 5000 年郁积的苦难。

1957 年，正是那桑格花盛开的时节。一阵阵潮水般"叮咚叮咚"的驼铃声，惊醒了千古沉睡的荒原，5000 名火箭将士浩浩荡荡开了进来，在这广袤的荒漠上，开始建造中华民族第一座贮藏"太阳"的地下宫殿——原子弹的摇篮。

统率这支部队的贾将军，忘不了离开北京前周总理召见的情景。夏夜的中南海，万籁寂静，总理办公室仍然闪烁着明亮的灯光。他被引领到劳累了一天的周总理身边。总理紧紧握住他的手，浓浓的剑眉下透射着兴奋的光泽，亲切地告诉他，中华民族拥有自己的原子弹已为期不远了，中央决定动工兴建我国第一个核武器库。周总理犀利的目光投向了墙上地图的帷幕，用红笔在地图的西部重重地画了一个圆圈，十分严肃而又庄重地说："好吧，你们就从阳关古道开始，以最快的速度，让中国的太阳在西部神奇的土地上升起！"

一支神秘的特种部队诞生了。将士只简单给家人情侣留下一句话："西去铸剑，暂不能回信！"便匆匆踏上万里征程。

　　5000名将士站立在神奇荒芜的雁翅滩上，遥望着汉代抵御匈奴的长城残段，横亘在嵯峨的山峦戈壁之间，高高的烽火台虽经风剥雨蚀，仍然苍健有力地屹立着。俯拾起一把把遗落在萋萋芳草中的戈刀、铜箭，他们突然悟到自己正在从事一项前无古人的辉煌事业。荒原不再是乡愁，不再是孤独，荒原给一代军旅壮士熔铸的不仅仅是对远逝荣光的留恋，而是重新找回了遗失的雄风和永恒的憧憬。

　　但铸炼神剑的事业却是充满了艰辛的苦难历程。雁翅滩因只有大雁驻足而得名，方圆百里没有村落，没有炊烟，到处是海浪般连绵起伏的荒丘、千姿百态的雅丹地貌，而暴雨是它的情人，狂风是它的朋友，死寂是它的永邻。纵使七月流火的季节，也得穿上厚厚的棉衣。可官兵们把最壮丽的诗行镂刻在这片神秘的土地上。他们在荒原上扯起了一顶顶帐篷，升起了袅袅炊烟，铺开了建设的蓝图。

　　从将军到上兵，人人都踩着终年积雪，顶着戈壁的风沙，挑石担土，打坯烧砖，放炮凿洞，修筑地下"龙宫"。当"北方"那股寒流袭来时，部队断炊了。战士们挖野菜，

采榆叶充饥，喝盐水汤下饭，与人民共和国一起度过了那艰难苦寒的岁月。时间终于改变了空间，一幢幢高楼和纵横交错的地下航天城奇迹般地出现在荒原上，构成了一幅浪漫神奇的拓荒图：在一片金色的原野上，一边是游动着烟雾的古战场遗址，一边是我国第一座核武器库，一老一新，交相辉映，再现了凝固的历史和创造着的历史神话。

历史的神话终于在现实中显现了。

1964 年 10 月 16 日。世界屋脊上。高高的铁塔托举起原子弹耸入云间，将军用金钥匙打开装着"核幽灵"的黑匣子，驱动引爆按钮。只见古老的荒原上放射出一道刺眼的强光，千古沉寂中爆起惊天动地的巨响，雄壮的蘑菇云拔地而起，奶白色的薄雾四处溢散，气势磅礴的红色大潮急剧扩张，如烈日裂空，如火山喷射，直上九天，形成了一座高耸的峰峦。

东方之神在华夏大地上降临了。

　　神奇的造山运动又在地球之巅开始了。

　　大洋彼岸的杨振宁博士，接过助手送来的报纸，当确信是中国人自己制造的之后，这位诺贝尔奖获得者，竟不能自已，撇开客人跑进洗手间，泪流满面："中国人！……"

　　这是压抑了很久很久的屈辱之声。

　　这是积郁了很久很久的民族情感。

　　我驾驭着这种感情之舟抵达雁翅滩时，戈壁驱驰烈焰的熊熊战车追逐着太阳的神骏，跑到雪山后边去了，傍晚舒展着温柔轻盈的翅翼，姗姗来临了。雁翅滩的黄昏展露着朦胧而又神秘的魅力。天空中蒙覆着血红的夕云，荒原裸露出金色的曲线，激动地去搂抱暮霭。朦胧增添了神秘，沉寂蕴含着无穷。缓缓流淌的忘忧河传出一支古老的歌，诉说着永恒，诉说着天地间理解的沉默。这时，碧绿的天空荡起银色的新月之舟，又圆、又大、又低，一看就知道那是"秦时明月"，苍白的脸上挂满清泪，想说什么，却欲言又止。

　　那天夜里，我做了一个梦：远古的精灵出现了，把我引到未来世界的显示屏幕前，按动开关，银幕上闪现出一幕幕阴森恐怖的场面，在人类末日到来的千分之一秒，残阳被远山吞没，昏黄的古原上突然升腾起一个个被后羿射死的太阳，火球渐渐膨胀，幻化为比 1000 个太阳还亮的蘑菇云团，巨光、核辐射、冲击波席卷九州，一片片焦土，一片片废墟，一片片寒骨，只有死神把蘑菇云图案装饰的勋章，佩戴在胸前，在荒寂的坟地里踽踽独行。

　　最后画面定格了，又是广岛上烙在水泥墙上的人影和那位梦想叠 1000 只纸鸢的小姑娘在为和平祈祷……

　　次日醒来，雁翅滩依然降临了一片和平温馨的金讯。我把昨晚的噩梦说给核弹头基地司令听，他哈哈地笑了："尽管功勋章是军人心中的图腾，可我们不希望有这种机遇，更不愿意用核弹去摘取军功章。"他引领我们信步走出庭院。说来偶然也十分巧合，我们昨晚下榻之处，恰好是当年马步

芳的公馆，依山傍水，寂静幽远。房前的荒漠上，矗立着一片片钻入云间的白杨树，是当年马匪用刺刀逼着被俘的西路军男女红军栽种的，又称"红军杨"。人们说，锯开树的躯干，可以窥见依稀可辨的"红星"纹络。我对这种附会多少有点迷离。也许树有悟性，会默默地铭记那苦难的岁月。而人们呢？

据说，附近散落着一些被俘男女红军，没有党籍，没有工作，更没有人过问他们的生活，可他们却在这片贫瘠的土地扎下了根，依然自己交着党费，不时来到"红军杨"下坐坐，与长眠在黄土中的战友进行心灵对话。我徜徉在杨树林里，这些默默无闻的生灵啊，没有月光的注视，没有语言的赞美，没有诗没有歌，可它们却在这遥遥的荒原上长成了林。

任何一段历史都不会不留丝毫痕迹。

在核弹头基地，30 载春秋，一批又一批名牌大学毕业的高才生怀着年轻人的狂热和野心，也带着年轻人的朝气和锐气，汇入了核弹头基地。如今当年的莘莘学子，有的成了核基地的领导，有的成了核弹头专家、设计师、工程师。但高原的寒风，强烈的紫外线，给他们留下了一副老牧羊人的面孔。最痛苦的土地孕育着最幸福的希望，最蛮荒的土地云集着最深沉的血性。

这片没有悲伤没有凄凉没有眼泪的亘古不衰的土地啊！

这片铸造历史铸造人生铸造希望的雄浑博大的土地哟！

我徘徊在这片热土上，寻找中国的太阳，寻找和平的精灵，寻找宇宙的回声。肆虐的黄沙蒙住了我的眼睛，可在这一片混沌之中，我看到了一幅辽阔壮丽的历史画卷，寻找到了一个个默默无闻的岁月精灵，谛听到一首古老悲壮的中华军歌。那画卷、那精灵、那歌声，从遥遥的生命之河漂泊而来，接通我汩汩流淌的血管，荡漾在我的梦里，在我灵魂的小溪里缓缓流过……

我爬上了高高的发射塔，望着千古荒芜的莽原，望着万载悠悠的战云，望着李广将军兵败的荒滩，望着当年红军倒下的长漠，望着新一代勇士们苦苦拥抱了 30 年的土地，我的眼睛湿润了。在这片茫茫的荒原上，每一平方米都屹立着一个坚强的英灵。他们只是无数后来者中的一个。

那岁月的精灵，在我生命的荒原上走过……

（原载 1986 年《散文》）

18 月亮城

我对月亮的膜拜，来源于童年伟大的馈赠。

那红土高原的春夜，寂静的边街旁，我和妹妹依偎在饱尝岁月风霜的奶奶怀里，远远眺望着从睡美人山怀抱里冉冉升起的一轮嫩红嫩红的月亮，似水温情地抚摩着粗犷的山影，便缠着老人讲月亮的传说。于是，童年便给人生积淀了许多天方夜谭的幻想，人生也就有了掩饰幸福和痛苦的美丽。

待到年长，仍然痴迷地在人生苦旅上踏访那个残留在童心之中的远天圣城——心中的月亮。

翻阅中国历史摄影集，在那些残缺发霉、褪色的画面里，秦时明月的蛮荒，关山冷月的悲怜，春江花月夜的清丽，秦淮残月的萎靡，卢沟晓月的苍白，像跨越了历史界碑的永恒诗句，超脱了现实藩篱的伟大音响，无限地丰富了我的想象，也丰富了我的痛苦。

这难道就是我童年梦中那一艘月亮帆船吗？

我问命运一千次，也问自己一千次……

一个血色黄昏，我们从京城西郊机场登上图 –154 客机，飞往中国登月的航天处女港——西昌卫星基地。

　　银色的大鹏载着我们凌空腾起，扶摇碧天。鸟瞰京都之地，燕山之巅，险峻陡峭的司马台长城驮着一轮血淋淋的落月，嫣红的云涛如同万顷血波，渐渐地浸透了暮色之中的远山翠岚，残破的关山遗址长城断垣孤独地伫立在血渍斑斑的暮霭里，默默地做着千载痛苦之梦。天涯尽头，仿佛苍穹刚刚经历了一场毒刑，蔚蓝色的衣裙上裂开了一道道深邃的伤痕，在最后的痛楚挣扎、抵抗中等待着自己命运的归宿。

　　哦，燕赵之地的黄昏，犹如一个神秘凶险的梦境，冥冥地昭示着历史嬗变的阵痛和辉煌陨落的悲壮。

　　太阳终于从命定的方位坠落了。

　　黑色的大帷幕遮饰了人世间的丑陋与赤裸。经过两个多小时的夜航，我们飞抵大凉山中麓的古城西昌上空。

　　"本次航班已飞临月亮城，现正在下降……"漂亮的空中小姐用温柔的中英两种语言介绍着古城的历史和壮丽景观。

　　我们从舷窗里俯瞰，果然一奇观：机翼下挂着一轮金黄金黄的月亮，墨蓝色的天幕像水练洗过，无一丝云彩，水绕山环的高原古城被月光浸染成银色，格外鲜亮，如同白昼。秀丽宁静的节海犹如一块明镜，将螺髻山的倩影倒映其中。远去的安宁河水像一条游动的丝绸缠绕在螺髻山的胴体上。一种只能凭意念去感知的雄沉、博大、磅礴的氤氲之气充塞苍冥之间，与野性的山风、朦胧的涛声溶合在一起，渐渐地化为遥远而又轻渺的历史回声，仿佛从天边传来的神秘的叹息……

　　下榻卫星基地小招待所，我们却无倦意。倚窗远望，梦幻般的月色覆盖了梦幻般的航天城。大家被这情天恨海里的孤魂所引诱着，纷纷到山野里散步。但见十几层楼高的巨型塔架托举着"长征四号"火箭，耸入云天，像一支参天的画笔在夜幕上尽情地涂抹着如水的月色。一轮玉盘般的春月悠悠浮游，不胜娇羞地摩挲着这巨龙神剑。远山朦胧，近峰嵯峨。不远处的山坡上篝火跃动，一些彝族山民有的还在清亮的月色下耕田劳作，还有的则围着篝火，手拉手地跳起了彝蒙歌舞，脚鼓的敲打声、叶笛的吹奏声，在发射场的上空萦环回响。我问卫星基地的总工程师，西昌何以月独明？他告诉我，西昌地处横断山脉西缘，海拔1500米以上，四面青山环抱，中部是安宁河和邛海湖滨平原，属于干湿交替亚热带西南季风气候，每逢冬春时节，从阿拉伯伊朗高原刮来的寒流，经印度西北塔尔沙漠吸收后，又被高高的横断山拦住，故少雨、无大雾。常年天高云淡，碧空如洗，夜月分外皎洁。加上它离赤道最近，是飞向月球最理想的航天港。难怪古代骚客吟哦"清风雅雨建昌月"，来称誉西昌月城的胜景和美名。

我们轻轻地徜徉在月亮城里，陷入一片悠远的冥想之中，谁也舍不得打破这纤尘不染清澈透明的恬静。

仿佛两千多年前的月光滞留在这恬静里。

仿佛古今兴衰存亡的往事堆拥在这恬静里。

仿佛暴戾杀戮的血浆凝固在这恬静里。

仿佛沉重的智慧和罪恶展露在这恬静里。

整个世界今晚就停泊在这月亮城的港湾里，四处一片死寂，没有寒山古寺里的钟声，没有晓风残月下的客船，只是在漫长的等待中孕育痛苦，在永恒的恬静中繁衍悲壮。但那些古老的生命毕竟很遥远了，只有凝固的历史遗迹被这一轮低垂的月亮唤醒了，挺立着巨大的影子，缓缓地向我们走来了，像神坛上的偶像对虔诚香客的接见，是生者对死者的访问?! 历史近在咫尺。

踏着月色，历史老人从深幽茫远的文化峡谷里蹒跚地走出来了。

这里，曾是我国最早最古老的一条"丝绸之路"的故道。远在先秦时代，蜀商贾贵就赶着马帮，驮着丝绸、蜀布、邛竹杖穿过川西平原，汇聚于邛都（西昌），然后攀缘崎岖山道，渡过金沙江，顺澜沧江、湄公河而下，经大理、腾冲抵达缅甸和印度进行交换，或从印度大陆航行出海，把黄河流域的东方文明送到爱琴海岸。当500年后西汉张骞出使西域，发现了蜀布、丝绸，不由得惊叹不已。在他的游说下，汉武帝遂洞开天朝大门，开拓了北方著名的"丝绸之路"，使中西文化得到了大规模的交媾、融合和繁衍……

但是西昌古城的繁荣与文明仅仅是昙花一现，它渐渐被历史迷津的怪圈抛在了后面，一天天地衰败、没落下去，文明之光涂上了一层厚厚的野蛮残杀的血痕。当诸葛先生治理西南夷，在大凉山腹地七擒部落首领孟获、火烧藤甲兵时，古老的部落图腾徽标已经失去了原始的雄风和威严，再也经不住文明和智慧大潮的冲击和诱惑了。可大凉山依然凭借着蛮荒原始的生命冲动，痛苦地拒绝着外来文化的拥抱、婚配和同化。千载悠悠，血的浸洗和火的煅烧，剥落着大凉山亘古洪荒的外壳，虽然这种痛楚的蜕变，酿造了许多血泪浸泡的人间悲剧，但历史往往是以血与火的洗礼和创造方式铸就了自己的永恒。

倘若你在夜月阑静之时去寻觅凭吊边城古寨的历史遗址，仍然可从山风、林涛、月光之中依稀想现烽燧遍地、刀光蔽月，依稀可闻战鼓震天、号角连绵……这一切，似乎又并不悠远。但后人幽古之情和丰富的想象力是无法穿透拨开岁月蒙在上面的厚壳和历史的谜团。

50 多年前，刘伯承元帅率领红军长征先遣部队抵达大凉山麓时，土司头人小叶丹率彝族武装拦住了去路。刘帅以军事家的坦诚和远见感动了他，两人歃血结盟，为红军让出了一条生路。

这个最强悍最善良的古老民族哟！

这片最古老最年轻最文明最落后的上帝弃地啊！

历史并没有忘却这块上帝的弃地！

70 年代初，重病卧床的周恩来总理拖着病魔肆虐的躯体，抱病主持审定了建设西昌卫星基地的蓝图。他握着刚刚从牛棚里放出来的张爱萍将军的手，仿佛是在做最后的交代："我们国防建设耽误得太久了，要加紧干呀，把西昌建成中国的'休斯敦'，实现我们古人登月的神话和梦想！"语气中不乏英雄暮年的苍凉和悲壮。张将军默默地含泪应承了。

一支神秘之旅从浩瀚的长漠戈壁移师南下，开进了千古荒芜的大凉山腹地、邛海之滨，修建中国登月的航天第一站。银色的大鹏将扇动沉重的翅膀，从这片古老而又多难的土地上起飞。

但中国人征服太空的路是遥远而又艰难的。航天城建设的工程刚刚展开时，国家就从空军和西北卫星基地挑选了数名中国第一代宇航员，在一片芭蕉叶掩映的神秘峡谷里，仿造航天飞机的驾驶舱，仿造月球表层的冷色空间，仿造外星人的生活方式，进行秘密训练。可后来由于耗费巨资和一些难于解决的技术原因，这项拓荒工程中途下马了，宇航员们壮志未酬地离去了。我们踏着月色来到这片废墟上，尽管人去楼空、萧条冷落，但那种伫立于"伊甸园"之上的空旷迷离的幻觉，那种置身于航天舱中的新奇神秘的快感，简直像真实的存在。我不禁对第一代航天人和那神奇的创造力和生命力升腾起由衷的崇敬和惊叹……

感叹他们在凄风苦雨的年代里，用青春的血泪和生命之躯，用现代文明的巨手，在这片充满了贫困和落后充满了愚昧和野蛮充满了暴虐和血腥也充满了幸福和苦难的红土地上，建起了共和国登月的航天处女港。

第一颗试验卫星从这里升起，第一颗同步通信卫星也从这里升起。这意味着，每隔104 分钟，中国的月亮就以自己明媚的眸子在太空审视一遍自己的故土。中国太需要自己的月亮去审视过去、去拥抱世界的明天和希望。

1986 年 2 月 1 日夜晚。月亮城里。清辉飘移在浩茫辽远的天宇，朦胧的山影遮挡了巍峨的发射塔架，银箔一般雪亮的月光轻柔地抚摩着"长征三号"火箭。这是中国第一次发射实用通信广播卫星。可是三天之前，美国"挑战者号"航天飞机升空爆炸，7 名宇航员葬身汪洋，写下了世界航天史上最悲惨的一页，美国亿万名电视前观看实况转播的群众，目睹了这一惨象，神情呆然，泪湿青衫。老总统里根强捺悲痛发表电视文告，祭祀死难英灵。中国的卫星发射会不会也遭厄运，重蹈覆辙呢？重任落到了一位英俊潇洒、戴眼镜的青年军官身上。他叫李联林，是我国历次发射最年轻的指挥官，也是一位将军的后代。他已经把自己的眼光瞄准了 21 世纪的太阳，默默地攻读《孙子兵法》《拿破仑传》及英文版科技书籍，寻找当代军人的成才轨迹和明天的星座。临发射前几天，老将军千里迢迢从京城来看儿子，他却待在神秘的地下指挥大厅里不见。他说："我现在渴望的不是老子与儿子的握手，而是中国与世界的拥抱！"当晚，当发射进入最后一小时准备时，突然出现了故障，他果断下达指令：带电排除故障。更惊险的是，当发射只有最后一分钟时又发生了事关成败的意外，他临变而不惊，仅用 3 秒钟的思考，准确指出意外的缘由，使银白巨龙安全地把中国的月亮送入了太空。

中国的月亮在西昌这片神奇的红土地上悲壮地崛起了。震惊了世界，闪烁于寰宇。美国国会代表团和英、法、日、西德、瑞典诸国纷纷组团来这里参观游览。美国前国防部长温伯格爬上耸入云间的发射塔架，望着千载蛮荒的峡谷，望着万载悠悠的白云，望着碧空之下的现代化发射场，禁不住连声惊呼："OK，中国的休斯敦！"

从 1987 年初，美国雷特公司抢先与我国签订第一颗发射卫星的合同后，又有 20 多家外国公司纷纷希望让中国为他们发射卫星。

西昌月亮城从封闭蒙昧的野山里走了出来，走出城市，走出国界，大胆地迎接世界文明大潮的冲击和挑战。

在卫星发射成功的狂欢之夜后，我又幸运地领略了卫星回收时的宏伟壮观场面。那是一个雨后初晴的上午，远山迷蒙空灵，天空云蒸霞蔚，红云飞溢。在四处群山相拥的山坳里，远村小巷炊烟袅袅，山野里村民们在坡地上赶牛耕耘，不时听到牛叫狗吠之声。搜寻卫星的部队和直升机已发动待命，只听预定的区域里传来了指挥中心的口令："卫星已冲破大气层，返回预定的轨道。"大家神情专注地遥望着远方的天际，"过来了，过来了"，灰色的天幕上蓦地裂开了一条巨缝，陨石坠落、九天塌陷，随着巨型降落伞的打开，一个银白色的球体闪着寒光，缓缓地落在了一片稻田里。部队围了上去，满山遍野看热闹的彝族群众围了上去，年轻人手舞足蹈指点着这天外来客。

我们于凌晨登上返京的专机，远方残星稀疏，月亮的最后一线光芒在渐渐隐退，天涯尽头与大地结合之处镶着一片银白的弧光。我从舷窗里眺望，一颗颗流星拖着明亮的长线，坠入晨曦初露的血海子里。在月光下，在星光下，在曙光里，在一夜将尽的时候，月亮城、红土地、中国的月亮，遥远的过去，辉煌的现实在烫痛我的情思。我仿佛站在一个历史的垭口上，脚下是一片迷茫板结的历史冻土，前方却是现代文明的新大陆，而历史正在这岁月的婚床上进行痛苦的分娩……

这时，月亮陷落了。飞机冲出了厚厚的云层，机翼之下是一片猩红的血海。尽管中国航天飞机起飞的翅膀还很沉重，但我们拥有苦难深重的历史，我们拥有充满幸福和光明的明天。我看到月亮城的早晨，挂着一个嫩红嫩红的希望的太阳。

(原载 1988 年《散文》)

19 战地女神

　　我家楼房的小阳台上，栽着不少奇葩异草，有雍容的牡丹、富丽的山茶、高洁的玉兰、飘逸的水仙，红的、白的、黄的、紫的，织成一幅幅五彩图案，显露着天姿娇色，展示着美的魅力。

　　可是，在这些美丽的花神之中，有一株无名的小花，她身姿羸弱，根茎清瘦，碧绿的小叶上托着一个雪白的蓓蕾，滚动着一颗颗晶莹的泪。没有与百花争妍斗艳的风姿，更没有招蜂引蝶的芳菲，其貌不扬，平淡极了。每当太阳神与花仙们亲吻、嬉戏时，她总是羞涩地闭合着花蕾，默默地伫立在一边，观看花仙们的失态。等太阳疲惫了，花儿闹累了，黄昏悄悄地降临，月亮女神在暮霭中爬上树梢时，她舒展着躯体，揩干脸上的凄泪，欢愉地绽开笑靥，露出四瓣洁白的花蕊，吐着淡淡的幽香，给劳累了一天的人们以美的享受。

　　我喜欢她！

　　每逢黄昏时分，我常爱倚在扶栏上，凝视着她遐想，寄寓自己的情思……可在大学里念书的小妹极不理解，尖刻地嘲弄我说："哥哟，你的审美水平是三流的。这花有啥美，背着太阳的光开放，既不敢放胆地裸露，又不敢炽热地追求，没骨气，该开除咱家的花籍。"小妹突兀的话语，刺伤了我的感情，烫痛了我的记忆。我把她唤到跟前，给她讲起了有关这盆花的来历和故事。

那是 3 月的一天下午，我驱车前往滇南前线采访。尽管北国仍旧是山瘦水寒，可南疆的早春已经是鸟语花香，春意融融了。我们下榻的第一站是野战医院。它坐落在一片小凹地里，四周群山相拥，绿树掩映，房后是一片绿色的平地，芳草萋萋，野花点缀，宛如一块绿茸茸的大地毯，与后山坡上的烈士陵园连成一片。那里，静卧着在中越边境自卫还击作战中捐躯的勇士们。

车抵医院，已经是傍晚了。夕阳的余晖在蔚蓝的天幕上抹上了一缕缕红晕，折射在草地上，就像太阳神留下的一个个猩红的唇印。我们放下行囊，在医院李政委的引领下，迈着沉重的步履，向烈士陵园走去，去凭吊那些匆匆走了的同龄人。本来，野外踏青是很惬意的事，可我们的心情却格外凝重，话题很少，也无暇浏览大自然的美景奇观。四处是静谧的，我们的心沉沉的，各自都在寻找着自己失落的梦幻。"噢！快看呀，前边飘来一片白云。"一位同行仿佛发现了美洲新大陆，惊讶地叫了起来。我们放眼眺望，哦，何止是前方，在我们的四周，蓦地升起了一片片雪白的小花，星罗棋布地镶嵌在绿地上，一团团，一片片，在晚风中摇曳着身姿，像一簇簇滚动的白云，似一缕缕飘拂的棉絮，那血红的晚霞，轻轻地泻在小花上，织成了一个个红白相间的花环。面对着这自然奇观，我惊愕、茫然了。真是奇事呀，刚才还是一片绿地，怎么一瞬间变成了雪国，我扪心自问，莫非进入了一片神奇的土地？这究竟是造物主的杰作，还是花仙子的迷惑？是我们的幻觉，还是神灵的感应？任向导的李政委似乎看出了我的心思，他喃喃地解释说："这叫月亮花，在南疆遍地都是，白天打苞，等晚上月亮出来时就开了，第二天太阳一照就谢，一年花蕾不断。战士们称她为战地女神，说活着有她相伴、死了有她守灵，走到黄泉路上也瞑目了。"听着这悲凉的叙述，我仿佛看到谢世的英灵，头枕着黛色的青山，簇拥着洁白的小花，鸟瞰着祖国的山川，静穆地睡熟了，而一群群月亮花仙拥簇着他们，在翩翩起舞，长歌当哭哩！

不知不觉，我们已穿过草地，登上了烈士陵园的石阶。走进墓地，顿时感到一种肃穆悲壮的气氛。战士的坟茔,一排紧挨一排顺山势而上,凝结成青山的脊梁,远远看去,像一支军威严整、整装待发的团队,而一块块黑色大理石碑,就像一双深邃的黑眼睛,含着遗恨,含着艾怨,含着希冀,含着憧憬,含着悲愤,在注视着我,在审度着我,在感召着我。我仿佛听到了他们那颗赤子之心的律动。墓地里,杜鹃鸟在悲啼,月亮花在抖索,像是在为英灵流泪、抽泣。这时,我突然想起易安夫人的诗句:"生当作人杰,死亦为鬼雄。"眼前的这一切,不是一个绝妙的写照么?!

　　当我们来到第三排坟墓前,只见一位年轻的姑娘在给一位烈士上坟,周围站着许多女护士。姑娘身着一套白色的西装,披泻的长发上,扎着一条洁白的小手帕,胸前缀着一朵白色的小花。她跪在墓碑前,旁边放着一束束刚采撷的月亮花,还有家乡的红枣、泉水和金黄的纸钱。也许是路途的遥远匆忙,她没来得及送花圈,只在墓碑的左边挂着一条一米多长的白绫,上面写道:"你亲爱的妻子月花敬献!"字迹很幼稚,似乎写时笔画抖动过。我知道姑娘不是用手在写,而是用心在呼唤。她好像没发觉四周站满了人,一边焚烧纸钱,一边呜咽:"留云……留云……你说好打完仗就回来结婚啊,可你一走,就永不回来了。俺追到你的坟上,与你在墓地里举行婚礼,你先穿上俺给你准备的结婚时穿的西装吧。"说着,她从旁边的提包里拿出一套咖啡色的毛料西装,放在火上点燃了。谁也没吭声,谁也没阻拦。她面向天地鞠躬,泪流满面地念叨,"俺们一起拜天地啵!"然后又跪下向墓碑叩头,"你也受俺一拜。"接着把一把把红枣、一瓶瓶清水洒在墓前,小声地说:"俺带着娘的心愿来看你,吃点家乡的枣,喝口村前的水吧。你放心去,俺一辈子守着娘,为她老人家送终,俺惦记着你,一辈子……永远……"姑娘说不下去了,一头扑下,抱着墓碑放声恸哭。那悲怆凄切的声音,就是石狮子听了也会掉泪。几位女护士"哇"地哭出声来,拥上前去把姑娘搀了起来。但见燃尽的纸钱,化作一对对黑色的蝴蝶,随着晚风悠然飘起,三步一回头，五步一徘徊，轻轻地落在墓前的月亮花上，那样缠绵，那样依恋，最后，振翼远去了……

我的心在颤抖，抑制不住情感的涟漪，我想哭！

一群女护士搀扶着姑娘走远了，她们的背影融进了蒙蒙的暮色中。医院李政委告诉我，月花姑娘来自大别山下，与一等功臣、烈士钱留云从小青梅竹马，在一所学校里念书，双双品学兼优，共同的理想，执着的追求，使他们的心贴近了。高中毕业时，留云决定投笔从戎，考上了陆军学校，月花也被地区卫校录取。可临报到时，留云犹豫了，他舍不得孤苦伶仃、双目失明的老母呀。月花姑娘支持他，主动放弃了学业，回到乡里一边务农，一边照顾钱母。许多人为她惋惜，她却淡淡一笑："留云干的是大事业，俺做点牺牲，值！"前年，留云从军校分到了部队，他们定下了终身。今年初，他请假回家完婚，离婚期只差三天时，部队奉命赴前线作战，一封电报召他回去。离家前，亲人不解、乡亲挽留，都想让他办了婚事再走，月花姑娘却深明大义，毅然支持留云上前线。从此，她的心和前线牵在一起了，那些日日夜夜，她常常爬上村前的山顶，望断天涯路，等待留云的回归，幸福地编织做新娘的梦幻。可是，美好的梦境破碎了，留云在攻克敌堡时，为掩护战友倒下去了，她永远失去了他……

　　听完李政委的叙述，我对月花姑娘由衷地产生了一种敬慕之情，决计把她的事迹介绍给读者，可又不忍去触及她那感情的琴弦。李政委说，部队准备请她参加英模报告团，我决定从前线回来时，再采访她。

　　等我返回野战医院时，得知月花姑娘早已返回大别山了。她谢绝了部队的挽留，义无反顾地走了。她说自己是大山的女儿，是一株无名的小草，仅仅是凭寸草之心，来回报大地母亲的恩泽。没有资格，也没有权利借英雄的美名来炫耀自己，更不想看到用战士的血，去铺织通往权力圣殿的红地毯。

　　她走了，匆匆地从大山里来，又匆匆地回到大山里去，永远带着泥土的芬芳，永远蕴含着大山的深情，紧紧地根植在这片古老而又神奇的土地上。

　　我怀着缺憾，来到了钱留云烈士的墓前，白色的挽联仍然在冷风中拂扬，但字迹已被无情风雨洗得发白了，洁白的月亮花还在默默地致哀，这是医院的女护士们每天轮流采撷的。我伫立烈士墓前冥思，岁月无情，时光易逝，10 年、20 年、30 年过去后，人们还会记得在这里发生的一幕吗？还会理解倒在那血与火的战场上的年轻人吗？但愿青山作证……

　　也许是边境上一个月的生活，荡去我心灵上的尘埃，觅到了我失落的东西。在离开南疆时，我特意从草地上挖了一株月亮花，带回北京。于是，我们家华丽的花族里，又多了一盆无名的小花。

　　小妹听了我的讲述后，泪涕涟涟。从那天起，仿佛成熟了几岁，话再没过去那么多了。她也常常爱在那盆小花前流连，追悔过去，反思人生。为月亮花松土、灌水，她甚至还独出心裁地提议：全家公民投票，选举月亮花为"家花"哩。

　　每天黄昏，当一缕缕淡雅的清香从阳台涌进室内时，家里的人禁不住会说："哦！月亮花又开了……"

　　（原载《星火》杂志 1986 年第四期）

彩云之南，天地玄黄。
苍穹上的祥云被夕阳烧红了，
偌大一个天庭，白云悠悠，仿佛是被上苍之手，
巧夺天工，造型出一幅幅诡谲多姿的画卷。

1970

20 大板桥驿

1

我祖爷爷躺在烟榻上，脸对着玻璃烟灯，一抹昏黄的光线，映着他那镌满了人生地图的额头：沟壑纵横，凸凹清晰，托衬出一脸的沧桑。他手执烟枪，吞云吐雾，吸足了阿芙蓉，蜡黄的脸庞红润了，显得精神抖擞。而后坐直身子，趿上拖鞋，对散在榻下玩耍的重孙辈们说，孩儿们，知道将军一怒为红颜的故事吗？

当然知道啊，祖爷爷！不就是吴三桂的小娘子陈圆圆被闯王麾下的大将刘宗敏霸占，将军怒发冲冠网开山海关，让清军入关，然后调头杀回京城，灭了大顺王朝的事情吗？一个机灵的重孙答道。

聪明！祖爷爷点头，仰天感叹，中国人历来重名节，士大夫上忠国家，下孝父母，唯女人与小人不屑。可这个吴三桂啊，心中偏偏唯女人最重，真伟男也，难得，难得！

难得？重孙辈们脸色一片错愕。

是啊！自古英雄，江山美人，那是盛世之景。祖爷爷捋了捋自己的白胡须说，一旦遇到兵荒马乱，兵燹四起，江山危亡，英雄弃美人如履，屡见不鲜啊。可是在大中国皇皇青史里，唯有两位大英雄例外。

哪两位呢？重孙们问道。

祖爷爷呷了一口普洱茶，口里还有茗品的涩味，眼眸里迸出敬仰之情，西楚霸王和平西王爷啊。

听说祖爷爷见过平西王爷。

我还见过将军为美人一怒的那个陈圆圆、陈美人呢。祖爷爷炫耀道。

重孙们眼睛霍然一亮，充满了好奇，恳请道，祖爷爷，就给我们摆摆这段龙门阵吧。

都是一堆陈芝麻烂谷子啦。祖爷爷喟然长叹，不过值得一摆。

那天傍晚的彩云之南哟，天地玄黄，苍穹上的祥云被夕阳烧红了。偌大一个天庭，彩云悠悠，仿佛是被上苍之手，巧夺天工，造型出一幅幅诡谲多姿的画卷：一巨白骏马披着残霞，踏破天阙，追随其后的是一只浴血凤凰，凤翥龙翔，跃出西海，紧随神骏横追日西去，周遭是一片竞放的睡莲，惊现西海盛景。

祖爷爷那时在昆明府大板桥驿公馆当伙头军，相当于今天军队里的一个司务长吧。仰首望天，斜阳正浓，余晖落到了灶台上，天边彩云飞绕，那是公馆里开晚饭的时辰了。早晨驿卒来报，说晚上平西王吴三桂和陈圆圆要在公馆里下榻并用晚餐。祖爷爷不敢怠慢，请来了当地的名厨，做了八大碗。一桌佳肴，就差最后一道苦菜汤了。灶火不旺，他信手掮过吹火的竹管"吹火通"，含于嘴中，鼓起腮帮子，朝着灶锅洞里吹气。灶火重又燃了起来，与祖爷爷黧黑的脸颊交相辉映。头上的羊毡帽，蓝色的对襟戎服上罩着的羊皮褂，在落霞与灶火中，格外醒目，也透出了公馆暮霭沉沉时分的落寞。

一阵马啸，像裂帛一样，撕裂了晴空的蔚蓝。公馆庭院子的青石板上响起了清脆的蹄声。是平西王来了？
祖爷爷一跃而起，朝门前跑去，只
见一个驿卒凌空勒马，挥汗如雨，
喊着祖爷爷的名字，说，快骑马随
我去，平西王爷和陈圆圆娘娘要拜
谒龙泉寺，唯有你能讲清那座古刹
的历史。

　　还要带上做好的佳肴和美酒
吗？祖爷爷问道。

　　带个屁，人家陈美人小娘子要吃斋念佛。

　　我白忙乎……天啦。

　　少废话，别让平西王爷等得不耐烦了，再一怒为红颜，尔等小命便如佛前的油灯，
风吹灯灭。

　　不会的，平西王既然陪娘子吃斋拜佛，立地成佛，自然就不会再起杀心。祖爷爷自
信地答道。

　　驿卒将信将疑。

　　祖爷爷从马厩里牵出一匹驿马，跃上马背，挥鞭策马，随那个驿卒疾驰而去。从大
板桥驿到东边的龙泉寺，约有 5 里驿程，驿站公馆设在二甲村北街，由西向东，穿过三甲、
四甲、五甲连为一条长街的古镇。驰道系清一色青石铺筑，历经多少个朝代，达官贵人、
黎民百姓匆匆走过，踏出了一条光滑石板路面，也深嵌了两道岁月车辙。祖爷爷打马走
出东城门洞，斜阳将他那身影投影在通京大道的古驿道上。

马蹄声脆，踏碎了帝国的斜阳，也敲击着祖爷爷的心扉。昆明府虽地处偏远的蛮荒之地，但是当年吴三桂在辽东威远城中，率领 20 名家丁，冲入皇太极的 5 万铁骑之中，少年英姿，力挽狂澜，救出被清军围成铁桶，只待一毙的作为父亲吴襄的至孝至勇，仍然像春风掠过艽野角隅，令举国惊叹，皆称少年英雄。而后来江山美人，铁血柔情，辽东总兵吴三桂醉入京师名妓温柔之乡，与陈圆圆携手登临粉楼，仰望京畿夜空，让中国武士文人仰慕不已。可是，当祖爷爷将走近晚明清初的贰臣逆子吴三桂了，握缰绳的手不免湿了一片。

仅仅是一袋旱烟的时辰，祖爷爷便跟着驿卒到了龙泉寺。在一株巨大的合欢树下，平西王的骏马拴在了树干之上，旁边放着一辆车辇，华盖遮天，龙旗飘飘，一群仕女伫立车辇左右。祖爷爷跟着驿卒走到车辇跟前，行大清帝国的军礼，他仰起头来的一瞬间，只见合欢树下撑起了一把金黄的帷幔，摆着大明王朝盛行一时的紫檀茶几。帐篷中间，坐着一个白面书生似的大将军，年过不惑，躯体过早发福，已无当年横刀立马的雄姿。旁边则坐着一位像瓷器和软玉般雕塑的娇娘，其容颜若赵飞燕，貌似貂蝉，倾城倾国。让祖爷爷看了一个心花怒放，惊为天人。

正当祖爷爷瞪大了眼睛，欣赏英雄美人的时候，驿卒突然脱口而出，平西王爷和娘娘吉祥，请受昆明府大板桥驿卒一拜。

两位驿卒的头磕到了红土地上，粘上了泥土的尘粒。祖爷爷眯着眼睛往上仰视的时候，忽然听到了一声夹带着江南口音的呼唤："平身。两位驿卒请起，都是操戈的行伍之人，何必行此大礼。"

祖爷爷愣了一下，然后站起身来，往军帐坐北朝南的地方凝眸，只见平西王坐在紫檀木茶几前，个子不高，身体略微发福，从京城出发的遥遥征程，霜风雪雨，已被太阳晒黑了脸庞，却掩饰不住江南的钟灵毓秀，虽为一介武夫，却举止儒雅，让祖爷爷顿生疑问，是不是搞错了？这一代枭雄竟然只是一个五短身材，既不魁梧，亦无霸道气派，岂可金戈铁马，剑啸海天。从某个角度审视，却是一介书生，真是命运错位了，让他成为一员猛将，替大明帝国一度挡住了满洲铁碲蹂躏中原，可是却迟迟不来勤王，让大明的末代皇帝崇祯吊死在景山的歪脖子树上，也给42天短命的王朝大顺挡住了惊风血雨，苟安京畿。可是当李闯王坐到紫禁城的金銮殿上，因军饷不足，分了吴三桂家和京华王公贵族的家产之后，当李自成麾下的东王刘宗敏将肥胖的身躯压在了陈圆圆的柳腰和一对蜜桃般的樱桃之上，征服的快感飙升成高潮时，已经挥兵到燕地沙河的吴三桂，从逃出来的家丁口中，得知了这一切后，突然仰天长啸，朝天喷出一句国骂，李自成，我操你祖宗八代！你这个陕北流寇，若今世不报抄家之仇，奸妾之恨，我，吴三桂，视同畜生。

抚剑啸天，吴三桂朝着赤县的天空锥心喋血地高喊："大丈夫不能保一女子，何面见人！"

怒发冲冠。将军一怒为红颜。反了！吴三桂立即发了反水的命令，调头杀回山海关，将闯王麾下的造反农民统统斩尽杀绝。

喳！中军将军纷纷领令箭，愿为总兵而死。

吴三桂一脸严峻地说，我不要你们战死，你们跟我多年，都是我三桂的兄弟，情同手足，我要你们活着回来。没有诸位将军在，三桂就没有与别人叫板的资格与实力了。

于是，吴三桂麾下的5万大军，如渤海潮涌般地涌向了山海关，大顺王朝的农民义军还没有反应过来，便刀起头落，横尸旷野和翁城。但是，当他杀尽了大顺王朝在山海关的官兵后，却被从京城赶来的闯王部队团团围住，杀了一个天昏地暗，鲜血满地，尸骨满城。

大顺军坐上了江山，将士早已经没有当时杀向紫禁城的血性和勇气。见吴三桂不降，便使出下三烂的损招，将吴三桂的父亲吴襄押到阵前，准备问斩。看着父亲在城门之下，吴三桂泪雨如帘，怆然滚落，激起心河千重浪。他在5万铁骑中率20家丁救过父亲一命，一报回还一报，父子之情谁也不欠谁了。为了他心爱的女人，他唯有漠然转过身去。

桂儿！只听城门之下，一声撕心裂肺的呼喊，好自为之，我们父子到黄泉之下再见吧！刽子手手起头落，碧血冲天。一代江南武将吴襄的头颅滚落到了山海关的城门下。

众将士！

在！

打开城门，随我冲出去！吴三桂转过身来，挥了挥手，然后跑下城楼，跃身上马，铁骑滚滚，踏起一片风尘。滚滚烟尘淹没了山海关，淹没了大明帝国的疆土，也埋葬了大顺王朝。

血色天空，血色苍茫，血溅雄关，怅然四顾，皆一片海棠血泪。

吴三桂只剩下最后一批马队，铁甲战盔，剑起血喷，碧血黄花，一将功成万骨枯，一刀落下雄鬼哭。

战至血溅海天。战至暮霭沉沉。身旁的将士一一倒下。眼看吴三桂的兵马已经快要耗尽时，收到吴三桂降书。一直作壁上观的多尔衮仍按兵不动，他要消耗尽吴三桂的实力，使其不能动摇满清帝国的根脉，才肯出手。直到最后时刻，探子来报，说大顺军队一拥而上，吴三桂已经弹尽粮绝，偃旗息鼓，奄奄一息，如果没有战略预备队的进入，终将一败涂地。这时，多尔衮才诡谲一笑说，两败俱伤最好，时机到了，谁都不堪一击。便手抛令牌、令旗，大喊一声，10万建州铁骑，随我一举入关。

经不起大清铁骑的致命一击，大顺王朝，42天的短命大顺王朝和它的军队，兵败如山倒，望风而逃，向着北京城，向着他们举义的三秦大地豕奔鼠窜。

血雨过后，山海关的黎明静悄悄。天地一派寂然，这是一场大战过后的暂时寂静。吴三桂坐在山海关的虎帐中，怅然四望，一点也没有报仇雪恨的畅快、痛快，他突然觉得落落寡合。军帐中好一个寂静了得，寂寞得有几分寒凉、寒冷。

好冷啊，国没有了，家没有了，他成了一个没有主子的逆子贰臣，不知魂归何处，无国可归，无家可回啊。

浩浩神州，怎容得下一个叛臣逆子？

吴三桂没有国了，没有家了。唯一还有的便是国仇家恨。

仇恨在吴三桂的心中发芽了，长成了一棵铁蒺藜，长刺的铁荆棘将一个男人柔性悲悯的一面坚硬了，暴戾杀戮的兽性开始膨胀。

余将剩勇追穷寇。报杀父之仇，报吴家32口被腰斩于北京菜市口的血海深仇，吴三桂的铁骑沿着山岭的曲线，挥戈南进，马踏黄尘，像疯了一样长驱直入。一路南下，过燕赵，追至保定府所辖的望都和正定时，一场昏天暗地的厮杀过后，李自成只当了42天皇帝，便被粉黛宫娥彻底泄了雄性，心也虚了，只想苟且偷生。他抛下了辎重妇女，没有一点七尺男儿的血性，逃之夭夭，像丧家犬一样遁去，朝着秦岭，朝着楚山，朝着鄂赣交界的九宫山，遁入空门。

一路追杀，杀人如麻，闯王麾下老孺妇幼皆不放过，老营小营前营后营的兵卒皆命丧黄泉。吴三桂策马驰入河北正定的赵云寺里，只见一个女人跪拜在佛像下，跪在赵云寺的盔甲下，默默祈祷，祈求夫君吴三桂平安。

这时，对赵云钦慕已久的吴三桂，恰好跳下马鞍，欲去拜祭三国的白袍小将。一脚跨入佛门，他便嗅到了一缕女人的悠悠体香，这香味好熟悉啊，像是娘子陈圆圆身上的体香。

一袭裘皮披风，裹着一个亭亭胴体，多像陈圆圆的婆娑之姿啊。

圆圆！触景生情，家人家族因自己当了贼子叛臣而被满门抄斩的吴三桂，情不自禁地呼喊了一声。

那个倾城之姿蓦然回眸，见吴三桂站在了身后，愣怔了，随后哇的一声哭了出来，喊道，夫君，我不是在做梦吧。

疑是梦中，却不是梦。吴三桂与陈圆圆抱头痛哭，说他什么也没有了，亲人满门被斩，只剩下一个女人，一位倾国倾城的旷古红颜。

失而复得，将美人安于帐中。然后挥戈南下，渡黄河，逐鹿中原，铁蹄踏碎三秦大地，朝着潼关追去，最后让李自成只剩下 19 匹单骑，往陕北逃窜，往湖北的九宫山逃窜，沦落成一个出家的僧人。

多尔衮惊愕了，吴三桂大开杀戒，此公杀心太重，不宜放在京畿，亦不能放在中原，更不可放在江南。赐他一个平西王的爵位吧，发配云南，此去云南路八千，蛰伏西南一隅，也许对大清帝国就没有威胁了。赐给他一块极边封地，终老一生，也算是大清帝国对他的报答。

这是大清王朝与吴三桂的一种默契。

平西王不敢违忤大清主子的封赐，带着自己心爱的女人陈圆圆，往我的故乡七彩云南烟尘滚滚而去。

2

我祖爷爷拜谒吴三桂爵爷和陈娘娘后，头仰起来，心便淡定下来。因了吴三桂的儒雅平易，因了陈圆圆的美丽和温婉，刚才战战兢兢的惶遽，突然松弛下来。他站起身来说，王爷、娘娘请随我来。

吴三桂和陈圆圆娘娘站起身来，走出虎帐，随祖爷爷而去。绕过碧水龙泉，从一株千年大叶榕树下走过，转到一个石佛面前，陈圆圆刚跪下来进香，祖爷爷便解释开了，说，王爷、娘娘看到否，请猜这尊石佛雕琢于何年？

俯身而看，吴三桂说，我一介武夫，说不出来。便扭头问陈圆圆，娘子虔诚敬佛，当知此石佛造于何时。

陈圆圆未加思索说，盛唐年间。

夫人何以如此肯定？

肥胖为美啊，有洛阳奉先寺卢舍利大佛的丰韵之姿，还有圆额大眼的国字之脸，当属大唐风格啊。

娘娘说的好。祖爷爷说，此尊石佛就建造于唐代。却坐南朝北，一改皇家寺庙坐北朝南的九五之尊。知道为何？

吴三桂摇头，陈娘娘也连连摇头。

请随我手指方向看去，正北方那个大村子，乃匪患之乡。土匪经常沿着田野中的那条石板路，在夜间举着火把而来，打家劫舍。纵使城门高悬，乡勇护村，也奈何不得，年年匪患不断。最终一个从长安来的化缘的高僧，路经龙泉寺，听了苍生的哭诉后，他佛手一指，说，阿弥陀佛，造一尊石佛，便可克住响马的野蛮之心。

果然，石佛雕成之日，便有一双温柔敦厚的双眸，如利剑直逼响马村，从此匪村的剽悍之风被遏制了，心印成佛，一旦想到去大板桥街上劫富济贫，佛眼里便射出万道金针，刺得大村子里的众位响马睁不开眼睛，红肿如桃，只好金盆洗手。打家劫舍之事绝迹了，土匪们每天朝佛而拜，忏悔前世今生的深重罪孽。

奇迹啊，一切皆因虔诚之心赢得石佛显灵。陈圆圆骤然而跪，连磕了三个长头，喃喃说道，佛祖在上，唯有祈愿，祈求我的夫君一生平安。从此执子之手，白头偕老，直至坐看夕照，回首往事，江洲渔渚，大河逝水，无限青山尽在不言中，我与夫君共一江渔舟唱晚。

拜过石佛，祖爷爷引领着吴三桂和陈圆圆来到龙泉寺的泉眼边上，说，爵爷和娘娘洗洗手和脸吧，此乃从黄龙洞里流出来的圣水，洗手可去凡尘之扰，洗脸可清心，掬一捧喝下去可保平安。

真有此灵验？

陈圆圆一脸虔敬，吴语呢喃。

当然了，不信娘娘试试。祖爷爷答道。

陈圆圆摘下身上的披风，递给身后的贴身丫鬟，躬身蹲下，酥手纤纤，伸入水中。此时为冬季，却碧水如汤，将红酥手透在水中，红润了一片，像尾红金鱼游在水里。她掬水洗手、洗脸，温暖过后便是一片清婉，她惊呼道，夫君，快洗，我走遍江南京畿，从未见过如此清泉，堪称天下第一泉。

是吗？吴三桂躬身蹲下，掬一把清泉洗手洗面洗心，他要从此洗心革面，立地成佛。

吴爵爷不会成佛。祖爷爷从倒映水中的幻影中，看到了一个暴戾、杀戮未了的叛臣逆子，此生他无归处，成不了佛，也进不了贤人祠。

陈圆圆洗心过后，便捧了一掬水，往自己的樱桃小口边送，轻轻一啜，如甘露神泉穿肠而过。那一刻，她觉得自己飘飘欲仙，心中有一朵莲花浮起来，佛光通透了。

洗过神泉，该上清凉桥了。那清凉桥引得万千苍生进入佛国仙境，桥南一个清澈的龙潭，吐着冒泡的珍珠；桥北一池太液秋波，倒映出爵爷和美人的牵手之影。

走下清凉桥，便是倚祭天山而上的龙泉寺的山门了。门前有数棵松柏苍翠，如巨伞擎天，只听晚钟南屏，但见梵香袅袅。祖爷爷摇动门环，听到叩门之响，一位老态龙钟的主持咯吱一声拉开山门。只见他长须垂下，慈眉善目，双手合十，喃喃道，施主，暮鼓响起，已经是关山门的时辰，僧人在主晚课，为何骚扰本寺？

祖爷爷与主持本是旧识，他说，禅师，此乃吴三桂爵爷和陈圆圆娘娘来烧香拜佛，打搅之处，还请海涵。

禅师一愣，虽然了却红尘，却也知道将军一怒为红颜。过去以为只是传说而已，谁曾想到，两个名扬天下的施主居然站在了自己面前，不免心生惶恐。随后，便淡然了，他说，罪过，罪过，不知贵人登门，老衲有失远迎。

吴三桂哈哈一笑，说，不知者不为过嘛。再说佛门清修，我们打扰晚祷了。

禅师引领，穿过山门，拜过守山门的四大金刚，走过一进深的大殿，后边便是财神殿了。陈圆圆一一磕头膜拜，然后进入第三层大殿，只见庭中一株老唐梅，老树枯枝，沧桑斑驳，鹅黄点点，弥散着早春的一缕缕芳香。另一株千年紫薇，弯曲有致，张开枝蔓，轻轻手一触，便风起微澜，神荡心惊。再一株则是童面茶花，洁白如雪，粉面殷殷，人称降雪。

祖爷爷说，此株唐梅、紫薇和降雪，为建寺的大师云林禅师所栽，年逾千载，仍旧枝繁叶茂，香如故人。紫薇千年不死，千载如梦，等着圆寂的禅师成佛归来。

陈圆圆手抚唐梅、紫薇、降雪，万千思绪入梦而来。生命劫难已经逃过，今后半生虽有夫君相惜，但是她觉得似乎情缘已尽。自从那天被刘宗敏压于躯体之下时，她觉得心已经死了，微澜死水，爱情的活水干涸了。纵有千般恩情，也不会重演当年京师相会吴三桂的一幕。

心有归宿，心荷成莲。也许这座普通的寺庙，可作为自己遁入空门的最终归宿。

在佛陀面前跪拜，点燃了三炷梵香，许下今生事佛、吃斋念经的心愿后，陈圆圆的明眸中泪如清泉流出，簌簌而下。

站在一旁的吴爵爷和祖爷爷都窥视到了。

祖爷爷不敢吭气，怕祸及自己。

倒是吴三桂开口了，说，娘子为何流泪?

因为菩萨的慈悲与宽容。圆圆自识将军，得以半世恩爱，不料却遇闯贼，失身于枭首，身子已经不洁，无颜再配爵爷。然，正定寺被将军所救，千山万水，一路西行，今天龙泉寺圣水神泉洗手洗面洗心，洗濯污秽，凡尘已净。我欲在龙泉寺出家为尼，青灯梵香，了此一生，赎前世罪孽。

娘子不与三桂入昆明府了?

陈圆圆摇了摇头说，圆圆不配再享荣华，当青灯长夜，念经赎罪。

吴三桂摇了摇头说，娘子乃痴人说梦。我与你患难与共，经历了九九八十一难，才走到昆明府的最后一个驿站，明天便可以入城了，你若留在这偏远之地，那是陷我于不仁不义之中。再者，我吴三桂什么亲人都没有了，身边唯有圆圆，伊正是我至亲至爱啊，为何要弃我而去啊。

看到英雄落泪，夕阳苍山，陈圆圆的心反倒软了。她去意已决，可是一颗柔弱之心又被儿女情长、英雄气短所浸泡了。说，好吧，我听夫君的，就不在大板桥驿龙泉寺出家了。不过明日入昆，可以选一座寺庙让我供养。

好啊，入城之后，我送娘子一座莲花池，让你飘然莲花，得道成佛，化作观音再世。

陈圆圆跪下说，我也替自己拜谢夫君了。

呵呵，我说圆圆离不开平西王爷啊。我们天作之合，地做一对啊。

那天晚上，吴三桂和陈圆圆在龙泉寺的古刹里吃过素斋后，吴爵爷余兴未尽，非要祖爷爷陪着他下一盘围棋。落子之先他说，若祖爷爷让他，便格杀勿论，倘若赢了他，则有重赏。

平西王自京畿而来，终日以下棋消遣，能赢他者寥寥无几。他本以为我祖爷爷博弈时也只是手下败将，谁知祖爷爷流星宇一摆，布局大气磅礴，便让他深觉棋逢对手。那盘棋从黄昏下到天黑，直至子夜，直至拂晓，才有了端倪，祖爷爷最终赢了平西王。

推盘认输。吴三桂问祖爷爷，请问先生的棋艺为何人所赐，如此高的段位，恩师是谁?

我家祖爷爷的爷爷家传。

如此绕口，上传几代?

八世吧。

你祖爷爷的棋艺为何人所授?

大明王朝的皇帝建文啊。

你祖爷爷识得建文?

祖爷爷笑道，我的祖上本是建文皇帝的家臣，御前卫士，只是到了我辈，没落为火头军，王公贵胄的家臣光环已经黯淡。

原来是大明王朝建文皇帝的家臣啊，请问建文后来究竟藏身何处?

遁入空门，云游在云南山水之间。

说说你们家与建文皇帝的故事。

平西王爷想听?

想啊!

好，我就摆摆徐家的陈年老账，过一把名门之后的瘾。

3

那年人间三月天。桃讯肇始，是为龙抬头。我祖爷爷说，燕王朱棣假借清君侧之名，以养鹅为幌子，造剑铸盾，苦练虎狼之师，终于翼羽丰满，可以与侄子建文皇帝叫板了。

那天早晨，紫阳东升，一抹霞光从东方地平线冉冉升起，祥云飞绕。朱棣走出虎帐，最后一眼西看燕岭，兵出元大都，剑指江南。兵车辚辚，战马啸啸，沿着驰道，滚滚铁骑潮水般涌向江南，兵围金陵古都，将皇宫围了一个水泄不通，插翅难飞。

金銮殿上，年轻的建文皇帝早已坐立不安，一把宽大的紫檀龙椅，第一次令他觉得如坐针毡。他俯首问站在金銮殿下的群臣，天朝危机，朱棣叛军已兵临紫禁城门下，破门只是几个时辰的事情了。众爱卿，江山危亡，诸位可有退兵良策？

站在廷上的六部九卿等众大臣面面相觑，一筹莫展。

都什么时候了，谋无良臣，战无勇将，都是一群庸才、蠢材，一班酒囊饭袋！建文皇帝拍着龙案，说，我白拔擢你们了，江山危亡，竟不能为朕分忧。当初是你们叫我削藩的，剪除燕王等诸王的权力，结果让朱棣以养鹅做掩饰，打造兵器，图谋金陵。你们说放了那么多眼线，结果没有窥测到朱棣的反叛之举！

我辈有罪啊，群臣纷纷下跪说，辜负了一片皇恩浩荡。

晚啦！晚啦！哭有何用？跪有何用！眼泪救不了大明江山。起来吧，诸君平身，站起来好好想想，如何退兵，解金陵之危。

众臣左右王顾，皆无良策。

倒是我家侍候过明太祖朱元璋的曾祖爷爷率先站了出来，喃喃说道，何不打开当年太祖皇帝在午门上留下的铁匣啊。

对啊！许多老臣说，真是乱昏了头，忘了当年明太祖留下过遗旨，说天朝危机时，就可打开这个铁匣。

真有此事？高皇帝爷爷留下过铁匣遗旨？建文皇帝问道。

确有此事，就放在太和殿的横匾之后。

愣着干什么，快去取啊。皇帝下口谕。

于是，我家的祖先飞快跑到太和殿，身轻如燕，像蜘蛛人一样伸手从横匾后取下了铁匣。他抱到廷上只见上边锁了三道锁，打开铁匣，里边有一张纸，上边写了一句话，从水门出去。铁匣里还放了一套袈裟。

从水门出去的意思，建文皇帝懂了。可是一袭袈裟是什么意思呢，年轻的建文并不明白。

还是三朝元老中的一位尚书站出列来，手持牙板，奏道，当年太祖皇帝打江山之前是一个和尚，还俗过后，金戈铁马，打下马背江山，得也袈裟，失也袈裟，唯有一袭袈裟可以保皇上平安。

我只知道袈裟可以挡住白娘子水漫金山寺，还能挡住什么？

保住圣上一身平安。

什么意思？朕不懂。

尚书苦笑了一下，说，就是让圣上穿上袈裟，三十六计，走为上策。

哦！朕明白了。可是走了，朕的江山和百姓托付与谁啊？

皇上，留得青山在，不怕没柴烧。等局势平定了，还可以再回来啊。

好主意，快将袈裟拿过来，让朕穿上爷爷太祖留下来的袈裟，遮风寒，乔装出皇宫。

建文皇帝脱下龙袍，穿上袈裟，剃度过后，让宫女拿来铜镜一照，自哑然失笑了，说，我成了一个年轻和尚了，众爱卿，看我像谁？

当然像太祖高皇帝了。

唉！建文皇帝长叹了一声，太祖高皇帝将江山传给我，都说创业难守成更难，如今一言成谶。我没有守住金陵城里的江山和百姓，愧对列祖列宗了。可是我从水门走了之后，这三千妃子和皇后咋办？

好办啊，将长明灯打翻，星星之火，燎原皇宫。

此招太阴毒，会让三千嫔妃皆葬身于火海。我下不了手。

老臣长叹了一声，无毒不丈夫，圣上正因为善良，才被五毒俱全的朱棣以清君侧的名义，勤王金陵，却意在大明江山。

留得金陵在，不怕江山沦落。建文说，我把江山和子民托付给众爱卿，等着我重回金陵的那一天。

臣等谨记！众臣跪成一片，看着建文皇帝穿着红衣袈裟走出金水桥，匆匆登舟，朝水门而去。

身后是一片哭声。

身后是烟柱浮冉。

身后是大火冲天！淹没了一座皇城，遮蔽了金陵的江雾。

建文帝看着冲天的火焰，骤然下跪，祭礼道，太祖皇帝在上，孙儿不孝，守成不得，削藩本想遏制朱姓诸王拥兵自重，对抗天朝，未曾想会引起燕王朱棣涂炭生灵，蹂躏百姓。孙儿遵旨，只有暂时逃出皇宫躲避，兵燹过后，我会重回金陵，从头收拾山河一片。

我曾祖爷爷手抚宝剑，站在建文帝身边。虽然此时他已经脱下战盔，换了一件袈裟，可是看到年轻的圣上黏黏糊糊、优柔寡断地在那里哭家庙，再晚就会被燕王朱棣的亲兵包了饺子。他大叫，圣上快走！我家曾祖爷爷凸显武将的决断，挥了挥手。

于是两个装扮成和尚的武士，扑了过去，不由分说将建文皇帝的双臂搓住，拖着他上了船。穿过水门，出了西南城门，身后跟着几位乔装的文臣，朝着西南方向匆匆逃窜。他们一路化缘，向着我的故乡云之南远遁。

千山万水，万水千山。从春到夏，从夏到秋，从秋到冬，将近一载了。终于过了分水岭，过了石将军，过了黄龙洞，在那条光滑的石板上，可以看到我的故乡祭天山的黛色岚烟了。

走得精疲力竭。建文皇帝已有一天没进米粒了，饿得头晕眼花，只好由我的祖先和两个武士轮换背着，往祭天山踉跄而行。他们东倒西歪，终于有一缕烧柏枝叶的香味袅袅飘来。

谁在喂香？

皇上，前方有一座寺庙。

建文皇帝从晕厥之中睁开睿眸，说，快给我找点贡果来。

我的曾祖爷爷背着建文帝到了龙泉寺那株巨大的合欢树下，也就是后来陈圆圆与吴三桂摆虎帐的合欢树下，然后狼奔豕突地跑进了大殿，朝佛祖三叩头，然后站起身来，将佛陀前的供果一一拿了下来，一个一个揣入怀中。再狂奔出大殿，朝北拐弯，步出北边的侧殿，来到土地庙巨大的合欢树前。他将云南呈贡的宝柱梨，在袈裟上擦了擦香灰，递到建文皇帝嘴边。圣上贪婪地咬了一大口，好甜啊。他从来没有吃过这又甜又水多的宝柱梨。

这好吃的梨，为何当时没有进贡到天朝的金銮殿上啊！

圣上，这是贡梨，早已经放在金銮殿上，我都偷吃过，仍然像今天一样水灵灵水汪汪的，只是圣上的龙案前，天下的贡梨太多，你尝不过来啊。我曾祖爷爷答道。

哦！建文皇帝说，爱卿说得极是，我在金陵城里享尽天下美酒佳肴圣果，哪里会在意从云南上贡而来的一盘盘的宝柱梨啊。

建文帝啃了供果后，精气神是有了，可还是饿。已经多天未进一点食物，供果只能解渴，却不能填饱肚子。

将军，宝柱梨可解渴，却不能果腹，朕还是饿得慌。建文皇帝对我曾祖爷爷说，还是去弄点有油水的东西吧，让我润润肠子。

遵命，圣上。我家曾祖爷爷行了一个跪拜军礼，站起身来，用手遮住斜阳，朝余晖滴下熔液的大板桥驿远眺。只见炊烟袅袅，狗吠不断。他说，圣上，刚才龙泉寺的老住持说，前边五里地便是进入昆明府的最后一个驿站大板桥驿了，圣上暂时在寺院里栖身，我去化点缘，弄点吃的东西。

甚好，甚好！正合朕意。建文皇帝说。

我家曾祖爷爷对麾下两个御林军武士说，我们护着圣上一路走来，踏遍青山，如今昆明府在望。朱棣篡位，登上大位，毕竟山高路远，鞭长莫及，极边远的旧臣还是对圣上忠心耿耿的。两位护驾，我去大板桥驿弄点吃的来。

遵命，将军。两个御林军高手答道。

我徐家曾祖爷爷，走下龙泉寺的山门，从两池龙泉的清凉桥上匆匆而过。他手持衣钵，穿过祭天山脚下遮天蔽日的大森林，在傍晚的狼嗥虎啸之中，过转棺处，走在轻嵌着一道道牛车辙的驿道上，朝着大板桥驿的东城门踽踽独行。终于在薄暮时分，穿过乡勇守卫着的东城门，走进了五甲村、四甲村、三甲村、二甲村，挨家挨户地化缘。最终在一家酒肆前，他见一位年轻貌美的厨娘站在窗边灶台前炒一盘切成薄片的年糕（云南人俗称饵块）。那盘炒年糕里放了宣威火腿、鸡蛋，加了青椒、香葱。那喷香的味道，让我的曾祖爷爷垂涎数尺。他也不顾乔装和尚的清规，对酒肆的厨娘恳请道，阿弥陀佛，小娘子可否赐赏我一碗尝尝？

后来成了我曾祖奶奶的美丽厨娘抬起头来，看窗外站着一个衣衫褴褛的和尚，一愣，随后又恢复了平静，说，善哉，善哉，大师有所不知，我这是荤菜，不是斋饭啊。

酒肉穿肠过，佛祖心中留，我是一个浪迹天涯的行游僧，没有那么多清规戒律。

哦，街上的厨娘怔然片刻，毫不犹豫地将一勺勺炒饵块盛到我徐家曾祖爷爷的衣钵里。

饿了数天的徐家曾祖爷爷接过盛在衣钵里的饵块，狼吞虎咽，风扫残云，然后用破烂的袈裟袖子擦了擦嘴，又伸出衣钵，说，再来一碗。他将一盆炒饵块吃完后，打了一个饱嗝，喷着一口油香味。突然他想起圣上还在等着自己，连忙说，娘子，可否再炒上两盆跟我送到龙泉寺去？

厨娘摇了摇头说，你这个花和尚，好没有道理啊，我已经给你喂饱了噻，今天晚上我一家人的饭都被你吃光了。说着泪水簌簌而下。

娘子莫哭，莫哭。我曾祖爷爷从袈裟里摸出了几锭金子，递给我的曾祖奶奶，说到街上买点饵块，再炒上一盆跟我送去龙泉寺吧，我家住持爷已经好几天未吃晚饭了。

我曾祖奶奶这一辈子从未见过这么多的金锭。没想到一顿化缘之食，居然换了几锭金子，一年的生活有望了。她说，大师少安毋躁，我马上给你再炒。

善哉，善哉，救人一命，胜造七级浮屠。我曾祖爷爷佯装念经，却看着我未来的曾祖奶奶，看得她羞涩地低下了头，秀丽的脸庞浮出小家碧玉的红润。她转过身去，婆娑之姿，融了村姑的清新和厨娘的亭亭身影。款步上楼，脚步橐橐声响，她伸出红酥手，从马尾松毛掩盖着的松毛堆里，找出两筒饵块，又从房梁上挂着的腊肉上割下一大截，拿着食材下楼来。巧手佳肴，一锅烟的工夫，便切得清清爽爽，然后涮锅放油小炒，一会儿便炒得满满的两大盆年糕，做了一罐鸡蛋汤，放着竹筐里，尔后我一世祖奶奶扁担悠悠担着，穿过东城门，沿着通京大道，送到了龙泉寺里。

暮霭沉沉，归巢的昏鸦聒聒鸣叫，在合欢树上飞来飞去。龙泉寺龙潭里的蝙蝠也出洞了，在龙泉寺的房顶之上，像黑风一样盘旋，翅膀如黑潮一样扑打着那株巨大的合欢

树。蛰伏在擎天华盖合欢树下的建文皇帝早已饥肠辘辘，后背贴前胸。我曾祖奶奶小脚点点，如一枝莲花摇曳，身姿婆娑，人未进山门，一阵饵块的香味已经飘了过去，诱惑得建文皇帝垂涎三尺。她对身边的两个御前卫士和文臣说，是将军回来了，我闻到了饭菜的香味。

果然，一会儿，我曾祖爷爷和曾祖奶奶拾级而上，穿过龙泉寺的山门，走过财神殿，转出北门，在合欢树下找到建文皇帝。圣上两个字刚露出口，便打住了，怕被我曾祖奶奶看出破绽。

我曾祖奶奶是何等冰雪聪明的女子，她借着刚刚从祭天山升起的月光，看到建文皇帝龙瞳炯炯，慈眉善目之间有一股王者英气逼来，便知此公非等闲之辈。她连忙俯身，拿出筐里的饵块和葱花蛋汤，盛给了眼前的贵人和文臣武士。

一碗饵块端在手中，建文皇帝也不顾帝王的九五之尊，像我一世祖爷爷一样狼吞虎咽，一边吃一边说，香香，真香，好吃极了。

我曾祖奶奶掩口一笑，知道这几个和尚饿了许多天了。她说，人饿伤了，不好吃的东西亦好香啊。

建文皇帝点点头，又摇摇头。待吃饱了，他才问我曾祖奶奶，这像南京城里的年糕一样的东西叫什么？

我曾祖奶奶说，没有名字，昆明府里和我们街上统称炒饵块。

太俗，这么好吃的东西，得有一个与之相称的名字，既然救了我的性命，就叫大救驾吧。

救驾？我曾祖奶奶一愣，仿佛看出了什么玄机，说，多谢施主，叫大救驾好啊。

好名字，也许是心有灵犀，我曾祖爷爷也称赞有加，只是觉得一线天机泄露了。

从此大救驾的名字一直延续至今。有人说它来自腾冲，其实是从我的故乡大板桥得名的。

那天晚上，当我曾祖爷爷送娇小的厨娘返回大板桥驿的东城门时，站在那里惜别，我曾祖奶奶嫣然一笑，便将我曾祖爷爷的魂魄掳走了。那一刻他突然发现自己喜欢上这个驿站街上的厨娘村姑了。

黑夜伸出身子伫立在合欢树上，星星也压弯了树杈。我曾祖爷爷与曾祖奶奶的故事，似乎都没瞒过一双瞳瞳龙眸，当我曾祖爷爷再度回到龙泉寺时，但见建文皇帝正躺在大殿佛前的墙脚下，红烛点点，映着他红润的龙颜。

将军，我吃得太饱，撑得厉害，反倒睡不着了，你陪我下盘围棋吧。我曾祖爷爷刚坐下，建文皇帝金口御言。

臣领旨！曾祖爷爷奉命走过去。他的棋力本来不错，与建文皇帝难分伯仲，不过一路上总有君臣之分，不免让着建文皇帝。殊不知这是君臣分手前下的最后一盘棋，皇上欲将一手博弈之术传给我曾祖爷爷，两个人一盘厮杀竟然下了一个冬夜。晓色初露时，人迹板桥霜，建文皇帝见大殿上的红烛已燃到了末端，灯芯将尽，庭院里落下一片寒霜，说，将军，我们君臣一场，今日安全逃至云南，你功不可没。我问了龙泉寺住持，有一座狮子山，离昆明府西北约200里路程，我要到那里削发为僧，做一个和尚，了此一生，忘却金陵城里的繁华。大板桥驿为直达京城的第一驿，也是回昆明府的最后一驿，我有意让你在这留下，做个暗探，可替我观察京城风吹草动。免得朱棣下毒手时，朕无法防范，措手不及。

皇上，小的人地生疏，身无一技之长，留在大板桥如何讨生活？我曾祖爷爷问道。

建文皇帝朝我的故乡大板桥看了看，说，我已问过那个厨娘，她尚在闺中，明日我替你们做媒，你入赘于她家，跟她卖"大救驾"度日吧。

遵旨！我曾祖爷爷求之不得。

第二天由建文皇帝做媒，我曾祖爷爷入赘徐家，娶了我的美丽一世祖厨娘，小两口开了一个由建文皇帝题匾的"大救驾"小饭馆，开始了在驿站上为建文皇帝望风的日子。

君臣分手之日，建文皇帝赐给我曾祖爷爷一副昆仑羊脂玉和墨玉制成的围棋子。

这成了大板桥驿徐姓人家的镇宅之宝。

4

建文皇帝所赐的围棋子还在吗？平西王吴三桂问我祖爷爷。

祖上出了不孝之人，我家族有位叔叔是个赌徒，很多年前，为还赌账，他将建文皇帝赐的那副棋子当了，从此家道败落，一步步沦为火头军。

不知我祖爷爷是应付平西王故意说谎，还是事实如此。

啊啊！富不过三代，这个符咒，王孙贵族平民百姓，爵爷伙夫概莫能外。平西王感慨道，别看我如今风光无限，将来也会沦为一个无家可归的孤魂野鬼，天涯无故知，何处是归处，混得不如你啊。

爵爷过谦了。你名扬天下，威震西南。我辈一介草民，岂敢与爵爷相提并论啊。

名扬天下，啊啊！吴三桂苦笑了一下说，在历史上扬名，也许是一怒为红颜吧，落得个背主去国，无国，无家，死无葬身之地啊。不知将来的酸臭文人和卫道士们会如何写我。

爵爷，极边云南就是你的家、你的国，这里的土地和子民，都会奉你为新主啊！

呵呵！平西王仰天长笑，他先看了看我祖爷爷，最终目光落在已见输赢的围棋盘上，说，你这个火头军真会说话，专拣好听的让我开心啊。人生如下棋，就一个赌字了得，胜负难料啊。

平西王爷眼中欲望的烈焰黯淡了。

坐在他身旁的陈圆圆目光反倒平静，一双明眸，清如一池龙泉水，浮起莲花朵朵。

第二天太阳照常升起，一抹朝阳从合欢树华盖之中泻了下来，洒成葡萄酒色的红晕，洒成一个个铜钱似的金亮，渐渐地融尽地上的一层层白霜。远眺着大板桥驿上的炊烟缕缕，一种人世间的温情在陈圆圆渐渐冷漠的眼里，遽然一亮，亮丽成一道太阳下的风景。

我祖爷爷牵出战马来为吴三桂送行。

平西王的目光落在了我祖爷爷身上，说，火头军，跟我进昆明府里烧饭去吧？

不！我祖爷爷右腿跪下说，谢爵爷抬爱，我乃山野小民，平西王府侯门深似海，伴君如伴虎，还是让我在这大板桥驿，守着老婆孩子，过简单清静的草民日月吧。

说得好，君心知我心。平西王仰天大笑，说，我也不想伴在顺治身边，才听命来到这三只蚊子够炒一盘菜的南蛮之地，过点闲云野鹤的日子。

爵爷走好！

火头军，我会记住你的围棋和厨娘"大救驾"饵块的。

爵爷下次来大板桥驿，我再让老婆给你炒。

好！平西王扶陈圆圆进了车辇，跃身上马，沿着牛车辙压出来的一条石板驿道，往我的故乡大板桥驿挥鞭而去。

依然是车辚马啸，清兵鸣锣开道，随后骠骑兵威风凛凛，龙旗飘飘。可是马蹄声咽，踏在青石道上，踢踏出一阵黄钟大吕的声响，惊雷如鼓，暴雨落下。紧接着，一辆蒙着淡黄色顶盖的华辇，由一骑枣红色骏马拉着，车辇旁边，紧随着白马将军吴三桂，他身后的龙旗上，写着一个巨大的吴字。我祖爷爷看到，马队朝着东门疾驰而去。陈圆圆酥指如葱管，掀起车帘。只见大板桥驿的阡陌旷野，两条小河逶迤而来。河流绕过城西门，两水夹一舟，一根绳索拴在祭天山的几棵绝世古松上，令一代绝色歌妓心旷神怡。果然美轮美奂啊，龙泉寺一溪清泉向西而去，淌过青石路，流水淙淙，如一缕琴声从清溪两边的桑树中穿越而来。驿道两边的田畴种着白菜，青霜未化，又落下一层薄霜，若银粉撒在绿叶之上，透出一棵棵翡翠白菜的玲珑剔透。一条清溪流至东城门洞前，南北分岔，各自绕着南北护城河向西流去。从空中鸟瞰，两条龙泉溪水，将一条四五里长的大板桥古街、一座悠远古老的驿站，浮成了一艘永不沉没的石舫。一叶挪亚方舟行驶在莽荡的云南高原上，破雾远航于岁月的苍茫，不知归程；一如此刻吴三桂的心情，迷航于沧海，不知回头是岸。

马队穿过东城门。东门上，守城的乡勇鸣枪敲鼓，纷纷向平西王行礼。然后打开城门，放下吊桥，吴三桂的马队拥入大板桥驿。

城内北侧，便是三元宫了。此宫始建于元朝，虽是道观，却有紫气东来。紫气从祭天山浮浮冉冉，氤氲着祭天山的烟岚，编织成大板桥驿这片七彩祥云。平西王连忙喝道，下马，我要拜谒三元宫。

陈圆圆天性崇佛，对道观避而远之。见吴三桂下马拜道观，多少有些不解。她说，老爷，刚出佛门又入道观，而佛道恰恰相反，南辕北辙，你拜谒道观多少有些不妥。

吴三桂淡然一笑，说，娘子有所不知，儒释道本是一家，此乃中国文

化之精髓。中华民族历经几千年不亡，便是文化，功劳何其之大。儒家达则兼济天下，穷则独善其身。释迦牟尼也是中国的佛陀，芸芸众生，皆向他跪拜，尽管临时抱佛脚，却是幸福和痛苦的源泉宿命。而道家则纵情山水，放浪形骸，是进入真正天马行空的无人之境。三者融为一体，便是中国的文化和宗教。

我懂了，夫君本是天马行空的王者。陈圆圆说，王者皆拜忠勇仁义之关云长，既然关云长的塑像在大板桥三元宫里，那我就随你去拜吧。

陈圆圆走下车辇，从南门而入。跨过三元宫门槛，便有一株菩提树如华盖擎天，遮住苍生万千，也遮住了高原的太阳。为了不让陈圆圆被一个个铜钱般大小的光束晒黑，一个仆从看娘娘将手遮住额头，仰看菩提树，连忙将黄色的华盖移至娇娘头上。一把无法无天的黄伞，遮盖了一位让大明王朝、大顺王朝亡国的娇娘。

在金黄色华盖的拥簇下，陈圆圆跟着平西王走进了三元宫大殿，第一座殿内是把门将军关云长。只见吴三桂点燃三炷香，朝坐立于殿中的大英雄关云长三叩头，然后仰起头来，说，关公在上，吴三桂不仁不义不忠不孝，皆因保护不了一个女人，才与这样的王朝决裂。连一个自己心爱的女人都保护不了的王朝，就该死去。我是汉人，委身胡人，也是无奈之举啊。如今即降于满清，但窃以为当汉人的血脉萎靡时，确实需要异族之血交融一回，重振我大汉雄风啊。

凝眸夫君，陈圆圆不禁潸然泪下，觉得大丈夫当如是，可以不要江山，却不可弃美人。爱上这样的七尺男儿，是圆圆之幸。

　　吴三桂站起身来，穿过南门，朝三元宫的第二座大殿走去。跨入门槛，陈圆圆一眼便看到了紫气东来的老子坐于其上。

　　老子洋洋五千言的《道德经》，乃中国哲学思想的发端。正因为读它，吴三桂脑海中便有了自由之魂。他膜拜老子，却不知信佛的陈圆圆是何心境，便回眸问娘子，圆圆，你能否背老子五千言？

　　当然！陈圆圆脱口而出，说，欲与取之，必欲给之；欲以弱之，必以强之，是哪一节哪一章？

　　吴三桂说，娘子是考我吧？

　　陈圆圆点了点头。

　　吴三桂对答如流，说出章节。

　　对了，不愧我的真命天子。陈圆圆说，今生与你相随，是妾身之幸啊。然而，陈圆圆也许不知，她在三元宫背诵《道德经》的千古箴言，便是吴三桂一生的写照。

　　等陈圆圆起身后，吴三桂往三元宫的最后一个大殿走去。陈圆圆紧随其后。

　　最后一个殿堂是太上老君，那是执掌天穹的看门人，虽然在北海，却是一代至圣天尊。

　　这时，吴三桂与陈圆圆向着太上老君一拜。吴三桂说，太上老君在上，我辈芸芸众生，今生前世，前世今生，最终都要到太上老君面前报到。可当下三桂我劫数未尽，有娘子相伴，贬到了极边之南。祈求老君保佑我们白头偕老。

听到此话，陈圆圆的泪水夺眶而出。

走出三元宫，走出 300 年之后成为我母校昆明第十七中学的原址，小脚如莲的陈圆圆没有登上车辇，而是莲花点点，朝着五甲、四甲的石板路摇曳而行。一抹淡淡的体香，弥漫在长街之上。街上南北两边的民宅，每家的两层楼，汉瓦土墙，木柱楼梯建筑，一家紧挨一家，连成一片。而每家的屋檐上是一片遮风挡雨般的下厦，下厦上方则是一道道镂空的梅花、蝙蝠和云纹方格的窗子，像一朵朵梅花、海棠、彩云飞翔在半空中。

下厦即屋檐，遮掩之下，每家的门旁都筑有一个个铺搭，铺搭上有卖橄榄的，有卖烟草的，有卖盐巴的；还有耄耋之年的老者坐在铺搭之上，沐浴着东边祭天山上升起的一轮红日，让泡梅子、李子一样红的阳光，照在自己的身上、脸上。

目睹着这一切，陈圆圆俊俏的嫩脸上一片红灿。心中一片喟然，说，村夫野老，男耕女织，处处有凡尘烟火，比尔等生活在高堂深宅的王公贵胄，还要幸运幸福啊。今生如果能轮回，余愿与三桂郎君男耕女织，不要浮名，不思利禄，实实在在地过日子。吵也好，打也罢，咬也罢，像村妇撒泼一般，也是一种接地气的生活享受啊。

吴三桂回眸一看，见娘子眼睛春水盈盈，荡出一片波浪，问道，娘子，你刚才在想什么？

陈圆圆掩口一笑，说，不告诉你。

呵呵！吴三桂仰望天空中的浮云，说，娘子之心，唯有余能读懂。

是吗？陈圆圆嫣然一笑，说，君如何懂娘子，不妨说来听听。

娘子的心思沾了人间烟火，你想与余在大板桥驿男耕女织，融入引车卖浆者之流。

啊啊！不知我者，谓我何忧；知我者，谓我何求。我只求与郎君住在这样的小街上，终老一生啊。

娘子借用《诗经》，道出心中之语。三桂此生也许难陪娘子生活在大板桥驿，那就等来世吧。

好！来世我在断桥边等郎君，夫妻双双把家回。

陈圆圆与爵爷谈笑之间，走过五甲村、四甲村。走到四甲村与三甲村交界的地方，陈圆圆侧身向南一看，只见我祖爷爷与祖奶奶正在"大救驾"皇匾下卖炒饵块。惊呼道，郎君啊，你闻到诱人的菜香了吗？

吴三桂牵着自己的战马，说，闻到了。

嗅着飘散的香味，吴三桂和陈圆圆走进了我祖爷爷的爷爷和奶奶开的酒肆。他们刚在一条长板凳上坐下，围着八仙桌吆喝小二时，我祖爷爷的爷爷钻了进来，肩上放着一块毛巾，说，来啦？

吴三桂斜睨，好面熟，呵呵，火头军，是你啊。

我祖爷爷的爷爷定睛一看，是平西王吴三桂和娘子陈圆圆，连忙下跪，头像臼米一样在捣蒜，说，爵爷吉祥，没想到你和娘子光临寒舍，蓬荜生辉啊。

这是你家酒肆？爵爷问道，是当年建文皇帝赐匾的酒家？

正是，正是。我祖爷爷的爷爷抬起头来，仰视着爵爷和娘娘。

平身吧，吴三桂双手往上扬，说，快给我端两盘大救驾，再倒一壶苞谷泡的李子酒。

是！我祖爷爷的爷爷站起身来，一袋烟的工夫，便端来了两盘大救驾和一壶苞谷泡酒，放在了爵爷和娘娘的桌前。

好酒！吴三桂嗅了一下，倒入碗中，酒像血一样黏稠。他先推给陈圆圆，再给自己斟满，说，娘子，八千里路云和月，从燕赵之地的正定寺，你随我一路走来，跋山涉水，今天我们就要进昆明府，请让三桂敬你一杯。我知道你不胜酒力，可以抿一口，我先喝为敬。

吴三桂将胡子捋向两边，张口一饮而尽。由于喝得太猛，嘴边的酒如瀑布流下。

小娘子舍命陪爵爷，陈圆圆一口饮下，樱桃小口却不露点滴。

吴三桂饕餮大救驾之际，陈圆圆朝女仆挥了挥手，女仆连忙将丝绸包裹的古琴递了过来，摆在一条长凳上。如葱管的纤指抚在琴弦上，一曲《春江花月夜》、一曲《高山流水》，天籁般地响彻云间，余音绕在大板桥驿所有人家的天井里不散。

旷世英雄，剑拔弩张，只为娇娘；绝色美人，琴心剑胆，只为英雄。

英雄美人穿过大板桥驿的三甲村、二甲村、一甲村，一路向西，朝着昆明府方向浩浩荡荡而去。过金马村、黄龙山、小高坡，再穿过金马坊，走过状元楼，经过碧鸡坊，一代平西王走入了昆明府，成了真正意义上的云南王。

坐在云南王的交椅之上，吴三桂战战兢兢，坐卧不安。一双天朝的睿眸在俯视着他，那是顺治皇帝的目光。那目光也许担心他与逃入缅甸果敢的南明王勾搭在一起。

吴三桂将这种担忧告诉麾下的谋臣军师时，紧随身旁的绍兴师爷诡谲一笑，说，爵爷，这有何难，上书朝廷，得到御旨，便可剿灭南明王朝的小皇帝和文武大臣。

好！那就替我草拟一个奏章吧。

第一个奏章上去了。未见北京城里的大清皇帝下诏。

第二封又上去了，仍然没有回音。吴三桂忐忑不安，却不懂大清皇帝的心思。江山未稳，他不愿再起兵戈，斩尽杀绝。何况永历皇帝已经逃入蛮荒，不可能东山再起，那就饶他一条小命吧，省得让汉人兔死狐悲，举旗造反。

可吴三桂却要置朱元璋的第十三世孙于死地。第三封奏章又呈上来时，顺治皇帝只好交付朝议了，问金銮殿下的臣子说，平西王三番五次上书，要剿灭南明王，是何用意？

一个汉族大臣站了出来说，皇上，这是我们汉人表忠心的一种方式啊，说明他虽为贰臣，却无二心，愿为天朝肝脑涂地。

顺治皇帝哈哈一笑，既表忠心，就准奏，让平西王以10万大军，剿尽南明王朝的残部。

拿到了尚方宝剑，吴三桂告别了娘子陈圆圆，率兵亲征，朝着楚雄、大理、永昌方向挥师而去。他们渡过怒江，翻越高黎贡山，兵临蛮荒之野的果敢。

躲在缅甸的永历皇帝觉得自己的末日将到，但还是寄希望于一个大明王朝的辽东总兵，以为吴三桂会看在同为大明帝国的君臣面上放自己一马，便亲笔修书一封，写得文采飞扬，情真意切："……仆由是渡沙漠，聊借缅人以固吾固。山遥水远，言笑谁欢，只益增悲矣！既失世守之山河，苟全微命于蛮夷，亦自幸矣！如将军不避艰险，请命而来，提数十万之众，穷追逆旅之身，何视天下之不广哉？岂天覆地载之中，独不容仆之一人乎？抑或封王赐爵之后，犹欲歼仆以邀功乎？但思高皇帝栉风沐雨之天下，犹不能遗留片地，以为将军建功之所？将军既取我室，又欲取我予，读《鸱鸮》之章，能不恻然于心乎？将军犹是世禄之裔，既不为仆怜，独不念先帝乎？既不念先帝，独不念二祖列宗乎？既不念二祖列宗，独不念己之祖父乎？不知大清何恩何德于将军？仆又何仇何怨于将军？将军自以为智，而适成其愚；自以为厚，而反觉薄。奕祀而后，史有传，书有载，当以将军为何如人乎？仆今者兵衰力弱，茕茕孑立，区区之命，悬于将军之手。如必欲仆首领，则虽粉身碎骨，血溅草莱，所不敢辞。若其转祸为福，或以遐方寸土，仍存三恪，更非敢望。倘得与太平草木，同沾露于圣朝，仆纵有亿万之众，亦付将军，唯将军是命，将军臣事大清，亦可谓不忘故主血食，不负先帝之大德也。唯冀裁之。"

一副好文笔，极尽嬉笑怒骂，却又从容不迫。若吴三桂给一条活路，史书便是另一番记载；若吴三桂欲置自己于死地，请功大清，他也会被大清皇帝所唾弃。字字大义凛然，句句鞭辟入里，每一个方块字，如一块点燃的炭火，烙烫了吴三桂的眼睛、心房和灵魂。

永历帝，予杀了你。没有文化和良知的吴三桂的心灵之野，早如极边一样荒蛮，余烬未灭的负罪感激起了他更大的罪恶杀戮。他将令牌朝先锋官面前砸了过去，说，倘若缅人不交出永历帝，就叫他们血溅仰光。

在10万清兵大兵压境之下，缅甸王只好乖乖地交出了永历帝。

于是，在昆明府翠湖东南方向莲子坡之上，清石板路闪着太阳投射出的背影，幽魂踽踽而来。头戴一顶马鬃瓦楞帽，身穿纯绢黄袍，腰束一根黄丝带的永历皇帝，骑在马上，来到了莲子坡前，只见一位身穿铠甲的将军骤然下跪。

来者何人？永历皇帝呢喃道。

扑通一声，吴三桂朝着永历帝三叩头。

你就是平西王吴三桂吗？永历帝轻轻地问道。

吴三桂不敢抬起头来，只是像公鸡啄食一样，说，臣是，臣正是！

永历帝喟然长叹，说，如今说什么都无益了，只请你给朕留一具整尸吧。朕仍北人，拜托你将我的棺木葬入十三陵之中。

吴三桂勉强应了一声，却底气不足。

从此君臣不曾相见。四个月后，不顾谋师、臣爷三番五次地苦谏，请平西王奏请顺治皇帝，谕示如何处置永历帝，是押解京师，还是就地惩罚？吴三桂擅自主张，就在君臣第一次也是最后一次相见的莲子坡上，让狱卒押着永历帝走了过来，一位匆匆从金殿宫中骑马过来的太监，手托着一条白绫的人，宣平西王之命，赐永历帝一束白绫自己了结。

永历帝哈哈大笑说，我死之时，便是平西王劫难的开始。大清皇帝不会对这个杀了主子的藩王再有半点的信任了。

接过吴三桂赐的一壶浊酒，永历帝痛饮而下。然后朝着莲子坡上的老柳树将白绫一抛而上，结成一个死结，让两个狱卒举起自己，将颈项套入圈中。待两个狱卒将永历帝的身躯放下时，永历皇帝两腿一蹬，去见他的高皇帝去了。与大明王朝最后一代帝王崇祯之死，如出一辙。

从此，大明帝国的气数画下最后一个白色的句点。

昆明府翠湖边的上莲子坡，从此更名为逼死坡。

5

逼死了永历皇帝，平西王达到巅峰的人生开始跌落。

祖爷爷说，命运真是一报还一报啊。当永历皇帝双脚悬空，向昆明城池绝命一蹬时，陈圆圆心里突然一阵战栗。她感觉到在这一刻，自己一生追慕的英雄吴三桂死了，他的灵魂已被毒鸩浸透了。于是在这一刹那间，她心灵那平静的湖水，便如死水般冰封一片。

那天暮霭沉沉，就在昆明圆通寺的暮鼓敲响的时候，陈圆圆带着一个宫女，仓皇走出了平西王府，径直往圆通山后的莲花池而去。进入寺院，便向尼姑庵住持师太优地跪拜。她磕了三个头，说，师太，圆圆心意已决，愿削发为尼，侍候师父。

施主，可要三思啊，你贵为平西王的娘娘，富贵豪奢一生，能受得了青灯寒夜的煎熬？尼姑庵的住持劝道，再说王爷找来时，老尼可担当不起啊。

陈圆圆苦笑了一下，妾出身贫贱，青楼歌榭，卖笑半生，承蒙平西王宠幸，已经享有半世的荣华，如今已是人老珠黄，平西王爷在府中佳丽三千，不再缺我这半老徐娘了。

女施主真的想好了？师太再次叮嘱道。

圆圆早有出家之念，此番心意已定，请师太为我剃度吧。

阿弥陀佛，善哉，善哉！师太从徒儿手中接过剪子，烧了三炷香，插在佛祖造像之下，余晖从大殿佛陀的眼帘斜照下来，泻在陈圆圆盘在脑后的发髻上。金钗拨出，长发打散了。只见师太唰唰几剪子，长发飘飘落下，一堆青丝像飘落的丝绸，落地无声，四周却是一片呜咽。而后接过弟子端来的一盆热水，师太拧了拧盆中的热帕，在陈圆圆的头上焐了焐，接着剃刀飞舞，一转眼的工夫，一个小尼便坐在眼前。师太从香案上取下烧得正热的梵香，口中念念有词，默诵清规戒律，在陈圆圆的头上烙下了三个圆点。

头皮被炙伤的焦煳味儿散去，平西王吴三桂已骑马而来。他脚下生风，冲进尼姑庵，见自己的爱妾已经成了一个小尼，遽然亮剑，欲朝师太刺去，他怒吼道，大胆秃尼，竟敢将我娘子引入空门，我杀了你！

眼见剑锋寒光闪闪，陈圆圆竦然起身，用身体保护了师太，说，老爷不可妄动，出家之事，圆圆早有此愿。

平西爷的剑在半空中划过一道光带，僵住了，随后剑入剑匣。他快快不乐地说，放眼天下，唯有圆圆是我最知心的女人。你遁入空门，留得我孤零零的，活着也没有了滋味。

爵爷此言差矣，你不独缺圆圆啊，后宫里还有妃子三千，美女如云啊。

她们谁都无法与圆圆媲美，我让她们都滚，随我回去吧，圆圆！

陈圆圆摇了摇头，说，臣妾与将军缘分已尽，还是让我孤灯长夜，吃斋念佛，保佑将军一世平安吧。

吴三桂见陈圆圆去意已决，知道无法挽回，说，娘子既然不肯执三桂之手终老一生，那就随娘子去吧。

善哉，善哉！师太说，这才是平西王爷的大度所在，禅莲弟子，起来给王爷一拜，了却今生尘缘。

陈圆圆脱下凤袍，套上青布袈裟，朝吴三桂深深一拜，站起身来，眼眸淡如止水。

罢了，罢了！吴三桂摇了摇头，转身欲走时说，既然娘子喜莲爱莲，要修得易初莲花，本王爷念你携手半世，风雨人生，就再掷千金，为圆圆造一座莲花池吧。

谢平西王爷。陈圆圆深深一拜。

吴三桂踏着夕阳归去，余晖落照，镀金在将军的战盔之上，在莲花池上留下了一片寂寥。陈圆圆伫立寺门旁眺望，吴三桂已经发福的身影，在长长的石板路上投下一路沧桑。岁月无情，一代枭雄

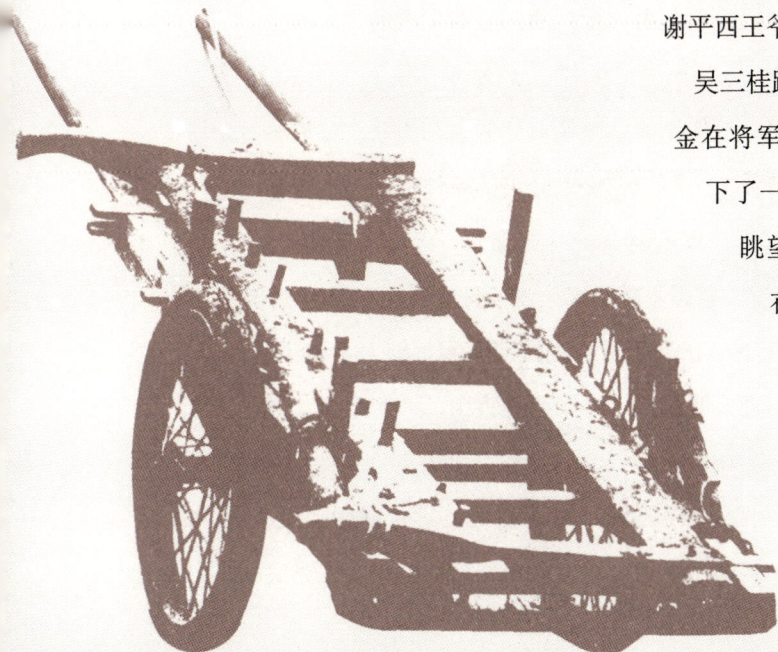

的背渐渐地驼了，衰老附着于身。望着英雄的身影消失在莲花寺门前，陈圆圆簌簌流泪。她为自己哭，为英雄哭，为执手走来的美人迟暮而垂泪，也为尘缘将尽的一生落泪。

第二天，吴三桂开始大兴土木，在圆通山背后的莲花池修造一个荷池和一座牌坊，还翻盖了尼姑庵，全由青石打造。荷塘之上架起了小桥，小径通幽，流水成音，与湖中水榭亭阁连成一体。庙宇庵舍，也都按照皇家寺院的格局和造型而建，气派万千，雄睨极边，数千工匠修造了三载。竣工之时，荷塘边的石头上"莲花池"三个字请谁来题写？吴三桂询问廷上众臣。

众臣说，云南虽大，莫非王土；芸芸众生，皆爵爷子民。于公于私，都是你题写最合适啊。

平西王摇了摇头说，我一介武夫，操刀舞剑的手，舞弄不了笔墨。

爵爷当年也是状元及第啊！

一个武状元出身，在你们这些文人墨客眼里狗屁不是。吴三桂自嘲道，重赏之下，必有勇夫。我要贴出告示，出重金，面向云南境内的高人雅士征集"莲花池"三个字。

盖着平西王宝印的告示榜，很快贴满了昆明城郭的大街小巷。站在告示前的民众看过后不免瞠目结舌。平西王在榜上开出的条件很优厚，也很苛刻。揭榜之人，不论贵贱贫富，谁若题写的"莲花池"三个字被选中，便可获白银万两。倘若未被选上，就得下狱坐牢，永不特赦，将牢底坐穿。

于是，出榜次日，吴三桂下令在平西王府里摆出书案，铺上了毡子，放好文房四宝。另一张书案则将万两白银，堆成三座银山。一字千金，三个字写好可以赢得三座银山。

城郭的老墙下，两名清兵把守在布告前，守株待兔，等待揭榜之人。总有风流秀才结群而来，跃跃欲试，为三座银山所诱惑，却又被坐穿牢底所惧。

一天，两天，三天过去了，守在布告前的平西王府亲兵被高原的太阳晒得昏昏欲睡，眼见太阳西沉，没人敢应，一天恐又泡汤了。

到了城楼上的暮鼓敲响的时候，便收兵回营了。

就在两名守布告的亲兵即将离去时，突然有一位衣冠楚楚的秀才走来了。他一脸春风，似志在必得，伸手欲揭题写"莲花池"之榜。

亲兵连忙上前挡了挡，说，秀才，你可想好啊，不要只想着那三座银山，如果写得不好，平西王爷一怒，你这后半生就得在黑牢里度过啊。

呵呵！那秀才仰天狂笑，说，没有金刚钻，哪敢揽这个瓷器活啊。我既敢揭榜，便将身家性命搭上了。少废话，带我去见平西王吧。

亲兵摇了摇头，竖子太狂，头顶上已有黑煞星笼罩，注定要坐牢了。

鸣锣开道的锣声，在昆明府的大衢小巷上掠过，引得铺子两边的商贾人家纷纷跑出门来张望。

风流才子风度翩翩走过，长衫匝地，簌簌声响，跃身上马，那卷起的风尘，淹没了铺子里的人影。

这秀才也许要发大财了，这秀才也许要倒大霉了。

狷狂的秀才打马到了平西王府，在门口一跃跳下马来、在两位亲兵的带领下，走入了平西王王府正堂前的庭院。只见正厅的宽敞天井里，放着一个巨大的条案，一边条案上摆着文房四宝，一个条案上摆了三座银山。

狂傲的书生一踏入大厅，便挥手道，研墨！

先生且慢！平西王的师爷站出来制止道，我瞧你这样年轻，在你蘸墨落笔之前，再给你一次机会，请你三思而行。

师爷瞧不起我？

非也，只是觉得你太年轻，涉世未深，想提醒一句，免得后半生在监狱中度过。

书生一阵仰天长啸，我非等闲之辈，既敢揭榜，早将生命置之度外。

研墨！师爷挥了挥手。

是老爷。两个添香的丫鬟伸出素手，十指纤纤，在歙砚之上倒水、研墨，然后将中峰的狼毫放在了笔架上。待一切都放置妥当，才将那位坐在太师椅上喝普洱茶的秀才请了过来。

狂生最后呷了一口普洱茶，踱着方步走到书案前，将笔提了起来，蘸了蘸墨，在一张四尺的宣纸上，写下了怀素狂草"莲花池"三个字，题下年月和自己姓名，盖上红印，然后叫丫鬟呈给平西王爷。

府中丫鬟莲步翩跹，摇摇曳曳，将四尺整张的"莲花池"三个字，送进正堂。两个丫鬟左右摆开，吴三桂捋了捋美须，摇了摇头，又仰起头来，征咨身后师爷的意见。只见师爷耳语了几句，平西王爷的脸色顿时变得铁青，突然重重地拍了一下书案，厉声斥道，大胆狂徒，佛门乃清修之地，题匾当以淡定清净纯真为上，尔等龙飞凤舞，意在搅动莲心，让莲花池卷起沧浪之沫，其用心歹毒！给我拿下，打入牢狱，永不大赦。

两个如虎的家丁扑了过去，反剪狂生的双臂，拖出了客厅。

爵爷，你与陈圆圆英雄美人，洒脱一生，莲花池虽然静若止水，却内心如沸。我题成狂草，意在让陈圆圆陈美人再燃起爱慕爵爷之心啊，忠诚可鉴，可照日月啊。

撑嘴！吴三桂挥了挥手。

卫士下手很重，咣咣咣几个嘴巴打得狂生嘴角流血。

拖下去吧！他这是自找牢坐。

在一片爵爷饶命的喊冤叫屈声中，第一个揭榜人被打入了大牢。

第二天，昆明的城郭上，又贴出了告示，言之凿凿，意在告诫云南境内的风流墨客，这三堆银山不是随便哪个人都可以搬走的。

从此，十天半月之内，再无人揭榜，守榜的亲兵在高原的太阳下昏昏睡睡了半月有余。

一个月过去了。

两个月过去了。

三个月过去了。

春华秋实，又是一个轮回，一个生命季节的轮回，放眼云南境内，没有一个文人墨客敢于应下这幅"莲花池"的书法。

终于到了夏天，一个冬天蛰伏和春生万里的季节过去了。将到秋季的一个傍晚，黄昏泛起，潮水一样的红灿淹没了西山睡美人。夕阳浮冉，一个年过不惑的书法家来了。他是跟着大宋年代充军而来的父母来到云南的，他学的是大宋皇帝宋徽宗赵佶的瘦金体。他以为瘦金体太飘逸了，飘然成了一种仙风道骨，飘逸成了一株佛陀的红菩提，他以为将其题在莲花池上，会再现大宋王朝的相国寺赵佶所题的风采。

于是，在那个暮霭沉沉的黄昏，他独行到告示前。依然是那两个平西王府亲兵，依然是那个贴告示的地方，依然是重赏与坐牢同在的布告，那两个被高原北风吹得浑身抖颤的亲兵，正欲收榜回归兵营时，突然听到了一声，两位兵爷且慢。

正要归营的亲兵回过头来，看到一位穿着马褂，梳着长辫的清人秀才模样的人匆匆而来。

这个年过不惑的男人揭榜之后，跟着两位平西王府的亲兵，朝着坐北朝南的平西王府走去。

见亲兵带着又一个狂人往平西王府走去，站在街边看景的百姓黎民一阵窃笑，说又来了一个大憨包，他将牢底坐穿，是命中注定了。

可是这位中年人到了平西王府了。在下马石前一跃跨下马鞍，然后抖了抖清服的马蹄袖，紧随亲兵走进了平西王爷那皇家气派十足的庭院。后花园里平西王爷坐在夕阳下，品着美酒，将一个美妾揽在怀中。一个亲兵在他膝前骤然跪下，说，爷又一个揭榜的文人来了。

哦，不是穷秀才？

是一个有了功名的举人。

好！让他上来吧。

举人走过来了，向平西王深深一揖。

吴三桂眼睛半闭半睁，眯缝着眼睛，问，何方神圣，报上姓名。

鄙人复姓司马。

司马！吴三桂一跃而起，莫不是太史公的多少代孙？

惭愧，第十九代孙。

好，既然你出自于太史公之家，必怀文学离骚、史家绝唱之大才。我寄厚望于你，希冀你笔走龙蛇，留下书法之绝品。

不敢，不敢，小的愿意一试。

墨研好了，司马书法家站起身来，挽起袖管，又将一支中峰狼毫握在手中，在一张六尺宣纸上，留下了"莲花池"三个瘦金体。

两个丫鬟手执宣纸，走近屏风之下平西王爷的龙椅。平西王爷盯着司马书法家的瘦金体看了一下，一位师爷在他的耳边悄悄地咬耳朵。

忽然，又是忽然，平西王爷将提金戈长剑的手，啪的一声拍在案上，喊道，给我拿下。

司马愕然一惊，说，为何将我拿下？

因为你的瘦金体太飘逸，没有了佛门的厚重和沉雄。

王爷不公，小的不服。

不服，那就去牢狱里思过吧。

平西王挥过手后，两个金甲武士押着司马走向了黑牢。

又一个书法家在平西王府折戟沉沙。

可是江山代有才人出，风流才子不畏死，总想留下一世功名，万世英名。从那以后，仍然不断有人来揭榜，却一个个铩羽而归。

那时我的祖爷爷已进入垂暮之年，辞去了大板桥驿火头军的差事，在酒肆的杏花旗下，晒着高原天空的太阳，颐养天年，看着蚂蚁爬过春花落红，打发自己夕阳西下的日子。

然而，有一天，当我祖爷爷从昆明府入京赶考的秀才嘴里，得知平西王爷将一个个应征题匾的文人雅士投入大狱，便将自己的汉烟袋插在背上，借来了一匹老马，挥鞭奋蹄，朝昆明城的平西王府绝尘而去。

从大板桥驿一路朝西，过了鸡街子山头，过了金马村，往两面寺，沿着石板驰道，翻山驰骋而去。

到了晌午，太阳当顶，一束束金针从穹顶上直射而下，照着昆明城郭。我祖爷爷没有揭榜，却往平西王府直径奔去，到了双石狮守门的大门前，只见两位亲兵穿着铠甲，左右各一，我祖爷爷跃身下马，朝着两个昏昏欲睡的亲兵说，禀报爵爷，我前来揭榜。

那两个亲兵睁开眼睛，只见我祖爷爷头上戴着祖上从江南充军流放云南时，卷沿的大灰毡帽，穿了一件羊皮褂子，背上插着一支旱烟枪。他们哑然一笑，说，去去去，你也像写字的人吗？

我祖爷爷的爷爷见亲兵瞧不起他，挥舞鞭子，朝两个亲兵的头上脸上劈头盖脸地抽了下去，只见一道血痕在亲兵的脸上惊现。

未等亲兵反应过来，我祖爷爷已经跃过平西王府的门槛，径直往里冲了进去。

你是吃了豹子胆了，还是成心找死？快给我滚出去！站在中门的两个守卫横在大门门口，终于挡住了我祖爷爷的去路。

我是吃虎胆了，哈哈！快禀报平西王爷吧！我的祖爷爷有点不耐烦了。

我祖爷爷根本不理他们。他坐在门槛上，从后背上抽出旱烟袋，将一截雪茄一样的老旱烟插了上去，用火捻打着，吧唧吧唧地吸开了。

我祖爷爷与士兵争执之中，平西王与嫔妃们从水榭庭院里走了过来。边走他边呵斥府里的亲兵。

别啰唆，快将好酒斟满，好烟送上。快来侍候爷，让我也过一回藩王瘾。我祖爷爷明知与平西王过去只是一面之交，他已经不认识自己了，却仍然一副仙风道骨般坐在王府的门槛上，背倚门框，怡然自得。

啊啊！吴三桂仰天长笑，说，敢在王府撒野，不是狂生便是韵士高人，请问先生是前者还是后者？

当然是后者了。

不过，先生应知道我的规矩。吴三桂脸一横说，如写得我不满意的话，后果是很惨的。

如果平西王爷不满意我一分钱不收，全家连坐，一起蹲进大牢去。

平西王爷一愣，感觉此人好像在哪里见过面，说过话。

我祖爷爷大步流星，随平西王爷进了中堂。只见吴三桂坐到罗汉床上，旁边躺着一个丽人，屈蜷着躯体，与平西王爷相对而坐，正在吸着阿芙蓉。那一缕清香，弥漫于庭院里，令人飘飘欲仙。

我祖爷爷从背上抽出了旱烟袋，又将一撮旱烟丝塞入烟锅，打着火镰，贪婪地吸着，一边吸一边对庭院里的丫鬟说，研墨，给我研一池墨。有两铜盆墨汁，才够我写"莲花池"三个字。

从晌午研到下午，到太阳西斜，已经研了足足两个铜脸盆的墨汁。我祖爷爷过足了旱烟瘾，从睡榻上爬了起来，然后说，再给我准备一块丈二白布，一把没有用过的描竹（野草）扫帚。

吴三桂此时正在戏台边看歌妓翩翩起舞，听到管家的禀报，他一跃而起，说，这是何方怪人，敢如此泼墨写字？

在众将军和家臣的拥簇下，平西王走到天井里，只见一块丈二白布铺在地上，一个白发苍苍的老翁，提起饱蘸墨汁的扫帚，正要往白布上书写。

且慢，先生。吴三桂摆了摆手说，你落墨之前，我有一句话要说。

王爷但讲无妨。

先生，已经有数十个书家被投进大牢了，你若没有这个真本事，现在退下去还来得及。

我祖爷爷摇了摇头，说，爵爷多虑了。敢揭你的榜，自然有取胜之道。

你不后悔被连坐九族?

我想富贵九族,沾爵爷的光。我祖爷爷的爷爷说。

好,我成全你,无论是赚我三座银山,还是连坐九族下大狱。

我祖爷爷哈哈一笑,只见他手执扫帚轻轻一扬,朝着铺在地下的白布,落下重重的一笔,接着,旋转,舞动,臂力控制甚好。那笔墨如剑道一样,力透白布下边的青石板,第一个颜体饱满的"莲"字已经横空出世,气韵沉雄。随后,"花"字又春树鸟鸣,浓郁芳菲。三点水一个"池"字,他沾着五百里滇池的灵性,一口气浑然天成。然后他将手中的描竹扫帚往池塘里边一扔,墨迹在清水中一脉一片地浸染,渐成一片清澈和灵润。

伫立一侧的平西王爷惊呆了,连声道,奇人,奇笔,奇字,正是我梦寐以求的字;天意,天字,惊为天人,正合我意啊。

我祖爷爷骤然一跪,说,爵爷在上,小的不过是写得让你满意而已。

平西王爷说,我非常满意,这桌上的三座银山,归你了。

谢王爷,我祖爷爷骤然下跪。

你的声音我好熟悉,面相也有几分亲近的好感,你是哪里人氏,吴三桂问道。

我祖爷爷说,我一世祖随建文而来,我是在大板桥驿站为你烧过饭的火头军啊。

老了,老了,吴三桂说,我们都老了,差点儿我都认不出了。

爵爷正值盛年,英雄美人,江山在握,令我等草民望尘莫及啊。

打住,打住!江山美人,这些话我耳朵都听起茧来了。吴三桂说,我今天派亲兵送你和你所赢得的三座银山回大板桥去。不过,在走之前,我想问问,我知道你有一手好棋艺,你的书法渊源家传何人啊?

杨升庵。

就是写"滚滚长江东逝水"的新都状元郎杨慎?

是的，正是杨状元郎。爵爷知道他？

我只听说他在廷上挨了嘉靖皇帝二百杖。

他到我家的时候，屁股上仍然残留着的杖棍之疤。

啊啊！杨慎住过你家？

是的，爵爷。

说说杨慎吧。

6

杨升庵可是云南的第一大名人啊。

我祖爷爷说。那天，他被锁上铁链，在四个狱卒的押解下，走出阜成门，出京赴滇，沿着京畿大道，朝西，一路西行，往边陲之地云之南蹒跚而来，步履踉跄。

时值晌午，高原的太阳悬在中天，像一个黄铜铸造的脸盆，漂在海一样蔚蓝的苍穹上。一阵风吹来，铜脸盆倒扣过来，撒下来一串串铜钱般，刺眼的光柱，照射在大地上。大明王朝四川新都状元郎杨升庵步履蹒跚，进入云南境内。被紫外线炙伤的面孔，已经脱皮了。杨状元人困马乏，饥肠辘辘，被太阳晒得昏昏欲睡。紧跟身后的四名军爷，也步履沉重。如果不是出京前朝廷的内阁大学士杨廷和大人再三交代，并给了四名狱卒足够的盘缠和酒钱，让他们一路照顾爱子，这个狂傲的公子早在路上被一刀给咔嚓了，然后回京禀报，说他死于匪患，或经不起长途跋涉染疾而终。

军爷，给我弄点水啊，渴死了。杨慎逃过一命，嘴唇渴得干裂处渗出一道道血丝，一如他被晒得脱皮的脸庞，他连说话的声音都是沙哑的。

忍着吧，杨状元，你以为这是在京城啊。狱卒多少有点不耐烦，但毕竟拿人家的手短，吃人家的嘴软。

罢了，罢了！杨升庵多少有点后悔，悔不该"大礼议"上，第一个犯傻地挺身而出，文死谏，苦谏嘉靖皇帝，结果触犯了龙颜。

少年得志。得志未必是好事，少年得志的人往往心高气傲，易惹大祸啊。在北京城里，自己11岁便能吟诗，语惊四座，堪称大明朝的神童。21岁第一次参加乡试，凭着一篇文采飞扬的八股文，轻而易举夺魁，戴着状元的乌纱花翎，回到新都去光宗耀祖。可是考官批改试卷时，却因抽烟在试卷上烙了一个洞，被疑为作弊，只好自认倒霉，下次重来。正德六年，24岁的杨慎再度入京会试，殿试第一，高中状元，成了大明王朝四川唯一的一名状元郎。照例授予"翰林院撰修"，此时只要他循规蹈矩，一切顺从皇帝的意思，便可以高官任你做，骏马任你骑，美女任你娶。可是正德皇帝染疾而终，无子嗣。杨升庵的父亲杨廷和身为内阁首辅，节外生枝，与皇太后商量，说召正德皇帝叔叔的儿子安陆王入京继承大位吧，是为嘉靖皇帝。本来皇家的正统血脉，按传长不传幼的中国千年旧规旧制，白白捡了一个皇帝大位，他本该尊自己的堂兄正德皇帝朱厚照的父母为皇太祖皇太后，可是嘉靖皇帝偏偏地把自己从湖北安陆接来的母亲赐予皇太后，引发了皇帝与大臣们的第一场论战。

新科状元杨升庵初出茅庐不畏虎，竟成了议大礼的马前卒。他两次上疏议大礼，居然跪在宫门外的金水桥边，与百官跪门苦谏："国家养士百三十年，仗节死义，正在今日。"这分明是与嘉靖皇帝叫板，与他过不去嘛。

嘉靖皇帝理也不理他，挥了挥手，说棍棒伺候。

杨慎被锦衣卫架了起来，在朝廷上退了裤子，露出屁股，当着文武朝臣挨了100棍。那天被杖刑的大臣有200多人，当场有7名朝臣毙命。杨升庵命大，打了两次，挨了200杖，死而复苏，捡了一条命。嘉靖皇帝朱批下来了，贬谪到云南永昌卫（今保山市），永不特赦。

走吧，一封朝奏九重天，刺配云南路八千。杨慎被铁链锁住双手，戴着木枷上路了。回眸京城，身后却是一阵叹喟之声，如飓风平地而起，席卷京畿城郭。这就叫刚正朝廷，义薄云天。稍后于他的李贽在《续焚书》中写道：升庵先生固是才学卓越，人品俊伟，然得弟读之，益光彩焕发，流光于百世也。岷江也不出人则已，出人则为李谪仙，苏坡仙，杨戍仙，为唐代、宋代并我朝特出，可怪也哉。

不鸣则已，一鸣惊人，并与李白、东坡比肩。可见后人是多么仰慕杨升庵。

快到昆明府最后一个驿站大板桥了，走得昏昏欲睡的杨升庵一个激灵醒来，觉得心里有一潭清泉如莲花般在涌动。他说，军爷，我听到山泉涌来的声响了，快给我打一壶水来吧。

四个军爷已走得东倒西歪，问，杨状元，水在哪里，你莫不是渴坏了，在梦呓吧。

水就在前边！

杨状元在发癔症吧。

杨升庵苦涩地笑了笑，拖着沉重的步履，朝着大板桥东头的龙泉寺蹒跚而行。

有寺院的梵香飘过来了，离人间尘世不远了。杨升庵慨叹道。

循着叮咚的龙泉，四位军爷押着杨状元走到了龙泉寺旁。驰道边上，一潭清泉，幽深清澈，鱼翔浅底，水草玉翠，从直射的阳光中透出一丝丝清凉之意。杨升庵不顾自己手上还戴着铁链，锁着木枷，陡然下跪，将唇贴近泉水，贪婪地喝起来。随后，将头也浸入水中，消解高原太阳的酷烈和溽热。

洗过我的故乡龙泉寺的圣泉过后，杨升庵在四个狱卒的押解之下，走过祭天山脚，走过龙泉寺西边的戏台，在南无阿弥陀佛的石像前深深地一拜，然后沿着清泉的老沟边的青石板路，向西，向大板桥驿的东城门洞和三元宫蹒跚而行。

太阳西斜，斜阳从东城门的鼓楼上透出一串光柱。春风四起，吹得风铃摇曳作响，四位狱卒押着杨慎走到城门前，只见乡勇站在城门上喊道，何方来人，可有关文？

四位狱卒中的一人答道，押送军犯杨慎刺配云南，有关文在此。

　　乡勇在城楼上看清楚了，便吩咐旁边一个守门的兵勇，放下吊桥，让北京来的军爷过关入驿。

　　走进五甲村，一条清溪从东城门流淌而入，一南一北，隔着光滑的石板路。流淌着唐人足迹和宋朝屐痕的石板路，在每个寻常人家的门前流过。流水汩汩，如听泉，如琴声，如天籁，如玉环碰撞之音，弹奏出一曲高山流水，春江花月，寒鸦戏水。此琴为谁所弹？当然是少年神童、琴童杨升庵了，非大明帝国的四川府唯一的新科状元莫属。杨慎仰起头来，只见每家一扇窗子旁边的铺搭上，都盘腿坐着一个老太爷，在烤太阳，或用水烟袋，或用铜烟袋，磕了磕鞋帮，将烟锅巴掏了出来，或将旱烟丝塞在竹一样的烟嘴上，用火镰打着，将嘴靠在了小铜炮一样的烟筒口，一嘴将旱烟筒口堵死，不露一点缝隙。过足了烟瘾，吐了一个又一个烟圈，然后仰起头来，嘴里、鼻子里，和烟筒里都在冒着青烟，如峡谷、沟壑、岩洞里飘起来的一缕缕岚烟，这情景让从北京来的状元郎杨升庵看呆了。男耕女织，地老天荒，莫过于此。自己考个功名，中了状元，享受了光宗耀祖的荣耀，却失去了人世间的温馨。

　　杨升庵沿着长长的小街，走过五甲村，进入四甲村了，到了我祖爷爷和祖奶奶生活的街上。他仰首一看，只见一楼的梅花窗口伫立着一个个娇娘和姑娘，正俯瞰他这个从京城押来的充军犯人。

　　蓦然回首间，杨升庵的眼睛被阳光刺得一片茫然，伫立在梅花窗前鸟瞰自己的娇娘，由陌生变得熟悉，仿佛那个在故乡锦官城外痴情厮守的爱妻——大明帝国女诗人黄娥，在痴情地凝视着自己。

　　可是伊人不在，爱妻只在那彩云间，望穿秋水，不知今生今世，何时才是归期？！

　　拖着沉沉的铁链，他终于到了我祖爷爷和祖奶奶的"大救驾"酒肆。杨升庵饥肠辘辘，闻到了宣威火腿的香味飘了过来，惊叹人世间竟然有如此美味佳肴，便不顾四位军爷是否同意，径直地往我祖爷爷的小酒肆走了过去。只见酒肆的杏花旗上，刺绣着颜体"大救驾"三个字，透着一股英气逼人的王者之气。

　　此匾有帝王之风，是谁写的？

一个老和尚，我祖爷爷答道。

我看过大明的奏章批阅文档，这很像是建文皇帝的题匾啊。他转头问道，是不是建文皇帝曾路过此地？

不仅路过此地，就遁形在云南的山水之间。

我也会像建文皇帝一样，远遁在彩云之南的山水之间老死云南。杨升庵这么想着挥手喊道，酒家，上菜。

我祖爷爷和祖奶奶送来一壶泡杨梅的苞谷酒，斟满了一大土碗，将"大救驾"炒好后，又端了过来。杨状元在大口喝酒，大口吃饵块过后，脸上泛起一片红润，便喊，酒家，有古琴吗？

有啊！我祖爷爷拿出了一把古琴，放在了杨状元面前。

手抚古琴，10岁便扬名京城的神童杨升庵，弹了一曲《胡笳十八拍》。那出塞的呜咽声，回旋在极边的蛮荒之野。琴弦如泣如诉，一条长长的大板桥驿街，石板路光亮成一片落日，绝唱的心悲伤欲裂。

那天傍晚，杨升庵喝醉了，留宿在我祖爷爷和祖奶奶的客栈里。酒醒时分，已至黄昏。一种无尽的乡愁随着袅袅的炊烟升起，他突然诗情勃发，望着新上的一壶浊酒，在西边天际投下的斜阳中，当着从昆明府方向来接他的京城老朋友，铺开宣纸，挥动狼毫，写下了那首流传了一个个世纪的《临江仙》："滚滚长江东逝水，浪花淘尽英雄。是非成败转头空。青山依旧在，几度夕阳红。　　白发渔樵江渚上，惯看秋月春风。一壶浊酒喜相逢。古今多少事，都付笑谈中。"

一曲咏叹之词，横贯古今。一壶浊酒，与青山斜阳相伴，了却余生。杨升庵在酒杯里看到了自己的余生和来世，双手端起土碗，痛饮而下，将桌子上的墨宝揉成一团，扔在地上。

我徐家来昆明大板桥的三世祖那时只有7岁，刚发蒙入学。他将杨状元的墨迹捡了起来展开一看，如获至宝，当场便跪拜杨升庵为师，成了他在云南的入室弟子。于是，杨状元在我们老徐家中一住数月，好吃好喝，奉为上宾。我祖爷爷跟着杨状元，练起了书法童子功，他每天早晨清扫酒肆过后，便用软软的描竹扫帚，蘸着水在天井里写字，一写就是几十年，朝朝暮暮，从不中断。终于，他得到了杨升庵状元郎的真传，练就了一手让天下文人墨客惊叹的书法，但却隐没于大板桥驿的小酒肆里，沦为引车卖浆之辈，鲜为人知。

7

似乎冥冥之中都在等题"莲花池"这三个字。

我徐家的祖爷爷那年已逾六旬，正步入生命之秋，以为从此默默无闻地了却余生了，没有想到会一鸣惊人。那日，他挥舞扫帚，蘸了一桶墨汁，在一块丈二白布上，挥臂疾书"莲花池"三个字在白布之上，飘散着东晋贵族之韵，大唐雄浑之法，赵宋飘逸之风，明清性灵之技，平和而不失庄重，散淡中更有几分肃穆，博得平西王和府中幕僚师爷们的一片惊叹，轻而易举地赢得三座银山。"莲花池"成了他的福地，成就了他技压群雄、轰动云南的一段佳话。

轮到我家的祖爷爷光宗耀祖了。

那天下午，在平西王爷亲兵的护送下，我祖爷爷骑着高头大马，回到了大板桥驿。后边的驮队驮着银子，一夜之间，他成了大板桥驿的首富。他旋即花了几十万两白银，买下了西冲口、阿依村、瓦角村的数百公顷山林，雇了一批民夫，砍去荆棘，伐倒大树，开耕出了几百公顷土地，为徐氏人家在西冲口、阿依村、瓦角村一带安了家，生下了根。

后来，我祖爷爷成了老太祖，心里却对平西王爷心存感激，感激他为一代红颜知己修莲花池，而让自己发了财。但他人老了，腿脚也不灵便了，不然，他还想去昆明府看看自己题字的莲花池，拜谒一下平西爷。算起来，他也该是六十有几的人呢。

不曾想到我祖爷爷在耄耋之年，还最后见上平西王爷一面。而此时已经平静生活了30年的吴三桂，正准备再度披甲上阵，向少年英主康熙爷宣战。

我祖爷爷说，那场战争其实是由年轻气盛的康熙大帝引发的。康熙十二年，20岁的少年英主羽翼已经丰满，他想飞翔。他不时站在紫禁城上，遥望西南。云南一隅的平西王吴三桂握有重兵，让他睡在龙榻上一直放心不下，这是帝国的最大威胁和危险。贴在乾宁宫柱上的那张写着"三藩"字样的条幅，已有12年了。12年，这张鹅毛一样轻的字条，已经褪色了，落上了尘埃，每天看到它，康熙的心便会锥心喋血地痛一回。终于，他下诏了，削三藩。钦差千里迢迢跑到了云南，宣读皇诏。吴三桂此时已经垂垂老矣，明知大势已去，他不想与初生牛犊似的康熙硬拼，毕竟当年为大清扫清了大顺朝的残余，他与顺治皇帝是有默契的，云南这片土地是他为满族打下半壁江山的最后酬报。一片极边，这点犒劳并不丰厚，留给吴家子孙，也算是一个安慰啊。可是爱新觉罗·玄烨竟然要将它攫取而去，这不公平吧？吴三桂沉默了两个月，等着年轻皇帝觉悟，收回成命。毕竟他年过六旬，享乐的日子也不会太久了，等他归天之后，再动手也不迟啊。但康熙压根儿就没有收回君令的意思。

吴三桂举棋不定，难道反叛真的是他的最后宿命？！

然而，他麾下的谋臣却蛊惑他反了。

谋士方进深看到平西王的幻想和犹豫，一针见血地说，王欲不失富家翁乎？一居笼中，烹饪由人矣！

蛰伏和沉默了两个月，北京那边仍然没有消息，看来皇帝是铁了心了，要夺他的兵权，削去他的爵位。那天，钦差又来了，让他快快随他回京领命，去过寓公般的日子。

狗仗人势，是可忍，孰不可忍了。一直温文尔雅的吴三桂"赤颜大骂"，说，吾挈天下以与人，只此云南是我血挣，今汝贪污小奴，不容我住耶？

骂过之后，他驰马去了莲花池，只见尼姑庵山门已关闭。他说要见见陈圆圆，已经剃度出家几十载的娇娘，早已人老色衰，让徒儿告诉平西王，自己已经闭谷清修，不再见俗世之人。

罢了！罢了！吴三桂仰天长叹，连喊三声陈圆圆。眦目将裂。连最后一点心灵的依赖、精神支柱都坍塌了，吴三桂觉得自己没有什么牵肠挂肚的事情，与年轻的康熙一见高下吧。

那个冬天的早晨，昆明府的城郭和旷野秋霜如雪，白茫茫一片，吴三桂穿上久违了的铠甲，在北校场千军万马的欢呼和拥戴中打马驰骋而去，连射三矢，箭箭中的，鼓角铮鸣中一片山呼海啸般的欢呼腾跃。

盘马弯弓，可射虎狼。吴三桂说，看来老夫尚能征战。

剑指东方，吴三桂跃身上马，盘马凌空，剑往京城方向一挥，20 万大军在冬霜未尽的驿道上，潮水般地涌出了昆明城门。

吴三桂的 20 万大军从我的故乡大板桥驿的长街上整整走了五天五夜，我祖爷爷那天坐在铺搭上晒太阳，望着冬阳下东去的官军，他长叹了一声，说，英雄美人，莲花宿命。平西王、陈圆圆如莲花池中的残荷，衰败是他们的最后宿命。

虽然吴三桂起初势如破竹，连克西南华南七省，饮马长江，占据了半个中国，但是康熙大帝很快聚集了全国兵马，决战长江，结果吴三桂一败涂地，在起兵反叛五年后，削藩兵燹终于熄灭了。

一堆堆白骨，一片片杀戮喋血，掩埋了权倾一朝的平西王吴三桂，也掩没了青灯长夜中的陈圆圆。山河依在，夕阳依在，彩云依在，映照着我祖爷爷用描竹扫帚写的"莲花池"三个字，经历了数百年烟云，悬挂于圆通山后山之下的莲花池之上。最终镶嵌在陈圆圆的荒冢之中。

大板桥驿道漫漫，通京大道的牛车辙犹在，不知英雄美人何时是归期，何地有归处！？

21 故乡的石板路

生活离不开路。人们从蹒跚学步起，就在寻觅通向理想圣殿的路。

寄寓京都以来，我到过祖国的许多地方，徜徉过各式各样的路。最牵动我的情愫的，是故乡的那一条古老的石板路。

在我童年的记忆中，故乡的石板路是一幅优美的山水画。

我的故乡坐落在昆明郊外的板桥镇上，那是一个景色秀丽的古镇，四周群山连绵，两条碧绿的溪流，一南一北，绕古镇两边而过，一条二三十米宽的小街，系青色花岗岩铺筑，到底建于哪朝哪代，也无从考据。岁月的洗磨，使它变得光溜溜的。在潇潇的春雨里，那景致迷人极了。黛色的青山，淹没在雨幕里。光洁的石板路，汪了一摊摊雨水，积满一地，两排的房舍、绿树，倒映其中，溢满了春水，汩汩地向周遭流淌。从桃树、杏树、梨树飘零下来的落花，追逐着流水，吻着、闹着、笑着，粉红的、雪白的、浅黄的、淡蓝的，构成了一幅幅美妙的图案。我和小伙伴们放学回来，戴着篾帽、赤着脚板，溅着五色的雨花，在流溢春雨的小路上放纸船，尽情追赶、嬉戏，欢笑。哦！古老的石板路，镶嵌着我童年的梦幻，也负载着老辈人的辛酸和希望……

记得夏日的夜晚，银桦树摇曳着婆娑的舞姿，纺织娘演奏着迷人的乐章。奶奶带着我和妹妹来到老街的银桦树下，夜空深邃，繁星点点，仿佛就挂在老屋的顶上。仰望星空，夜空是那样的迷人。我们依偎在奶奶的怀里，缠着她讲石板路的古老传说。奶奶会唱当地的花灯，我曾经在插秧的田埂上听她唱过，细腻温婉，余韵犹在。在她的记忆里，穿越老街而过的石板路，仿佛每块石板的纹路，都镂刻着一首诗、一曲歌、一部厚重的青史。奶奶娓娓动听地讲述，把我们带进了一个辽远而又奇幻的童话。

其实，故乡的老街就是一个古老的驿站，不知是不是从春秋时代，楚顷襄王遣大将庄蹻入滇，在昆明筑"苴兰城"，或者是汉习楼船，唐标铁柱的帝国时代，这里便成了一个古老的驿站。千古如斯，它是出昆明城入京畿的第一站，也是从京城返乡的最后一站。于是赶考的举子、出征的将士，从大板桥驿起程，沿通京大道，走向远山。

奶奶说，很早以前，有一位善良的妇女，年轻里死了丈夫，守着刚满周岁的儿子和年迈的婆婆度日。她上奉公婆，下抚幼子，在艰难的生活道路上挣扎，企望来年有个好盼头。可是，不幸与她结下了不解之缘。婆婆在一场天荒中丧生，她典卖嫁妆，安葬了婆婆，精心养育了儿子。可儿子长成人，又被征召到北疆戍边，从此，不论是西风瑟瑟的秋日，还是雨雪交加的隆冬，她都蹚过泥泞的小路，来到一块悬崖上，登临远眺，一边流泪，一边呼唤，等待着爱子的回归。等啊，等啊，10 年、20 年、30 年过去了，岁月的风霜染白了她的青丝，可怜的母亲啊，却见不到爱子的踪影。一将功名万骨枯，总有忠魂埋边关。后来，皇家的使臣送来了她儿子捐躯沙场的噩耗和报偿。老妈妈的泪哭干了，心枯萎了，金银换不回她儿子的生命，抵不了母爱的分量。她用这笔钱为镇里的人铺筑了石板路。等路修成那天，她又来到每天等儿子的地方，纵身跃入深渊，去天国里与儿子相会。人们感其虔诚，叹其悲苦，把这条路起名为"子归路"。奶奶每每讲到这里，都禁不住老泪纵横。这只是一个遥远的传说，民间传说毕竟昭示了一种期冀，或者一种宿命。我用小手轻轻地拭去挂在她脸上的泪珠，以幼稚的口吻安慰说："奶奶别哭，等我长大了，一定帮老婆婆把儿子找回来。"

奶奶惬意地笑了。

然而那天晚上，我做了一个梦。傍晚时分，天地玄黄，苍穹的祥云被夕阳烧红了。偌大一个天庭，悠悠彩云仿佛被上苍之手，巧夺天工地造型雕塑，诡谲多姿，像一匹白骏马披着残霞，踏破天阙，追随其后的是一只浴血凤凰，凤翥龙翔，跃出西海，紧随神骏之翼追日西去，周遭是一片竞放的睡莲，惊现西海盛景。

一阵马啸，像裂帛一样，撕裂了晴空的蔚蓝。公馆庭院的青石板上响起了清脆的蹄声，是楚国大将来了，还是建文皇帝骑着瘦马入东门了？抑或是平西王来了？驿卒从马厩里牵出一匹驿马，跃上马背，挥鞭策马，朝东城门疾驰而夫。从大板桥驿到东边的龙泉寺约有三里的驿程，驿站公馆设在二甲村北街，由西向东，穿过三甲、四甲、五甲连为一条长街的古镇。驰道系清一色青石铺筑，历经多少个朝代，达官贵人，王公贵族，黎民百姓，匆匆走过，踏出了一条光滑的石板路面，也深嵌了两道牛车和马车的车辙。打马走出城门洞，斜阳将驿卒的身影投影在通京古驿道上。

马蹄声碎，踏碎了帝国的斜阳，也敲击我的心扉。

夕照下的石板路，是那样的宁静，那般的安详。但到了赶街的日子，它却成了喧闹的海，迷人的河。人们纷纷从山里、城里涌到了这个热闹的古镇。1公里多的小街两旁，摆满了琳琅满目的货物，戴着漂亮服饰的撒尼族姑娘，裹着褐色头帕的苗族小伙，烫着波浪式卷发的城市妇女，讨价还价地采购货物。年轻的小伙、姑娘们成群结队地伫立古街的银桦树下，用轻快的曲调、缠绵的花灯，羞涩地吐露爱慕之情，寻找着意中的恋人。一时间，小贩的吆喝声，恋人的山歌声，琴弦的拨乱声，汇成了一首动人的田园交响曲，在小镇的上空萦绕，飘逝。

然而，时代的风雨，搅乱了小镇的沉静，也给古老的石板路带来了一场劫难。1958年，公社里刮起了一股"大跃进"热风，大兴土木，盖乡村电影院，建大食堂。可一时运不来奠基的石头。有位领导灵机一动，想到

了石板路上那些平滑的条石，于是令人撬了老街历经千年百年的条石，运到电影院做石脚。镇里的老人都来求情，希望把老婆婆用血泪和生命铺筑的石板路保存下来，竟然遭到了一场无端的斥责。于是，砌在小路上的石板被搬走了，老妈妈心祭被践踏了，古镇上的石板路永远消失了。故乡的小街从此变得泥泞坎坷，离离的小草在哭泣，故乡的父老心里在流血。热闹的小镇寂静下来了。那一年，虽说是好年景，但人们忙于放卫星，没有心思收庄稼，金黄的稻谷烂在田里，撒在路上。在绵绵的秋雨里，奶奶手持扫把，扫了好多担粮食，成了模范，得了一床毛毯的奖品。然后一个浩劫的年代降临了，缠着小脚的七旬奶奶，下地插秧干活，在那条又滑又泥的小路上背东西，是多么艰难啊。奶奶拄着拐杖蹒跚而行，与我们多难的祖国一起，在泥泞中，迈着沉重的步子。

那年月，贫困的黑色之翼掠过故乡的天空，饥饿的幽灵徘徊着，每天几角钱的收入，扼住了人们生活的希冀。纵使这样，奶奶始终从容乐观，她执拗地认为她的大孙子将来会有大出息，甚至让二妹妹辍学下田，自己不顾古稀之年下地干活，也要让我读书。但命运之神并没有给我格外的恩赐，我的大学梦破灭了。哦，命运把我抛进了那块古老的红土地，生活展示给我的，并不是玫瑰编织的花环，而是脚下无路的怅然。我们经常仰望的星空，一片混沌，生活的路是多么渺茫啊，没有星星，没有梦境，也没有希冀。

一个秋风瑟瑟的早晨，我怀着一颗失落的游子心，穿上国防绿，告别了故乡的小街，踏着泥泞的小路，坐上黑色的大闷罐列车，往南国的大莽林走去。在道别的月台上，妈妈、妹妹哭成了泪人。我的泪水在积蓄，不能哭，我极力控制着感情的闸门，决不给亲人留下一个软弱的印象。临行前，妈妈担心我水土不服，专门掰了一块老墙土递到我手里，嗫嚅地说："带上吧，老人们说，出远门水土不服时，掰块家乡的老墙土，放在水里澄清了，喝下去能治病。带上这捧故乡的泥土吧，不管你走多远，有多大出息，别把家乡忘了……"

说到这里，妈妈呜咽着，再也说不下去了。我攥着那块蕴藏着妈妈体温的泥土，妈妈送给我的，岂止是一抔泥土，而是故乡人民那颗淳朴善良、金子般的心。忘不了，养育我的故土，忘不了啊，古老的石板路。

踏上黑色闷罐车的一瞬间，我对自己说，也是对故乡的天空说，我是坐着闷罐车走的，回来时一定坐着卧车回来。19 岁那年，我成了一个年轻军官，第一次探亲，在桂林等了三天卧铺票，回到了故乡。

日光流年。10 多年后的一个梅雨季节，我偕同妻子从京城回家探亲。兴许是故乡那条泥泞的路，给我的印迹太深了，我和妻的旅行袋里，都装着雨鞋，还有奶奶爱吃的芙蓉糕。我明知她吃不下了，她于十几年前仙逝了。那是一个凄风苦雨的时节，她下工回来，在那条泥泞的路上滑倒了，再也没有起来。怀着缺憾，怀着遗恨，怀着期望，倒在一片淤泥中，永远长眠了。我和妻带着从香山拾来的红叶，准备撒在奶奶坟茔上。我们下了从省城开往郊外的公交车，往故乡走去。这时，飞着濛濛细雨，故乡的小镇沉浸在烟云之中，仿佛在做着春的梦。妻的眼里被乡间迷人的风光染醉了。而我则生发了"近乡情更怯"的感悟，想亲近又害怕失去。当我还在沉思时，故乡已出现在我的视线里。哦！久别的故乡，变了，变得年轻了，变得漂亮了。昔日那风雨中的危楼早已被寓所式的砖瓦楼所取代，每家的阳台上都摆着花，淡雅的幽香袅袅。脚下，古老的石板路消失了，泥泞的乡间小道不见了，一条平坦水泥路在延伸。小街两旁，银桦树婆娑多姿，枝蔓如盖，相互掩映，每隔 200 米就挂着一盏街灯。从楼房里飘来的，再也不是古老的舂米声、尖刻的咒骂声，而是电子琴的演奏声。我的视线被模糊了，一泓清泪，从脸颊上滚落下来。我不知道这泪，是苦涩的泪，怀旧的泪，欢欣的泪，幸福的泪，是遗憾的凝结，还是欢愉的掩饰。

傍晚，天放晴了，落霞轻抚老街。炊烟四起，浮浮冉冉，故乡的小镇沉浸在梦里。我和妻挽着妈妈的手臂，在古街上流连。妈妈告诉我，这条水泥路，是村里的人捐款修建的。如今村里的人富了，一家倡议，百家拥护，人们纷纷出人、出力、出物、出财，一月的光景，就修好了。我在小街上踯躅、徜徉，寻觅着童年的梦幻，追忆着少年的足迹，可上穷碧海两茫茫。不见了，古老的路，不见了，泥泞的路。仿佛这一切，连同那个苦难的岁月一样，早已贮存到了银桦树的年轮里。唔！我突然彻悟到，生命的路，正是由许多不幸和错误去铺筑，才逐渐变得平坦宽敞起来。

那天夜里，我睡在妈妈刚洗过的，溢着稻草清馨的被子里，做了一个甜美的梦。我又梦见了那一条古老的，长满青苔的石板路。

（原载 1984 年《星火》）

22　故乡 不沉的石舫船

　　故乡的小镇是一艘永不沉没的石舫船。

　　大自然的造化和神工鬼斧，把小镇雕凿成一艘巨型的生命之船。如果你从空中鸟瞰，或伫立在高山之巅一览小镇的全景，就会被这一红土高原上的杰作所惊诧。东西2公里多长的老街，全是由青青的石板铺筑，历经千百年悠悠岁月的风雨侵蚀，愈发光滑透亮，这是一条由昆明入京的官道，也是进京城的第一个驿站。遥想当年，多少学子韵士熙熙攘攘，皆为名来，拥挤到这条道上，去摘取功名利禄的桂冠。也许是古人的预见和悟性吧，这条数百年前修筑的小小长街，居然铺设有现代大都市的下水道，而且能够两辆卡车交错而过。街的两边耸立着两排依偎很整齐的民房，俨然天朝皇宫大殿前两排夹道列队的卫兵，在等候着上早朝觐见君主的臣子。二层民舍的南北，皆有一条后街，被南北东西高高的古城墙围成一个船体，南北宽不过300米，东西长却2公里，各有一座巍然的刁角斗楼的石门出入田野，走向遥远的山野。最有趣的是石头城墙下，北边有一条从黄龙洞流出来的地下河水汩汩流淌，南边有一条宝像河水呼啸而过，一清一混，一阴一阳，在故乡小镇西头的城门下交汇,像一条从远山天边抛洒下来的银练,蜿蜒逶迤,向五百里滇池游弋而去,把故乡这条石舫船牵动着、托载着,驶向悠悠岁月,载向茫茫人生。

每当黄昏悄悄降临时,故乡的景色最令人沉醉,滇池西边的睡美人山在烟水朦胧中衔着一个血球,犹如一个红红的灯笼。暮色将至,西边的金色、紫色渐成黑色,湛蓝如洗的深邃之海,一轮明月升起来,犹如银白的新月之舟,燃尽的篝火与洁白的月霜,渗透、调色,在两条碧波粼粼小河上撒上点点碎金、碎银,犹如一条高悬在红土高原上的天河。劳作了一天的姑娘少妇下河沐浴时,远远望去,就像缥缈迷濛之中天妃出浴天河,恍如梦境。待到夜晚舒展着轻盈的翅翼,天幕渐渐地由白变红,由红变黑,再变成银色时,洒金的天帷燃烧成为一团团、一簇簇七彩云团。这时,一缕缕炊烟袅袅升起,浮冉在老街的上空,两旁的楼房突然华灯闪亮,繁星点点,好似远航的巨型客轮,驶向雾霭沉沉的人生之海。若此时,月色染白了急速变幻的河水。倚栏远眺,远处,黑黑黢黢的山影,离我们最近的河水,又轻盈盈、碧幽幽,跳动着生命的亮点。

我搭乘故乡老街这艘古船,漂泊在没有航标的人生河流里,寻找灵魂的泊地,寻找命运的港湾。那时,故乡是贫瘠的,正在经历着历史上一场空前的时代浩劫,土地荒芜了,知识的田野也荒芜了,它有过辉煌的昨天,却沉落在苦难的漩涡。13岁投身革命大潮的父亲被贬谪归乡了,我们兄妹五人吃饭上学还有70多岁的奶奶,靠父母挣工分养活,家庭生活十分拮据。记得有一天家里断炊了,妈妈从衣兜里掏出仍残留着体温的四个五分硬币,要我带着四个弟妹到小街的饭馆里买四碗米饭以饱饥肠。看着四个弟妹吃着牛肉清汤泡盐水和很久没吃上的大米饭时狼吞虎咽的样子，我哭了，哭命运的不公，也在哭自己……

为了帮父母补贴家计，14岁的我平时读书，星期天上山砍柴，过早地用稚嫩的肩膀挑起生活的重担。滇缅高原的冬夜，人迹板桥霜，一派死寂的凄冷，我拉着小推车跟着父亲的背影走出东城门，衣衫褴褛地走进野山苍茫，山道坎坷泥泞，不时从箐沟涧壑里传来怪鸟的凄厉和长啸，我战栗着。心里被一个巨大的魔影钳制着。仰望深邃夜空里的启明星，我在一千次一万次地做着浩天长问，故乡的古船啊，你将把我载向何方，难道父亲今天的悲剧命运就是我明天的生活预演吗?！难道我将永远沿着古道凹得很深的历史车辙循规蹈矩地走下去吗?！不，远天的星星在为我引路，故乡的古船在缓缓游弋，我要走出去，走下古船，走出远村，走出野山，走出云贵高原，去寻找那个不属于但必须接纳我的新世界。

终于，一个偶然的机遇，我携带着寒门子弟改变命运的虔诚和少年壮志，坐着大闷罐车走进湘西原始森林，开始了16岁当兵的日子。当我登车向故乡的古镇做最后的一瞥、那艘不沉的石舫船在身后渐行渐远，我的心却在说："我是坐闷罐车走的，但决不会再坐着回来。"

故乡的古船在我的视野里渐渐消失了，它永远停泊在远山的岚霭里，但留给我无尽的思念，一生的温馨。无论人生是得意，还是失意，无论荣辱毁誉，故乡，那条不沉的石舫船，总是在我记忆的屏幕上显影，给我以启迪和警示，给我勇气和力量。

命运女神的兰花指纤纤指向，把我从一个遥远的小山村，从命运的一隅，引领进红男绿女的都市，引领进王气犹在的京畿。被护城河水洗净农家子弟的最后一点黧黑之后，在青春的脸颊上涂染上一层层厚厚的脂粉之后，我曾经辉煌过，荣耀过，也得意过。幸福与痛苦，成功与失败，幸运与劫难的因果循环，成就了一个人沉浮毁誉的五彩人生。1989年悲秋，我的生活天地经历了一场大起大落的轮回，少年得志的锦绣前程一时山穷水尽，黑幕落下……这时，我的梦幻里，突然漂来了故乡那一艘不沉的石古船，它以永恒的精神横亘于天地之间，列祖列宗位立其上，强悍而坚韧，不屈不挠地驾驭它驶向前方，以劈波斩浪的力量，行驶在迢迢银河里。

追随着古船的航迹，我回到故乡，将息生命的翅膀。虽然从云端掉下来伤得很重，毕竟没有跪倒在命运脚下抚摩自己的伤痕。在故乡的日子里，我经常背靠着故乡古镇废墟沉思，其实城墙早已经不再，可我却寻找昨天古船的影子，想象着明天苦旅上的自己，我听到了先祖创世前开拓家园的号子，我感受到了阳刚锻造抑或柔情抚触的激动，故乡

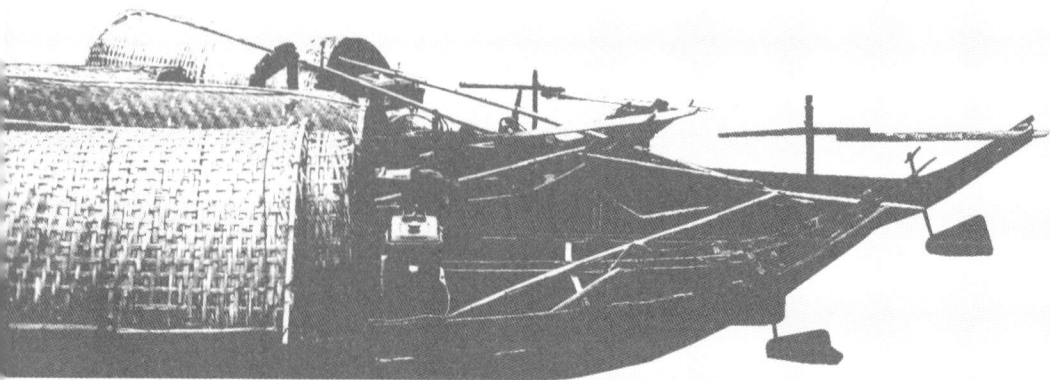

石舫船所赐予我血性和精气，苦难少年所赋予我的奋进勃然升腾了。在即将跨进人生新的起跑线之前，我又一次来到沉浮着故乡这条历史古船的两条小河边，在河滩的野地里，在芳草萋萋的沙滩上，漫无边际地走着。虽然河床上沉积着泥沙，芦荻悠悠，远处野山里山茶开至荼蘼，浮浮冉冉，如烟，如云。清明闪亮的溪水，永远被一片片生命力旺盛的绿色拥簇着，驱动着古船，牵引着一个部族，在岁月长河里义无反顾地前行着，驶向蔚蓝色的大海，走向希望之岸。它用岁月的沉重给我指出了一条艰难的前行之路……

又一次走出故乡这艘古老的石舫船，蓦然回首间，重新对人生进行新的审视和诠释时，我倏地佛悟到，童年时，奶奶关于故乡是船、人生是河的古老传说，绝不仅仅是星夜的村场上纺织的秋天的童话，也不是预见到我今天会成为作家所进行的智力投资，而是向后代指点一种生活的迷津，也许由于我天生愚钝，也许由于我生活太顺，并未意识到其深奥的底蕴。而当我经历了一场灵魂和肉体的痛苦涅槃之后，才真正彻悟了它的真谛。虽然晚了些，但毕竟是我最需要的时候，一切都在起步都在重新开始。

哦！故乡的石舫船，永远漂流在我的生命的激流中。

（原载《散文百家》）

23 母校 1974年的记忆

那天傍晚，我在内蒙古鄂尔多斯的高原上，盘马弯弓，正欲往成吉思汗的庭杖驰道驰马而去，忽然手机响了起来，声音从故乡传来，黄李福老师的声音清晰可闻。他说26日是母校建校50周年，郑重地邀请你，一定要回来啊！并留下一篇墨宝华文，以备结集出版。我问不知写谁，他说只要是母校难忘的往事皆可。

我当时便承诺下来。说，不管有大大的事情，我都会如期而归。

搁下电话，我仰首远眺，地平线上祥云飘绕，浮浮冉冉，一抹斜阳从云缝里射了下来，映衬出一片迷人的蔚蓝。浮云后边，一颗怯弱的星星在碎霞中露出笑脸。天上一颗星，地上一个人，暮霭沉沉之中，那天上的星星，也许就是我中学时代的恩师殷廷光、吕晶心、甘明才。此刻，他们像镶嵌在天阙上的宝石一样熠熠发光。

殷廷光老师和杨师母　天上人间的一对爱情鸟

梦回故乡，师恩难忘。

殷廷光老师赐给我的最后一次恩惠，是 1974 年那个秋季，让我如愿以偿地跨入了一座没有围墙的大学——军营。

那是一个像今天鄂尔多斯高原的秋天的下午，我伏在大板桥派出所的一张木桌上整理材料，一个高挑的军人迈着从容的步履走了进来。穿着四个兜的国防绿，一颗红星，两边红旗缀于领口之上。我朝他敬仰地一笑，那一笑，一定绽开了一张很云南的脸，憨厚、淳朴、恬静，甚至还折射着云贵高原的黧黑。

"小鬼，你叫啥子名字？"那个穿四个兜的军人问我。

"徐剑！"我答道。

"想当兵吗？"他问我。

"当然想！我从小的绰号就叫上等兵！"我答道，"当兵是我梦寐以求的！"

"你什么文化？"

"高中毕业。在大板桥东头的昆明第十七中学读的。"

"好！"那个军官说，"我征的是特种兵，非高中生不要。"

我欣喜若狂。

翌日，那个排长终于去了第十七中学，就我

的表现询问殷廷光老师的意见。

"你说徐剑啊，那是我的高才生。"殷廷光老师脱口而出，"是高中74·1班最优秀的几个学生之一。"

"哦！"这回轮到排长精神一振。

就在这一刻，这个带兵的叫王爱东的排长决定将我带出云贵高原，带入人民解放军的大学校。

或许，这是十年动乱中，殷廷光老师最后一次为我做的事情。

有幸成为殷廷光老师的学生是1972年的秋天，我作为高74·1班的学生上第一堂数学课。此前在初中，我的数学课总是逊于语文、政治。个中原因，一则是小学连分数都未学过，老师去闹革命，教学的链条断了，让五年级的学生来教二年级，其结果可想而知。我纵是灵童，也后天乏力了。

殷老师讲的第一课是因式分解，那深入浅出、娓娓道来的讲述，经粉红的粉笔一写板书，之于我，就像一指佛指纤纤，点拨了我的天门，醍醐灌顶顽愚初开，从此我的数学成绩一跃成为班里乃至全年级的前列。

可是，我骨子里仍有喜新厌旧之习，因式分解懂了，我就不怎么听了。低着头看明清才子佳人小说《粉妆楼》。那是我从邻居的发小家借出来的古本书籍，字是繁体字。当我正沉溺于风流才子骑着骏马，戴着探花的花翎，穿过乌衣巷，来看绣楼上的小姐时，殷廷光老师已经从讲台上走下来，站在我的书桌旁，我却浑然不知。

"咚咚！"有指头敲击的声音，惊醒梦中人，我抬头一看，殷老师已站在我的课桌前。

"把书交出来！"殷老师向我伸出了手。

我极不情愿地递了过去，书的封面是用报纸包的，起初他没有看出究竟，撕开报纸，居然是彩色封面，花园的粉楼之下，月亮门站着一对才子佳人。《粉妆楼》三个字跃入眼前。

"你胆子好大啊，竟然在我的数学课上看小说。"

"我已经懂了。"

"懂了也得听，你是一班之长，班主席啊，本应该以身作则。念你初犯，罚因式分解题 100 道，下午上课时交来。"

"我做完了 100 道习题，是不是还我小说？"我开始讲条件了。

"100 道习题，一题不错，可以考虑。"殷老师说。

"好！"我点头应承。因为明清小说是我的发小从家中偷出来给我看的，如果我不按时还书，下一部就甭想看了。

12 点放学，10 分钟跑到离学校 1 公里远的大板桥四甲村，闪电般地扒了几口饭，我便开始做习题。100 道，到 1 点半上课要解完，解对，才能要回小说。只听春蚕吃桑般的纸响，响了一个晌午，到 1 点 20 分时，我已经迅速地解了 80 道题，跑到学校，下午第一节课是自习，我在下课铃响之前，做完最后一道，一本作业本已经写完了。

第一节课间休息时，我拿着课本走进殷老师家时，他的脸色如霜，冷冷地问道："作业做完了？""做完了。"我向殷老师伸手，"请还我的小说。"他接过我的作业本，说，"待我改完了再说。"我悻悻然回到教室，冥冥之中有种预感，此书也许有去无回了。

最后一节是数学课，殷老师来了。他将本子从讲台上扔了过来："还想要书，100 道题错了两道，牛什么，一班之长不严格要求自己，还以做习题来向我示威，找错人了！"

我羞愧地低下了头，知道自己错了。

秋天匆匆而逝。云贵高原上的冬天清晨，总是白茫茫的一片。霜冰薄薄的一层，铺在大地上，落在白菜的叶子上，野草凋谢。当我踏着那层冰霜走进学校，将冻得红肿的手指揣进衣兜，扭头看食堂门口的洗衣台时，便会发现令人感动的一幕，殷老师站在水管前，为自己患小儿麻痹症的大女儿洗尿布，将一盆尿布放入冰冷刺骨的水中，洗去层层污垢，然后再用一壶开水烫泡消毒，天天如斯，月月如此。

班上有个俏皮的"闹包"张年华，绰号"赖瓜"，是大板桥园艺厂的一名管教的儿子，学习平平常常，恶作剧却绝招频频。冬天经常迟到，遇上数学课，常常被殷老师罚站几分钟，但是并不妨碍老师对他的喜欢。闲暇之时，殷老师叫张年华绰号"赖瓜"，而赖瓜则回敬殷老师"妻管严，成天只会洗尿布"。

"哈哈！"殷廷光老师仰天一笑，继而变得格处平静和温和，说你们将来长大了也会当丈夫，不过，难说能比我有地位。

地位，在那个知识分子沦为"臭老九"的年代，简直就是奢谈。殷廷光老师出身于四川一个大世家，可惜错生了一个时代，纵使他有满腹经纶，考大学的分数也许可以读京城一流名校，最终却因"出身不好"上了师范学院，分配时，与同样出身不好的一群大学里的高才生一道被贬到了我家乡的大板桥十七中学当了一名普通的教师。他人在云南，却与四川表妹杨阿姨心心相依，结婚许多年后，杨阿姨调入了十七中学，当了食堂里的一名"火头军"，每天拂晓起来做饭，为学生打早点，而照顾女儿、洗尿布之事，自然而然地落在了殷老师的手上。

中学的岁月总是美丽而短暂的。那个年代，高中毕业就意味着失学、失业，意味着回到乡村，重复祖辈"日出而作，日落而息"的农耕生活。当我在一片绝望中坚守生命的花季时，因了殷老师的一句话、一句真诚的举荐，幸运地踏进了中国战略导弹部队的门。

换上军装，就要奔赴远方的那天上午，我特意去了母校，向殷老师和杨师母告别。凝视被一身国防绿淹没了的我，殷老师笑了，说："我相信你会在部队上干好的，会实现鲤鱼跳龙门的。"

其实，我明白殷老师的殷切期望，所谓跃过龙门，对于一个农家少年来说，就是必须成为一名军官。

向殷老师行了第一个也是最后一个军礼，向故乡的土地投去最后一瞥，我默默地说，我是坐着闷罐车走的，我归来时，一定要坐着卧铺车回来（当时部队有规定，唯有军官可以坐卧铺）。

天各一方，我去了南国的一个秘密的导弹基地。开始还能收到殷老师的来信，渐渐地，随着我辗转报社、军校，联系自然也就稀少了。写到第十七中学

的来信，杳如黄鹤，不过却从同学的偶然来信中得知"文革"后，殷老师调进了城，在一座重点中学当了数学组长，担负起高中班冲刺大学的重担。

第一次探家，我穿上了"四个兜"（当时干部穿四个兜的军装），在桂林买了一张卧铺票探亲归来了。多方打听，终于找到了殷老师任教的学校，找到了他搬到昆明的宿舍。两间相通的平房，接出了一个做饭的厨房，看着 19 岁成为军官的我，殷老师说："徐剑，我当初的预言成真了，好样的，你没有让我失望。"

可是我却嗅到了浓烈刺鼻的中药味，问殷老师究竟怎么了，他淡然笑说，肝有些不舒服，在吃中药。

那天中午，殷老师留我吃饭，饭是杨师母做的，一桌的佳肴，仍是川味，摆碗筷时，殷老师找出了自己的碗筷，说，我肝有毛病，这些碗筷是隔离过的，放心吃吧，不会传染你的。

我的心一阵颤抖，一股暖流涌入心田。恩师人已经罹患肝病，却依然想着别人，或许他的一生，注定是为他人作嫁，为妻女，为学生，却不为自己。像一支照亮他人的蜡烛一样，燃尽了自己最后一缕膏血，化作一缕青烟，飘入天堂。这顿饭，是殷老师第一次，也是最后一次招待我，告别时，我向他行了庄重的军礼。

15 天的探亲假匆匆而过，我从故乡回到部队，只有两年之后才能再回来看望殷老师了。但是这两度春秋，一程又一程的 365 里路，已染有重疾的殷老师能走多远，我叩问天地，愿上苍保佑好人一生平安。

然而两年后，当我带着后来成为我夫人的吴玉明再次去看殷老师时，他已经走了，去了一个遥远的地方，一个人间的温暖无法拥抱的天国。

杨师母坐在我和吴玉明的对面，泪如雨下，眼帘里的泪水似乎永远也流淌不完。那一刻，我的心又一阵颤抖，虽然这是六月天，可是我的周遭却有六月下雪之寒。古人云，夫妻本是一对相爱的青鸟，一只远去天堂，留在人间的那一只就会泣血而亡。这时，我发现杨师母为殷老师哭红了眼睛，似啼血杜鹃在呼唤自己的伴侣，也要追随爱人而去。

我返回部队不久，夫人吴玉明的信便来了，说杨师母患了乳腺癌，已经到了晚期，时日无多。我黯然伤神，一种彻骨的寒冷战栗了躯壳。

又隔了数月，我收到了老同学的来信，从不同的侧面告诉我，杨师母去了，追随着殷廷光老师去了遥远的天国。

"但教心似金钿坚，天上人间会相见……在天愿作比翼鸟，在地愿为连理枝"。

大唐诗人歌颂千古绝唱的爱情，仿佛也是写我的恩师殷廷光老师和杨师母的。

吕晶心老师　美丽与悲怆

我很荣幸，会成为吕晶心老师的一名学生。

还在读初中一年级时，我们就知道十七中有一名教高中的语文老师，是一位师长的太太，美丽、高贵，说一口标准的普通话，语文课教得特别好。

可是，那时的我们对她只有仰视，仰望，一个12岁少年对一个丽人的仰视，一个想做她学生的农家少年对名师的仰望。

师哥、师姐们会将做她的学生作为一种炫耀，说她出生在白山黑水，高中毕业时，唱着"雄赳赳气昂昂"的志愿军战歌，踏上了异国的三千里雪原，与武装到牙齿的美国大兵浴血奋战，成为一名战地记者，写了一手好文章。后来她被一位红军出身的战将看中了，组织出面做媒，于是她在情愿与不情愿中成了刚在战地上失去夫人不久的一位师长的夫人。

抗美援朝的战火熄灭了。

这支经过战火洗礼的部队，向着西南的红土地，车轮滚滚地奔驰而去，在宝象河边驻扎下来。第一次授衔时，国防部长彭大将军一声裁员，与部队首长结了婚的女兵大都被转业，吕老师也因此卸下戎装，成了师长的专职太太。

吕晶心老师那时 20 出头，年轻、漂亮又有文化，在上世纪 70 年代初的第十七中学，她亭亭玉立的身影就是一道风景，让我这个乡下少年生发许多想象。

往事如烟云一样流逝。一位老师桃李天下，能让学生记住的事情，也许就是那难以忘怀的二三事。吕晶心老师教了我一年半，最让我难忘的是她讲的三篇课文。一首词、一篇散文、一篇报告文学。词是《沁园春·雪》，散文是《北京的天坛》，报告文学则是《谁是最可爱的人》。

那天上午，吕晶心老师最先给我们选了毛泽东的《沁园春·雪》，当她用纯正的普通话朗诵了"北国风光，千里冰封"时，我便被中国古诗词的魅力倾倒了。第二节课，认完生词之后，她开始讲词牌，讲对仗和押韵，讲平平仄仄仄平平，让我第一次领略了中国的古典诗词的韵律之美。此前，我读过《红楼梦》的诗词，似懂非懂，不得半点中国诗词的精髓和神韵。然而吕老师的诗词课，却让我茅塞顿开，一下子彻悟了语言的要谛。随后吕晶心老师开始分析毛泽东诗词《沁园春·雪》上下两阕之间的词意和意境了。上阕写北国的冬季,毛泽东目光追逐着滔滔黄河流经九十九道弯,俯看整个北国大地,山舞银蛇,原驰蜡象,一副王者胸襟。对于一个没有见过燕山雪花大如席的西南少年来说,心中顿觉天下小了,心域拓展了。吕老师绘声绘色地向我们描述了北方大地的苍凉之美,让我对楚湘文化哺育的毛公的大诗人、大词家的风流、浪漫有了全方位大视野的了解和敬仰、敬畏。

然而在下阕之中,吕晶心老师讲述给我们的是毛词的王者之气,这首词在 1946 年的重庆一经发表,便征服了柳亚子等一代文人墨客、高人韵士。兀立在黄河之滨的毛泽东,以一览众山小,俯瞰中国 3000 年的雄心气魄,遥指秦皇,感叹汉武,小觑唐宗宋祖,嘲笑中国第一大军队的可汗大帝只识弯弓射大雕。

毛泽东就这样,不仅以他巨人的身影,还以我的语文老师的讲解,将他的文韬武略,征服和覆盖了红土高原一个少年的青春岁月。

吕老师给我印象最深的第二篇课文是散文《北京的天坛》。因为她东北老家路经京城时,穿过天安门广场,步行过前门楼,然后朝南,朝着正南方向而去,到了当时三教九流,饮浆者之辈的天桥,东拐,进入了皇帝祭天的天坛。那篇课文记述了天坛的苍松,祈年殿的穹顶,祈雨,祈天台的环丘上的回天石。然而下来,进入东边,给西边的朋友说悄悄话,声音很小,小到了蜜蜂之嘤声,可那个耳朵贴在回音壁上的人也能听到。

"太神奇了!"我和我的高 74·1 班的所有同学都瞪大眼睛,一阵惊呼。北京,天坛,回音壁就这样烙印在一个大板桥长大的少年心中。当时,我远眺北方,在一个人迹板桥霜的冬夜,推着小板车进花箐、小白龙、打磨冲砍柴。拂晓将至,天上的北斗星渐渐黯淡,只见从昆明方向而来的夜行列车风驰电掣地驶向远方,我的心也被驮远了,驮下了红土高原，载向了遥远的北方。我默默地向着北方说，也许某一天，我会进北京城，实现鲤鱼跃龙门的一跳，成为一个城里人，一个京官，娶一个城里的媳妇带回乡下。

斯时，北京离我这么远，天坛离我这般远，回音壁离我这样远，但是有梦才有希望，我就追着 1973 年冬季的一个梦想，朝前走，走了 10 载的 365 里路，10 年的春夏秋冬。

心想事成梦中人。1983 年 8 月 1 日，在我做京城之梦 10 年之后，我从潇湘调入京城，到第二炮兵政治部当干事。是时，我 24 岁，是一个年轻的正连军官。下了火车，钻进接我的一辆老式伏尔加卧车，路经天安门时，我就问天坛在哪里？那个接我的老干事朝天安门的正前方一指，就在前门楼后边。到北京后的第一个星期天，我从自己所住的南礼士路登上 15 路车，去了天坛，看过苍松，拜谒过祈年殿，然后朝南，绕到回音壁，将自己的脸贴在墙上，我声音很小地喊道："吕老师，我到天坛了，我到回音壁了。"

彩云之南，吕晶心老师听到了吗？我不知道。但是心灵告诉我，吕老师若知此事，会露出她那欣然的笑靥。

这时的吕老师已经调入昆明中学，与殷廷光老师一样，成为语文教学组长，仍是这座重点中学的名师。

往事走过从前，吕晶心老师对我影响最大的一课是《谁是最可爱的人》，是作家魏巍当年在"抗美援朝"时的一篇战地通讯。他写了壮烈的松骨峰战斗，选材剪裁精粹，文辞洗尽铅华，将一代最可爱的人与美国大兵的喋血之战，威武悲壮跃然纸上，以一种震撼力，感动，感染着我。我知道，

这篇声情并茂的文章融入了吕老师当年在"抗美援朝"时的战争经验。

魏巍先生的这篇文章，一时间使洛阳纸贵，他以这篇扛鼎之作，名扬天下。2000 年秋天，第五届全国作家代表大会在北京举行，我与耄耋之年的魏巍老师同为军队作家代表之一。吃饭同桌时，我举起一杯酒敬他，说："魏老师，我曾经是您的读者，是一位参加过'抗美援朝'的女教师，让我成为您的追星族。"

"哈哈！"魏巍仰天一笑，儒雅地说，"青出于蓝而胜于蓝，你们年轻的作家会比我更强。"

"可惜，我们没有了老一代军旅作家的战争体验。"

其实吕老师影响我的又何止三堂课、三篇文章。记得上高一下学期时，昆明市举行中学生书法展览，吕老师翻阅了所有的作文本，或许觉得我的字还写得不错，便找了一本颜体写毛泽东的诗"飒爽英姿五尺枪"的字帖，让我到她的宿舍里去练，先在报纸上写，然后再写在一张厚厚的白纸上，我练了一遍又一遍。嗅着那寝室内属于成熟女人的体香，我有一种沉醉之感。

我写的书法令吕老师满意了，我才回到了课堂。

高二下学期，吕晶心老师调走了，初中教过我的方衡老师重又成了我的高中语文老师，但一个丽人的倩影却永远的铭刻于乡村少年的花季里。

当我有所成就时，很想去拜谒吕老师。我找到了师哥朱锐，让他带我去。他听了过后，先是哈哈一笑，然后神情肃然了。他语气伤感地说，吕老师因心脏病，在殷老师去世不久，便溘然离去了。

国殇英才，留在一个学生心中的是一个美丽与悲怆。1990 年我的第一部处女作《绿色婚床》出版时，我写了一群女军人的爱情与婚姻，尽管隐去了姓名、时间地点，但知情人一定能读出原型是谁。

那本书发行上 150 万册，摆在地摊上，当时我引以为耻，可是虽然写了一部部获得国家和军队文学大奖的书，却没有一部书的发行量超过此书。那书在某种程度上是祭祀我的中学语文老师——吕晶心老师的。

一片晶心在玉壶啊！

甘明才老师　海外赤子

我记得是 1974 年初夏的最后一次学农活动，我们一群师生从水泥电杆厂经大板桥街头的方向，路经一甲村小龙潭附近的公路，甘明才老师指了指清真寺里的小学说："徐剑，你毕业后可以来做一名小学老师。"

在当时的那个毕业即没有前途的年代，能当一位代课乡村民办教师，也许是我的最大梦想了。

家里没钱烧高香，甘明才老师为我指的命运之所终于没有兑现。

送走我们的这届高中毕业班后，甘明才老师便去了香港，等待签证返回印尼，与父母姊妹团圆。他离开那天，我们去大板桥 11 路车站为他送行，没想到这一去便成了永诀。

第一次正视甘明才老师是在高中开学时的第一次班会上，他宣布班干部，我坐在下边凝视着。他，分头，上嘴唇上蓄有两道八字胡，表情不苟笑容，很酷，却也让人有点惧怕。他将教案往讲台上一放，随手翻了一下，仰起头来宣布班干部名单："班主席徐剑、副班主席何秀英、体育委员邓黄亲、学习委员杜金芝……"

我一愣，虽然初中我当过班主席，但高中是两个年级合为一班的，当时我是岁数最小的两个学生之一，怎么也轮不到我啊。

是谁向甘明才老师推荐了我？扪心自问，我已经猜出来，一定是与他关系最好的方衡老师了。

能成为甘老师的学生，是我们那个不幸年代之大幸。当时殷廷光老师教数学、吕晶心老师教语文，和教英语的他，是当时第十七中学数语英的三驾马车，也可以说是昆明市教育界屈指可数的三位名师。只是那个年代不需要名师。

开始，我对甘明才老师有几分的忌惮，因为他脸庞鲜少笑容。可是慢慢接触之后，才发现他是一个冷面情长、古道热肠的海外赤子。

上个世纪 60 年代初，印尼军人独裁者苏哈托以陆军总司令之尊，将亲华的民选总统苏加诺赶下了台。政变上台，他开始了大规模的排华活动。大批印尼华人的高层被杀，工厂、住宅被付之一炬，并强行要求华人加入

印尼国籍，引起强烈的动荡，于是，中国政府开始了大规模的撤侨行动。

在驶往中国的邮轮上，正在读高中的甘明才老师便是其中之一。他告别了父母弟妹，只身前往大陆——他祖先居住的地方。他被安置到了华侨农场，随后在举行的全国统考中，他考入了云南师范学院英语系。对自幼便可华语英语双语面世的他来说，早已有一口流利的口语，四载大学，更是如虎添翼。但印尼华侨富商的家庭背景，使他最终与殷廷光、方衡、赵进等家庭出身不好的老师一样，纵是高才生，仍然被贬到了昆明的远郊大板桥十七中学当英语老师。

桃李不言，下自成蹊。那时他已经名震一时，被公认为是最好的英语老师，并成了我们班主任。

也许是因为甘老师教得好，我那时的英语成绩一如我的数理化一样，名列前茅，作业和考试成绩从未下过95分。记得有一次昆明市统考，一个小时的卷子，我20分钟便做完了，交卷后，甘老师即席在讲台上改，我还得了96分。可是因为天生缺乏语言天赋，我的口语却说得极差，很少有能读准的。当时班里模仿老师的语调，读得最好的是周坤。然而这一切丝毫不会动摇我在甘老师心中的地位，他以教我们为荣，我们以当他的学生为傲。

我在殷老师的数学课上读明清才子佳人小说的事情被甘老师知道了，他没有批评我。有一天晚上上自习课时，他突然走到我跟前，诡谲一笑，说："《粉妆楼》那部书，在我手里。"

"真的？"我的眼睛遽然一亮，说："能还我吗？我的发小因为这部书被没收，已经被他妈妈揍了两顿了。还我吧！"

甘老师笑着说："还你可以，但须答应我一个条件。"

"什么条件？"

"用蒲松龄的《聊斋志异》来换,借我读了,一并还你。"

"君子一言!"我伸出小拇指,要与甘老师拉钩。

"驷马难追!"甘明才老师没有与我拉钩,却喃喃承诺。

然而踏遍大板桥街无觅处,我问了许多人家都没有《聊斋志异》这部书。自然也就换不回来我发小的《粉妆楼》了。

直至1974年夏秋之间,甘老师要去香港了,临别之际,他指着我说:"徐剑,记住了,你还差我一部《聊斋志异》。"

"放心,老师,这个账我认。待我找到此书后,一定给你寄来!"我说。

"别把我哄老了。"甘明才老师说。

"不会的!"我答道。可迟迟未能兑现。

1984年,我在北京琉璃厂买到了一部影印的《聊斋志异》,没有断句,唯有句号,是一个画了红圈的影印线装版的书。当时,我洗过手,虔诚地翻开每一个故事,我想的最多的人仍然是仗剑走天下的恩师甘明才。

也许因了恰同学少年这句话,我做班主席时常与表哥邓黄亲不和。不全是我的错,但矛盾越来越深。过了暑假后有一天支农劳动,我们各带一班人,各行其是,瑜亮心结越结越大,此事终于被甘明才老师发现了。下午上课时,他不讲英语,却在黑板上画了一面墙,墙中间裂开一条大缝隙。甘明才老师指着说,一道墙如果中间没有裂缝,屹立人间千年不倒,如果中间真有了裂缝,则时日无多。你们是亲戚,相逢一笑泯恩仇,应该很好团结。你们带一班人,闹矛盾损耗是巨大的,墙会彻底坍塌。

那一课是甘明才老师最得意的一堂课。也是我青春之旅中最振聋发聩的一课。

可惜,那时的我少年气盛,并未将老师的话全部听进去,与表哥的心结没有彻底解开,似貌合神离。真正冰释前嫌，是已经到了我们分别为人之夫、为人之父以后。

我在军营，甘明才老师流亡海外，一直没有消息。80年代中下期，他曾经重返昆明，见了我的同班同学何氏姐妹和秦惠敏等人。我后来从几位同学的口中得知，1974年之秋，甘老师去了香港之后，却无法获得印尼签证，不能与父母弟妹团圆，在香港一时找不到工作，为维持生计，曾经卖过羊肉串，晚上卖不掉的，唯有自己吃，吃得直反胃想呕，以致后来，他一闻到羊肉的膻味便想吐。

那次在昆明，与老师学生见面，甘明才老师突然指着我的高中同学何家姐妹的姐姐说，你该找徐剑。时隔很多年后，我听到此话，霎时怔然，不知老师此话所指和藏着的玄机。

我一直期待的是就这句话当面询问甘老师，并亲自将我在北京琉璃厂买的影印本《聊斋志异》送给他存念。可是期待师生见面的这一天，竟然是一个遥远的梦。

1995年，我终于从同学那儿得到了甘明才老师在印尼的国际长话号码。趁一家军方搞广告的公司有国际长途，我拨到了印尼，接线生是华人，他知道甘明才却说他不在这家公司。但是这家公司的老总是他的妹妹，我让她接通甘老师妹妹的电话，报了名户，说我是甘老师学生，想与老师通话。

果然，次日下午，我正在家写作，甘明才老师的国际长途打到了我家。师生叙别离之情，听说我在军队小有名气，甘老师十分高兴，说："我早预见到了徐剑会有远大前程。"

我笑了，说："可惜人家不要我，否则我早按老师的预言，当了大板桥中心小学的代课教师。"

"哈哈！"甘老师在电话那边狂笑，说："你还记得我那句话啊！"

"我还记得答应送您一套《聊斋志异》。"我说起20年前的一桩桩往事，勾起他无限浮想。我邀请甘明才老师来北京，好好陪他游览京城，并送上

我为他准备的《聊斋志异》和我所著的一部部图书。

时光流逝，我已悄然步入不惑之年，甘老师的消息越来越少，书自然没送出去。新世纪刚过，我写的一部电视连续剧《导弹旅长》在云南红土地拍摄。开机之后，我从建水返回昆明，请中学时代的老师吃饭。那天该见的老师都见到了，最该来的老师却没有来。在已经退休的十几位老师中，没有了殷廷光老师，也没有了吕晶心老师的身影。

甘明才老师也没有从海外归来。

那天宴请，我特意从部队要了两瓶五粮液。不是舍不得掏钱，而是为了拿出两瓶真正的五粮液。桌上的十几个佳肴摆上来了，有龙虾、对虾，还有鳜鱼和山珍。举杯之际，我说："我是各位老师上个世纪的学生，这桌饭，隔了一个世纪才请恩师，心里有愧。酒是公家的，但饭菜却是用我的稿费请的。第一杯酒，敬各位老师。我先自罚一杯，我是不孝的学生，隔这么久才来请您们。"言闭，我一饮而尽。

各位老师或一饮而尽，或抿了一口，吃菜时，我一一将龙虾、对虾夹给各位，罹患癌症的方敏老师迟疑片刻，说："这两盘菜，我是第一次吃。"

听到此话，我心里一片黯然，一泓泪水溢满了眼帘，老师真是清贫，在这个昆明城张开饕餮之口吞下山珍海味时，每个夜晚，我的老师却恪守了属于一代师表的清苦与清纯。

我举起第二杯酒时说："这第二杯就敬永远来不了这里的殷廷光、吕晶心老师，还有迄今仍然漂泊在海外的甘明才老师。"

此话一说，所有的老师神情一片肃然。

……

晚风徐徐，我踏着鄂尔多斯西斜的夕阳，从成吉思汗大帝的庭杖直道，驰车回到了包头下榻的宾馆。那天晚上，包头市政府为我们这群中国作家饯行。几杯马奶酒下肚，听着马头琴伴奏的长调，在一阵忧伤之中，冥冥之中，我感到这块金戈铁马的大地，痛失了英雄，这个古老的国度，国殇英才，他们的英魂随着满天飞舞，飘逝，飘到了遥远的天堂，成为镶嵌在朝天阙上的一颗星星，幻化了成吉思汗大帝金鞍上的一颗宝石。

那颗星，那颗宝石，是我的恩师殷廷光、吕晶心，还有海外赤子甘明才老师。

微醺之际，我拨通了朱锐的电话，说我准备为母校50年写篇文章，只写殷廷光、吕晶心和甘明才老师。

朱锐沉默片刻，说甘老师已于两个月前去世了。

我怔然，愕然，将目光投进深邃的夜空。中秋将至，明天就是月圆之时。今夜星光灿烂，我在仰望那片星光。

(2007年10月6日至15日写于南京黄浦大酒店，无锡创意时尚酒店，杭州金溪山庄，绍兴酒店，千岛湖阳光酒店，济南皇冠酒店，青岛海滨)

24 云南贵妃墓

在群山环抱的湘西靖州县，往城东行一里许，有一座景色秀丽，环境幽静的桂香山。明代云南妃子万门花女的墓地就在这里。

一个晚秋的清晨，彩霞染红了千山。我们沿着古老的石板小路，拾级而上，登上桂香山。极目远眺，峰峦重叠，古枫吐艳，苍松掩映，丹桂飘香。峥嵘于云海之中的桂香山，前吻清澈碧蓝的渠江水，旁倚古老宁静的小城，是一个优美的游览胜地。在当地一位老向导的引领下，我们来到了坐落在渠江边上的大明万历妃子墓前。这是一座椭圆形的荒冢，野草葳蕤，一派萧索景象。老向导告诉我们，围坟石在十年动乱中被人拆走了。土冢前青灰色的石碑上，字迹依稀可见，石碑中间镌刻着："万门花女允淑之墓"，右上侧勒石"大明万历四十年壬子仲春云南永昌府人"，左下角则勒石："靖州儒学正堂立石。"老向导指点着后人撰写的墓志铭，娓娓动听地诉说起万门花女万允淑的身世，把我们带进了一个遥远而又悲凉的故事之中。

据《靖州志》载，万门花女妃子，姓万名允淑，云南永昌府（今保山市）人，其父万邦乐，万历年间官至教谕。允淑女自幼聪颖好学，工诗善画，谙熟六艺，兼通女红，加之性情娴静，美貌倾城倾国，深得父母宠爱，被誉为永昌府的一颗明珠。明万历四十九年（1613年）神宗皇帝朱翊钧下诏全国各州府，挑选天下美人入宫，侍候皇帝，供其玩乐。万门花女应诏入选，被封为妃子。她走出闺阁，长途跋涉，由滇赴京。但是自古红颜多薄命，一路上，她思念家乡的父母，回望故乡的山水，厌恶皇宫的孤寂，心情抑郁不乐。途经湘西靖州时，染病而亡，香消玉殒，遂葬于桂香山上。相传，弥留之际，她哀求护送官员，将装殓她遗骸的棺木运回家乡安葬。可是山高路远，交通闭塞，只好将她葬于异乡。后来，20年不上朝的神宗皇帝哀其可怜，给她一个"梓潼"的封号，并于同年修筑"梓潼宫"，供奉她的神位，以示皇家的恩典。

时光流年，江水习习。300多年过去了，历史的烟雨并未冲淡人们对万门花女的记忆。文人墨客填词赋歌，叹其天涯飘零，悲其荒冢凄凉，痛斥皇家的荒淫无耻，编织了许多动人的传说。据《湖南直隶靖州志》载，乾隆己卯二月，靖州府文人骚客聚集于梓潼宫举办诗会。雅士张开东见道旁一石碑，有"花女"二字，便与同人与老僧，披荆斩棘至墓前，掘开碑上的掩土，发现了万门花女坟茔。他突然忆起昨夜梦中一位老人低吟"环玉寄山谷，山花满路红。飘零二百载，谁识在江东"的诗句，感其是上苍的神谕，令他寻梦而来。于是诗兴大发，挥毫作《花女墓歌并序》。其中有："梓潼宫下花女墓，林花飞落满溪路。残碑剥落尘土封，蔓草茫茫谁知处。云南此去五千里，荒冢寂寂销烟雾。可怜寒毡闺阁女，常作天涯逆旅人。花开花落春复秋，花女年年渠江头。子规啼尽枝上血，为尔忽增故乡愁。"情真意切，表达了对万门花女的哀思和悲悯。而花女流传在民间的故事，更深入人心。老向导指着山脚下的被晨曦映红的渠江水，颇有诗意地对我们说，每逢早晨江雾迷茫、太阳初升时，人们常常看到一位白衣少女从云雾缭绕的桂香山上而下，在渠江边上梳妆打扮。那一江映着朝霞的碧波，就是被花女的胭脂染红的。江心中有一块岩石，酷似花女的倩影，不过只有在春暖花开吉祥的日子才会露出水面。他打趣地说，我们晚秋而来，错过了日子。邀我们选一个良辰时分再来看花女出浴。虽然这些传说带有浓烈的神话色彩，却道出了靖州黎民百姓对这位天涯孤女的缅怀之情。有了这种温馨，天涯的孤魂不再孤寂。

太阳升起来了。斑斓的光束泻在了林荫道上。我们跟随老向导步出花女墓，爬上桂香山山顶，梓潼宫便展现在眼前，这是为花女妃子修的庙宇，系砖木结构。木雕、砖雕之精美令人叹服。曾于光绪年间和民国二十六年（1937 年）重修，现占地 1000 多平方米，内外八间，有前后院落，主殿上供奉着花女神位，香火终年不断。老向导兴奋地告诉我们，现县人民政府发布文告，把万门花女墓列为县重点文物，并拨款修梓潼宫。我肃穆地伫立在梓潼宫前，沉溺在深深的遐想之中。一个沦落天涯的弱女子，为什么会久久地活在人们的记忆中？是她拥有皇室的尊严、王妃的桂冠？不，是因为我们这个民族始终有一颗淳朴悲天悯人的同情之心。

（原载 1979 年《个旧文艺》，为作者的散文处女作）

25 邓小平的小康之梦

三弟要拆老屋时，特意选了一个黄道吉日。

那天上午，他从昆明城东的古驿大板桥打来电话，说，要将改革开放之初，父母亲盖的那幢木结构的三间瓦房子拆了，在旧址上修建一栋别墅式的楼房。

我翻了一下日历，这天是 2007 年 4 月 8 日，一个普普通通的日子，可是对于我的家庭，我的兄弟姐妹，却是不能忘却的纪念。此前，当运输专业户、养鸡专业户的四弟、五弟，还有做小商贩的妹妹都在世纪千年前后，盖起三四百平方米的小楼，相继步入中国农民的小康之列，而做猪脸卤肉生意的三弟，在经历多年荣衰沉浮之后，终于迎头赶了上来，要在老宅盖新房，一展自己实现小康梦想的雄姿。

1986 年的春节，川西天空水雾迷蒙，经历了政治生涯中三起三落的邓小平，"文革"后第一次回四川过年，住在成都"金牛宾馆"的园林别墅里。习惯快走散步的邓小平，穿过水榭长廊和林间甬道时，步履却显得尤为沉重。一双睿眸穿过浮在川西天空的迷雾，将目光投向了中国的远天。

中国人穷了100多年了，到了该改变的时候了。走在乡间小径上，他的脚步似乎还滞留在江西的岁月里，延续着一代大政治家对中华民族前途、命运的忧虑和思考。川西本是富庶之地，一条岷江，一道都江堰，浇灌了2000多年的富足和闲然。可是这次他听到的却是老百姓过年吃不上肉，填不饱肚子。邓小平眉宇凝重，掐指算来，眼下10亿中国人，百分之八十的人口在农村，如果不解决这百分之八十人口的生活问题，社会难以安定。若将工业的发展、商业和其他的经济活动建立在百分之八十人口的贫困之上，中华的振兴和崛起，永远只是一个梦呓。

回到下榻的房间，邓小平推窗远眺，一轮春阳从东边的云层中钻了出来，驱散了浓浓的晨雾，拂照广袤的田野，一项农村新政在中国改革开放的总设计师心中，渐渐清晰、成熟起来。

挟着故乡的温婉回到京城。这年夏秋之间，邓小平带着蔚然成局改革开放的蓝图去了马来西亚、新加坡和日本等国访问，渡海取经。同是华语社会，同是东方儒家文化圈，狮城的治理井然有序；一衣带水的岛国融入西方现代化后生机勃勃，给红色中国领导人以强烈震撼。尽管在日本的行程只有8天，但他拨冗参观了松下电器、日产汽车等三家株式会社。在松下电器，83岁高龄的松下幸之助是一个"中国通"，对邓小平的坦诚开明，礼贤下士，不耻下问，感同身受。邓小平说："我们要搞现代化，没有电子工业不行。所以我要来看您的工厂，希望您把日本的电子工业动员起来，到中国投资建厂。我们要向你们学习。"

松下幸之助虽是耄耋老人，却被小自己10岁的邓小平深深折服，又一次感受到邓小平身上的汉威礼义之风。他不仅全程陪同邓小平走完参观线路，中午还宴请邓小平一行。也许英雄皆有一双慧眼，能看透今生来世，预见未来。席间，邓小平频频举杯，表示谢忱。松下幸之助却感慨地说："人类的文明发展，从东方到西方，然后再到美洲。现在又要回到东方，东方

就看你们中国了。"

松下幸之助引经据典，说，中国乃泱泱大国，秦皇一统、汉武雄风、盛唐气象、元跨革囊、康雍乾三朝，皆成盛世，当然有赖于一代明君英主，在阁下身上，我看到了那种上古的正大气象。

"谢谢！"邓小平淡然一笑，说，"但愿如此，我们共同努力。"

随后，邓小平踏上开往文化古都京都的新干线超特快列车。日方用心良苦，一则让邓小平在车上稍事休息，一则体验一下真正意义的日本速度。列车刚驶出东京站，便有大批日本记者蜂拥而至，询问邓小平对新干线感想如何。

邓小平仍旧是惯有的幽默和干练，伸出一个指头，说："感觉就一个字，快！好像有人推着我们跑一样，中国很需要这样跑。我们现在坐这个车更合适了。"

访日归来，邓小平以一种近似新干线的速度，领跑中国的改革大业，进行一场举世罕见并持续至今日的现代化新长征。在他的强力主导之下，从 11 月 10 日至 12 月 15 日，党召开了历时 36 天的中央工作会议。他有备而来，在闭幕会上，发表了《解放思想，实事求是，团结一致向前看》的重要讲话。这个历史性的文献，为一周之后，具有中国改革开放里程碑意义的十一届三中全会召开做了发端和全面的理论准备。在这篇讲话中，允许一部分人先富起来的经典之语，让穷惯了的中国老百姓热血激荡，也让世界为之一震。

随后，在十一届三中全会上，邓小平的改革新政全面出台，"中心点是从以阶级斗争为纲转到以发展生产力为主，从封闭转到开放，从固守成规转到各方面的改革"。

锁闭百年的中国之门骤然向世界洞开了。然而，芸芸众生在叩问，世界的政要也在叩问，未来中国的现代化建设究竟是一个什么样的愿景?！

"小康！"邓小平伸出两个指头，从容不迫地对日本国总理大臣大平正芳如是说，第一次对世界如是说。

那年年底，邓小平在人民大会堂会见刚上任不久的大平正芳首相，刚落座，他便将一盒熊猫牌香烟推向日本国总理大臣，抽烟吧。

大平微笑着摇了摇头，说，我不会吸。

邓小平呵呵一笑，抽出了一支熊猫牌香烟，划着火柴，点燃后深吸了一口，说，我是一个军人，我真正的专业是打仗，那时夜以继日地谋划如何以少对多，以弱胜强，睡觉很少，烟就越抽越厉害啦。

大平正芳会意地一笑，接过话题，问，我知道阁下喜欢在抽烟中思考，请问你想过中国将来会是什么样情况，整个现代的蓝图是如何构思的？

邓小平仰起头来，吸了一口烟，沉吟了片刻，说，我跟你说这么个事，你们有 1 亿人口，国民生产总值是 1 万亿美元，所以你们的人均国民生产总值是 1 万美元。而我们现在，人均国民生产总值是 250 美元，我想用 20 年的时间翻两番，到那个时候人口是 12 亿，国民生产总值可以达到 1 万亿美元，就是年人均 800 美元。这同你们相比还是低水平的，只是你们现在的十分之一，但对我们来说是雄心壮志。到那时我们的国民生活会达到什么程度呢？就是可以吃饱穿暖。我就把这种状况叫小康。

"小康！"坐在邓小平与大平正芳身后的女译员王效贤一愣，她第一次从小平口里听到小康这个词，并不知"小康生活"、"小康人家"语出《诗经》中的《大雅·民劳》："民亦劳止，汔可小康。"意为维持中等水平生活的家庭经济状况，她不晓得如何准确译出。她转念一想，日本人也说"小康"，但是指身体恢复的时候叫小康，情急之下，她就直接译成小康，大平首相居然也听懂了。

冬天北京城郭的日子非常短暂。会见结束时，天色已经黑了下来，邓小平宴请日本国总理大臣。国宴实行分餐制，每个人面前都放着四个小碟，四道菜，邓小平热情好客地给大平正芳夹菜。大平首相边吃边问，阁下刚才说的世纪之末的小康生活，应该达到今天国宴的水平吧。"当然！"邓小平笑了，说，不过我想要比今天吃得饱，吃得好。

母亲挥了挥手，对我说，当兵去吧，去吃顿饱饭。

1974 年我高中毕业后入伍。那个年月，当兵每月的津贴只有 6 元。除了买邮票和信纸外，我几乎不敢多花一分钱。到了从军后的第十个月，我便将攒下来的 50 元寄给了母亲。握着那张汇款单，母亲从老街的东头走到西头，穿过 2 公里多长的古驿去邮局取钱。她边走边哭，说，我大儿子好俭省啊，省得让当妈的心痛啊！

19 岁那年我当上了军官，一个月工资 54.5 元，每到月底，我只留很少一点钱，其余全都寄给家里。可是寄到 1979 年年底，爸爸突然来信说，别再寄钱了，留着自己用吧。我愕然，连忙写信回家问个究竟。爸爸来信说，都是受惠于邓小平的改革开放政策啊，生产队搞承包制，我和你妈妈进了副业组，上窑烧石炭，做计件，多劳多得，每个月发奖金，年底还要分红。已经攒了三四千元，准备盖一栋大瓦房。我肃然，却将信将疑。

等我回家过年时，站在街头等我的母亲没有带我回生于斯长于斯的老宅，而是穿过小巷，步入北后街，走进一栋新盖的三间大瓦房，看到白墙青瓦，滴水屋檐，两层楼高，总共六大间，足有 100 多平方米。与当初祖孙三代八口人蜗居了 30 载两间狭窄的厢房相比，真是天壤之别。除夕之夜，不苟言笑的父亲突然开了酒戒，说，第一次在宽敞的新房过年，都是托邓大人的福啊，今天既是过年，也是庆贺乔迁，你们四兄弟可以喝点酒。

邓小平下江南了。

1982 年 9 月，中国建设小康社会的目标正式写入了党的十二大报告。哪里离实现小康人家的目标最近，自然是温宛如诗的江南了。邓小平同志决定亲眼看看那里的发展势头。

翌年早春二月，中央首长的专列徐徐驶进南京站，驶入长三角地区，坐在包厢里的邓小平挥了挥手，对工作人员说，请将窗帘打开。我要好好看看沿途村庄盖了多少新房了。看到老百姓住进新房，我心里就高兴啊。

车至苏州，江苏省委准备了一艘游船，请小平同志上去，一边游太湖，一边汇报工作。邓小平最关心的事情莫过于本世纪末能不能翻两番，他将江苏省女省长顾秀莲招至旁边坐下，询问建设小康社会的情况。他兴奋地说，我一路上看到情况很好，人们喜气洋洋，新房子盖得很多，市场物资丰富，干部信心很足，看来"四个现代化"希望很大，到本世纪实现翻两番，问题不大吧。

顾秀莲刚从北京到江苏履新职不久，是中国最年轻的一位女省长。她虔敬地对小平说，江苏省从 1977 年到现在的 6 年间，工农业总产值已经翻了一番，再过 6 年，到 1988 年，还可以再翻一番。

"哦！"小平同志惊诧道，看来江苏成了全国的领头羊，小康生活指日可待！

顾秀莲说，苏州市的工农业总产值人均已接近 800 美元。

邓小平这次反倒平静了，刚毅的脸庞掠过一丝不易察觉的微笑，反问道，达到这样水平，社会上是一个什么样的面貌？

顾秀莲如数家珍，一一道来，人民的吃穿用解决了，基本生活有了保障；住房问题解决了，人均达到了 20 平方米，小城镇和农村盖的二三层楼已经不少；就业问题解决了，城镇基本上没有待业人员；人不再外流了，农村人总想往大城市跑的情况已经改变；中小学教育普及了，教育、文化、体育和公共设施有能力自己安排；人的精神面貌变化了，犯罪行为大大减少。

"好啊！"邓小平击节而叹，说，居有所安，衣食无忧，路不拾遗，夜不闭户，这就是小康社会的雏形啊！

这天中午，在省里为小平准备的全鱼宴上，他破例多喝了几杯茅台酒。他略有点微醺，醉在江南，梦在江南，为中国的小康之梦而醉。

我也曾醉在烟花三月的江南。

2006年3月26日，当建设社会主义新农村汇成一股春潮之时，我的朋友何建明写的华西村老书记吴仁宝《他可以说是一位伟人》的讨论会在华西村举行，我应邀而去，得以从一个作家的视角，透视这座饮誉海内外的中国农民帝国。

站在江南第一村的牌匾前，拷问着华西村的昨天今天明天，倚在一座座宝塔顶层，从各个视角俯瞰华西村，一座座花园式的别墅星罗棋布，一条条大道纵横交织。我想起了邓公当年问江苏省长顾秀莲，你们翻两番的路子是怎样走的？顾秀莲说，主要是两条，一条是依靠上海的技术，一条是依靠集体所有制，发展中小型企业。

三十年功名尘与土，华西村发展之路，似乎并未走出这个辉煌的影子。

那天在华西村大礼堂里，已将权柄交给了小儿子的吴仁宝，吴语款款，向朝圣而来的各地农民，讲述华西发展的革命家史，由他快人快语的女助手翻译给众人。随后，演出的节目，更将这位年近八旬的老人包装成一位江南乡间圣人。其实，吴仁宝本身就是一个中国奇迹，历经多少场政治风雨，红旗不倒，宝刀不老，从五六十年代的一位大队书记官至"文革"年代的县委书记，最终荣归华西故里，当上中国最大、最富的一位村官，打造了一个庞大的农民帝国。可是生活在这片土地上的农民，早已失去了土地，在背后支撑他们的是一个钢铁巨人。

晚上，华西村新书记吴协恩宴请我们，坐在巨大的江南第一桌前，吴家小儿子侃侃而谈。他告诉我们华西村还在扩展，附近乡村以被其兼并为荣，后山的隧道又打开了，又有十几个乡村加盟华西，扩大天下第一村的版图，然后被华西这支巨手牵着，从此走上小康之路。

春风沉醉的夜晚，我们在华西村里散步。看着一幢幢别墅里折射出来的温馨灯火，京城来的朋友艳羡不已。然而从某种意义上，我更惊叹家乡的父老乡亲，我的兄弟姐妹，他们像一只只失去雁阵的孤雁，仅靠党的富民政策指引，朝着小康梦想奋飞。他们一滴汗水摔八瓣，孤军奋战，勤劳致富，一步一步地走向了小康。

就在小康目标写入十二大报告之际，我四弟和小弟，双双成了运输专业户，历经艰辛，终于在邓小平小康目标实现的最后时间节点，盖起了徐家兄弟第一座400平方米的乡间别墅。但是四弟、小弟的新房在小楼鳞次栉比的老街上，仍旧显得平平常常。那里盖八九层豪宅的人家俯仰皆是。小康之梦就这样

幻化成七彩云南瑰丽的祥云。

1984 年元旦钟声刚刚敲过，邓小平与杨尚昆、王震去广东巡视。因为邻近香港，地缘敏感而复杂，邓小平的行程安排得非常保密，不许见诸报端。到了广州，省委副书记梁灵光三番五次请求汇报，邓小平摇摇手，说，不要，到了深圳再说。

到了深圳，邓小平的行程安排得轻松洒脱，基本上上午出去视察，下午休息或打桥牌。梁灵光只是在吃午饭时，简要汇报了一下深圳的情况，邓小平静静地听，一句话也没有表态。梁灵光觉得不尽兴，就去找杨尚昆，说，小平同志难得来，还是让我们将省里改革开放的工作全面汇报一下。

过了一会儿，杨尚昆转达了小平的口信，说，不要了。

邓小平在南方巡视期间，一如他惯有的行事风格，表态很少，经常缄默不语。有一天参观回来，坐在车上，他突然对广东省委的领导说，创办特区是我提议的，特区究竟办得成还是办不成，我这次要来看一看，看看行不行。

深圳的视察接近尾声，邓小平仍没有表态。广东省的领导坐不住了，一再恳请他做指示。他摇了摇头，说，我还要再继续看，现在没有指示。

那一天，站在了深圳国贸大厦 17 楼，俯瞰深圳整个市容，老人家脸上突然变得云开月朗，表情尤为兴奋。

但是在深圳的三天行程中，对深圳特区的建设，他一直未置可否，让当时深圳市领导多少有点忐忑不安。

随后，邓小平去了珠海特区，白天在珠海活动，晚上下榻中山。离开珠海前，他挥舞毫笔，给珠海题词："珠海特区好！"

珠海欣喜若狂，深圳却落落寡合。市委立即派接待处长赶往广州，找到邓办主任王瑞林，请首长无论如何要给深圳题个词，以鼓舞士气。

是该到了为特区说话和撑腰的时候了。邓小平挥动狼毫，在铺好的宣纸上纵情走笔："深圳的发展和经验证明我们建立经济特区的政策是正确的。"

力透纸背，一语定江山。让广东的改革开放从此吃了一颗定心丸。

视察过深圳、珠海和厦门三个经济特区后回到北京，邓小平立即找中央领导谈话，明确提出了一个大国崛起的战略：第一步，到本世纪末，翻两番，达到小康水平；第二步，再花 30 年到 50 年的时间，接近发达国家的水平。

在小康的梦想之后，邓小平又给改革开放的中国画出了一道大国崛起的标高。

时隔 8 年之后，88 岁高龄的邓小平再度南巡深圳。深圳、珠海突飞猛进的发展、日新月异的变化，让老人家坐不住了。下车伊始，他便开始参观。离开特区前，他说，发展这么快，我没有想到，看了以后，信心增加了。后来到了上海，有感于经济特

区给中国带来的巨变，他说，上海是张王牌，我最大的失误就是搞四个经济特区时没有加上上海。

东风吹来浦江暖。然后，正是借着邓小平南巡讲话的东风，上海10年之间，一跃成为东方的曼哈顿。

2007年1月12日，我在上海，参与上海合作组织军方的一次外事活动。

在上海老锦江当年中美联合公报签署会场，在三天的紧张工作之后，我们与上海合作组织的高级军官一起游览浦东。走在世纪大道上，繁华一梦十年间，油然而生一种做中国人的自豪感。登上东方明珠，极目远眺，3000多座30层以上的高楼林立，如亭亭美人松一般，屹立东海，气冲霄汉。俯看着88层的金茂凯悦，还有正在建设中的比金茂凯悦更高的世界第一高楼上海环球金融中心，101层，493米，冥冥之中，让我触摸到一个大国崛起的高度。

晚上，坐在"黄浦号"游艇上，从俄罗斯上将、中将蓝瞳炯炯，流光溢彩的神情之中，我看到了他们对中国军人由衷的敬重和羡慕。桨声灯影，浦江霓虹。20年来小康梦，似梦非梦。如果说，倒映浦江之中的金茂凯悦，还有正建设中的亚洲第一楼，是代表着一个大国崛起的标高，那么江南的华西村，还有我那遥远彩云之南老街上的那一座座小楼，则构成中国农民步入小康社会的一幅当代清明上河图。

此时，我想到已走过世纪百年的小平说过的一句话："国家发展了，我当一个富裕国家的公民就行了。"伟哉斯言，光荣与梦想，正离我们越来越近。

（原载2009年《中国国家地理》）

一条灰狗守住了一片废墟，
一度曾被军人视为疯狗；欲置于死地而后快，
它面露凶相，挡于道上，
却救了我们六名军人的性命。

2010

新世纪
第二个十年篇
读书
行走

26 在精神高原上梳洗文学翅膀

青藏高原是我的福地。苍茫之中，仿佛隐没着我向往、跋涉的一座座文学神山。然而我走近它，纯属偶然。

子曰："智者乐水，仁者乐山。"我非智者，也非仁人。喜欢西藏的神山圣水，皆因了当年一位十八军的老将军。那年，第一次跟他进藏，他69岁，我31岁。我刚从一次命运旋涡里浮出来，伤未结痂，便跟着他去了青藏高原，在格尔木周游数日后，准备第二天上山。上山前那个晚上，我一夜未眠，担心将躯壳扔在天路上，像牦牛骨架一样，成为茫茫荒原中的路标。果然，第二天在岗巴拉上，我钻出开着暖气的吉普，鸟瞰羊卓雍措宝石般的湖面，披襟岸帻，喜空阔无边，任雪风横吹。晚上到了江孜便感冒了，患上了肺炎。在班禅大师驻锡寺扎什伦布寺昏迷了三天三夜，梦回天堂，逃过生命一劫。醒来时，头上便仿若罩了天藏之光，回到汉地，人生从此否极泰来。

以后，我搞起专业创作，游历山水的机会多起来，西藏仍是首选。20年间，竟去了11次，隔二三年进一次藏，多则待三两个月，少则十天半月，且越去越顺，越顺越去。记忆犹新的是写1962年中印边境自卫反击战，我前后采访、准备了8年，采访过 300 多名参战的老兵，上至中将，下至普通士兵，留下十几本手记。最后一程是去喜玛拉雅山南麓的克节郎河谷，踏勘战场遗址。河对岸是印战区，林莽中满是枪口、炮口。那年，我刚至不惑，山南分区派了一位侦察参谋陪我去了错那，站在 5200 多米高的波拉山口，可远眺仓央嘉措的故乡达旺。随后，绕过九十九道弯，下到谷底，便是当年中印边境自卫反击战总指挥张国华将军的指挥所。再前行，道路被山洪冲断了，送我的车到断路一头过夜等我，我则跃过泥石流地带，坐上边防营一辆大屁股北京吉普，往夏尔巴人所在地驶去，直至公路尽头。翌日早晨，两位从河北廊坊入伍的老兵陪我们上山，他们也许觉得我面相嫩，岁数不大，所以爬得很快。冷雨纷飞，小径泥泞，唯有牦牛和野山羊可攀。爬第一个台地，海拔不过 2600 至 2800 米，我的心便蹦到了嗓子眼。听说一个指导员家属带着 4 岁的女儿上去了，我说上，军嫂尚能上去，男儿岂敢落后。经过四个小时跋涉，最终抵达海拔 4300 多米的边防连队，看到了当年战场开口之处，弄清了当年打仗排兵布阵的南北西东。

对于非虚构的文学写作，我仅遵四个字：读书行走。读一部部天下的活书、活的历史——大写的人生。与一位位采访者交谈，我乐此不疲，觉得展开的是一卷卷大书，受益匪浅。再就是行走，即古代文人墨客的壮游，非虚构写作需要这样的壮游与行走。特别是行走在青藏高原上，芜野无边，天际湛蓝。置身其中，人何其渺小，生命如此脆弱，但是，对于一颗跳动的文学之心来说，何尝不是一种幸运。那一刻，蓦地觉得胸襟大了，天下小了，生命之旗高扬了，文学的须弥山在前方隆起。

回京后，坐在书案前写那场早已远逝的战争，我觉得底气十足。8 年的准备，气道如虹，皆凝结于《麦克马洪线》键盘的敲击之中，犹如枪炮声响起。整整 10 个月，我几乎每天太阳升起时就坐在电脑前写作，直至凌晨方睡。我与那 300 名老兵，一起经历了一场战争，下了一回地狱。当 53 万字书稿落下最后一个句号时，我终于释然了：能不能发表出版，皆不重要，重要的是可以告慰躺在雪山下的英灵，可以给那 300 名老兵一个交代，也无愧于一位军旅作家的天地良心。

写完此书，已经是 2004 年春天了。我去鲁迅文学院中青年作家高研班学习。就我个人创作而言，仿佛沿着一架天梯，爬到文学庙堂的第一座天门前。兀自而立，蓦然回首，后山晴川历历，一条栈道逶迤而来，景色宜人。而前山则烟雨迷蒙，险峰无尽，云遮雾绕，偶露峥嵘，却不知抵达巅峰还有几程？斯时，我已经创作了非虚构导弹文学系列的《大国长剑》《鸟瞰地球》以及长篇电视连续剧《导弹旅长》、西藏系列的《麦克马洪线》。这是我第一次接受为期四个月的专业文学培训。我倒不觉得文学课有多么精彩，但进去几天之后，便喜欢上了高研班的气场，还有那些大文化课，政治、经济、历史、哲学、科技、军事、音乐、舞蹈、美学。90 高龄的周汝昌讲《红楼梦》只讲了一个小时，然而他对《红楼梦》伏线的解释，可谓慧眼独具，点石成金；还有微软中国研究院院长讲"云计算"，展示了一个诡谲多姿的未来；国防大学教授讲三军联合作战，让作家跃升了一个高远的平台。

然而，那四个月，我突然产生了一种中年作家的危机感，觉得写作无意义。很多人似乎都在制造文字垃圾，再过 20 年、30 年、50 年，读者书架上还会不会有我们的书？

或许这种危机感，恰好是一个中年作家在创作突围前的一次沉思。整个 2004 年，我就在读书中悠然度过。继续与博尔赫斯、普鲁斯特、卡尔维诺、伊萨克·巴别克、张岱、徐渭、纳兰性德，还有新结识的纳博科夫和赫尔曼·黑塞神交。仅写了一篇与鲁院同学游历锡林郭勒元上都的散文《城郭之轻》，便为 2004 年鲁院作家高研班画了一个句号。

那年 9 月份，我跟作协组织的作家去云台山创作基地，在竹林七贤饮酒吟诗地游历。突然接到电话，安排我第三度上高原，采访青藏铁路的建设者。此前我已经上去三次，追踪四载。一次次高原之行，一颗文学的心被高原的流云烟雨雪花和蓝天净化了，一片精神高原也在前方隆起。天路之上，看着三步磕一个长头的朝圣香客，凝眸坐在酥油灯里清修的喇嘛，还有那大昭寺前磕十万个长头的牧人，似乎觉得我也是他们中间的一个。文学本来就是寂静、寂寞的，更需要这种宗教般的虔诚与执着，它的最高创作境界应是独步孤独，最高精神指数应是悲天悯人，敬畏天地，敬畏山川，敬畏苍生。对于一位作家来说，须上接天心，下接地气，何必在乎身前的喧嚣寂静、身后的浮名利禄。就在那一刻，我被灌顶了。

10月下旬回到北京，我又找回了自己，捧着那颗依然滚烫的文学之心，于京城的秋夜，开始了《东方哈达》的创作。站在北京仰望高原，仰望神山，仰望圣城，鲁院高研班四个月学习的那层窗户纸被捅破了，我终于看到第二座天门了。非虚构文学最需要的是文本结构和叙述姿势的创新与突围。当下的报告文学似乎谁都能写，但真正写得好的凤毛麟角。这些年人们陷入了一个误区，似乎只要抓到一个好题材，就成功了。殊不知报告文学的神、魂是人，人的情感和心灵，再就是独特生动的细节。一线的报告文学作家注意到了这个文学之魂，可是对本文结构、叙述语言与姿势却缺少自觉，也落下不少诟病。我觉得应在这方面做一些有益的探索。在给《东方哈达》谋篇布局时，我想起那天坐着列车穿越柴达木盆地时，格尔木城将近，一列火车对面驶来，擦肩而过。一个激灵过后，我想，何不采取上行列车和下行列车的结构，上行讲述从北京零公里至拉萨的修路故事，下行则以列车进站时一个个岔道，叙述青藏铁路沿线汉藏两大民族交流交融的千年历史。一条青藏铁路以哈达隐喻，它挂在昆仑山和唐古拉山上，是祖国人民献给西藏的，也是藏族人民回敬给中华大家庭的。经过

10 个月的写作，《东方哈达》出版了，好评如潮，也使我的创作实现了一次真正意义上的突破。

此去经年，青藏铁路的写作记忆已被雪风吹散了，但是我对文本结构的追求与突围，依旧痴心不改。汶川地震的写作，我对文本结构的意识与追求更趋自觉。反映 2008 年抗冰雪灾害的《冰冷血热》，我采取与受阻于冰雪道上的女儿短信来勾连那场冰雪战争，远行列车，楚山勇士，一纵一横相得益彰。写创新型企业与国家的《国家负荷》，我采用中国古老符咒、金木水火土、天干地支和阴阳图腾符号的构思。随后，在反映中国战略导弹部队 20 年新军事变革的导弹系列第三部里《逐鹿天疆》，我采取从一头一尾的结构，开头从 1991 年写起，而尾声则从 2011 年写起，最终交织于 2000 年，搭成一个门塔结构。

写完这两部书后，我又去了青藏高原，写横跨青藏铁路之上的电力天路——正负 400 千伏青藏联网工程，书名《雪域飞虹》。这是我第 11 次入藏，待了 40 天，顺便为《封疆大吏》采访。在西藏的日子，我喜欢在寺庙前闲逛，与磕长头的香客交流。他们微笑时露出洁白的牙齿，那眼神，那笑靥，不染一点俗世的风尘，让我着迷。看着他们坐在林卡、墙角下，晒着太阳，慵懒地发呆，沉思冥想，我发现，这才是真正的文学之道。

那天走近神山，喜马拉雅掀开神秘盖头，七座雪峰的伟岸之姿一览无余。在珠峰大本营待了三个多小时，我竟无任何高原反应，任雪风梳洗文学的翅膀，让精神高原跃升我的文学海拔。后来，我去了梦中神游多次，在西藏宗教地位最高的拉姆拉措。我双手合十，虔敬朝湖，我看到了自己的前世今生，也看到自己创作的今生来世。转山转水，离开时，魂儿便扔在了那里。

（原载 2012 年 5 月 25 日《文艺报》）

27 仰望那片英雄的天空

今年腊月二十九上午，我和夫人去给李旭阁老司令和耿阿姨拜年。只见老首长从客厅沙发上站起来，迎了过来。我甚为惊诧，仅仅三个月不见，老人的身体整个瘦了一圈，且瘦得有点脱形，原来魁梧的身躯，红润的脸色，皆不见了。我心里一阵酸楚泛起，老人家正遭受一场病魔的折磨。

可是，那天老首长却分外高兴，说了许多话。待我们起身告辞时，他竟要留吃饭。我知道公务员只准备了他和耿阿姨的饭，眼看盛情难却，还是公务员小赵灵机一动，说他们吃过了，首长才依依不舍地送我们出门。

其实，离老首长家百米处就有一家云南酒楼，几年前我请他和耿阿姨吃过云南菜，他觉得味道不错。可此时我却不敢动此念头。蓦然回首间，脑际总不时跳荡出两个词：英雄暮年，风烛残年。一炷生命之烛，自然是经不起朔风横吹。

可是在我心中，旭阁老首长不是风中之烛啊，而是一支照亮人生的火炬，是戈壁上的惊雷。

当年，在旭阁司令身边做二炮党委秘书，近距离地接触首长时，却不知他有如此传奇丰富的人生。尔后走进作家方阵，才真正了解和读懂了他。记得我第一次说要给他写传时，他曾在一张便笺上写信，说能成为你笔下的人物不胜荣幸。我连忙回话，折煞我也。如果说我今日写作能有所成，皆得益于在首长麾下当秘书的日子，首长的思维方式和大气宏阔使我受益终身。

旭阁老首长是长辛店的第一代导弹人，更是中国首次核试验具体参与者。更让我惊叹的是，作为张爱萍上将的密使，他携带绝密报告，一个人由两架专机接力送到北京，直接向主席和总理报告。而原子弹爆炸的第二天，他居然穿着防护服，乘直升机盘旋爆心上空，观察铁塔的毁伤情况，这是需要何等的勇气和英雄气概啊。

因了旭阁老首长关系，我先后采访过邓稼先、王淦昌、彭桓武和李觉等一批"两弹一星"元勋。邓稼先夫人许鹿希是一代名媛、北京医科大学的大夫。邓稼先走后，她不仅保持高贵经典的爱情，将邓稼先用过的遗物原样不动，让它们永远凝固在那个年代里，而且她在做另一件事情，就是追踪和收集当年参与核试验功勋之臣的身体状况，最后惊讶地发现，他们大多死于癌症。当时唯一漏网之鱼就是李旭阁。然而 2001 年夏天，当得知李旭阁也查出肺癌切掉一个左肺时，她对张爱萍夫人李又兰惊叹，最后一个漏网之鱼，也未能幸免。

编辑《原子弹日记》的过程，其实是一次灵魂受洗礼的过程。

2007 年夏天，在北戴河海滨，我循着老首长当年参加首次核试验工作手记上的简单几行字，试图让他回忆当时每一天的情况和细节。可是这种努力几近徒劳，借助助听器，他也仅能听到我高分贝"吼"出的几个词，而无法听清一句完整的话，交流起来十分困难。每一次交谈，老人家最终都飘移到他一生铭心刻骨的几件事情上。然而等一周后我离开时，还是在笔记本电脑上留下了两万多字的线索。

收集材料，查证资料的过程曲折和漫长，写作中又被汶川地震打断。

以至与葛东升副院长见面时，他一再委婉地提醒和忠告我，不能再拖沓，否则你会成为千古罪人，饮憾终生。我知道葛东升副院长这话背后的潜台词。

整理和编辑过程中的危机感也不时发生。

2009 年大阅兵前夕，旭阁老首长做了一身西服，准备国庆那天穿着上观礼台。9 月 3 日晚上，我将为《解放军报》人物纪实版写的报告文学《中国第一朵蘑菇云里的英雄传奇》送他审阅时，当时人还好好的，过了三天他便住院了，且两度报病危。9 月 9 日，《解放军报》整版推出这篇文章，整个 301 医院高干病房的医生护士都轰动了，谁也未曾想到，原来躺在病榻上的这位老首长，不仅是位封疆大吏，还是中国第一朵蘑菇云里的英雄啊。

一个没有英雄的时代，我们在苦苦寻找英雄，其实英雄也许就在我们身边，或许就是那一位位其貌不扬，慈眉善目的孤独老人。

然而，这 30 年间，我惊诧这个时代的变化，惊讶我们心理的变化。我们开始在忽略自己的历史，开始不屑自己少年时代的英雄了。那些波澜壮阔碧血千秋的历史荒芜了，枯萎了，成了历史博物馆里的一个干瘪的标本；那些曾经激荡和燃烧过我们理想、青春火焰的英雄，渐渐地淡出了我们的视野。

有时我常在默默叩问，我们从哪里来，又将往哪里去？

编辑《原子弹日子》的日子里，让我一次次将目光投向西部，遥望、仰望罗布泊上空那片英雄天空。

张爱萍上将一生铁骨铮铮，千山我独行，敢为敢断，举重若轻，可是在人民解放军中高级将领中，又有几人能像他那样，在罗布泊的帐篷里一待就是半年。他左肩右斜背一个军用水壶，里边装的是刚炒完菜的行军锅烧的开水。他与官兵打成一片，对核科学家礼贤下士。在原子弹试验最紧张时刻，却带着一班专家游楼兰古国废墟，看小河墓地遗址，将红色浪漫嵌刻在了罗布泊荒原上。而核爆炸过去不到一周，他竟然带着麾下的干将和科学家徒步横穿爆心，将英雄主义的胆识和气魄留在了西部的天空。

还有那群"两弹"之父，个个都出身名门望族，人人负笈欧美，受过最好的学历和学术训练，有的甚至两次与诺贝尔物理学奖擦肩而过，若留在国外，早已功成名就。可是望着五星红旗在东方冉冉升起，他们毅然归国，隐姓埋名，蛰伏西部大漠，托起了中国的神火。"两弹一星"元勋郭永怀，从西部返回的时候，飞机失事，等找到他的遗骸时，竟与警卫员紧紧地抱在了一起，遗体怎么也分不开，最后肢解开时，发现他们怀抱着的是原子弹、氢弹的绝密图纸。邓稼先做癌症手术时，时任国防部长的张爱萍上将拄着拐杖一直守在手术室门口等候。他第一次，也是最后一次坐红旗车绕天安门广场一圈时，曾对夫人许鹿希说，再过10年、20年，还会有人记得我们吗？

一个民族不该忘记啊！虽然他们一个个远去了。可是在他们踽踽独行背影的后边，崛起的是一片西部的高原，一片精神的高原啊，在他们的头顶上，始终高扬着能与苍穹比阔比高的精神灵旗。走近他们，仰望他们，你不能不起敬畏之心，不能不生敬仰之情……

……

那天拜年回家的车上，我立即给徐坤侠院长打电话，询问《原子弹日记》保密审查进入哪个阶段了，我可是秋天就送去的啊。还说出了我对老首长身体的忧虑，并意味深长地通告，当年葛东升副院长正告我不要成为千古罪人。我现在也要用此话提醒你啊……

坤侠说正在审,正在审。

这部《原子弹日记》终于要面世了,虽然这只是一部个人视角的私人叙事,可它的现实意义和历史意义非同凡响。大漠孤烟,长河落日,人类的历史之河何其漫长,个人的生命何其短暂。并不是每个人都能以短暂的生命辉映历史,可是罗布泊上的这群英雄们,却以自己生命的精彩和辉煌,灿烂了历史,丰富了中华民族的精神内涵。他们所展现光荣与梦想,理想与崇高,美丽与悲怆,崇高与普通的时候,仍然奔突着时代的岩浆,运行着生命的地火,仍然让我们怦然心动,怆然泪下。抑或当下鲜见这样的共产党人了,可是他们却可以自豪地对历史、对后世说,中华民族的千年历史天空,永远会涌现这样一批义无反顾,舍生忘死的盗火者。任何一个时代,都需要这样的英雄啊。

归去来兮,英雄之魂归来!

我们仍然在喊魂,我们仍然在仰望,仰望西部那片英雄的天空!

(2011 年 5 月 9 日于上饶。原为解放军文艺出版社出版的《原子弹日子》后记)

28 先生之风山高水长

白羽老师已经走远了，如同他汪洋恣肆的美文一样，终于在空阔博大的风雨太平洋为自己的文学之旅画下了句号，寻找到了最后归宿。一直想为老人写点什么，可是一想到他生前如海一般的深邃和宏阔，却茫然而不知从何下笔。

对于我们这代人来说，大多是读着白羽老师的美文而成长，而成为文学青年，而成为中国作家的。白羽老师的做人和为文，不仅影响了我们，甚至深及后代。可是他离我们很近，却又很远；离我们很远，却又很近。少年读书在彩云之南，对先生只是望其项背地仰视，课文中最喜欢的是他的散名文篇《长江三日》，如登一叶文学轻舟，大江东去，千里江陵梦中还。但是那时做梦也未曾想到，在我走向军旅作家的路上，会有幸得到白羽老师指点和扶掖。

记得 1988 年初秋时节，我还是一个做着作家梦的文学青年，工作之余，偶尔摆弄点散文，倒也接二连三地在《散文》杂志上发表了十几个头条，引起了散文界的注意。《散文》杂志社提出为我开一个作品讨论会，以便我将来在散文创作上走得更好。那个年月开作品讨论会并未像当下泛滥，有银子就行。

而我当时人乃未名，文不成书，何德何能，可享此殊荣。可时任二炮宣传部文化处处长西南意在培养导弹部队成长起来的文学新人，便以二炮宣传部的名义，与《散文》杂志联袂，为我举办了一个"散文作品讨论会"，会议地点选在缸瓦寺招待所一个小会议室里。参加的人不多，大多是西南部长的朋友，有《人民日报》《解放军报》，也有《昆仑》杂志的。开会之前，西南部长说："这个会议室虽小，但请一位散文大家来坐镇，就会蓬荜增辉，档次就上去了。"我问请谁。他不经意地说了一句，"白羽部长啊。"我顿时便愣怔了，还以为自己听错了，连连摇头说："不可能，绝不可能！"西南部长笑了，递给我一个地址，说："你先将散文复印了，连同请柬一并寄过去，若无急事，我想白羽部长会来的。"

会议定在9点开始，那天上午，我们一群人站在招待所门口迎接客人。8点55分，一辆黑色皇冠车在院子里戛然停下，西南部长惊喜地说："白羽部长来了！"我们连忙迎上前去只见司机跃身跨出打开车门，一根拐杖先伸了出来，刘白羽部长跨出了右腿，挂着拐杖，艰难地站了起来，朝着我们走了过来。这是我第一次见到白羽老人，他上身着一件藏青色的中上装，熨得笔挺，银色头发梳得一丝不乱，气宇轩昂，不苟笑容，但一开口便透着一种老人的慈祥与谦和。他说："我摔了一跤，刚出院回到家里，作品讨论会的邀请函收到不少，大多被我回绝，但是一听说是一个年轻人散文作品讨论会，我挂着拐杖来了。"此时此景，此情此语，我心里涌起一股莫名的感动。

更让我感动的是在随后的发言中，我发现白羽老师腿伤未愈，行动不便，事情又多，但对我寄去的散文竟然全都看完了，充分肯定我用散文载体来展现战略导弹部队生活和风采。他说，杂志社每期寄的杂志我都看了，开始注意徐剑的散文，作者是一个很有才气和潜力的年轻军人。前几年我看二炮的业余文艺演出，提过要"科学诗化"，徐剑的散文在这上面做了有益的探索，他将雄壮的军旅生活与民族的古代战争，采撷导弹部队驻地地域和文化风情，经过思考，有机地结合起来，把对自然与人生奥秘的探索和思考渗透其中，开拓了散文创作一个新的天地。同时，他也指出了我有些散文还不够完善、完美的地方，要求我将散文写成一个清澈的小湖，并郑重地给我推荐《聂鲁达散文选》和《惠特曼散文诗》。白羽老师的话虽然不多，却在我创作的一个关键时刻，指点迷津，对我创作是一个极大提升。从此，我的散文创作一发而不可收，先后在《散文》《美文》《随笔》《散文百家》《散文选刊》发了一批较有影响的散文。1993 年，百花文艺出版社结集出版我的第一部散文处女作《岁月之河》，白羽老师欣闻后，待意拨冗为我作序，题目仍然用《散文清澈的小湖》，发表在《人民日报》上，向全国读者推介我的作品。

也许正是这种文缘，我沿着一条文学之旅，走进军旅作家的队伍。第二次见到白羽老师是我写的第一部反映二炮发展历程的长篇报告文学《大国长剑》由作家出版社出版后，西南部长专门交代我："白羽老师是你的恩师了，选一本精装本，亲自送上门去。"那天晚上，我来到他家住的北京饭店背后的红霞公寓，恰好那天早晨在西昌卫星基地澳星发射失败，参加政协会看了电视新闻后，他心情怅然，快快不乐地回到家中，见我的第一句话便问："是不是敌人搞破坏，在卫星里放了什么装置，意在影响中国形象。"我笑了，向老人详尽介绍了导弹结构和发射情况，尤其解释了他最感兴趣的保险装置，将已经点火火箭牢牢地固定在了发射架上，避免了箭毁星亡。白羽老师听过后，神情释然，脸上绽出了一丝笑容。

白羽老师主攻散文，也是报告文学大家，他写的长篇报告文学《大海》曾影响巨大，我渴望得到他在报告文学创作上的指导。不日之后，将近 80 高龄的白羽老师专门给我打电话，说《大国长剑》写得好，二炮部队是一块文学的富矿，鼓励我把军旅文学之根深植战略导弹部队的厚土中，矢志

不渝地写下去，必然会有丰厚的回报。随后，《大国长剑》一剑挑三奖，获得了"鲁迅文学奖"、中宣部"五个一工程奖"和"中国人民解放军文艺奖"，也算是给白羽老师鼓励培养后学的一点安慰和回报。

又见到白羽老师是 1996 年 9 月 23 日，是老人的 80 岁生日。那天恰好是一个星期天，西南部长交代我代表二炮宣传部、代表他，给白羽老师送一个花篮，以祝圣寿。恰好读小学三年级的女儿，非常喜欢刘白羽爷爷的散文，听说我要前去祝寿，非要跟我一起拜谒写出《长江三日》《日出》的一代散文大家，我们父女俩端着一个花篮走进白羽老人的家，只见家中摆满了花篮，秋菊飘香，玫瑰吐鲜，芬芳一片，在热烈燃烧。花篮从书房一直摆到了走廊上，有国家文化部、中国作家协会、总政文化部的，还有很多叱咤文坛名家大师的名字。我女儿的突然到来，让白羽爷爷非常高兴，他将她拉到沙发上坐下，询问学习情况，问她喜欢读什么书，写什么文章。末了，还拉着我女儿照相合影，带着她走进自己的书房，将他正在写作的80 万字的长卷散文自传体《心灵历程》的手稿拿给她看，告诉说他岁数大了，每天只能写 300 到 500 字，但天天坚持，已经写了 60 万字了，计划写 80 万字。我女儿听过后瞠目结舌，他却勉励道，写作如此，读书也如此，只要有毅力，坚持不懈，必有所成。我女儿默默地点头，显然被刘白羽爷爷的精神感动了。

回到家里，她伏案写了一篇文章《在刘白羽爷爷家做客》的文章，很快在《中小学生报》和《深圳少年报》登出来了，收到许多小读者的来信，问她刘爷爷是一个什么样的人，她说，"刘爷爷与我爷爷一样，和蔼极了。"

最后一次见到白羽老师是 1998 年 10 月，1998 年长江大水退却，三军抗洪将士凯旋，总政专门召开抗洪抢险创作会议，我作为"中国作家采访团"赴荆江采访的作家被点名参加。总政领导专门将白羽部长、李瑛部长和徐怀中部长请来，结合战争的实践，给我们谈创作体会。此时，白羽老师已经 82 高龄，仍然思维敏捷，谈锋甚健，要求我们创作出与 98 长江抗洪相称的鸿篇巨制来，我虽无力达到这种文学的高度和境界，但写了《水患中国》一书，从治国与治水的新的视角上记录了一条江与 13 亿人，滔滔大水与一支军队的力挽狂澜，反思了我们的治水历史和文化。书稿出来后，被《新华文摘》转载，荣膺了第十一届中国图书奖。此后，因白羽老人年事已高，我不便骚扰，但是他对我创作的关怀、点拨和帮助，一直是我创作的动力。以后几年，我仍然遵照白羽老师之嘱，执着在二炮和军事题材领域里耕耘，创作了电视连续剧《导弹旅长》。写长篇非虚构文学《麦克马洪线》和《青藏铁路》时，我六上西藏、四过青藏路，就是想到刘白羽老师 67 岁带队到西线的老山战场采访、80 岁上新疆。我想用自己的笔触，去抒写白羽老师等一代代军旅作家未圆的现代化强国之梦。

白羽老师化作一片白色的羽毛，轻飘直上九霄，英魂已经飞远了。但是他的皇皇大作和身影，却在我们的前方，矗立起一座军事文学的昆仑泰山，回想自己踏上文学之旅上所受到他的惠泽，我突然想起宋代名臣范仲淹的一首诗："云山苍苍，江水泱泱，先生之风，山高水长。"白羽先生的胸襟和气度皆如是。有幸投师于他，是我的幸运。

（原载《解放军文艺》）

29 死亡谷里的一条狗

　　我站在江边一个隆起的土丘上，朝死亡谷里极目远眺，江边地震那天被砸入谷底的一辆红色卡车，躺在河床上，晒着压扁的肚皮。而另一辆蓝颜色重卡，仍蜗居在不见公路形骸的悬崖上。

　　我转身问道桥专家宋希安，进入死亡谷里的安全系数到底有多大。

　　宋希安前几天随二炮副参谋长王治民少将徒步而入，从睢水至高川的死亡谷里，走了两天，实地踏勘。他神情严峻，脱口而出，看你的命了！

　　啊！你不是在忽悠我吧。我反诘道。果真如此严重？

　　当然，他一本正经地说，我说的是实情。

　　我默默地点了点头。

　　别吓着了作家。杨青是二炮司令部工程部的副总工，过去我们同在一个工程团当兵。他拍了拍我的肩膀说，作家，我陪你进去看看。

　　你还要进去？

　　杨青点了点头，指了指指挥长刘建明大校、副参谋长张定虎上校和刚才吓我的道桥专家宋希安，说，我们还要再勘察堰塞湖，你敢不敢跟我们进去？

敢！有你们四位工程专家保驾护航，我怕什么。

有种。杨青微笑着点头，说我像个军人。

徐某人本就是军人。

呵呵！四人仰天而笑。

这时路上三三两两走着从死亡谷里逃难出来的灾区群众，他们告诉指挥长刘建明，别从大塌方阻断的原公路右岸进去，应过睢水，沿河左岸而行，可避开老虎嘴的险要地段。

成！刘建明接受了老百姓的建议，拧开对讲机，吩咐部下，派一辆巨型胶皮轮子的美国卡特牌的装载机过来，待命河边，随时送我们渡河。

天色黯然了。云层垂到了江面上。我们登上军用吉普车，从半山腰下至河谷，一辆米黄色巨轮装载机，早已停在河边。

指挥长刘建明和副参谋长张定虎先期过河。

随后，我和杨青总工、道桥专家宋希安、油画家窦鸿，攀着装载机高高的扶梯，爬到了驾驶棚两侧的平台上。我们抓紧扶手，驱车涉过江流湍急的睢水。上了左岸，在一片河滩下车，身边有几丛野茅和芦苇在风中摇曳。开弓没有回头箭，我知道上岸之后，自己已无退路，甚至没有了归途。

沿着一条乡间小道缓缓而上，穿过绿树簇簇，半山坡上，小径纵横。刚刚经历了一场地震之劫的罐滩村，整个村庄被夷为平地。土墙半掩，房梁木椽纵横，瓦砾遍地，偶然有几块横亘其中的水泥预制板，断裂几节，中间居然不见一根钢筋。唯有贴着大红门神的钢制铁门矗立着，于荒云冷风之中，守望着废墟上的家园。

我戴上双层口罩。走进灾区村落，到处弥漫着一种特殊的异味，尽管埋在断垣残壁下的尸体多数挖出来掩埋了，但尸臭仍充斥于空气中，嗅过之后，便有窒息之感。

穿过坍塌的村落，一个地震崩塌的巨石阵横亘于前。我们扶着巨石，跳跃其上，犹如穿过龙门虎口。偶尔停下往高处仰望，只见地震将一座山峰震塌了，一条沟壑被填得满满的，形成了一个高七八百米、宽三四百米的巨大塌方带。万千巨石悬于头上，大如房子，中似巨象，小如卧虎，虎视眈眈，张开饕餮之口，一旦狂风掠过，暴雨江天，余震袭来，便会排山倒海般地坍塌下来，让人猝不及防。我心生惶恐，不敢再朝上张望，连忙紧随杨青之后，迅速通过死亡地带。所幸，这座峰峦在地震瞬间坍塌时，没有扑向罐滩村的房舍；所幸，我们穿越大塌方段时，未见惊风，未落暴雨，暂时没有余震发生。

走出大塌方地带，惊魂甫定，却又遇惊魂之路。江边的小路被泥石流覆盖了，无法通行，唯有走紧依绝壁一侧的槽渡。我们无法选择，步履悠悠，行走其上，如进入云上的日子。

我刚走至中间，便觉腿软，脚下是万丈深渊，险滩处乱石穿空、惊涛拍岸。不敢俯看，却不能回走，硬着头皮朝前走，那不足 30 厘米宽的渡槽，穿行于绝壁悬崖之间，竟有百米之长。越往前走，越觉得孤立无援，寒从心中起，手心沁出冷汗。可我又不能向前边为我引路的杨青说拉着兄弟一把，说自己有恐高症。此话若出，在这个铁血军人的圈子里，我就别混了，那就沦为真正的文人墨客了，让人不屑。终于，颤颤悠悠地走了过去，我长吁了一口气，再眺望右岸的山腰，落石已将公路彻底掩埋，乱石丛中，一辆辆汽车或葬身乱石之中，或坠落河床。

越过渡槽，朝前走百米许，小路分出一个岔道，朝下是几级水泥台阶，可下至江边一个小水电站。但往下看去，一幢两层的平顶楼，被滚落的石头从屋顶砸破，从窗口涌入，已将屋顶砸成了天井，将睡榻碾成碎片。房子裂了，横跨江上的水泥桥面，也砸成了一个洞，成了危桥。

指挥长刘建明停顿下来说，老乡告诉我，还是沿左岸走好，穿过村子，有条小路，可直抵堰塞湖。

好啊！杨青说，这样就可以避开右岸乱石累积的险要地段。

　　刘指挥长在前，我第二，后边依次是副参谋长张定虎、总工杨青和道桥专家宋希安和油画家窦鸿。六个军人依次排成一支小队，彼此拉开间隔距离，沿一条弯弯的山道，攀登而上。爬上一个台地，山坡上有一户人家，水泥浇铸的平顶楼房已整体沉陷，变成了一个不足一米多高的小平台了，一块木板斜横放上。我们踩着木板上到屋顶，往废墟凝眸，只见瓦砾里捡出的几件衣物，还有几块腊肉，放在一只破柜子上，已经没有什么值钱的东西，其惨境令人望天嗟叹。

　　"我们下去吧！"刘建明一个健步跃下倒塌的家园。我紧随其后，脚步声划破了废墟的沉静。"汪汪汪！"一只黑色土狗突然蹿了出来，对着刘建明狂吠，一步一步地逼过来。

　　"老乡，有人吗？"刘指挥长想叫出主人唤住看门狗。

　　"不会有人了。幸存下来的人都撤到镇上去了。"我感慨道，"唯有这只狗，忠实地守在这里，守着几件破烂，守在这片瓦砾，等着它幸存的主人回来。一条好忠实的狗啊。"

　　那条狗仍然不依不饶，朝着刘指挥长扑了过来，张开利齿。刘建明后退两步，顺手拾起了一根木椽子，朝它杵了过去。可是这条灰狗毫不顾忌，拼死相扑，咬住木椽不放。弄得刘建明很无奈。

　　"一条疯狗！打死它。"副参谋长张定虎上校一身虎气，想以虎伏狗，他抢起一根铁管，欲朝着狗砸去。结果那条狗根本不怕死，放开刘指挥长，竟然朝着张定虎扑了过来。张定虎他抢了几棒，皆无济于事，不仅没有吓退那条狗，狗反而离他越来越近了。

　　"这条狗一定饿疯了。"杨青身上突然一个激灵，身体抖动了一下，说，"它这么疯狂地咬人啊，必有其原因！"

　　"一条狗与一片废墟，主人不回，生死不离。"我更多想到的是文学，回头呼唤同来的油画家，"窦鸿，快拍下来，我出书时要把这条狗放在书中。"

　　张定虎对疯狗拦道多少有点耿耿于怀，狠狠地说："打死它。在震区，见了流浪狗就打，不然会引发疫情。"

　　我喟然长叹，说放它一条生路吧，一条小狗守着一片倒塌的废墟，还逼退了六名军人，它已经是这条死亡谷里的英雄了。

　　撤！刘指挥长非常利落，说从危桥上过去，上右岸，从旧公路的大塌方地段进入堰塞湖。

　　呵呵！我边撤边笑，说有意思，六名军人、六条汉子，就这样被一条小黑狗逼退了。

　　大家觉得无趣，悻然退出废墟，有一种失败感。只好沿原路返回，走到岔道口，下至被地震摧毁的水电站。江边，一座尚未倒塌的危桥横跨其上。我仍紧随指挥长之后，从桥上匆匆而过，桥面是水泥板浇灌的，但已被地震滚下的岩石砸了几个洞，尽管我们前后分开走，一个一个地过桥，但步行其上，仍旧一摇一晃的，我真担心它会在顷刻之间塌陷，坠落水中。

　　越过危桥，从峡谷底边上山，前方横亘着一条二三百米高的斜坡，几乎无路可走，唯有留下几行勘测人员走过的脚印，我们先踏着松软塌陷的泥沙，一路小跑冲过去，才不致使自己深陷下去。然后伸手攀住一根野藤，向上攀附十多米，再抓住一根拴住倒塌电线杆上的电线，一步一步艰难地往上爬去，越往上爬，我越紧张，担心那根水泥电杆根部已经拧弯的钢筋断裂，电线杆滚落下来，将我一起推入江心。可是刘建明在前边这样走了，我只能照着他的样子，沿着他走过的脚步，手脚并用，攀登而上。

　　到了原公路残段，是 1 公里多长的大塌方地带。站立此处，仿佛人类又重新回到造山运动的史前时代。天裂一方，漏下巨石无数，参差不齐，犹如冰川飞瀑，巨石从山巅往峡谷底部流下，形成一个个如补天之石的庞然大物，一个挨一个，堆积于上，直至山巅。我们要想穿越其间，走到堰塞湖，唯一的途径，就是踩着巨石之棱，从一个巨石之上，跳到另一个巨石上。

　　行进的队伍不变，依然是指挥长在前，我第二。也许因为有每周在北京香山攀登的锻炼，我还可以跟得上刘建明的轻捷步履，只是在乱石之中跳跃，汗如雨下。越往乱石深处走，惊惶愈深。回眸一望，我们这六人队伍，人行其中，宛如六只蚂蚁一样渺小，缓纡爬行，一旦余震袭来，塌方乱石从四五十度的陡坡上滚落，乱石变成坚硬无比的牙齿和磨道，会像绞肉机一样，将我们碾成肉末。

　　乱石阵中掩埋了许多汽车，尸横遍野的异味从石缝传来，我不得不重又戴上口罩，走过一个大乱石滩，有两辆汽车居然车头相对而停，排列整齐，俨然是练兵场上的排练一样。起初我以为是地震之前司机所为，后来交通局的人员告诉我，地裂山崩之时，恰巧将其排列在一起，两辆车的车头相

距不到 50 厘米,且完好无损,确实是一个天造的奇迹。

翻过一道乱石堆积的山脊,一个堰塞湖惊现于前,水深超过百米,碧波如镜,幽深如潭,半山坡的电线杆被陡涨的湖水淹没了,只冒了一个头,几十辆汽车没入水中。

我站在堰塞湖边,地方交通局的人员绘声绘色说起那天天地崩坍时死亡谷里的一幕。

刘建明指挥长对我说,咱们撤吧,出去找一个安全的地方谈,这里不宜久留。

好!刘指挥长转身离去,我也紧随其后,结果后撤时分成两拨人马。我们在上,杨青和张定虎、窦鸿在下,我们匆匆走过时,便有落石滚下,吓得他们只好暂时止步,让我们先行。当他们几个走到堰塞湖决口处,流水淙淙,飞瀑如玉,似乎在为那些葬身水底的死难者弹奏一曲挽歌。

然而,说时迟那时快,等窦鸿一行人从一堆乱石里爬了上来,与我们会合时,突然对面大山上黄尘飞扬,大面积山石裹挟泥土,如千军万马从江边扑了下来,巨石倾泻而下,乒乒乓乓砸入水中。我顿时吓出了一身冷汗,如果不是那条土狗堵住我们六人的去路,此时我们恰好站在对面的塌方地带,乱石飞下,小命休矣。

天狗啊!我突然缓过神来,惊呼道。死亡谷里的一条狗,如此灵性如此疯狂地狂啸,救了我们一命。那天黄昏时分,走出死亡谷,余震过后,雷雨大作,下了一个多小时,但是我们已经撤到了安全地带,从暴雨中渡过江心。

一条灰狗守住了一片废墟,但是这条失去了主人的狗,一度曾被军人视为疯狗,欲置于死地而后快,而它却不弃不离,面露凶相,挡于道上,救了我们六名军人的性命。

那天晚上,天黑下来了,暴雨初歇,对着睢水江天,我像患了震区综合征,像祥林嫂一样,唠唠叨叨说着死亡谷里的故事,诉说这条土狗,说着它的神性灵性。听者皆面露讶异之色,却又心存怀疑,连连称奇后,皆在叩问,天底下,有这样一条灵性的天狗吗?

(原载《新华文摘》,收入 2008 年散文年选)

30 在灾难中行走

2008 年，已在我们的身后渐行渐远。站在新年的零公里处，回望和抚摸曾给我们带来的惊喜与惊悚、辉煌与劫难，仍不禁慨叹万千，挥之难忘。年初的冰雪，接踵而来的汶川大地震，注定要在我的创作生涯中留下无法磨灭的印记。

也许是冥冥之中的命运使然，5 月 12 日上午，北京的天空一片阴霾，我经过 40 天挑灯夜战完成的长篇报告文学《冰冷血热》首发座谈会在人民大会堂举行。会散了，从人民大会堂西门出来，见阴雨飘飞，长安街湿，大家少了平日的酒兴，惶惶然纷纷离去。

下午两点半，我刚从办公室下楼，钻进车子，女儿的电话突然打来了，说爸爸刚才地震了。我说，瞎说，我怎么没有感觉啊。然后驱车驶入市中心，只见林荫道和绿化带上都站满了人。回到家中，我守着电视看到深夜，一夜泪浸衣衫。

第二天清晨还在睡梦中，我便被短信叫醒了，是《中国作家》原主编何建明发来的，说中国作家采访团准备赴地震灾区采访，陈建功副主席第一个就点了我的名儿。

我短信回复完全是个军语，就一个字："是！"

已经不是第一次奉命出征了。

大年初四，我直飞湖湘大地，长驱郴州，走进电力抢修和重建一线，以一个作家的视角，真实记录了中国电力史上抢修和恢复重建的奇迹，情感也受到了一次强烈的冲击和震撼。我以一种敬畏乃至仰视的目光，来看我们的父老乡亲，我们的兄弟姐妹，我们的人民子弟兵。可以说，他们是让我在整个冰雪采访中流泪最多的一群人。当今这个时代，给作家的悲悯和感动已经不多了，有时候感动简直就是一种奢侈。但是在冰天雪地里，我却体悟到了这种冰心玉壶在民间在底层。寻找到这种属于文学的精神境界，作家的目光不应该是俯视，也不应该是平视，而应该是仰视。

第一个让我流泪的人，是湖南送变电公司总经理向元桢。采访他时正好是潇湘夜雨，我们从晚上8点一直谈到凌晨1点，最感动的是他的几次流泪。向元桢第一次流泪是因为共和国总理向三位烈士罗海文、周景华、罗长明深深鞠了一躬。罗海文出门对妻子说，春节抗冰雪回来后，要借一笔钱，将一出生就患脑瘫的9岁儿子带到长沙去看病，却没能最后看瘫儿一眼，永远飞向了天堂。周景华出门时，对白发老母说，春节我回来陪你。可除夕之夜，这三家人永远不能团聚了。向总第二次流泪是因为他的送变电队伍10天内打通郴州10条电铁，完成了一个几乎不可能完成的任务。听着他们的故事，我不由感叹，就是在这些普通又普通的百姓中间，蕴藏了我们文学的精神海拔和境界。江山万里，冰山一座，城黑万家，个人与家国，局部与全局，高层与底层，危难时刻，第一个站出来为国分忧的，就是这些平平常常的老百姓。

令我潸然泪下的还有两个女人，她们是在一座冰山孤岛上坚守了14天的王小芳、黄自兰。战争让女人走开，冰雪之战也应该让女人走开，可是在寒风呼啸、冰道难行、倒塌的树像虎啸狮吼的晚上，这两个小女子在停电缺水断粮、电话不通道路不通的一个变电站里，坚守了将近半个月，成了这场南方大雪之中，唯一困得最久的两位女士。

还有一位小战士，他叫郑文单，他与父亲单薄的肩膀扛起一座冰山。父子俩来自六十一个阶级兄弟的平陆县。当年全国人民营救六十一个阶级兄弟，而今为了南方的抗冰保电，父子俩毅然走出三晋大地。当时文单的母亲已患上心脏病，她冥冥之中，预感自己时日不多，曾要求丈夫郑玉忠将儿子留下来。可少不更事的文单，心早已经飞向了湘江之畔的冰雪世界。于是，风雪弥漫的夜晚，妻子送丈夫和儿子上路，谁知竟成了永别。除夕之夜，父子俩给家里打电话，孤零零过年的妻子还算平安，只是有些感冒，这可是心脏病的大忌。到了元宵节的时候，丈夫从电话中得知，妻子已经卧病在床，到了正月十七早晨再打电话时，已经无人接听。他们未曾想到，亲人此时已僵硬在床，溘然离去，直到第二天才被邻居发现。

这种平民英雄的故事还很多很多。统计了一下，从国家电网指挥部的指挥、机关部室到网省公司老总，从送变电公司、超高压公司和市电力局总经理到项目部经理，从施工队长到普通的一线工人，从地方政府领导到部队的将校军官，从普通士兵到受灾地区的老百姓，我先后采访了200多人，记下了满满的6个采访本。

对生命和底层的敬畏、敬仰，在汶川大地震采访的日子里，让我又一次找到了佐证。

5月15日下午1时，由总政组织的作家、剧作家、音乐家采访小分队刚驶进成都军区锦苑宾馆，下车伊始，便是一场6级地震。我们当时正搬行李，没有感觉到城池摇晃，却被门童堵住，不让进楼。

当天下午，采访小分队去了都江堰的紫坪铺大坝。从映秀中学撤出来1000多名学生，坐着某集团军舟桥团的平板漕渡，逃难出来。他们疲惫地走到紫坪铺大坝上，一个个蓬头垢面，有的孩子已永远失去了父母和亲人。我在采访一个叫燕妮的高三羌族女生时，我问她报考什么大学，她咬牙说不知道。

"爸爸妈妈没给你提点参考意见？"

旁边一个女孩说，燕妮的爸爸妈妈已经不在了。听到此，看着燕妮那死里逃生后的木然，我的喉咙一阵哽咽，如果再看她一眼，我便会哇的一声哭出来。于是我捂着嘴，不让自己哭出声来，转身跑开20多米，朝着成都，朝着都江堰方向号啕大哭，不能自已。

次日，我先坐冲锋舟，再步行两个多小时，走到映秀镇。在举国为死难者致哀前的3分钟，我们赶到映秀中学门口。站成一排，摘下口罩，所有车辆都拉响鸣笛，那一刻，我的泪水潸然而下。

　　那天傍晚,我们最后一批步行返回渡口。斜阳青山,血色苍凉。左等右盼,终于来了一个冲锋舟,十几个人坐上去,超载了,颤颤悠悠地冲入紫坪铺水库,且一半人没有救生衣,假如风生浪起,掀翻冲锋舟,便会有一半人葬身鱼腹。

　　果然,日暮沉沉,险象环生。我们坐的冲锋舟驶入库区中央时,突然遇上地震,山体滑坡,黄尘滚滚,崩塌山石从山巅一涌而下,噼噼啪啪落入水中,卷起千重浪,幸运的是上苍保佑,未将我们乘坐的小舟掀翻。

　　随后,在汶川地震灾区采访,走过都江堰、汶川、映秀、北川、安县、什邡和汉旺,我真正感到后怕,觉得死亡将至。一次在汉旺镇上,那天我采访汉旺中心小学的老师,她们说是一根国旗杆救了130多名师生的生命,我执意要去现场看看。等我拍完照片,天色已经黯淡。一位老师说,从教学楼两旁附楼废墟里扒出来的孩子尸体,就放在操场乒乓球台上,放了三四天,等家长前来认领。有的被认领走了,而更多的再也没有见到家长来,显然是一家人都不在了。听到此,我心中一阵彻骨的寒冷。

　　再一次后怕是在安县睢水至高川的死亡谷里。100多台汽车、200多个冤魂被两侧山峰倒塌的乱石掩埋,尸臭熏天,两层口罩都挡不住异味袭来。那天上午,我站在老虎嘴前,问第二炮兵工程设计所道桥专家宋希安,走进死亡谷里的安全系数有多大。他脱口而出,看你的命了!我说你吓我吧?宋希安摇了摇头,说他说的是真话。

　　下午我跟着刘建明、杨青、宋希安走进死亡谷,爬行在像绞肉机磨道一样坚硬的石缝里,往上仰望,山崩地裂滚落的石头,大如篮球场,中如房子,小如卡车,犬牙交错,参差不齐,若遇地震,漫长的巨石阵便会转动起来,将我们碾磨成肉泥。那天,如果不是守在废墟上一条土狗的狂吠,挡住了我们6名军人从左岸进堰塞湖的去路,那么到了傍晚地震时,一座山峰轰然崩塌,我们站在左岸,便小命休矣。

几天后，我结束在汶川地震灾区的第一次采访，奉命返回北京为参加全军英模报告团撰稿，穿着迷彩服，装着迷彩背囊，坐在成都双流国际机场候机时，蓦然回眸这块多难的土地和苍生。我的眼睛里噙满泪水。我给一个朋友发出这样一条短信："从成都双流机场上飞机时，回眸这块土地和苍生，我落泪了。"悲悯之泪为谁而落，为芸芸众生，为罹难亡魂！

年初冰雪，我以40天的拼搏，完成了18万字的长篇报告文学《冰冷血热》，写到最后时刻，浓咖啡、浓茶皆失去了兴奋作用，最后不得不用烈酒来点燃自己，支撑写作。而写第二炮兵抗震救灾的《遍地英雄》一书时，从受领任务到完成算起，也不到百日。等9月22日凌晨4时最后一个句号落下时，我发现自己的左臂和左腿，已呈麻木之状，抬不起来了。可是我却用这样两部长篇终结了我的2008年，也"终结了自己"。最近，当朋友私下告诉我，《冰冷血热》已获得了某项国家大奖、《遍地英雄》又二次加印时，我的心情却一点也轻松不起来。

走出热血冷山，告别英雄遍地。我突然发现这两场大灾难，其实是对我过去文学创作的一次彻底颠覆。它让我对底层和边缘群体的命运更加关注，因为微小，他们在社会上失去了话语权，可是他们却在一个国家、一个民族、一座城市的危难关头，最大限度地展示了生命的可贵和崇高。然而却被我们作家的精英写作遮蔽了，作家不深入现场，不深入这些底层和弱势群体中间，关在玻璃窗里冥想，只会不着边际地展示这个边缘群体的苦难和重复对苦难的书写。其实比苦难更深层的是他们的精神世界，容易被我们所忽略，比苦难更让人感动的底层的温馨，却容易在我们的写作中缺失。因此，如果问我在《冰冷血热》《遍地英雄》写作中最大收获是什么的话，我可以毫不讳言地说，是有意识地触摸到了这个边缘和底层处境和在这个时代的精神事件。

因此，我很想在这里说，走进灾难，我在芸芸众生中间寻找到了文学的内核和精神海拔，走出劫难，我对普世温馨和底层生命，更加充满了敬畏和敬仰。

（原载2009年1月18日《解放军报》）

图书在版编目(CIP)数据

玛吉阿米/徐剑著. —北京：中国青年出版社，2014.2

ISBN 978-7-5153-2205-6

Ⅰ．①玛… Ⅱ．①徐… Ⅲ．①散文集－中国－当代

Ⅳ．①Ⅰ267

中国版本图书馆CIP数据核字(2014)第030569号

玛吉阿米

徐剑 | 著

出版统筹｜王寒柏	开本：700×1000　1/16
责任编辑｜金小凤	印张：28.5
特约编辑｜张　欢	字数：430千字
书籍设计｜晓笛设计工作室 刘清霞	2014年3月北京第1版
	2014年3月河北第1次印刷

中国青年出版社出版发行

北京东四12条21号

邮编：100708

网址：www.cyp.com.cn

电话：57350404(编辑部)　57350370(门市部)

新华书店经销

三河市君旺印务有限公司

印数：1－5000

定价：49.00元